白居易集箋校

〔唐〕白居易 著

朱金城 箋校

六

上海古籍出版社

白居易集箋校卷第三十七

律詩　五言　七言　凡五十六首

昨日復今辰

昨日復今辰，悠悠七十春。所經多故處，却想似前身。散秩優游老，閑居净潔貧。螺杯中有物，鶴氅上無塵。解珮收朝帶，抽簪換野巾。風儀與名號，别是一生人。

【箋】作於會昌元年（八四一），七十歲，洛陽。見汪譜。城按：此詩以下，汪本編在後集卷十七，那波本編在卷七一。

【校】

〔五十六首〕宋本、那波本、馬本俱誤作「一百首」，今改正。

〔浄潔〕馬本、汪本俱作「清浄」，據宋本、那波本、全詩、何校、盧校改。汪本注云：「一作『浄潔』。」全詩注云：「一作『清浄』。」

病瘡

門有醫來往，庭無客送迎。病銷談笑興，老足歎嗟聲。鶴伴臨池立，人扶下砌行。脚瘡春斷酒，那得有心情！

【箋】

約作於會昌元年（八四一）至會昌四年（八四四），洛陽。

游趙村杏花

游村紅杏每年開，十五年來看幾迴？七十三人難再到，今春來是别花來。

【箋】作於會昌四年（八四四），七十三歲，洛陽，刑部尚書致仕。見汪譜。

〔趙村〕在洛陽城東。白氏洛陽春贈劉李二賓客詩（卷二九）「明日期何處，杏花遊趙村」句自注云：「洛城東有趙村，杏花千餘樹。」

〔今春來是別花來〕查慎行白香山詩評：「未經人道，他人不能道，亦不肯道。」

【校】

〔題〕全詩此下注云：「一無『游』字。」何校：「『趙』字衍。」城按：本卷狂吟七言十四韻詩云：「洛堰魚鮮供取足，游村果熟饋争新。」疑趙村亦名游村。

〔游村〕「游」，汪本、萬首、全詩俱作「趙」。

刑部尚書致仕

十五年來洛下居，道緣俗累兩何如？迷路心迴因向佛，宦途事了是懸車。全家遁世曾無悶，半俸資身亦有餘。唯是名銜人不會，毗耶長者白尚書。

【箋】作於會昌二年（八四二），七十一歲，洛陽，刑部尚書致仕。城按：居易罷太子少傅官在會昌元年春，其達哉樂天行詩（卷三六）云：「七旬纔滿冠已挂，半禄未及車先懸。」唐制，致仕官可得半俸。可知其七十歲罷少傅官時並未同時致仕，至會昌二年秋始以刑部尚書致仕。陳譜謂致仕在會昌元年，誤。

初致仕後戲酬留守牛相公 并呈分司諸寮友。

南北東西無所羈，挂冠自在勝分司。探花嘗酒多先到，拜表行香盡不知。炮笱烹魚飽飡後，擁袍枕臂醉眠時。報君一語君應笑，兼亦無心羨保釐。

【箋】

作於會昌二年（八四二），七十一歲，洛陽，刑部尚書致仕。見汪譜。

〔留守牛相公〕牛僧孺。城按：僧孺再爲東都留守在會昌二年。杜牧唐故太子少師奇章郡開國公贈太尉牛公墓誌銘并序云：「會昌元年秋七月，漢水溢堤入郭，自漢陽王張柬之一百五十歲後水爲最大。李太尉德裕挾維州事，曰修利不至，罷爲太子少師。未幾，檢校司徒兼太子少保。明年，以檢校官兼太子太傅、留守東都。」全文卷七二〇李珏故丞相太子少師贈太尉牛公神道碑銘并序云：「俄又改太傅，再臨東郊。」新書卷一七四牛僧孺傳所記略同，蓋本之墓誌及神道碑銘。舊書卷一七二本傳僅云：「會昌二年，李德裕用事，罷僧孺兵權，徵爲太子少保。」未詳再爲東都留守事，殆漏書也。參見本卷戲問牛司徒、酬寄牛相公同宿話舊勸酒見贈等詩。

【校】

〔題〕此下小注，那波本爲大字同題。

問諸親友

七十人難到，過三更較稀。占花租野寺，定酒典朝衣。趁醉春多出，貪歡夜未歸。不知親故口，道我是耶非？

【箋】

作於會昌四年（八四四），七十三歲，洛陽，刑部尚書致仕。見汪譜。

【校】

〔定酒〕「定」，那波本作「嗜」。

戲問牛司徒

斗藪塵纓捋白鬚，半酣扶起問司徒。不知詔下懸車後，醉舞狂歌有例無？

【箋】

作於會昌二年（八四二），七十一歲，洛陽，刑部尚書致仕。

〔牛司徒〕牛僧孺。時再爲東都留守。舊書卷一七二本傳：「（開成）四年八月，復檢校司空、兼平章事、襄州刺史、山南東道節度使……武宗即位，就加檢校司徒。會昌二年，李德裕用事，罷僧孺兵權，徵爲太子少保。」參見本卷初致仕後戲酬留守牛相公詩箋。

【校】

〔捋白鬚〕「捋」，那波本訛作「將」。

不與老爲期

不與老爲期，因何兩鬢絲？纔應免夭促，便已及衰羸。昨夜夢何在？明朝身不知。百憂非我所，三樂是吾師。閉目常閑坐，低頭每靜思。存神機慮息，養氣語言遲。行亦攜詩篋，眠多枕酒卮。自慚無一事，少有不安時。

【箋】

作於會昌二年（八四二）至會昌四年（八四四），洛陽。

開龍門八節石灘詩二首 并序

東都龍門潭之南有八節灘、九峭石，船筏過此，例反破傷。舟人檝師推挽束縛，大寒之月，裸跣水中，飢凍有聲，聞於終夜。予嘗有願，力及則救之。會昌四年，有悲智僧道遇，適同發心，經營開鑿，貧者出力，仁者施財。於戲！從古有礙之險，未來無窮之苦，忽乎一旦盡除去之，兹吾所用適願快心，拔苦施樂者耳！豈獨以功德福報爲意哉？因作二詩，刻題石上，以其地屬寺，事因僧，故多引僧言見志。

鐵鑿金鎚殷若雷，八灘九石劍稜摧。竹篙桂檝飛如箭，百筏千艘魚貫來。振錫導師憑衆力，揮金退傅施家財。他時相逐西方去，莫慮塵沙路不開。

七十三翁旦暮身，誓開險路作通津。夜舟過此無傾覆，朝脛從今免苦辛。十里叱灘變河漢，八寒陰獄化陽春。八寒地獄，見佛名及涅槃經，故以八節灘爲比。我身雖殁心長在，闇施慈悲與後人。

【箋】作於會昌四年（八四四），七十三歲，洛陽，刑部尚書致仕。見汪譜。

〔龍門八節石灘〕在洛陽龍門山下。見乾隆河南府志卷九。白氏重修香山寺畢題二十二韻以紀之詩（卷三一）云：「波翻八灘雪，堰護一潭油。」歡喜二偈曰詩（本卷）云：「心中別有歡喜事，開得龍門八節灘。」

〔叱灘〕一名黃魔灘。在湖北秭歸縣西。吴船録：「未至歸州數里曰叱灘。」

【校】

〔題〕宋本此下脱「并序」二字。

〔例反破傷〕「反」，全詩作「及」，誤。

〔終夜〕「終」，何校從黃校作「中」。

〔陽春〕此下那波本無注。

閑坐

婆娑放雞犬，嬉戲任兒童。閑坐槐陰下，開襟向晚風。漚麻池水裏，曬棗日陽中。人物何相稱？居然田舍翁。

【箋】

約作於會昌二年（八四二）至會昌四年（八四四），洛陽。

【校】

〔閑坐〕「閑」，宋本、那波本倶作「獨」。何校：「黄校、馮校、蘭雪倶作『獨』。」

〔矖棗〕「矖」，宋本作「暰」，字同。

酬寄牛相公同宿話舊勸酒見贈

每來政事堂中宿，共憶華陽觀裏時。日暮獨歸愁米盡，泥深同出借驢騎。交遊今日唯殘我，富貴當年更有誰？彼此相看頭雪白，一杯可合重推辭？

【箋】

作於會昌二年（八四二），七十一歲，洛陽，刑部尚書致仕。

〔牛相公〕牛僧孺。時再爲東都留守。見本卷初致仕後戲酬留守牛相公詩箋。

〔華陽觀〕見卷五永崇里觀居詩箋。

【校】

〔政事〕「政」，宋本、那波本倶作「故」。

道場獨坐

整頓衣巾拂淨牀，一瓶秋水一鑪香。不論煩惱先須去，直到菩提亦擬忘。朝謁久停收劍珮，宴遊漸罷廢壺觴。世間無用殘年處，秖合逍遥坐道場。

【箋】

約作於會昌二年（八四二）至會昌四年（八四四），洛陽。

偶作寄朗之

歷想爲官日，無如刺史時。歡娱接賓客，飽暖及妻兒。自到東都後，安閑更得宜。分司勝刺史，致仕勝分司。何況園林下，欣然得朗之。仰名同舊識，爲樂即新知。有雪先相訪，無花不作期。鬬醲乾釀酒，誇妙細吟詩。里巷千來往，都門五別離。歧分兩迴首，書到一開眉。葉落槐亭院，冰生竹閣池。雀羅誰問訊？鶴氅罷追隨。身與心俱病，容將力共衰。老來多健忘，唯不忘相思。

【箋】

約作於會昌二年（八四二）至會昌四年（八四四），洛陽。城按：甌北詩話卷四：「律詩内偶作寄皇甫朗之一首，本是五排，其中忽有數句云：『歷想爲官日，無如刺史時。』下又云：『分司勝刺史，致仕勝分司，何況園林下，欣然得朗之。』排偶中忽雜單行，此又一體也。」

〔朗之〕皇甫曙。見卷三四詠懷寄皇甫朗之詩箋。並參見卷三五病中詩之十四歲暮呈思黯相公皇甫朗之及夢得尚書、春晚詠懷贈皇甫朗之等詩。

【校】

〔園林〕何校作「林園」。

狂吟七言十四韻

亦知世是休明世，自想身非富貴身。但恐人間爲長物，不如林下作遺民。遊依二室成三友，住近雙林當四鄰。性海澄渟平少浪，心田灑掃淨無塵。香山閑宿一千夜，梓澤連遊十六春。是客相逢皆故舊，無僧每見不殷勤。藥停有喜閑銷疾，金盡無憂醉忘貧。補綻衣裳愧妻女，支持酒肉賴交親。俸隨日計錢盈貫，禄逐年支粟滿囷。尚書致仕請半俸，百斛亦五十千，歲給禄粟二千，可爲。洛堰魚鮮供取足，游村果熟饋争新。詩章人與傳千首，壽命天教過七旬。點撿一生儌倖事，東都除我更無人。

【箋】

作於會昌四年（八四四），七十三歲，洛陽，刑部尚書致仕。

【校】

〔題〕當作「十二韻」，各本俱誤。

〔滿困〕此下那波本無注。何校：「『歲給』以下必有脱誤。」又注中「書」字，馬本在「十」字下，誤。據宋本、汪本、全詩、盧校改正。

〔争新〕那波本脱「争」字。

喜裴濤使君攜詩見訪醉中戲贈

忽聞扣户醉吟聲，不覺停杯倒屣迎。共放詩狂同酒癖，與君别是一親情。

【箋】

作於會昌四年（八四四），七十三歲，洛陽，刑部尚書致仕。

〔裴濤使君〕當作「裴儔」，各本俱誤作「濤」。白氏三月三日祓禊洛濱詩序（卷三三）中有「和州刺史裴儔」。舊書卷一七七裴休傳：「肅生三子：儔、休、俅皆登進士第。」寶刻類編卷五：「裴儔，滁州刺史，重游瑯琊溪詩，開成五年六月書。」則當自和州移刺滁州。登科記考卷二〇寶曆元年軍謀宏遠材任邊將科有裴儔，當爲同一人。

【校】

〔題〕萬首「使君」誤作「尚書」。

得潮州楊相公繼之書并詩以此寄之

詩情書意兩殷勤，來自天南瘴海濱。初覩銀鈎還啓齒，細吟瓊什欲沾巾。鳳池隔絶三千里，蝸舍沉冥十五春。唯有新昌故園月，至今分照兩鄉人。鳳池，屬楊相也。蝸舍，自謂也。

【箋】

約作於會昌三年（八四三）至會昌四年（八四四），洛陽，刑部尚書致仕。

〔潮州楊相公繼之〕楊嗣復。見卷三五寄潮州繼之詩箋。城按：是時嗣復仍在潮州司馬任。又白氏六年立春日人日詩（本卷）云：「試作循潮封眼看」，可知其會昌六年春仍在潮州也。

【校】

〔兩鄉人〕此下馬本無注。

宿府池西亭

池上平橋橋下亭，夜深睡覺上橋行。白頭老尹重來宿，十五年前舊月明。

【箋】

作於會昌五年（八四五），七十四歲，洛陽，刑部尚書致仕。見汪譜。

【校】

〔題〕萬首作「宿府西亭」。

閑眠

暖牀斜臥日曛腰，一覺閑眠百病銷。盡日一飧茶兩椀，更無所要到明朝。

【箋】

作於會昌五年（八四五），七十四歲，洛陽，刑部尚書致仕。

永豐坊西南角園中有垂柳一株柔條極茂白尚書曾賦詩傳入樂府遍流京都近有詔旨取兩枝植於禁苑乃知一顧增十倍之價非虚言也因此偶成絶句非敢繼和前篇

白尚書篇云

一樹春風千萬枝，嫩如金色軟於絲。永豐西角荒園裏，盡日無人屬阿誰？

【箋】

作於會昌五年(八四五)，七十四歲，洛陽，刑部尚書致仕。孟棨本事詩：「白尚書姬人樊素善歌，姬人小蠻善舞，嘗爲詩曰：『櫻桃樊素口，楊柳小蠻腰。』年既高邁，而小蠻方豐豔，因爲楊柳之詞以託意，曰：『一樹春風萬萬枝，嫩於金色軟於絲。永豐坊裏東南角，盡日無人屬阿誰？』及宣宗朝，國樂唱是詞，上問：『誰詞？永豐在何處？』左右具以對之。遂因東使，命取永豐柳兩枝植於禁中。白感上知其名，且好尚風雅，又爲詩一章，其末句云：『定知此後天文裏，柳宿光中添兩枝。』」汪立名本白香山詩集後集卷十七及全詩引雲溪友議與本事詩同。城按：今本雲溪友議無此條，且宣宗時居易已卒，本事詩所云「白感上知其名」云云，亦失實。

〔永豐坊〕在洛陽長夏門之東第一街。見兩京城坊考卷五。又程鴻詔兩京城坊考校補記云：「事詳雲溪友議引白詩『永豐坊裏東南角』，白集作『永豐西角荒園裏』。按西南是也。又宣宗取入禁中乃兩株。」

【校】

〔題〕馬本作「和白尚書賦垂柳有序」。盧校：「此九字宋本無，其『永豐坊西南角』云云，即題也，非序也。其詩之次序，馬本亦顛倒不順。」城按：盧校是。「一樹春風」一首，馬本編在「一樹衰殘」一首之後，第二首「一樹依依在永豐」，馬本編在最末。今據宋本、那波本改。又汪本、全詩此首題俱作「楊柳枝詞」。

〔千萬〕樂府作「萬萬」。

河南尹盧貞和

一樹依依在永豐，兩枝飛去杳無蹤。玉皇曾採人間曲，應逐歌聲入九重。

【箋】

〔盧貞〕見卷三五盧尹賀夢得會中作詩箋。

【校】

〔題〕此首及下一首，汪本、全詩俱作「詔取永豐柳植禁苑感賦」。汪本此首後增東都留守韓琮和詩一首云：「新柳歌中得翠條，遠移金殿種青霄。上陽宮女吞聲送，不分先歸舞細腰。」

刑部尚書致仕白居易和

一樹衰殘委泥土，雙枝榮耀植天庭。定知玄象今春後，柳宿光中添兩星。

齋居春久感事遺懷

齋戒坐三旬，笙歌發四鄰。月明停酒夜，眼闇看花人。賴學空爲觀，深知念是塵。猶思閑語笑，未忘舊交親。久作龍門主，多爲兔苑賓。水嬉歌盡日，雪宴燭通晨。事事皆過分，時時自問身。風光抛得也，七十四年春。

【箋】作於會昌五年（八四五），七十四歲，洛陽，刑部尚書致仕。見汪譜。

【校】〔眼闇〕「眼」，馬本訛作「眠」，據宋本、那波本、汪本、全詩改正。

每見呂南二郎中新文輒竊有所歎惜因成長句以詠所懷

雙金百鍊少人知，縱我知君徒爾爲。望梅閣老無妨渴，二賢詞藻爲瞻麗，衆多以予曾忝制誥，此官故呼閣老。畫餅尚書不救飢。喻無益自戲也。白日迴頭看又晚，青雲舉足躡何遲。壯年可惜虚銷擲，遣把閑杯吟詠詩。

【箋】

約作於會昌四年（八四四）至會昌五年（八四五），洛陽，刑部尚書致仕。

〔呂郎中〕呂食。城按：全詩卷五四七朱景玄題呂食新水閣兼寄南商州郎中詩，亦以呂食、南卓並稱，故知白詩中之「呂郎中」即呂食。一説爲會昌任秘書少監、商州刺史之呂述，疑非其人。

〔南郎中〕南卓。即白氏詩中之「南侍御」及「南洛陽」。見卷三六南侍御以石相贈助成水聲因以絶句謝之詩箋。並參見酬南洛陽早春見贈詩（卷三六）。按：卓遷郎中當在洛陽令後。

【校】

〔妨渴〕此下那波本無注，後同。注中「爲」疑衍，全詩無「爲」及「此官」二字。

〔救飢〕此下小注宋本、馬本俱誤作「喻無戲自益也」，據汪本、全詩、盧校改正。

胡吉鄭劉盧張等六賢皆多年壽予亦次焉偶於弊居合成尚齒之會七老相顧既醉甚歡静而思之此會稀有因成七言六韻以紀之傳好事者

七人五百七十歲，拖紫紆朱垂白鬚。手裏無金莫嗟嘆，樽中有酒且歡娱。詩吟兩句神還王，酒飲三杯氣尚粗。嵬峨狂歌教婢拍，婆娑醉舞遣孫扶。天年高過二疏傅，人數多於四皓圖。除却三山五天竺，人間此會更應無？三仙山、五天竺圖，多老壽者。

前懷州司馬安定胡杲，年八十九。

衛尉卿致仕馮翊吉皎，年八十六。

前右龍武軍長史滎陽鄭據，年八十四。

前慈州刺史廣平劉真，年八十二。

前侍御史内供奉官范陽盧貞，年八十二。

前永州刺史清河張渾，年七十四。

刑部尚書致仕太原白居易，年七十四。

已上七人合五百七十歲，會昌五年三月二十一日於白家履道宅同宴，宴罷賦時。時秘書監狄兼謨、河南尹盧貞，以年未七十，雖與會而不及列。

【箋】作於會昌五年（八四五），七十四歲，洛陽，刑部尚書致仕。見汪譜。城按：此詩汪本編在補遺卷下，那波本編在卷七一。新書卷一一九白居易傳：「嘗與胡杲、吉旼、鄭據、劉真、盧真、張渾、狄兼謨、盧貞燕集，皆高年不事者，人慕之，繪爲九老圖。」趙翼甌北詩話卷四：「香山九老圖故事，新唐書謂居易與胡杲、吉旼、鄭據、劉真、盧真、張渾、狄兼謨、盧貞讌集，皆高年不事者。人慕之，繪爲九老圖。此未考香山集也。其自序七老會詩，謂胡、吉、劉、鄭、盧、張六賢皆多年壽，余亦次焉。在履道坊合成尚齒之會，七老相顧，以爲希有，各賦七言六韻一章以紀之，時會昌五年三月二十四日也。秘書監狄兼謨、河南尹盧真（城按：真當作貞）以年未七十，雖與會而不及列。後序又云：其年夏，又有二老李元爽、僧如滿，年貌絶倫，亦來斯會，續命書姓名年齒，寫其形貌，附於圖右，與前七老，題爲九老圖，是七老内無狄、盧二人，增元爽、如滿爲九老也。今汪立名本，並考諸人官位年壽及詩附於後，較爲詳核。惟『吉旼』作『吉皎』，稍異，今並載之。前懷州司馬安定胡杲（年八十九），衛尉卿致仕馮翊吉皎（年八十八），前磁州刺史廣平劉真（年八十七），前右龍武軍長史滎陽鄭據（年八十五），前侍御史内供奉范陽盧真（年八十三），前永州刺史清河張渾（年七十七）。洛中遺老李元爽（年一百三十六），僧如滿（年九十五），此二人無詩，香山各作一絶句贈之。宋元豐五年，文潞公以太尉留守西京，時富韓公以司徒致仕，公慕白樂天九老會，乃集洛中卿大夫年德高者，爲耆英會，就資聖院建大厦曰耆英堂，閩人鄭奂繪像堂中。時富公年七十九，潞公與司封郎中席汝言皆七十七，朝議大夫王尚恭七十六，太常少卿趙丙、秘書監劉幾、衞州防禦使馮行己七十五，天章閣待制楚建中、朝議大夫王慎言皆七十二，大中大夫張問、龍圖閣直學士張燾皆七十。時宣徽使王拱宸留守北京，貽書願與斯會，年七十一。獨司馬温公年未七十，潞公素重其人，用唐九老狄兼謨故事，請入會，見朱子名臣言行録。」郭夢星午窗隨筆卷三則云：「兩説矛盾，而甌北存而不辨者，其以兼謨入會見於朱子名臣言行録，惟時新唐書已出，朱子本之以立言，故不再辨歟？」按：據白集，則九老狄兼謨不在内，新書所載非是。「吉旼」各本白集均作「吉皎」。

〔吉皎〕白氏四年春（卷三四）云：「分司吉傅頻過舍」，當即此人。

〔范陽盧貞〕即白詩中之盧子蒙。見卷三六覽盧子蒙侍御舊詩多與微之唱和感今傷昔因贈子蒙題於卷後詩箋。

〔秘書監狄兼謨〕新書卷二五狄仁傑傳：「武宗子峴封爲益王，命兼謨爲傳，俄領天平節度使。辭疾，以秘書監歸洛陽。遷東都留守，卒。」城按：武宗會昌二年十月封子峴爲益王，見新書武宗紀。唐方鎮年表卷三係兼謨爲天平節度在會昌三年及四年，則以秘書監歸洛陽在會昌四年以後，與白氏此詩時間相合。

〔河南尹盧貞〕見卷三五盧尹賀夢得會中作詩箋。城按：唐方鎮年表考證卷下云：「按白集，會昌四年□月有河南尹盧貞。樊南文集有爲盧尹賀上尊號表（會昌五年正月上尊號），此貞會昌四年以前爲嶺南之證。」考白詩，貞會昌元年已爲河南尹，其爲嶺南節度必在會昌五年之後，唐方鎮年表考證謂在會昌四年前，誤。

【校】

〔題〕汪本作「七老會詩」，「胡吉」以下五十六字爲序，文作「胡吉劉鄭盧張等六賢皆多年壽余亦次焉偶於東都敝居履道坊合成尚齒之會七老相顧既醉且歡静而思之此會希有因各賦七言六韻詩一章以紀之或傳諸好事者會昌五年三月二十四日於白家履道宅同宴宴罷賦詩時秘書監狄兼謨河南尹盧貞以年未七十雖與會而不及列」，後附胡杲、吉皎、劉真、鄭據、盧貞、張渾六老詩。

〔五百七十歲〕汪本作「五百八十四」，全詩「七十歲」下注云：「一作『八十四』。」城按：汪本：白居易作「七十四」，胡杲作「八十九」，吉皎作「八十八」，劉真作「八十七」，鄭據作「八十五」，盧真作「八十三」，張渾作「七十七」，七人合五百八十三歲。汪本合計數誤。

〔詩吟兩句神還王〕「詩吟兩句」，汪本作「吟成六韻」，全詩注云：「一作『吟成六韻』。」「還」，馬本作「猶」，據宋本、那波本、汪本、全詩改。「王」，汪本作「壯」。

〔酒飲〕汪本作「飲到」。全詩注云：「一作『飲到』。」

〔二疏傳〕「傳」，宋本、那波本俱作「傳」。

〔應無〕此下那波本無注。注中「圖」字，汪本、全詩俱作「國」。又「老」字，馬本誤作「有」，據宋本、汪本、全詩改正。

〔滎陽〕「滎」，馬本訛作「榮」，據宋本、那波本、汪本、盧校改正。

〔盧貞年八十二〕「貞」，馬本、汪本、全詩俱訛作「真」，據宋本、那波本、盧校改正。又「八十二」，馬本、全詩俱誤作「七十二」，據宋本、那波本、盧校改正。

歡喜二偈

得老加年誠可喜，當春對酒亦宜歡。心中別有歡喜事，開得龍門八節灘。

眼暗頭旋耳重聽平聲，唯餘心口尚醒醒。今朝歡喜緣何事？禮徹佛名百部經。

【箋】

約作於會昌四年（八四四）至會昌五年（八四五），洛陽，刑部尚書致仕。城按：此詩以下汪本編在後集卷十七，那波本編在卷七一。

〔八節灘〕見本卷開龍門八節石灘詩二首詩箋。

【校】

〔題〕那波本「偈」下衍「曰」字。

〔重聽〕此下那波本、全詩俱無注。宋本側注作「平」。

閑居貧活計

冠蓋閑居少，簞瓢陋巷深。稱家開户牖，量力置園林。儉薄身都慣，營爲力不任。飢烹一斤肉，暖卧兩重衾。樽有陶潛酒，囊無陸賈金。莫嫌貧活計，更富即勞心。

【箋】作於會昌二年（八四二）至會昌五年（八四五），洛陽，刑部尚書致仕。

【校】〔題〕宋本、那波本俱作「閑居貧活」。何校：「馮校去『計』字，黄校、蘭雪俱有。」

贈諸少年

少年莫笑我蹉跎，聽我狂翁一曲歌。入手榮名取雖少，關心穩事得還多。老慚退馬霑芻秣，謂致仕半禄也。高喜歸鴻脱弋羅。官給俸錢天與壽，些些貧病奈吾何！

【箋】作於會昌二年（八四二）至會昌五年（八四五），洛陽，刑部尚書致仕。

【校】〔芻秣〕那波本此下無注。

感所見

巧者焦勞智者愁，愚翁何喜復何憂？莫嫌山木無人用，大勝籠禽不自由。網外老雞因斷尾，盤中鮮鱠爲吞鉤。誰人會我心中事？冷笑時時一掉頭。

【箋】約作於會昌二年（八四二）至會昌五年（八四五），洛陽，刑部尚書致仕。

寄黔州馬常侍

閑看雙節信爲貴，樂飲一杯誰與同？可惜風情與心力，五年抛擲在黔中。

【箋】作於會昌二年（八四二），七十一歲，洛陽，刑部尚書致仕。

〔黔州馬常侍〕馬植。舊書卷一七六本傳：「開成初，遷安南都護、御史中丞、安南招討使。……三年……以能政就加檢校左散騎常侍，加中散大夫，轉黔中觀察使。會昌中，入爲大理卿。」新傳略同。黔州舊爲黔安郡，唐置黔州，爲江南道黔中觀察使治所。見元和郡縣志卷三〇。

〔五年抛擲在黔中〕馬植開成三年轉黔中觀察使，至會昌二年適爲五年。

和李相公留守題漕上新橋六韻 同用黎字。

選石鋪新路，安橋壓古堤。似從銀漢下，落傍玉川西。影定闌干倒，標高華表齊。烟開虹半見，月冷鶴雙栖。材映夔龍小，功嫌元凱低。從容濟世後，餘力及黔黎。

【箋】約作於會昌元年（八四一）至會昌二年（八四二），洛陽。

〔李相公留守〕東都留守李程。見卷三五雪朝乘興欲詣李司徒留守先以五韻戲之詩箋。城按：李程繼王起爲東都留守在會昌元年春，約卒於會昌二年。其後任爲牛僧孺。見初致仕後戲酬留守牛相公詩箋。

〔漕上〕指洛陽漕渠。兩京城坊考卷五：「漕渠本名通遠渠。自斗門下枝分洛水東北流，至立德坊之南，西溢爲新潭。又東流至歸義坊之西南，有西槽橋。又東流至景行坊之東南，有漕渠橋。又東流經時邕、毓財、積德三坊之南，出郭城之西南。」

閑居

風雨蕭條秋少客，門庭冷静晝多關。金羈駱馬近賣却，羅袖柳枝尋放還。書卷略尋聊取睡，酒杯淺把粗開顔。眼昏入夜休看月，脚重經春不上山。心静無妨喧處寂，機忘兼覺夢中閑。是非愛惡銷停盡，唯寄空身在世間。

【箋】作於開成五年（八四〇），六十九歲，洛陽，太子少傅分司。

【校】〔賣却〕「賣」，宋本、那波本、盧校俱作「貰」。全詩注云：「一作『貰』。」

新秋夜雨

蟋蟀暮啾啾，光陰不少留。松簷半夜雨，風幌滿牀秋。曙早燈猶在，涼初簟未收。新晴好天氣，誰伴老人遊？

【箋】約作於開成五年（八四〇）至會昌五年（八四五），洛陽。

〔新晴好天氣〕劉禹錫泰娘歌：「有時妝成好天氣，走上皋橋折花戲。」蓋「好天氣」乃唐人習用語。

春眠

枕低被暖身安穩，日照房門帳未開。還有少年春氣味，時時暫到睡中來。

【箋】約作於開成五年（八四〇）至會昌五年（八四五），洛陽。

【校】〔睡中〕全詩作「夢中」。

喜老自嘲

面黑頭雪白，自嫌還自憐。毛龜蓍下老，蝙蝠鼠中仙。名籍同逋客，衣裝類古賢。裘輕披白閬，靴暖蹋烏氈。周易休開卦，陶琴不上絃。任從人棄擲，自與我周旋。鐵馬因疲退，鉛刀以鈍全。行開第八秩，可謂盡天年。時俗謂七十已上爲開第八秩。

【箋】

作於開成五年（八四〇），六十九歲，洛陽，太子少傅分司。

【校】

〔白閬〕此下馬本注云：「徒協切。」

〔天年〕此下那波本無注。注中馬本誤作「時俗十已謂七開第上爲八秩」，據宋本、汪本、全詩、盧校改正。

能無愧

十兩新緜褐，披行暖似春。一團香絮枕，倚坐穩於人。婢僕遣他嘗藥草，兒孫與我拂衣巾。迴看左右能無愧？養活枯殘廢退身。

【箋】約作於會昌元年（八四一）至會昌五年（八四五），洛陽。城按：此詩汪本編在後集卷四，那波本編在卷七一。

河陽石尚書破迴鶻迎貴主過上黨射鷺鷥繪畫爲圖猥蒙見示稱歎不足以詩美之

塞北虜郊隨手破，山東賊壘掉鞭收。烏孫公主歸秦地，白馬將軍入潞州。劍拔青鱗蛇尾活，弦抨赤羽火星流。須知鳥目猶難漏，尚書將入潞府，偶逢水鳥鷺鷥，引弓射之，一發中目，三軍踴躍，其事上聞，詔下美之。縱有天狼豈足憂？畫角三聲刁斗曉，清商一部管絃秋。他時麟閣圖勳業，更合何人居上頭。

【箋】作於會昌五年（八四五），七十四歲，洛陽，刑部尚書致仕。城按：此詩以下汪本編在後集卷十七，那波本編在卷七一。

〔河陽石尚書〕河陽節度使石雄。舊書卷一六一本傳：「會昌初，迴鶻寇天德，詔命劉沔爲招撫迴鶻使。三年，迴鶻大掠雲朔北邊，牙於五原。沔以太原之師屯於雲州。沔謂雄曰：『黠虜離散，不足驅除，國家以公主之故，不欲急攻。今觀其所爲，氣凌我輩，若稟朝旨，或恐依違，我輩捍邊，但能除患，專之可也。公可選驍健，乘其不意，徑趨虜帳，彼以疾雷之勢，不暇枝梧，必棄公主亡竄，事苟不捷，吾自繼進，亦無患也。』雄受教，自選勁騎，得沙陀李國昌三部落兼契苾、拓拔雜虜三千騎，月暗，夜發馬邑，徑趨烏介之牙。時虜帳逼振武，雄既入城，登堞視其衆寡，見氈車數十，從者皆衣朱碧，類華人服飾。雄令諜者訊之：『此何大人？』虜曰：『此公主帳也。』雄喻其人曰：『國家兵馬欲取可汗，公主至此，家國也。須謀歸路，俟兵合時不得動帳幕。』雄乃大率城内牛馬雜畜及大鼓，夜穴城爲十餘門。遲明，城上立旗幟炬火，乃於諸門縱其牛畜，鼓噪從之，直犯烏介牙帳。炬火燭天，鼓譟動地，可汗惶駭莫測，率騎而奔。雄率勁騎追至殺胡山，急擊之，斬首萬級，生擒五千，羊馬車帳皆委之而去。遂迎公主還太原。以功加檢校左散騎常侍、豐州刺史、兼御史大夫、天德防禦等使。……俄而昭義劉從諫卒，其子稹擅主軍務，朝議問罪。令徐帥李彦佐爲潞府西南面招撫使，以晉州刺史李丕爲副。時王宰在萬善栅，劉沔在石會，相顧未進。雄受代之翌日，越烏嶺，破賊五砦，斬獲千計。武宗聞捷大悦，謂侍臣曰：『今之義而有勇，罕有雄之比者。』雄既率先破賊，不旬日，王宰收天井關，何弘敬、王元逵亦收磁、洺等郡。先是潞州狂人折腰於市，謂人曰：『雄七千人至矣。』劉從諫捕而誅之。及稹危蹙，大將郭誼密款請斬稹歸朝，軍中疑其詐。

雄倡言曰：『賊稹之叛，郭誼爲謀主，今請斬稹即誼自謀，又何疑焉！』武宗亦以狂人之言，詔雄以七千兵受降，雄即徑馳潞州降誼，盡擒其黨與。賊平，進加檢校司空。」新書卷一七一本傳略同。城按：雄充河陽節度在會昌四年十二月。新書卷一七一本傳：「雄以七千人徑薄潞受誼降，進檢校兵部尚書，徙河陽。」通鑑卷二四八武宗會昌四年：「（十二月），河中節度使石雄爲河陽節度使。」則此詩必作於會昌五年。花房英樹白氏文集の批判的研究繫於會昌三年，又其白居易研究附白居易年譜繫於會昌四年，俱非是。又，顧學頡白居易年譜簡編繫此詩於會昌三年，亦誤。

〔上黨〕潞州上黨郡，唐屬河東道，爲澤潞節度使治所。見元和郡縣志卷十五。

【校】

〔難漏〕此下那波本無注。注中「三軍」下，宋本、汪本俱脱「踴」字。

自詠老身示諸家屬

壽及七十五，俸霑五十千。夫妻偕老日，甥姪聚居年。粥美嘗新米，袍温换故緜。家居雖濩落，眷屬幸團圓。置榻素屏下，移爐青帳前。書聽孫子讀，湯看侍兒煎。走筆還詩債，抽衣當藥錢。支分閑事了，爬背向陽眠。

【箋】

作於會昌六年（八四六），七十五歲，洛陽，刑部尚書致仕。見汪譜。

【校】

〔偕老〕「偕」，宋本、那波本俱作「皆」，字通。

〔濩落〕「濩」，宋本訛作「穫」。

〔爬背〕「爬」，宋本、那波本俱作「把」。

自問此心呈諸老伴

朝問此心何所思？暮問此心何所爲？不入公門慵斂手，不看人面免低眉。居士室間眠得所，少年場上飲非宜。閑談亹亹留諸老，美醞徐徐進一巵。心未曾求過分事，身常少有不安時。此心除自謀身外，更問其餘盡不知。

【箋】

作於會昌六年（八四六），七十五歲，洛陽。

六年立春日人日作

二日立春人七日，盤蔬餅餌逐時新。年方吉鄭猶爲少，家比劉韓未是貧。鄉園節歲應堪重，親故歡遊莫厭頻。試作循潮封眼想，何由得見洛陽春？分司致仕官中，吉傅鄭諮議最老，韓庶子、劉員外尤貧，循、潮、封三郡遷客皆洛下舊遊也。

【箋】

作於會昌六年（八四六），七十五歲，洛陽，刑部尚書致仕。見汪譜。

〔吉鄭〕此詩自注謂指吉傅及鄭諮議。城按：吉傅即吉皎，鄭諮議即鄭據。見本卷七老會詩。

〔試作循潮封眼想〕循州指牛僧孺之貶，潮州指楊嗣復之貶，封州指李宗閔之貶。通鑑卷二四八，武宗會昌四年：「十一月，復貶牛僧孺循州長史，宗閔長流封州。」楊嗣復：參見本卷得潮州楊相公繼之書并詩以此寄之詩箋。

〔劉員外〕疑爲七老會詩中之劉真。

【校】

〔洛陽春〕此下那波本無注。宋本注誤作「分司致仕官中吉傅諮議最老韓庶子尤貧循潮封三郡遷客老劉員外韓皆洛下舊遊也」。

齋居偶作

童子裝爐火，行添一炷香。老翁持麈尾，坐拂半張牀。卷縵看天色，移齋近日陽。甘鮮新餅果，穩暖舊衣裳。止足安生理，優閑樂性場。是非一以遣，動靜百無妨。豈有物相累？兼無情可忘。不須憂老病，心是自醫王。

【箋】作於會昌六年（八四六），七十五歲，洛陽，刑部尚書致仕。

詠身

自中風來三歷閏，病風八年，凡三閏矣。從懸車後幾逢春？周南留滯稱遺老，見太史公傳。漢上羸殘號半人。見習鑿齒傳。薄有文章傳子弟，斷無書札答交親。餘年自問將何用？恐是人間賸長身。

【箋】作於會昌六年（八四六），七十五歲，洛陽，刑部尚書致仕。

【校】〔三歷閏〕此下那波本無注，下同。

〔傳子弟〕「傳」，馬本訛作「傅」，據宋本、那波本、汪本、全詩改正。

予與山南王僕射淮南李僕射事歷五朝踰三紀海內年輩今唯三人榮路雖殊交情不替聊題長句寄舉之公垂二相公

故交海內只三人，二坐巖廊一臥雲。老愛詩書還似我，榮兼將相不如君。百年膠漆初心在，萬里煙霄中路分。阿閣鸞凰野田鶴，何人信道舊同羣？

【箋】作於會昌六年（八四六），七十五歲，洛陽，刑部尚書致仕。見汪譜。

〔山南王僕射〕王起。會昌四年，正拜左僕射。其年秋，出爲興元尹、兼同平章事、充山南西道節度使。在鎮二年，大中元年卒於鎮，年八十八。見舊書卷一六四本傳。

〔淮南李僕射〕李紳。紳罷相再爲淮南節度在會昌四年閏七月。會昌六年七月卒於任所。見新書宰相表下、通鑑卷二四八唐紀六四。

〔舉之相公〕王起。見前箋。

〔公垂相公〕李紳。新書武宗紀：「（會昌二年）二月丁丑，淮南節度副大使李紳爲中書侍郎、同中書門下平章事。」王惲玉堂嘉話卷一載孔温業李紳拜相制所載爲「會昌二年二月十二日」，與新紀合。舊紀、册府元龜卷七四帝王部七四命相、舊傳謂入相在會昌元年，俱誤。

【校】

〔題〕英華誤作「寄荆南淮南二相公」。汪本「山南」下注云：「英華作『荆南』。」全詩「山」下注云：「一作『荆』。」亦非。

〔二坐〕「二」，英華作「兩」，注云：「集作『二』。」

〔還似我〕英華作「應似我」。全詩注云：「一作『應是我』。」

〔何人〕「何」，英華作「誰」。全詩注云：「一作『誰』。」

讀道德經

玄元皇帝著遺文，烏角先生仰後塵。金玉滿堂非己物，子孫委蜕是他人。世間盡不關吾事，天下無親於我身。只有一身宜愛護，少教冰炭逼心神。

【箋】約作於會昌二年（八四二）至會昌六年（八四六），洛陽。

禽蟲十二章 并序

莊列寓言，風騷比興，多假蟲鳥以爲筌蹄。故詩義始於關雎鵲巢，道説先乎鯤鵬蜩鷃之類是也。予閑居，乘興偶作一十二章，頗類志怪放言，每章可致一哂，一哂之外，亦有以自警其衰耄封執之惑焉。頃如此作，多與故人微之夢得共之。微之夢得嘗云：此乃九奏中新聲，八珍中異味也。有旨哉！有旨哉！今則獨吟，想二君在目，能無恨乎！

燕違戊己鵲避歲，茲事因何羽族知？疑有鳳王頒鳥曆，一時一日不參差。不知其然也。鷰銜泥常避戊己日，鵲巢口常避太歲，驗之皆信。

水中科斗長成蛙，林下桑蟲老作蛾。蛙跳蛾舞仰頭笑，焉用鵾鵬鱗羽多？齊物也。

江魚羣從稱妻妾，塞雁聯行號弟兄。但恐世間真眷屬，親疏亦是强爲名。故名也，江、沱間有魚，每游輒三，如媵隨妻，一先二後，土人號爲婢妾魚。禮云：「鴈兄弟行。」

蠶老繭成不庇身，蜂飢蜜熟屬他人。須知年老憂家者，恐是二蟲虚苦辛。自警也。

阿閣鴉鸞田舍烏，妍媸貴賤兩懸殊。如何閉向深籠裏，一種摧頽觸四隅？有所感也。

獸中刀槍多怒吼，鳥遭羅弋盡哀鳴。羔羊口在緣何事，闇死屠門無一聲？有所悲也。

蟭螟殺敵蚊巢上，蠻觸交争蝸角中。應似諸天觀下界，一微塵内鬬英雄。自照也。

蠨蛸網上罥蜉蝣，反覆相持死始休。何異浮生臨老日，一彈指頃報恩讎？誡報也。

蟻王化飯爲臣妾，螺母偷蟲作子孫。彼此假名非本物，其間何怨復何恩？

豆苗鹿嚼解烏毒，艾葉雀銜奪燕巢。鳥獸不曾看本草，諳知藥性是誰教？嘗獵者説云：鹿若中箭發，即嚼豆葉食之，多消解。箭毒多用烏頭，故云烏毒。又燕惡艾，雀欲奪其窠，先銜一艾致其窠，輒避去，因而有之。

一鼠得仙生羽翼，衆鼠相看有羨色。豈知飛上未半空，已作烏鳶口中食？

鵜乳養雛遺在水，魚心想子變成鱗。細微幽隱何窮事，知者唯應是聖人。鵜放乳水中，不能離，羣雛從而食之皆飽，而去之。又如魚想子，子成魚，並皆是佛經中說。

【箋】

約作於會昌三年（八四三）至會昌六年（八四六），洛陽，刑部尚書致仕。何義門云：「七八二篇似指牛羊、二李更相傾軋。」城按：何説猶未甚諦。蓋當時甘露之變前後長安政局至爲複雜，牛李兩黨既交惡傾軋於前，至大和末李訓、鄭注用事，盡逐牛李之黨。李德裕既外貶，注又素惡京兆尹楊虞卿（牛黨重要人物），構貶虔州，李宗閔論救，亦坐貶。大和九年十一月二十一日，宰相李訓、舒元輿及鄭注等謀誅宦官不克，左神策軍中尉仇士良殺李訓、舒元輿、王涯、賈餗、鄭注、郭行餘等，死者數百人，史稱甘露之變。居易暮年退居洛陽，雖獲幸免，而嫉惡宦官之初志，並未稍渝，故假此寓言以抒其憤慨之情，殊非後之淺人創「幸禍之説」者所能解。如此詩所云：「阿閣鵷鸞田舍烏，妍媸貴賤兩懸殊。如何閉向深籠裏，一種摧頹觸四隅？」（自注：有所感也。）又云：「獸中刀鎗多怒吼，鳥遭羅弋盡哀鳴。羔羊口在緣何事，闇死屠門無一聲？」（自注：有所悲也。）其所悲所感之寓意較之七八兩篇尤爲明顯，蓋惜朝士（如賈餗、郭行餘、舒元輿等俱與居易交誼深厚者）之爲中官殺戮，亦所以自傷也。又卷三三問鶴、代鶴答，卷三六池鶴八絶句等詩俱可參看。

〔燕違戊己鵲避歲〕猗覺寮雜記卷上：「燕作巢避戊己，又惡艾，雀欲奪其巢，則銜艾在其中，燕即去，見白樂天集。顧況燕于巢詩序云：『不以甲乙銜泥』，其詩云：『燕燕于巢，綴緝維戊。』

與樂天所言不同。」俞樾茶香室續鈔卷二四：「明郎瑛七修類稿云：『燕，水鳥也。故名玄鳥。其來去皆避社日，不以戊己日取土爲巢，書戊己於巢則去，皆因土克水故也。顧況詩云：燕燕于巢，綴緝維戊。錯矣。樂天云：不以甲乙銜泥。此可謂既失之鷩，又失之蟆矣。』按：樂天禽蟲詩云：『燕違戊己鵲避歲』，初無甲乙之説，郎氏不知何據？」城按：郎氏蓋誤以顧況詩序中語爲白氏之説。

〔蟻王化飯爲臣妾四句〕湯顯祖南柯夢記題詞云：「白舍人之詩曰：『蟻王乞食爲臣妾，螺母偷蟲作子孫。彼此假名非本物，其間何怨復何恩？』世人妄以眷屬富貴影像，執爲吾想。不知虛空中一大穴也，倏來而去，有何家之可到哉！……」又，白氏六帖事類集卷十四異姓爲後第四十三：「螟蛉有子，蜾蠃負之。」

【校】

〔題〕第一至第十二首前，宋本、那波本俱有「第一」、「第二」、「第三」、「第四」、「第五」、「第六」、「第七」、「第八」、「第九」、「第十」、「第十一」、「第十二」等字。

〔鳳王〕「王」，馬本、汪本、全詩俱作「凰」，據宋本、那波本、盧校改。全詩注云：「一作『王』。」

〔參差〕此下那波本無注，下同。

〔强爲名〕注中「雁兄弟行」四字，盧校謂「當作『兄弟雁行』」。

〔獸中〕此下馬本、全詩俱無注，據宋本增。汪本注云：「去聲。」

〔屠門〕「屠」，馬本訛作「都」，據宋本、那波本、汪本、全詩改正。

〔螺母〕「螺」，汪本、全詩俱作「蜾」。那波本作「蠃」。城按：「螺」、「蜾」、「蠃」三字俱可通。

〔聖人〕注中「去」字馬本脱，據汪本、全詩補。宋本誤作「肌」。盧校：「『皆飽而肌之』，『肌』字疑誤。汪本作『去』，亦未是。」又宋本「並」下有「皆」字。

白居易集箋校卷第三十八

詩賦 凡十五首

動静交相養賦 并序

居易常見今之立身從事者，有失於動，有失於静，由斯動静俱不得其時與理也。因述其所以然，用自儆導，命曰動静交相養賦云。

天地有常道，萬物有常性。道不可以終静，濟之以動；性不可以終動，濟之以静。養之則兩全而交利，不養之則兩傷而交病。故聖人取諸震以發身，受諸復而知命。所以莊子曰：「智養恬。」易曰：「蒙養正。」吾觀天文，其中有程。日明則月晦，日晦則月明。明晦交養晝夜乃成。吾觀歲功，其中有信。陽進則陰退，陽退則陰進。

進退交養，寒暑乃順。且躁者本於静也，斯則躁爲民，静爲君。以民養君，教化之根，則動養静之道斯存。且有者生於無也，斯則無爲母，有爲子。以母養子，生成之理，則静養動之理明矣。所以動之爲用，在氣爲春，在鳥爲飛。在舟爲楫，在弩爲機。不有動也，静將疇依？所以静之爲用，在蟲爲蟄，在水爲止。在門爲鍵，在輪爲梶。不有静也，動奚資始？則知動兮静所伏，静兮動所倚。吾何以知交養之然哉！以此有以見人之生於世，出處相濟。必有時而行，非匏瓜不可以長繫。人之善其身，枉直相循。必有時而屈，故尺蠖不可以長伸。嗟夫！今之人知動之可以成功，不知非其時動必爲凶。知静之可以立德，不知非其理静亦爲賊。大矣哉！動静之際，聖人其難之。先之則過時，後之則不及時。交養之間，不容毫釐。故老氏觀妙，顔氏知機。噫！非二君子，吾誰與歸？

【箋】

作於貞元十八年（八〇二）以前，長安。城按：此賦蓋爲後世制義八股之濫觴。李調元賦話卷一：「唐白居易動静交相養賦云：『所以動之爲用，在氣爲春，在鳥爲飛。在舟爲檝，在弩爲機。不有動也，静將疇依？所以静之爲用，在蟲爲蟄，在水爲止。在門爲鍵，在輪爲梶。不有静也，動奚資始。』超超玄箸，中多見道之言，不當徒以慧業文人相目。且通篇局陣整齊，兩兩相比，此調自樂天創爲之，後來制義分股之法，實濫觴於此。」林春溥開卷偶得卷十：「白樂天動静交相養賦，其體裁絶似今之八股，乃自此體已開自唐，不自宋人始也。」此卷文那波本編在卷二一。

【校】

〔由斯〕文粹、英華、全文俱作「斯由」。

〔儆導〕「導」，英華、全文俱作「遵」。

〔終静〕那波本作「終動」，誤。

〔以動〕那波本作「以静」，誤。

〔不養之〕三字全文作「不養」。

〔受諸〕「諸」，文粹、英華俱作「以」，英華注云：「一作『諸』。」

〔莊子〕「子」，文粹、英華俱作「生」。英華注云：「一作『子』。」

〔養正〕此下文粹、英華、全文俱有「者也」二字。

〔静養動之理〕「理」，文粹、英華俱作「義」。

〔爲鍵〕「鍵」，文粹作「楗」。城按：「鍵」、「楗」字通。

〔在輪〕「輪」，那波本訛作「輸」。

〔動奚資始〕「動」下馬本衍「將」字，據各本改正。

〔長繫〕「繫」，英華作「伸」，誤。

〔必爲凶〕「必」，文粹、全文俱作「亦」。英華注云：「一作『亦』。」

〔毫釐〕「釐」，宋本、盧校俱作「氂」，字通。

〔知機〕「機」，宋本、文粹、英華俱作「幾」。

汎渭賦　并序

右丞相高公之掌貢舉也，予以鄉貢進士舉及第。左丞相鄭公之領選部也，予以書判拔萃選登科。十九年，天子並命二公對掌鈞軸，朝野無事，人物甚安。明年春，予爲校書郎，始徙家秦中，卜居於渭上。上樂時和歲稔，萬物得其宜；下樂名遂官閑，一身得其所。既美二公佐清朝之理，又荷二公垂特達之恩。發於嗟嘆，流於詠歌，于時汎舟于渭，因爲汎渭賦以導其意。詞曰：

亭亭華山下有人，跂兮望兮，愛彼三峯之白雲。汎汎渭水上有舟，沿兮泝兮，愛彼百里之清流。以我爲太平之人兮，得於斯而優遊。又感陽春之氣熙熙兮，樂天和而不憂。曰予生之年兮，時哉時哉！當皇唐受命之九葉兮，華與夷而無氛埃。及帝纘位之二紀兮，命高與鄭爲鹽梅。二賢兮爰立，四門兮大開。凡讀儒書與履儒行者，率充賦而西來。雖片藝而必收兮，故不棄予之小才。感再遇於知己，心慚怍以徘徊。登予名於太常，署予職於蘭臺。臺有蘭兮閣有芸，芳菲菲其可襲。備一官而無一事，又不維而不縶。家去省兮百里，每三旬而一入。川有渭兮山有華，澹悠悠其可賞。目白雲兮漱清流，其或偃而或仰。門去渭兮百步，常一日而三往。夜分兮叩舷，天無雲兮水無煙。遲遲兮明月，波澹灩兮棹寅緣。日暮兮舟泊，草萋萋兮沙漠漠。習習兮春風，岸柳動兮渚花落。發浩歌以長引，舉濁醪而緩酌。春冉冉其將盡，予何爲乎不樂。鳥樂兮雲際，鳴嚶嚶兮飛裔裔。魚樂兮泉底，鬐撥撥兮尾瀲瀲。我樂兮聖代，心融融兮神泄泄。伊萬物各樂其樂者，由聖賢之相契。賢致聖於無爲，聖致賢於既濟。凝爲和兮聚五福，發爲春兮消六沴。不我後兮不我先，適當我兮生之代。彼鱗蟲兮與羽族，咸知樂而不知惠。我爲人兮最靈，所以媿賢相而荷聖帝。樂乎樂乎！汎于渭兮詠而歸，聊逍遥以卒歲。

【箋】

作於貞元二十年（八〇四），三十三歲，下邽。校書郎。見陳譜及汪譜。

〔渭〕渭水。清統志西安府：「渭水在府北，自鳳翔府郿縣、乾州武功縣流入境，逕盩厔縣北。」明統志西安府：「渭河在府城北五十里，出臨洮府渭源縣鳥鼠山西北谷，東流經盩厔、興平、咸陽、渭南至華陰界入黄河。」

〔右丞相高公〕高郢。舊書卷一六六白居易傳：「二十七舉進士。貞元末，進士尚馳競，不尚文，就中六籍尤擯落，禮部侍郎高郢始用經藝爲進退，樂天一舉擢上第。」參見卷十三與諸同年賀座主侍郎新拜太常同宴蕭尚書亭子詩箋。

〔左丞相鄭公〕鄭珣瑜。新書卷一六五有傳。城按：貞元十九年十二月庚申，太常卿高郢爲中書侍郎，吏部侍郎鄭珣瑜爲門下侍郎，並同中書門下平章事。見新書宰相表。

〔卜居於渭上〕見卷十渭村雨歸詩箋。又同卷西原晚望云：「故園汴水上，離亂不堪去。近歲始移家，飄然此村居。」即指貞元二十年自苻離移家下邽。

【校】

〔題〕「汎」，文粹、英華俱作「泛」，字通。下同。

〔徙家〕「家」下英華有「於」字，並注云：「一無此字。」

〔清朝〕「朝」，文粹、英華、全文俱作「浄」。英華注云：「一作『朝』。」

〔之恩〕「恩」，文粹、英華俱作「遇」。英華注云：「一作『恩』。」

〔因爲〕「爲」，英華作「作」，注云：「一作『爲』。」

〔愛彼〕「彼」，文粹、英華俱作「愛此」，英華注云：「一作『此』。」

〔之年〕「年」，英華作「幸」，注云：「一作『年』。」

〔華與夷〕文粹、英華、全文俱作「夷與華」。

〔及帝〕「帝」上文粹、英華俱有「皇」字。

〔西來〕「西」，宋本、馬本、那波本、文粹俱誤作「四」，據英華、全文改正。英華注云：「一作『四』。」

〔心慚〕「心」，馬本誤作「必」，據宋本、那波本、文粹、全文、盧校改正。

〔太常〕此下英華有「兮」字，注云：「一無此字。」

〔芸芳菲〕此下英華注云：「一作『芳菲菲』。」

〔無一事〕「事」上文粹、英華、全文俱無「一」字。

〔而一入〕「一」，英華、全文俱作「兩」。英華注云：「一作『一』。」城按：視文意似以「兩」字爲長。

〔悠悠〕此下英華有「兮」字，注云：「一無此字。」

〔清流〕「流」，馬本作「泉」，非。據宋本、那波本、文粹、英華、全文、盧校改。

〔其或〕「其」，文粹、英華俱作「且」。英華注云：「一作『其』。」

〔澹灩〕英華作「灩澹」，注云：「一作『灩澹』。」又「灩」，宋本、那波本俱作「艷」，非。

〔浩歌〕「歌」，英華作「咦」，注云：「一作『歌』。」

〔裔裔〕此下馬本注云：「以智切，羣行貌。」城按：宋本作「褭褭」，字同。

〔各樂〕「樂」，文粹、英華、全文俱作「得」。

〔生之代〕「代」，全文作「世」。

〔汎于渭兮〕「汎」，英華作「浴」，注云：「一作『汎』。」

傷遠行賦

貞元十五年春，吾兄吏于浮梁。分微禄以歸養，命予負米而還鄉。出郊野兮愁予，夫何道路之茫茫！茫茫兮二千五百，自鄱陽而歸洛陽。朝濟乎大江，暮登乎高崗。山險巇，路屈曲，甚孟門與太行。楓林欝其百尋，涵瘴煙之蒼蒼。其中闃其無人，唯鵂鶹之飛翔。水有含沙之毒蟲，山有當路之虎狼。況乎雲雷作而風雨晦，忽霾霾兮不見暘。涉泥濘兮僕夫重膇，陟崔嵬兮征馬玄黄。步一步兮不可進，獨中路兮徬徨！噫！昔我往兮，春草始芳。今我來兮，秋風其凉。獨行踽踽兮惜晝短，孤宿煢煢兮愁夜長。況太夫人抱疾而在堂。自我行役，諒夙夜而憂傷。惟母念子之心，心可測而可量。雖割慈而不言，終藴結乎中腸。曰予弟兮侍左右，固就養而無方。雖温凊之靡闕，詎當我之在傍？無羽翼以輕舉，羨歸雲之飛揚。惟晝夜與寢食之心，曷其弭忘！投山館以寓宿，夜緜緜而未央。獨展轉而不寐，候東方之晨光。雖則驅征車而遵歸路，猶自流鄉淚之浪浪！

【箋】

作於貞元十五年（七九九），二十八歲。見陳譜及汪譜。陳譜貞元十五年己卯：「是歲舉進士於宣州。試射中正鵠賦、窗中列遠岫詩，公預薦送，有傷遠行賦云……蓋公既被薦，乃歸省，而其家當復自徐徙寓洛也。」

〔吾兄吏于浮梁〕指居易之大兄幼文。其爲饒州浮梁縣主簿時，約在貞元十四、五年間。見卷十三自河南經亂關內阻飢兄弟離散各在一處因望月有感……詩箋。

【校】

〔險巇〕「巇」，馬本訛作「有兮」，據宋本、那波本、盧校改正。全文作「歧兮」，亦非。

〔霮䨴〕「霮」下馬本注云：「烏感切。」

〔見暘〕「暘」，馬本、全文俱誤作「日陽」，據宋本、那波本、盧校改正。

〔予弟〕「予」，馬本、全文俱作「有」，據宋本、那波本、盧校改。

宣州試射中正鵠賦 以「諸侯立誡衆士知訓」爲韻，任不依次用韻，限三百五十字已上成。

聖人弦木爲弧，剡木爲矢。唯弧矢之用也，中正鵠而已矣。是謂武之經，禮之紀。故王者務以選諸侯，諸侯用而貢多士。將俾乎禮無秕稗，位有降殺。廣場闢而堵牆開，射夫同而鐘鼓戒。有以致國用，充歲貢，使技癢者出於羣，藝成者推於衆，在乎矢不虛發，弓不再控。射繹志也，信念茲而在茲；鵠小鳥焉，取難中而能中。乃設五正，張三侯。叶吉日於清晝，順殺氣於素秋。禮事展，樂容修。既五善而斯備，將百中而是求。於是誠心內蘊，莊容外奮。升降揖讓，合君子之令儀；進退周旋，伸先王之彝訓。故禮舉而義立，且無聲而有聞。及夫觀者坌入，射者挺立。矢既挾，弓既執。抗大侯，次決拾。指正則掌內必取，料鵠乃彀中所及。雕弧乍滿，當晝而明月彎彎；銀鏑急飛，不夜而流星熠熠。其一發也，驍若徹札。其再中也，捲如貫笠。玉霜降而弓力調，金風勁而弦聲急。愜羣心而踊躍，駭衆目而翕習。若然者，安知不能空彎而雁驚，虛引而猿泣者也？矧乃正其色，温如栗如；游於藝，匪疾匪徐。妙能曲盡，勇可賈餘。豈不以志正形直，心莊體舒。不出正兮，信得禮之大者；無失鵠也，豈反身而求諸？斯蓋弓矢合規，容止有儀。必氣盈而神王，寧心讋而力疲。則知善射者在乎合禮合樂，不必乎飲羽；在乎和容和志，不必乎主皮。夫如是，則射之禮，射之義，雖百世而可知。

【箋】

作於貞元十五年(七九九),二十八歲,宣城。見陳譜及汪譜。城按:李調元賦話卷一:「唐白居易射中正鵠賦云:正其色,温如洒如;游於藝,匪疾匪徐。妙能曲盡,勇可賈餘。此數語乃自道其行文之樂也。」

〔宣州〕舊爲宣城郡。隋改爲宣州。唐武德時復爲宣城郡。後又改爲宣州。爲宣歙觀察使治所。

屬江南道。見元和郡縣志卷二八。

【校】

〔題〕那波本題下無注。英華題無「宣州」二字,小注作「以諸侯立戒衆士知訓爲韻」十一字。全文同英華,題有「宣州」二字。

〔降殺〕那波本作「隆殺」。

〔鐘鼓戒〕「戒」,馬本、全文俱作「誡」,據宋本、那波本、英華、盧校改。

〔有以〕「有」,英華作「于」,注云:「一作『有』。」

〔充歲貢〕「充」,宋本、那波本俱作「終」。英華作「修」。

〔伸先王〕「伸」,英華作「仰」,注云:「一作『伸』。」「王」,馬本訛作「生」,據宋本、那波本、英華、全文、盧校改正。

〔義立〕「立」，馬本、全文俱作「得」，非。據宋本、那波本、盧校改正。

〔有聞〕「聞」，馬本、那波本俱訛作「問」，據宋本、那波本、英華、全文改正。英華注云：「一作『問』。」

〔坌入〕「坌」，馬本注云：「步悶切。」

〔急飛〕「急」，英華作「忽」，注云：「一作『急』。」

〔⿰扌雹如〕「⿰扌雹」，馬本注云：「普伯切。」

〔金風〕英華作「金氣」，注云：「一作『風』。」

〔雁驚〕「驚」，英華作「落」。

〔栗如〕「栗」，英華、盧校俱作「洒」。那波本誤作「酒」。

〔可買〕「可」，英華作「而」，注云：「一作『可』。」

〔不出正兮〕「正」，馬本、全文俱作「範」，據宋本、那波本、英華改。

〔夫如〕「如」上宋本脱「夫」字。

窗中列遠岫詩　題中以平聲爲韻。

天静秋山好，窗開曉翠通。遥憐峯窈窕，不隔竹朦朧。萬點當虛室，千重疊遠空。列簷攢秀氣，緣隙助清風。碧愛新晴後，明宜反照中。宣城郡齋在，望與古時同。

【箋】作於貞元十五年（七九九），二十八歲，宣城。見陳譜及汪譜。城按：此詩汪本編在别集。顧龍振詩學指南卷八應制詩式：「題句本出謝朓郡齋詩。」詩學指南所云即謝玄暉郡内高齋閑坐答吕法曹一首詩（文選卷二六），詩云：「結構何迢遰，曠望極高深。窗中列遠岫，庭際俯喬林。……」

【校】

〔題〕宋本誤作「窗下列遠岫詩」。英華題上有「宣州」二字。那波本題下無注。

〔緣隙〕英華作「緑隙」。

省試性習相遠近賦

以「君子之所慎焉」爲韻，依次用，限三百五十字已上成。中書侍郎高郢下試，貞元十六年二月十四日及第第四人。

噫！下自人，上達君。德以慎立，而性由習分。習則生常，將俾夫善惡區别；慎之在始，必辯乎是非糾紛。原夫性相近者，豈不以有教無類，其歸於一揆？習相遠者，豈不以殊途異致，乃差於千里。昏明波注，導爲愚智之源；邪正歧分，開成理亂之軌。安得不稽其本，謀其始。觀所恒，察所以？考成敗而取捨，審臧否而行止。俾流遁者反迷塗於騷人，積習者遵要道於君子。且夫德莫德於老氏，乃曰道是從矣；聖莫聖於宣尼，亦曰非生知之。則知德在修身，將見素而抱樸；聖由志學，必切問而近思。在乎積藝業於黍累，慎言行於毫釐。故得其門，志彌篤兮性彌近矣；由其徑，習愈精兮道愈遠而。其旨可顯，其義可舉。勿謂習之近，徇迹而相背重阻；勿謂性之遠，反真而相去幾許。亦猶一源派別，隨混澄而或濁或清；一氣脈分，任吹煦而爲寒爲暑。是以君子稽古於時習之初，辯惑於成性之所。然則性者中之和，習者外之徇。中和思於馴致，外徇戒於妄進。非所習而習則性傷，得所習而習則性順。故聖與狂由乎念與罔念，福與禍在乎慎與不慎。慎之義，莫匪乎率道爲本，見善而遷。觀炯誡於既往，審進退於未然。故得之則至性大同，若水濟水也；失之則衆心不等，猶面如面焉。誠哉！性習之説，吾將以爲教先。

【箋】作於貞元十六年（八〇〇），二十九歲，長安。見陳譜及汪譜。陳譜貞元十六年庚辰：「二月十四日，中書舍人高郢下第四人及第，試性習相遠近賦、玉水記方流詩。」原注稱「中書侍郎高郢」，考高郢拜中書侍郎同平章事在貞元十九年，見舊書卷一四七本傳。此時蓋指中書舍人及禮部侍郎而言。唐摭言卷三：「白樂天一舉及第，詩曰：『慈恩塔下題名處，十七人中最少年。』樂天時年二十七，省試性習相近遠賦、玉水記方流詩，攜之謁李涼公逢吉。公時爲校書郎，于時將他適，白遽告之，逢吉行攜行看，初不以爲意，及覽賦頭曰：『噫！下自人上，達由君成（城按：此二句今本撫言有誤）。德以慎立，而性由習分。』逢吉大奇之，遂寫二十餘本，其日，十七本都出。」李調元賦話卷一：「唐人試賦，極重破題，白居易性習相遠近賦云：『噫，下自人，上達君，咸德以慎立，而性由習分。』李涼公逢吉大奇之，爲寫二十餘本。」

【校】〔題〕那波本題下注作「以君子之所慎焉爲韻依次用限三百五十字已上成中書侍郎高郢下試」三十九字。英華題無「省試」二字，小注作「以君子之所慎焉」七字。全文同英華，題有「省試」二字。

〔德以〕此上英華有「咸」字。

〔所恒〕「恒」，英華作「由」。

〔精兮〕「兮」，英華作「而」，注云：「一作『兮』。」〔混澄〕「混」，英華、全文俱作「渾」。英華注云：「一作『混』。」

〔吹煦〕「煦」，馬本、全文俱作「煦」，非。據宋本、那波本、英華改正。

〔而還〕「而」，英華作「則」，注云：「一作『而』。」

〔炯誡〕馬本、全文俱作「誡僞」，非。據宋本、那波本、英華、盧校改正。

〔如面〕「如」，馬本、全文俱作「隔」，非。據宋本、那波本、英華、盧校改。

玉水記方流詩　以流字爲韻，六十字成。

良璞含章久，寒泉徹底幽。矩孚光灔灔，方折浪悠悠。凌亂波紋異，縈迴水性柔。似風摇淺瀨，疑月落清流。潛潁應傍達，藏真豈上浮。玉人如不記，淪棄即千秋。

【箋】

作於貞元十六年（八〇〇），二十九歲，長安。見陳譜及汪譜。汪本編在别集。

【校】

〔矩浮光灔灔〕「矩」，宋本、那波本俱作「尹」。英華作「尹浮光泛泛」。汪本注云：「一作『尹和光泛泛』。」

〔疑月〕「疑」，英華作「如」。汪本注云：「一作『如』。」

求玄珠賦 以「玄非智求珠以真得」爲韻。

至乎哉！玄珠之爲物也，淵淵緜緜，不知其然。存乎視聽之表，生乎天地之先。其中有象，與道相全。求之者刳其心，俾損之又損；得之者反其性，乃玄之又玄。玄無音，聽之則希；珠無體，搏之則微。故以音而求之者妄，以體而得之者非。倏爾去焉，將窅冥而齊往；忽乎來矣，與罔象而同歸。是以聖人之求玄珠也，損明聖，薄仁義，索之惟艱，失之孔易，莫不以心忘心，以智去智。其難得也，劇乎剖巨蚌之胎；其難求也，甚乎待驪龍之睡。夫惟不皦不昧，至明至幽，必致之於馴致，豈求之於躁求？性失則遺，若合浦之徙去；心虛潛至，同夜光之闇投。斯乃動爲道樞，靜爲心符，至光不耀，至真不渝。察之無形，謂其有而非有；應之有信，爲其無而非無。故立喻比夫至寶，强名爲之玄珠。名不徒爾，喻必有以。以不凝滯爲圓，以無瑕疵爲美。蓋外明者不若内明之理，純白者不若虛白之旨。藏於身不藏於川，在乎心不在乎水。然則頤其神，保其真，雖無脛求之必臻；役其識，徇其惑，雖没齒求之不得。則知珠者無形之形，玄者無色之色。亦何必遊赤水之上，造崑丘之側？苟悟漆園之言，可臻玄珠之極。

【箋】

作於貞元十六年（八〇〇），二十九歲。

【校】

〔題〕此下小注宋本、那波本俱脱「爲韻」二字。「玄」全文作「元」，蓋避清諱改，下同。

〔其中有象〕英華作「亘古不改」，注云：「一作『其中有象』。」

〔則微〕「則」，英華作「甚」，注云：「一作『搏之則微』。」

〔損明聖〕「損」，英華作「捐」，注云：「一作『損』。」

〔莫不〕英華、全文俱作「將在乎」，英華注云：「三字一作『莫不』。」

〔待驪龍〕「待」，英華、全文俱作「伺」，英華注云：「一作『待』。」

〔夫惟〕二字英華作「妙乎哉」，「哉」下注云：「一作『夫』。」

〔必致之〕「必」，英華、全文俱作「將」。英華注云：「一作『欲』。」

〔性失〕「失」，英華作「滑」，注云：「一作『失』。」

〔夜光〕「光」，英華作「室」，注云：「一作『光』。」

〔闇投〕英華「暗」下注云：「一作『闇』。」

〔斯乃〕英華作「然則」。

〔至光〕「光」，英華作「明」，注云：「一作『光』。」

〔謂其有〕英華作「謂有」，「謂」下注云：「一有『其』字。」

〔爲其無〕英華作「謂無」，「謂」下注云：「一有『其』字。」

〔故立喻〕「故」，英華作「是以」，注云：「二字一作『故』。」

〔比夫〕英華作「將爲」，注云：「二字一作『比夫』。」

〔無瑕疵〕英華、全文俱作「不炫耀」，英華注云：「三字一作『無瑕疵』。」

〔之理〕「理」，英華作「義」，注云：「一作『理』。」

〔然則〕二字英華作「夫惟外其心」五字，全文作「然則外其心」。又「則」下英華注云：「一作『然則』。」

〔保其真〕「保」，英華作「寶」，注云：「一作『保』。」又此上有「韜其光」三字。全文同英華，「寶」作「保」。

〔役其識徇其惑〕英華作「若乃勞其智役其神肆其志徇其惑」十四字。全文作「勞其智役其識肆其志徇其惑」十二字。

〔則知〕此下英華、全文俱增「真宗奧秘妙本冥默」八字。

漢高皇帝親斬白蛇賦 以題爲韻，依次用。

高皇帝將欲戡時難，撥禍亂。乃耀聖武，奮英斷。提神劍於手中，斬靈蛇於澤畔。何精誠之潛發，信天地之幽贊。卒能滅强楚，降暴秦，創王業於炎漢。于時瓜割區宇，蜂起英豪。以堅甲利兵相視，以壯圖鋭氣相高。皆欲定四海之洶洶，救萬姓之嗷嗷。帝既心闚咸陽，氣王芒碭。率卒晨往，縱徒夜亡。有大蛇兮出山穴，亘路傍。凝白虹之精彩，被素龍之文章。鱗甲晶以雪色，睛眸赩其電光。聳其身，形蜿蜿而莫犯；舉其首，勢矯矯而靡亢。勇夫聞之而挫鋭，壯士覩之而摧剛。於是行者，告于高皇。帝乃奮布衣，挺干將。攘臂直進，瞋目高驤。一呼而猛氣咆勃，再叱而雄姿抑揚。觀其將斬未斬之際，蛇方欲縱毒螫，肆猛噬。我則審其計，度其勢。口譟雷霆，手操鋒鋭。凛龍顔而色作，振虎威而聲厲。荷天之靈，啓神之契。舉刃一揮，溘然而斃。不知我者謂我斬白蛇，知我者謂我斬白帝。於是灑雨血，摧霜鱗。塗野草，濺路塵。嗟乎！神化將窮不能保其命，首尾雖在不能衛其身。盛矣哉！聖人之草昧經綸，應乎天，順乎人。制勍敵，必示以乃武乃文；静災禍，不可以弗躬弗親。若夫龍泉黯黯，秋水湛湛。苟非斯劍，蛇不可斬。天威煌煌，神武洸洸。苟非我王，蛇不可當。是知人在威，不在衆，我王也萬夫之防；器在利，不在大，斯劍也三尺之長。于以讋萬物，于以威八方。曆數既終，聞素靈之夜哭；嗜欲將至，知赤帝之道昌。繇是氣吞豪傑，威振幽遐。素車降而三秦歸德，朱旗建而六合爲家。彼戮鯨鯢與截犀兕，未若我提青蛇而斬白蛇。

【箋】

作於貞元十六年（八〇〇），二十九歲。陳譜貞元十九年癸未：「以拔萃選登科。李商隱撰公墓碑云：『前進士避祖諱，選書判拔萃。』蓋公祖名鍠，與宏同音，言所以不應宏辭也。摭言云：『白公試宏辭賦考落，以賦有不知我者謂我斬白蛇，知我者謂我斬白帝也，登科之人賦皆無聞，白公之賦傳於天下。』按公未嘗試宏詞，此賦是行卷所作，摭言誤也。」李調元賦話卷四：「初唐人排律，不過六韻八韻，杜陵始有長篇，至元、白而沾沾自喜，動輒百韻矣。唐時律賦，字有定限，鮮有過四百者，馳騁才情，不拘繩尺，亦唯元、白爲然。微之五色祥雲賦、觀兵部馬射賦、樂天雞距筆賦以及白樂天斬白蛇賦，踔厲發揚，有凌轢一切之概，皆傑作也。」俞樾與蒯子範太守書：「來書以劉蕡不第自謙，然韓昌黎顔子不貳過論、白香山漢高祖斬蛇劍賦在當時，皆是不第落卷，而至今傳誦。文之傳不傳，豈視名場得失乎？」

【校】

〔題〕英華、全文題作「漢高祖斬白蛇賦」，小注「以漢高皇帝親斬長蛇爲韻」。那波本無注。

〔靈蛇〕「靈」，盧校作「白」。

〔瓜割〕「割」，英華、全文俱作「剖」。

〔晨往〕「往」，英華、全文俱作「發」。英華注云：「一作『往』。」

〔素龍〕「素」，那波本作「白」。英華注云：「一作『白』。」

〔鱗甲晶〕「晶」，宋本、那波俱作「鼂」。英華、全文俱作「皚」。英華注云：「一作『晶』。」

〔絶其〕「其」，英華作「而」，注云：「一作『其』。」

〔覩之〕「覩」，英華作「觀」，注云：「一作『覩』。」

〔行者〕「行」，英華注云：「一作『從』。」

〔高皇〕此下宋本、那波本俱重一「皇」字，屬下句。〔帝乃〕「帝」，英華、全文俱作「高皇」。

〔咆哮〕「哮」，英華、全文俱作「哮」。

〔蛇方〕此下英華注云：「一有『欲』字。」

〔荷天之靈〕宋本、那波本作「何天之」三字。英華作「天之」二字，「天」上注云：「一有『何』字。」

〔摧霜鱗〕「摧」，英華作「推」，非。

〔静災禍〕英華作「殄災沴」。

〔弗躬弗親〕此下英華注云：「一作『不躬不親』。」

〔若夫〕英華作「原夫」，注云：「一作『若夫』。」

〔秋水〕「水」，馬本訛作「火」，據宋本、那波本、英華、全文、盧校改正。

〔我王〕「王」，馬本作「主」，非。據宋本、那波本、英華、全文、盧校改正。

〔讋萬物〕「讋」，英華作「慴」。

〔威八方〕「威」，英華作「駭」。

〔彼戮〕「彼」下英華無「戮」字，注云：「一有『誅』字。」

大巧若拙賦 以「隨物成器巧在乎中」爲韻，依次用。

巧之小者有爲，可得而闚；巧之大者無迹，不可得而知。蓋取之於巽，授之以隨。動而有度，舉必合規。故曰「大巧若拙」，其義在斯。爾乃掄材於山木，審器於軌物。將務乎心匠之忖度，不在乎手澤之翦拂。故爲棟者，資其自天之端；爲輪者，取其因地之屈。其公也，於物無情；其正也，依法有程。既游藝而功立，亦居肆而事成。大小存乎目擊，材無所棄；取捨資乎指顧，物莫能爭。然後任道弘用，隨形制器。信無爲而爲，因所利而利。不凝滯於物，必簡易於事。亦猶善從政者，物得其宜；能官人者，才適其位。嘉其尺度有則，繩墨無撓。工非剞劂，自得不矜之能；器靡雕鎪，誰識無心之巧？衆謂之拙，以其因物不改；我爲之巧，以其成功不宰。不改故物全，不宰故功倍。遇以神也，郢人之術攸同；合乎道焉，老氏之言斯在。噫！舟車器異，杞梓材殊。罔枉枘以鑿，罔破圓爲觚。必將考廣狹以分寸，審刓方以規模，則物不能以長短隱，材不能以曲直誣。是謂心之術也，豈慮手之傷乎！且夫大盈若沖，大明若蒙，是以大巧棄其末工。則知巧在乎不違天真，非勞形於木人之内。巧在乎無枉物情，非役神於棘刺之中。豈徒與班倕之輩，騁技而校功哉？

【箋】

作於長慶三年（八二三）以前。

【校】

〔題〕英華、全文題下小注俱作「以隨物成器巧在其中爲韻」。那波本題下無注。

〔無迹〕「迹」，英華作「朕」，注云：「一作『迹』。」

〔舉必合規〕英華作「不工合規」，注云：「一作『舉必合規』。」

〔爾乃〕「爾」，英華作「若」，注云：「一作『爾』。」

〔山木〕「山」下英華無「木」字，注云：「一有『木』字。」

〔軌物〕英華無「軌」字，注云：「一有『軌』字。」

〔資其〕「資」，英華作「任」，注云：「一作『資』。」

〔之端〕「之」，英華作「而」，注云：「一作『之』。」

〔之屈〕「之」，英華作「而」，注云：「一作『之』。」

〔其公〕「公」，英華作「工」，注云：「一作『公』。」

〔依法〕「依」，英華作「於」，注云：「一作『依』。」

〔取捨資乎指顧〕英華作「用捨在於頤指」，注云：「一作『取捨資乎指顧』。」

〔於事〕此下英華多「豈朝疲而夕倦庶日省而月試知大巧之有成見庶物之無棄然則比其義取其類」三十二字，全文同英華，「夕」作「暮」。又「類」下英華注云：「『豈朝』至『其類』，無此三十二字。」

〔雕鋟〕「鋟」，英華、全文俱作「鏝」。城按：鋟乃鏝之本字。

〔郢人〕「人」，英華作「匠」，注云：「一作『人』。」

〔曲直誣〕此下英華有「可謂藝之要道之樞」八字，并注云：「一無此八字。」

〔大盈〕英華「大盈若沖」與「大明若蒙」互倒，「沖」下注云：「一作『大盈若沖大明若蒙』。」

〔末工〕「末」，那波本訛作「木」。

〔勞形〕英華作「役神」，注云：「二字一作『勞形』。」

〔物情〕宋本、那波本俱注云：「『情』，一作『性』。」英華作「物性」，「性」下注云：「一作『情』。」

〔非役神句〕英華作「非勞形於棘猴之中」，注云：「一作『非役神於棘刺之神』。」城按：英華卷二〇一楊弘貞棘猴賦云：「昔燕王好奇術，客嘗巧剡棘刺之微物成沐猴，而不橈毫末之細。」則似以「棘猴」爲長。

〔豈徒〕此上英華、全文俱有「若然者」三字。

〔班倕〕宋本、那波本俱作「班爾」。英華作「般爾」。盧校云：「案：王爾亦巧工，見淮南子。」

〔校功〕「校」，英華作「効」，注云：「一作『校』。」

雞距筆賦 以「中山兔毫作之尤妙」爲韻，任不依次用。

足之健兮有雞足，毛之勁兮有兔毛。就足之中，奮發者利距；在毛之内，秀出者長毫。合爲手筆，正得其要。象彼足距，曲盡其妙。圓而直，始造意於蒙恬；利而銛，終騁能於逸少。斯則創因智士，傳在良工。拔毫爲鋒，截竹爲筒。視其端，若武安君之頭鋭；窺其管，如玄元氏之心空。豈不以中山之明，視勁而迅；汝陰之翰，音勇而雄。一毛不成，採衆毫於三穴之内；四者可棄，取鋭武於五德之中。雙美是合，兩揆而同。故不得兔毫，無以成起草之用；不名雞距，無以表入木之功。及夫親手澤，隨指顧。秉以律，動有度。染松煙之墨，灑鵝毛之素。莫不畫爲屈鐵，點成垂露。若用之交戰，則摧敵而先鳴。若用之草聖，則擅場而獨步。察所以，稽其故。雖云任物以用長，亦在假名而善喻。向使但隨物棄，不與人遇。則距畜縮於晨雞，毫摧殘於寒兔。又安得取名於彼，移用在兹？映赤笺，狀紺趾乍舉；對紅牋，疑錦臆初披。輟翰停毫，既象乎翹足就棲之夕；揮芒拂鋭，又似乎奮拳引鬬之時。苟名實之相副，信動静而似之。其用不困，其美無儔。因草爲號者質陋，折蒲而書者體柔。彼皆瑣細，此實殊尤。是以搦之而變成金距，書之而化作銀鉤。夫然則董狐操，可以勃爲良史；宣尼握，可以删定春秋。其不象雞之羽者，鄙其輕薄；不取雞之冠者，惡其軟弱。斯距也，如劍如戟，可擊可搏。將壯我之毫芒，必假爾之鋒鍔。遂使見之者書狂發，秉之者筆力作。挫萬物而人文成，草八行而鳥迹落。縹囊盛處，類藏錐之沈潛；團扇或書，同舞鏡之揮霍。儒有學書臨水，負笈登山。含毫既至，握管迴還。過兔園而易感，望雞樹以難攀。願争雄於爪趾之下，冀得攜於筆硯之間！

【箋】作於長慶三年（八二三）以前。城按：李調元賦話卷三：「唐白居易雞距筆賦云：『視其端，若武安君之頭小；窺其管，如玄元氏之心空。』滑稽之談，意外巧妙。其通篇變化縱橫，亦不似律賦尋常蹊徑，千古絶作也。」又按：雞距筆蓋猶今之兼毫筆。韻語陽秋卷十七云：「蒙恬造筆，博物志云：以狐狸毛爲心，兔毛爲副，心柱遒勁，鋒鋩調利，故難乏而易使。白樂天作雞距筆賦云：中山之明，視勁而俊；汝陰之翰，音勇而雄。雙美是合，兩揆相同。不得兔毛，無以成起草之用；不名雞距，無以表入墨之功。蓋亦兼而用之也。」

〔中山兔毫〕見卷四紫毫筆詩箋。

【校】

〔題〕此下小注「尤」，馬本訛作「猶」，據宋本改正。那波本無注。英華、全文題下小注無「任不依次用」五字。

〔手筆〕「手」，馬本、全文俱訛作「乎」。據宋本、那波本、英華、盧校改正。

〔斯則〕全文作「始則」。

〔傳在〕「傳」，英華作「製」，注云：「一作『傳』。」全文作「製在」。

〔截竹〕「截」，英華作「裁」，注云：「一作『截』。」

〔頭鋭〕「鋭」，英華作「小」，注云：「一作『鋭』。」

〔而同〕「而」，英華、全文俱作「相」，英華注云：「一作『而』。」

〔交戰〕英華作「戰陣」，注云：「一作『交戰』。」

〔在兹〕「在」，英華作「於」，注云：「一作『在』。」

〔之相副〕英華作「之副者」，「之」下注云：「一有『相』字。」「副」下宋本、那波本俱有「者」字。

〔化作〕「作」，英華作「出」，注云：「一作『作』。」

〔勃爲〕「勃」，馬本、全文俱作「修」，非。據宋本、那波本、英華改。盧校作「勒」，亦通。

〔删定〕「删」，英華作「削」，注云：「一作『删』。」

〔軟弱〕「軟」，英華作「柔」，注云：「一作『軟』。」

〔可搏〕「搏」，英華、全文俱作「縛」。「縛」下英華注云：「一作『可以繫縛』。」

〔將壯〕「壯」，英華作「爲」，注云：「一作『壯』。」

〔盛處〕「盛」，英華、全文俱作「或」。英華注云：「一作『或』。」

〔團扇或書〕英華作「團扇忽書」，注云：「一作『或團扇書』。」

〔登山〕「登」，宋本、那波本、英華、盧校俱作「辭」。

〔管迴〕「迴」，英華作「未」，注云：「一作『迴』。」

〔以難〕「以」，英華作「而」，注云：「一作『以』。」

〔爪趾〕「趾」，那波本、英華俱作「距」。

〔得攜〕「攜」，馬本、英華、全文俱作「雋」，據宋本、那波本、盧校改。

黑龍飲渭賦 以「出爲漢祥下飲渭水」爲韻。

龍爲四靈之長，渭居八水之一。飲亹亹之清流，浴彬彬之玄質。忽兮下降，賁然躍出。首蜿蜒以涌煙，鱗錯落而點漆。動而無悔，爰作瑞於秦川；應必有徵，乃效靈於漢日。觀其攸止，察其所爲。行藏不忒，動静有儀。晴眸炫耀，文彩陸離。躍于泉，於焉表異；守其黑，所以標奇。或隱或見，時行時止。順冬夏而無乖，應昏明而有以。於是稽大易，桉前史。符聖人之昌運，飛而在天；表王者之休徵，下而飲水。爾乃降長川，俯高岸。氣默默以黯黯，光璨璨而爛爛。聞之者心駭而屏息，覩之者目眙而改觀。一呼一吸，而聲起風雷；或躍或騰，而勢超雲漢。觀夫莫智匪常，莫黑至祥。契昌期於南面，合正色於北方。拖尾迴翔，擘波騰驤。飲清瀾之浩浩，動素浪之湯湯。頓頷而碎珠迸落，奮髯而細雨飛揚。讋水府兮，鱣鮪奔走；駭泉室兮，蛟鼉伏藏。玄雲從而淺深一色，白日照而左右交光。且彼候時出處，憑虛上下。度弱水而斯馭，去鼎湖而是駕。聞茂先之劍飛，見長房之杖化。豈若此炎精冥契，水德潛稟，玄甲黯以凝黛，文章斐兮摛錦。逼而察也，類天馬出水而遊；遠而望之，疑晴虹截澗而飲。已而負蒼天，去清渭。排冥冥之寥廓，反浩浩之元氣。則知水物之靈，鱗蟲之貴。盛矣哉！抑斯龍之所謂！

【箋】

作於長慶三年（八二三）以前。城按：畢沅關中勝蹟圖志卷五：「游龍宫在渭南縣西十一里。唐書地理志有游龍宫，唐開元中修。兩京道里記取黑龍飲渭名之。畢沅云：『謹按：白樂天有黑龍飲渭賦，武平一登驪山詩有日下黑龍川句，並指此。』」白氏六帖事類集卷二渭第四八龍飲：「三秦記：昔有黑龍從南山出飲渭水，其行道爲龍首山。」李調元賦話卷三：「唐白居易黑龍飲渭水賦起句云：『龍爲四靈之長，渭居八水之一。』獨有千古，其餘英氣逼人，光明俊偉。結聯云：『逼而察也，類天馬出水以遊；遠而望之，疑長虹截澗而飲。』風馳雨驟，到此用健句壓住，如駿馬勒韁，是爲名構。」

【校】

〔題〕宋本題下小注作「出爲漢祥下飲渭水」八字。那波本無注。英華題作「黑龍飲渭水賦」，題下小注脱「漢」字。

〔渭居〕「居」，英華注云：「一作『爲』。」

〔浴彬彬〕「浴」，馬本、全文俱訛作「落」，據宋本、那波本、英華改正。

〔忽兮〕英華作「翻若」，注云：「一作『忽兮』。」

〔炫耀〕「耀」，宋本、那波本俱作「燿」。城按：耀乃燿之俗字。

〔躍于泉十四字〕英華作「下泉于焉表異守黑于以標奇」十二字，注云：「一作『躍于泉於焉表異守其黑所以標奇』。」

〔或隱八字〕英華作「不一徒爾異心有以」，注云：「一作『或隱或見時行時止』。」

〔順冬夏二十一字〕英華作「順春秋而隱見隨晦明而行止」，注云：「一作『順於東下而無乖應昏明十一作而有以於是稽大易按前史口符』。」城按：英華注「順」下衍「於」字，「明」下衍「十一作」三字，「史」下衍「口符」二字。

〔在天〕「在」，英華作「上」。

〔下而〕「下」，英華作「見」，注云：「一作『下』。」

〔爾乃〕英華作「於是」，注云：「一作『爾乃』。」

〔降長川〕英華作「下長流」，注云：「一作『降長川』。」

〔氣默默〕英華作「秋騤騤」。

〔黯黯〕英華作「矯矯」，此下注云：「一作『氣點點以黯黯』。」

〔爛爛〕此下英華有「紫雲隨而瑞氣氤氳白日照而文章炳煥」十六字。注云：「一無此十六字。」

〔屏息〕英華作「易色」，注云：「一作『屏息』。」

〔目䀐〕「䀐」，馬本、全文俱訛作「䀐」，據宋本、那波本、盧校改正。英華作「眙」，注云：「一作『衄』。」

〔一呼一吸〕英華作「呼吸」，注云：「二字一作『一呼一吸』。」

〔或躍或騰〕英華作「宛轉」，注云：「二字一作『或躍或騰』。」

〔觀夫至騰驤二十一字〕英華作「爾其矯首陸梁拖尾迴翔蹈流鳴躍劈波騰驤」，注云：「『爾其』至『騰驤』十八字作『觀夫莫智匪常莫黑至祥契昌期於南面合正色於北方拖尾迴翔臂波騰驤』。」又「觀」，全文作「覩」。

〔浩浩〕英華作「澮澮」，注云：「一作『浩浩』。」

〔動素浪〕英華作「噴素浪」，「噴」，注云：「一作『動』。」「浪」，注云：「一作『波』。」

〔頓頷〕「頷」，英華注云：「一作『額』。」

〔警水府兮〕英華作「讋水族則」，注云：「一作『驚水府兮』。」

〔兮蛟〕英華作「則黿」，注云：「二字一作『兮蛟』。」

〔鼉伏〕「鼉」，英華作「龜」。

〔玄雲至交光十六字〕英華作「信可符帝王之度叶邦家之光表三秦之加瑞呈二漢之徵祥」，注云：「自『信可』至『徵祥』二十四字一作『玄雲從而淺深一色白日照而左右交光』。」

〔且彼候時〕英華作「且夫順氣」。又英華「夫」下注云：「一作『彼』。」「順氣」下注云：「一作『候時』。」

〔弱水〕「弱」，英華作「若」，注云：「一作『弱』。」

〔去鼎〕「去」，英華作「知」，注云：「一作『去』。」

〔聞茂先之劍飛〕英華作「同張華之飛劍」，「華」下注云：「一作『開茂先』。」

〔杖化〕「杖」，英華作「竹」，注云：「一作『枝』。」

〔豈若此〕三字英華作「豈若」，注云：「一有『此』字。」

〔玄甲黯〕英華作「黑質黯」，注云：「三字一作『玄甲臂』。」

〔文章斐兮摛錦〕英華作「玄文裴以摛錦」，注云：「一作『文章裴兮擒錦』。」「斐」，馬本、英華俱訛作「裴」，據宋本、那波本、全文、盧校改正。

〔而遊〕「而」，英華作「以」，注云：「一作『而』。」

〔晴虹〕「晴」，英華作「長」。

〔已而〕「已」，英華作「既」，注云：「一作『已』。」

〔負蒼天〕英華作「跨白雲」，注云：「一作『負蒼天』。」

〔去清渭〕「去」，英華作「騰」，注云：「一作『去』。」

〔反浩浩〕「反」，英華作「度」，注云：「一作『反』。」

〔盛矣〕「盛」，英華作「展」，注云：「一作『盛』。」

敢諫鼓賦 以「聖人來諫諍之道」爲韻。

鼓者工所制，諫者君所命。鼓因諫設，發爲治世之音；諫以鼓來，懸作經邦之柄。納其臣於忠直，致其君於明聖。將使内外必聞，上下交正，於是乎唐堯得以爲盛者也。至矣哉！君至公而滅私，臣有犯而無欺。諷諫者於焉盡節，獻納者由是正辭。言之者無罪，擊之者有時。故謇謇匪躬，道之行也；鼘鼘不已，聲以發之。始也土鼓增華，蕢桴改造。外揚音以應物，中含虚而體道。不窕不摦，由巧者之作爲；大鳴小鳴，隨直臣之擊考。有若坎其缶于宛丘之下，又如殷其雷在南山之隈。音鏘鏘以鏜鞳，響容與以徘徊。儆于帝心，四聰之耳必達；納諸人聽，七諍之臣乃來。故用於朝，朝無面從之患；行於國，國無居下之訕。洋洋盈耳，幽贊逆耳之言；坎坎動心，明啓沃心之諫。且夫鼓之爲用也，或備於樂懸，或施於戎政。以諧八音節奏，以明三軍號令。未若備察朝闕，發揮庭諍。聲聞于外，以彰我主聖臣良；道在其中，以表我上忠下敬。然則義之與比，德必有鄰。將善旌而並建，與謗木而俱陳。是必聞其音則知有獻替之士，聆其響不獨思將帥之臣。嗟乎！捨之則聲寢，用之則氣振。雖聲氣之在鼓，終用捨之由人。

【箋】

作於長慶三年（八二三）以前。城按：李調元賦話卷一：「敢諫鼓賦云：洋洋盈耳，幽贊逆耳之言；坎坎動心，明啓沃心之諫。取材經籍，撰句絶工，所謂不煩繩削而自合者。」

【校】

〔題〕此下那波本無注。

〔鼓者〕「鼓」上英華有「大矣哉唐堯之爲盛」八字，注云：「一無此八字。」

〔工所制〕此下英華注云：「三字一作『樂之器』。」

〔所命〕「所」，英華作「之」，注云：「一作『所』。」

〔忠直〕「直」，英華作「信」，注云：「一作『直』。」

〔將使〕「使」，英華作「俾乎」，注云：「一作『將使内外必聞』。」

〔於是至矣哉十四字〕英華作「然後爲一人之慶順其旨知君上之無私酌其義知臣下之勿欺」二十五字，注云：「二十五字一作『於是乎唐堯得以爲盛者也至矣哉』。」又「盛」下馬本、全文俱衍「治」字，據宋本、那波本、盧校改正。

〔諷諫至正辭十四字〕英華作「獻納者於焉直節諷議者由是正辭」，注云：「一作『諷諫於焉盡節獻納由是正辭』。」

〔䨝䨝〕此下馬本注云：「音淵。」

〔發之〕此下英華有「雖言之無罪而擊之有時」十字，注云：「十字一作『言之者無罪擊之者有時』，在『由是正辭』之下。」

〔增華〕「華」，英華作「革」，注云：「一作『華』。」

〔不摦〕此下馬本注云：「胡掛切。」

〔巧者〕英華作「工人」，注云：「二字一作『巧者』。」

〔直臣〕英華作「諫者」，注云：「二字一作『直臣』。」

〔有若至之隈二十字〕英華作「若乃宸居謐静閶闔洞開隱隱聞於天闕鼕鼕發於帝臺既類夫坎其缶宛丘之下亦象乎殷其雷南山之隈」四十二字，注云：「『若乃』至『南山之隈』一作『有若坎其缶于宛丘之下又如殷其雷在南山之隈』。」

〔鏜鞳〕「鏜」下馬本注云：「音湯。」

〔儆于〕「于」，英華作「乎」，注云：「一作『于』。」

〔用於〕「用」下英華有「之」字，注云：「一無此字。」

〔行於〕「行」下英華有「之」字，注云：「一無此字。」

〔居下〕「居」，宋本訛作「居」。

〔爲用也〕三字英華作「爲用」，注云：「一有『也』字。」

〔號令〕此下英華注云：「元本作『八音之節三軍之命』，緣第一韻已抑君之命，故從集本。」

〔備察八字〕英華作「發揮謇諤啓迪諫諍」，注云：「一作『備察朝闕發揮庭諍』。」

〔然則義至俱陳二十二字〕英華作「稽前典叙彝倫諫鼓既陳諫聲乃臻對善旌而俱懸義之與比將謗木而並出德必有隣」三十四字。

〔是必〕「必」，英華作「以」，注云：「一作『必』。」

〔聞其音〕「音」，馬本、全文俱作「聲」。據宋本、那波本、英華、盧校改。

〔不獨〕「不」，英華作「豈」，注云：「一作『必』。」

〔聲氣〕英華作「諫諍」，注云：「一作『聲聲』。」

〔之由〕英華作「而因」，注云：「二字一作『之由』。」

君子不器賦 以「用之則行無施不可」爲韻。

君子哉！道本生知，德唯天縱。抱乎不器之器，成乎有用之用。不器者通理而黄中，有用者致遠而任重。蓋由識包權變，理藴通明。業非學致，器異琢成。審其時，有道舒而無道卷；慎其德，捨之藏而用之行。語其小，能立誠以修辭；論其大，能救物而濟時。以之理心，則一身獨善；以之從政，則庶績咸熙。既居家而必達，亦在邦而允釐。彼子貢雖賢，唯稱瑚璉之器；彦輔信美，空標水鏡之姿。是謂非求備者，又何足以多之？豈如我順乎通塞，含乎語默，何用不臧，何響不克？施之乃伊吕事業，蓄之則莊老道德。雖應物而不滯，終飾躬而有則。若止水之在器，任器方圓；如良工之用材，隨材曲直。原夫根淳精於妙有，宅元和於虚受；内弘道而惟新，外濟用而可久。鄙斗筲之奚算，哂挈瓶之固守。何器量之差殊，在性情之能不？豈不以神爲玄樞，智爲心符？全其神，則爲而勿有；虚其心，則用當其無。故動與時合，静與道俱。時或用之，必開臧武之智；道不行也，則守甯子之愚。至乎哉？冥心無我，無可而無不可；應用不疲，無爲而無不爲。信大成而大受，非小惠而小知。故庶類曲從，則輪轅適用；若一隅偏執，則鑿枘難施。是以易尚隨時，禮貴從宜。盛矣哉！君子斯焉取斯。

【箋】

作於長慶三年（八二三）以前。

【校】

〔題〕此下小注宋本作「用之則行無施不可」，脱「以」、「爲韻」三字。那波本題下無注。

〔生知〕「生」，英華作「性」，注云：「一作『生』。」

〔蓋由〕「蓋」下英華無「由」字，注云：「一有『由』字。」

〔而濟〕「而」，英華作「以」，注云：「一作『而』。」

〔是謂〕「謂」，英華作「故」，注云：「一作『謂』。」

〔又何〕「又」，馬本、全文俱訛作「有」，據宋本、那波本、英華、盧校改正。

〔多之〕「多」，英華作「知」，注云：「一作『多』。」

〔含乎〕「含」，英華、全文俱作「合」。英華注云：「一作『含』。」

〔則莊〕「則」，英華作「乃」，注云：「一作『則』。」

〔飾躬〕「飾」，英華、全文俱作「飭」。

〔任器方圓〕英華作「因器圓方」，注云：「一作『任器方圓』。」全文作「因器方圓」。

〔宅元和〕「宅」，馬本、全文俱訛作「完」，據宋本、那波本、英華改正。

〔而惟〕「而」，英華作「以」，注云：「一作『而』。」

〔哂挈瓶〕「哂」，英華作「諒」，注云：「一作『哂』。」

〔能不〕「不」，英華作「否」。

〔時合〕「時」，英華作「神」，注云：「一作『時』。」

〔無我〕「無」，英華、全文俱作「在」。英華注云：「一作『無』。」

〔鑿枘〕「枘」，那波本、馬本俱訛作「柄」，據宋本、英華、全文、盧校改正。

〔盛矣哉〕英華、全文俱作「展矣」二字。英華注云：「二字一作『盛矣哉』。」

賦賦 以「賦者古詩之流」爲韻。

賦者，古詩之流也。始草創於荀宋，漸恢張於賈馬。冰生乎水，初變本於典、墳；青出於藍，復增華於風、雅。而後諧四聲，祛八病，信斯文之美者。我國家恐文道寖衰，頌聲凌遲。乃舉多士，命有司。酌遺風於三代，明變雅於一時。全取其名，則號之爲賦；雜用其體，亦不出乎詩。四始盡在，六義無遺。是謂藝文之儆策，述作之元龜。觀夫義類錯綜，詞采舒布。文諧宮律，言中章句。華而不豔，美而有度。雅音瀏亮，必先體物以成章；逸思飄颻，不獨登高而能賦。其工者，究筆精，窮指趣，何慚兩京於班固？其妙者，抽秘思，騁妍詞，豈謝三都於左思？掩黄絹之麗藻，吐白鳳之奇姿。振金聲於寰海，增紙價於京師。則長揚、羽獵之徒，胡爲比也；景福、靈光之作，未足多之。所謂立意爲先，能文爲主。炳如繢素，鏗若鐘鼓。郁郁哉！溢目之黼黻。洋洋乎！盈耳之韶、護。信可以凌轢風、騷，超軼今古者也。今吾君網羅六藝，淘汰九流，微才無忽，片善是求。況賦者雅之列，頌之儔。可以潤色鴻業，可以發揮皇猷。客有自謂握靈蛇之珠者，豈可棄之而不收？

【箋】

作於長慶三年（八二三）以前。

【校】

〔題〕此下那波本無注。

〔明變雅〕「明」，英華作「詳」，注云：「一作『明』。」

〔出乎詩〕「出」，英華作「違」，注云：「一作『出』。」

〔舒布〕「舒」，英華作「分」，注云：「一作『舒』。」

〔究筆精〕英華「究」下無「筆」字，「精」下有「微」字。

〔三都〕「三」，宋本、那波本、馬本俱訛作「二」，據英華、全文改正。

〔胡爲〕「爲」，英華作「可」，注云：「一作『爲』。」

〔繢素〕「繢」，全文作「繪」。馬本注云：「一作『繪』。」城按：繪、繢字通。

〔韶頀〕「頀」，英華、全文俱作「武」。

〔淘汰〕「淘」，英華作「澄」，注云：「一作『淘』。」

〔不收〕此下英華注云：「一作『豈可棄斯文而不收』。」

白居易集箋校卷第三十九

銘贊箴謠偈 凡二十一首

續座右銘 并序

崔子玉座右銘，余竊慕之。雖未能盡行，常書屋壁。然其間似有未盡者，因續爲座右銘云：

勿慕貴與富，勿憂賤與貧。自問道何如？貴賤安足云。聞毁勿戚戚，聞譽勿欣欣。自顧行何如？毁譽安足論。無以意傲物，以遠辱於人。無以色求事，以自重其身。游與邪分歧，居與正爲鄰。於中有取捨，此外無疏親。修外以及内，静養和與真。養内不遺外，動率義與仁。千里始足下，高山起微塵。吾道亦如此，行之貴日新。不敢規他人，聊自書諸紳。終身且自勗，身殁貽後昆。後昆苟反是，非我之子孫。

【箋】

作於長慶三年（八二三）以前，長安。城按：此卷那波本編在卷二二。

〔崔子玉座右銘〕崔子玉即崔瑗，范曄後漢書有傳。文選卷五六有崔子玉座右銘：「無道人之短，無説己之長。施人慎勿念，愛施慎勿忘。世譽不足慕，唯仁爲紀綱。隱心而後動，謗議庸何傷。無實名過實，守愚聖所臧。在涅貴不淄，曖曖内含光。柔弱生之徒，老氏誡剛彊。行行鄙夫志，悠悠故難量。慎言節飲食，知足勝不祥。行之苟有恒，久久自芬芳。」五臣注：「濟曰：瑗兄璋爲人所殺，瑗遂手刃其仇，亡命，蒙赦而出，作此銘以自戒。嘗置座右，故曰『座右銘』。」

【校】

〔題〕文粹作「座右銘」。

〔崔子玉〕「玉」下英華有「作」字。

〔何如〕英華作「如何」，注云：「集本、文粹作『何如』，下同。」

〔欣欣〕英華作「忻忻」。

〔吾道〕「吾」，英華作「無」。

騶虞畫贊 并序

騶虞，仁瑞之獸也。其所感所食，暨形狀質文，孫氏瑞應圖具載其事。元和元年夏，有以騶虞圖贈予者，予愛其外猛而威，内仁而信，又嗟曠代不覿，引筆贊之詞云爾。

孟山有獸，仁心毛質。不踐生芻，不食生物。有道則見，非時不出。三季已還，退藏於密。我聞其名，徵之於書。不識其形，得之於圖。白質黑文，猊首虎軀。是耶非耶，孰知之乎？已矣夫！已矣夫！前不見往者，後不見來者。于嗟乎騶虞！

【箋】

作於元和元年（八〇六），三十五歲，長安。

〔騶虞〕詩召南騶虞：「于嗟乎騶虞。」毛傳：「騶虞，義獸也。白虎黑文，不食生物，有至信之德則應之。」白氏六帖事類集卷二九騶虞第七十：「義獸。」注云：「瑞應，義獸也。白虎黑文，不食生物，有至信之德應之，一名騶虞。」

【校】

〔題〕馬本脱「贊并序」三字，據宋本、那波本、文粹、英華、全文增。

〔瑞應〕「瑞」下宋本、那波本、馬本俱脱「應」字，據文粹、英華、全文增。

〔元年〕「元」，英華作「九」，注云：「文粹作『元』。」

〔云爾〕二字全文作「曰」。

〔盂山〕「盂」，各本俱誤作「孟」，盧校作「盂」，注云：「見西山經，作『孟』訛。」據改。

〔有獸〕「獸」，宋本、那波本俱作「猛」。盧校：「宋作『猛』。」

〔前不見〕「見」下文粹有「其」字。英華注云：「文粹有『其』字。」

〔後不見〕「見」下文粹有「其」字。英華注云：「文粹有『其』字。」

貘屏贊　并序

貘者，象鼻犀目，牛尾虎足，生南方山谷中。寢其皮辟瘟，圖其形辟邪。予舊病頭風，每寢息，常以小屏衞其首。適遇畫工，偶令寫之。按山海經，此獸食鐵與銅，不食他物。因有所感，遂爲贊曰：

邈哉奇獸，生于南國。其名曰貘，非鐵不食。昔在上古，人心忠質。征伐教令，自天子出。劍戟省用，銅鐵羨溢，貘當是時，飽食終日。三代以降，王法不一。鑠鐵爲兵，範銅爲佛。佛像日益，兵刃日滋。何山不剗，何谷不隳？銖銅寸鐵，罔有孑遺。

悲哉彼貘，無乃餒而！嗚呼！匪貘之悲，惟時之悲。

【箋】

作於長慶三年（八二三）以前。城按：白氏六帖事類集卷二九貘第七十四：「白貘似熊……髀黑脚白，能食蛇、銅、鐵及竹、骨，骨節彊直，中實少髓，皮辟濕也。」太平御覽卷九〇八獸部二〇貘：「爾雅曰：『貘，白豹也。』郭璞注曰：『似熊，小頭，痺脚，黑白駮，能舐食銅鐵及竹骨。骨節强直，中實少髓，皮辟濕。』説文曰：『貘似熊，黃色，出蜀。』廣志曰：『貘大如驢，色蒼白，舐鐵消十斤，其皮温煗。』」蘇頌圖經本草云：「或曰豹白色者别名貘，唐時多畫貘作屏，白居易有贊序之。……今黔、蜀中時有。貘，象鼻、犀目、牛尾、虎足，土人鼎釜，多爲所食。……其齒骨極堅，人得之詐爲佛牙、佛骨，以逛俚俗。」惠康野叟識餘卷一：「白澤：白居易云：『象鼻犀目，牛尾虎足』，『寢其皮辟瘟，圖其形辟邪。』今俗謂之白澤。軒轅記云：『帝登桓山，於海濱得白澤神獸，能言，達於萬物之情，因問天下鬼神之事，令寫爲圖，作祝邪之文以祝之。』」各書所記互異，且多無稽之説。據今人研究，貘或即大熊貓，俟考。

【校】

〔題〕此下小注「并序」下馬本、全文俱有「貘讀陌，白豹也」六字。

〔辟瘟〕「瘟」，宋本、那波本、文粹、英華俱作「温」。

〔贊曰〕「曰」，文粹作「云」。英華作「焉」，注云：「文粹作『云』。」

畫鵰贊 并序

壽安令白旻，予宗兄也。得丹青之妙，傳寫之要，毛羣羽族，尤是所長。長慶元年，以畫鵰貺予。予愛之，因題贊云：

鷙禽之英，黑鵰丁丁。鉤綴八爪，劍插六翎。想入心匠，寫從筆精。不卵不雛，一日而成。軒然將飛，戛然欲鳴。毛動骨活，神來著形。始知造物，不必杳冥。但獲天機，則與化爭。韓幹之馬，籍籍知名。薛稷之鶴，翩翩有聲。研工覈能，較真鬭靈。豈無他人？不如我兄。

【箋】

作於長慶元年（八二一），五十歲，長安。

〔白旻〕唐朝名畫録：「盧弁貓兒，白旻鷹鴿，蕭悦竹，又偏妙也。」歷代名畫記卷十：「白旻官至同州澄城令，工花鳥鷹鶻，觜爪纖利，甚得其趣。旻善歌，常醉酣，歌闋便畫自娱。」

〔韓幹〕唐朝名畫録：「韓幹，京兆人也。明皇天寶中，召入供奉。上令師陳閎畫馬，帝怪其不同，因詰之。奏云：『臣自有師，陛下内廄之馬皆臣之師也。』其後果能狀飛黄之質，圖噴玉之奇。九方之職既精，伯樂之象乃備。且古之畫馬有穆王八駿圖，後立本亦模寫之，多見筋骨，皆擅一時，足爲希代之珍。」

〔薛稷〕歷代名畫記卷九：「薛稷，字嗣通，河東汾陽人。道衡之曾孫，元超之從子，詞學名家，軒冕繼代。景龍末，爲諫議大夫、昭文館學士。多才藻，工書畫。……尤善花鳥人物雜畫，畫鶴知名。屏風六扇鶴樣，自稷始也。」

【校】

〔白昊〕「昊」，英華作「旻」，注云：「集本、文粹作『昊』。」城按：唐朝名畫録及歷代名畫記俱作「旻」，似以作「旻」爲是。

〔傳寫〕「傳」，馬本訛作「傅」，據宋本、那波本、文粹、英華、全文改正。

〔元年〕「元」，英華訛作「九」。城按：長慶僅有四年。

〔因題〕「因」下英華有「以」字，注云：「集無『以』字。」

〔神來〕「來」，全文注云：「一作『采』。」

〔杳冥〕「杳」，英華注云：「集作『窅』，通用。」

〔韓幹〕「幹」，宋本、那波本俱作「盰」。宋本注云：「一本作『幹』。」

續虞人箴 元和十五年。

唐受天命，十有二聖。業業惕惕，咸勤于政。鳥生深林，獸在豐草。春蒐冬狩，取之以道。鳥獸蟲魚，各遂其生。君民朝野，亦克用寧。在昔玄祖，厥訓孔彰。馳騁畋獵，俾心發狂。何以驗之，曰羿與康。曾不是誡，終然覆亡。故我列聖，鑑彼前王。雖有畋遊，樂不至荒。高祖方獵，蘇長進言。不滿十旬，未足爲歡。上心忽悟，爲之輟畋。故武德業，垂二百年。降及宋璟，亦諫玄宗。温顏聽納，獻替從容。及璟趨出，鷂死懷中。故開元事，播于無窮。噫！逐獸于野，走馬于路，豈不快哉？銜橛可懼。噫！夜歸禁苑，朝出皇都，豈不樂哉？寇戎可虞！臣非獸臣，不當獻箴。輒思出位，敢諫從禽。螻蟻命小，安危計深。苟裨萬一，臣死甘心。

【箋】

作於元和十五年（八二〇），四十九歲，長安。城按：能改齋漫録卷四：「唐書白居易傳：獻續虞人箴曰：降及宋璟，亦諫玄宗。温言聽納，獻替從容。璟趨以出，鷂死懷中。余考劉禹錫嘉話録及資治通鑑，乃是太宗與魏鄭公，非宋璟也。其説曰：太宗嘗得佳鷂自臂之，望見魏鄭公來，匿懷中。公奏事故久不已，鷂死懷中。」又按：白氏此篇蓋諷穆宗好畋游而作。見新唐書卷一一九白居易傳。

【校】

〔題〕此下小注，英華作「元和十五年穆宗時」。城按：「穆宗時」三字非本注，蓋後人所加。

〔玄祖〕「玄」，全文作「元」，蓋避清諱改。後「玄」字同。

〔業業惕惕〕新傳作「兢兢業業」，英華注云：「新唐書作『兢兢業業』。」

〔于政〕「于」，新傳作「厥」，英華注云：「唐書作『厥』。」

〔君民朝野〕新傳作「民野君朝」，英華注云：「唐書作『民野君朝』。」

〔厥訓〕「厥」下英華注云：「集作『祖』。」

〔驗之〕「驗」，英華注云：「唐書作『効』。」

〔故我二句〕新傳無。

〔忽悟〕「忽」，新傳作「既」。

〔故武德業二句〕新傳無。

〔温顔〕「温」，英華作「怡」，注云：「集作『温』。」

〔及璟趨出〕新傳作「璟趨以出」，英華注云：「唐書作『璟趨以出』。」

〔懷中〕「懷」，宋本、新傳、英華、全文、盧校俱作「握」。那波本「鷂死懷中」作「臨死懷中」，非。

〔故開元事二句〕新傳無。

〔噫夜歸至甘心四十九字〕新傳作「審其安危惟聖之慮」。英華「甘心」下注云：「自『噫夜歸』至此四十九字，唐書作『審其安危惟聖之慮』。」

三謡　并序

予廬山草堂中，有朱藤杖一、蟠木机一、素屏風二，時多杖藤而行，隱机而坐，掩屏而卧。宴息之暇，筆硯在前，偶爲三謡，各導其意。亦猶座右、陋室銘之類爾。

【箋】

作於元和十三年（八一八），四十七歲，江州，江州司馬。城按：此三篇汪本編在别集。文苑英華録素屏謡一篇，全唐文未收。

〔朱藤杖〕見卷十五紅藤杖詩箋。

蟠木謡

蟠木蟠木，有似我身。不中乎器，無用於人。下擁腫而上轔菌，桷不桷兮輪不輪。天子建明堂兮，既非梁棟；諸侯斲大輅兮，材又不中。唯我病夫，或有所用。用爾爲几，承吾臂、支吾頤而已矣。不傷爾朴，不枉爾理，爾怏怏爲几之外，無所用爾。爾既不材，吾亦不材，胡爲乎人間徘徊！蟠木蟠木，吾與汝歸草堂去來！

【校】

〔爾朴〕「朴」，馬本作「性」，據宋本、那波本、盧校改。

素屏謡

素屏素屏，胡爲乎不文不飾，不丹不青？當世豈無李陽冰之篆字，張旭之筆迹，邊鸞之花鳥，張藻之松石？吾不令加一點一畫於其上，欲爾保真而全白。吾於香鑪峯下置草堂，二屏倚在東西牆。夜如明月入我室一作懷，曉如白雲圍我牀。我心久養浩然氣，亦欲與爾表裏相輝光。爾不見當今甲第與王宫，織成步障錦屏風。綴珠陷鈿帖雲母，五金七寶相玲瓏。貴豪待此方悦目，然肯寢卧乎其中。素屏素屏，物各有所宜，用各有所施。爾今木爲骨兮紙爲面，捨吾草堂欲何之？

【箋】

〔李陽冰〕國史補卷上：「李陽冰善小篆，自言：斯翁之後，直至小生，曹嘉、蔡邕不足言也。開元中，張懷瓘撰書斷，陽冰、張旭並不及載。」

〔張旭〕國史補卷上：「張旭草書得筆法，後傳崔邈、顔真卿。旭言：始吾見公主擔夫争路，而得筆法之意。後見公孫氏舞劍器，而得其神。旭飲酒輒草書，揮筆而大叫，以頭揾水墨中而書之，天下呼爲張顛。」

〔邊鸞〕唐朝名畫録：「邊鸞，京兆人也。少攻丹青，最長於花鳥，折枝草木之妙，未之有也。……貞元中，新羅國獻孔雀解舞者，德宗詔於玄武殿寫其貌，一正一背，翠影生動，金羽輝灼若連，清聲宛應繁節。……近代折枝花居其第一，凡草木蜂蝶雀蟬，並居妙品。」

〔張藻〕唐朝名畫録：「張藻員外，衣冠文學，時之名流，畫松石山水，當代擅價，惟松樹特出古今。……所畫圖障，人間至多，今寶應寺西院山水松石之壁，亦有題記，精妙之迹，可居神品。」

〔然肯〕即「乃肯」之意。見敦煌變文字義通釋第六篇。

【校】

〔篆字〕英華作「篆文」。

〔甲第〕「甲」，英華作「侯家主」三字，注云：「三字集作『甲』。」

〔錦屏風〕「錦」，宋本、那波本、英華俱作「銀」。

〔然肯〕英華作「晏然」。

朱藤謡

朱藤朱藤，温如紅玉，直如朱繩。自我得爾以爲杖，大有裨於股肱。前年左遷，東南萬里。交遊别我于國門，親友送我于滻水。登高山兮車倒輪摧，渡漢水兮馬蹶蹄開。中途不進，部曲多迴。唯此朱藤，實隨我來。瘴癘之鄉，無人之地。扶衛衰病，驅呵魍魅。吾獨一身，賴爾爲二。或水或陸，自北徂南。泥黏雪滑，足力不堪。吾本兩足，得爾爲三。紫霄峯頭，黄石巖下。松門石磴，不通輿馬。吾與爾披雲撥水，環山繞野。二年踏遍匡廬間，未嘗一步而相捨。雖有隸子弟，良友朋。扶危助蹇，不如朱藤。嗟乎！窮既若是，通復何如？吾不以常杖待爾，爾勿以常人望吾。朱藤朱藤，吾雖青雲之上，黄泥之下，誓不棄爾於斯須。

【箋】

〔瀍水〕見卷十五紅藤杖詩箋。

【校】

〔泥黏〕「黏」下馬本注云：「泥占切。」

〔隸子弟〕「隸」，馬本作「佳」，據宋本、那波本、盧校改。

無可奈何

無可奈何兮，白日走而朱顏頽，少日往而老日催。生者不住兮，死者不迴。況乎寵辱豐顇之外物，又何常不十去而一來。去不可挽兮，來不可推。無可奈何兮，已焉哉。惟天長而地久，前無始兮後無終。嗟吾生之幾何？寄瞬息乎其中。又如太倉之稊米，委一粒於萬鐘。何不與道逍遥，委化從容？縱心放志，洩洩融融。胡爲乎分愛惡於生死，繫憂喜於窮通？倔强其骨髓，齟齬其心胸。合冰炭以交戰，秖自苦兮厥躬。彼造物者于何不爲？此與化者云何不隨？或煦或吹，或盛或衰。雖千變與萬化，委一順以貫之。爲彼何非？爲此何是？誰冥此心？夢蝶之子。何禍非福？何吉非凶？誰達此觀？喪馬之翁。俾吾爲秋毫之杪，吾亦自足，不見其小。俾吾爲泰山之阿，吾亦無餘，不見其多。是以達人静則脗然與陰合迹，動則浩然與陽同波。委順而已，孰知其他。時耶命耶，吾其無奈彼何！委耶順耶，彼亦無奈吾何！夫兩無奈何，然後能冥至順而合大和。故吾所以飲大和，扣至順，而爲無可奈何之歌！

【箋】

作於長慶三年（八二三）以前。城按：此篇汪本編在别集。全唐文未收。

【校】

〔題〕「何」下文粹、英華俱有「歌」字。

〔往而〕「而」，文粹、英華俱作「兮」。

〔不住〕「住」，馬本訛作「往」，據宋本、那波本、文粹、英華改正。

〔何常〕「常」，英華作「嘗」，字通。

〔十去〕「十」，文粹、英華、盧校俱作「一」。

〔始兮〕「兮」，英華作「而」，注云：「文粹作『兮』。」

〔萬鐘〕「鐘」，英華作「鍾」，字通。

〔自苦兮〕「兮」，文粹、英華俱作「乎」。

〔于何〕「于」，馬本作「云」，據宋本、那波本、文粹、英華改。

〔此與〕英華作「而此」，注云：「文粹作『此與』。」

〔或晌〕「晌」，宋本、那波本俱作「煦」。英華誤作「照」。

〔脗然〕那波本作「闇然」。

〔委耶〕那波本、英華俱作「隨耶」。英華注云：「文粹作『委』。」宋本注云：「一作『隨耶』。」盧校：「『委』一作『隨』。」

自誨

樂天樂天，來與汝言。汝宜拳拳，終身行焉。物有萬類，錮人如鎖。事有萬感，熱人如火。萬類遞來，鎖汝形骸。使汝未老，形枯如柴。萬感遞至，火汝心懷。使汝未死，心化爲灰。樂天樂天，可不大哀！汝胡不懲往而念來？人生百歲七十稀，設使與汝七十期，汝今年已四十四，却後二十六年能幾時？汝不思二十五六年來事，疾速倏忽如一寐。往日來日皆瞥然，胡爲自苦於其間？樂天樂天，可不大哀！而今而後，汝宜飢而食，渴而飲，晝而興，夜而寢。無浪喜，無妄憂。病則臥，死則休。此中是汝家，此中是汝鄉。汝何捨此而去，自取其遑遑？遑遑兮欲安往哉？樂天樂天歸去來！

【箋】作於元和十年(八一五)，四十四歲，長安。城按：此篇汪本編在别集。

八漸偈 并序

唐貞元十九年秋八月，有大師曰凝公遷化于東都聖善寺鉢塔院。越明年二月，有東來客白居易作八漸偈。偈六句四言以讚之。初，居易常求心要於師，師賜我八言焉。曰觀，曰覺，曰定，曰慧，曰明，曰通，曰濟，曰捨。繇是入於耳，貫於心，達於性，于兹三四年矣。嗚呼！今師之報身則化，師之八言不化。至哉八言，實無生忍觀之漸門也。故自觀至捨，次而讚之。廣一言爲一偈，謂之八漸偈。蓋欲以發揮師之心教，且明居易不敢失墜也。既而升于堂，禮于牀，跪而唱，泣而去。偈曰：

【箋】

作於貞元二十年（八〇四），三十三歲，長安。

〔聖善寺〕在洛陽。李綽尚書故實：「聖善寺銀佛，天寶亂爲賊截將一耳。後少傅白公奉佛銀三鋌添補，然不及舊者。會昌拆寺，命中貴人毀像，收銀送内庫中，人以白公所添鑄比舊耳少銀數十兩，遂詣白公索餘銀，恐涉隱没故也。」参見白氏東都十律大德長聖善寺鉢塔院主智如和尚茶毗幢記（卷六九）、聖善寺白氏文集記（卷七〇）等文。

〔跪而唱〕任半塘唐戲弄五伎藝：「唐人於佛前唱偈，則跪唱。」白氏六讚偈序（卷七一）云：「故作六偈，跪唱於佛法僧前。」

【校】

〔鉢塔院〕「塔」上宋本、那波本、全文俱脱「鉢」字。

觀　偈

以心中眼，觀心外相。從何而有？從何而喪？觀之又觀，則辯真妄。

覺　偈

惟真常在，爲妄所蒙。真妄苟辯，覺生其中。不離妄有，而得真空。

定　偈

真若不滅，妄即不起。六根之源，湛如止水。是爲禪定，乃脱生死。

慧　偈

慧之以定，定猶有繫。濟之以慧，慧則無滯。如珠在盤，盤定珠慧。

明　偈

定慧相合，合而後明。照彼萬物，物無遯形。如大圓鏡，有應無情。

通　偈

慧至乃明，明則不昧。明至乃通，通則無碍。無碍者何？變化自在。

【校】

〔無碍〕「碍」，那波本作「礙」。盧校：「『礙』作『得』，出佛經。」城按：「碍」同「礙」。盧校作「得」，疑爲「碍」之訛文。

濟偈

通力不常，應念而變。變相非有，隨求而見。是大慈悲，以一濟萬。

捨偈

衆苦既濟，大悲亦捨。苦既非真，悲亦是假。是故衆生，實無度者。

繡阿彌陀佛贊 并序

繡西方阿彌陀佛一軀，女弟子京兆杜氏奉爲妣范陽縣太君盧夫人八月十一日忌辰所造也。五綵莊嚴，一心恭敬，願追冥福，誓報慈恩。贊曰：

善始一念，千念相屬。繡始一縷，萬縷相續。功績成就，相好具足。金身螺髻，玉毫紺目。報罔極恩，薦無量福。

【箋】

作於長慶三年（八二三）以前。

〔杜氏〕居易弟行簡之妻。參見本卷後一篇繡觀音菩薩像贊。

【校】

〔爲妣〕「妣」上英華、全文俱有「皇」字。英華「皇」下注云：「集作『王』。」

〔善始〕「始」，那波本作「念」，非。

繡觀音菩薩像贊 并序

故尚書膳部郎中太原白府君諱行簡妻京兆杜氏奉爲府君祥齋，敬繡救苦觀音菩薩一軀，長五尺二寸，闊一尺八寸。紉針縷綵，絡金綴珠，衆色彰施，諸相具足。發弘願於哀懇，薦景福於幽靈。稽首焚香，跪而贊曰：

集萬縷兮積千針，勤十指兮虔一心。嗚呼！鑑悲誠而介冥福，實有望於觀音！

【箋】

約作於大和元年（八二七）至大和二年（八二八），長安。

〔行簡〕白行簡。卒於寶曆二年冬，見舊書卷一六六本傳。白氏醉吟先生墓誌銘：「弟行簡，皇尚書膳部郎中。」

【校】

〔題〕「薩」下馬本、全文俱脱「像」字，據宋本、那波本、英華、盧校補。

〔弘願〕「弘」，英華作「大」，注云：「集作『弘』。」全文作「宏」，蓋避清諱改。

〔而介〕「而」，英華作「兮」，注云：「集作『而』。」

〔觀音〕「觀」下英華、全文俱有「世」字。

畫水月菩薩贊

浄渌水上，虚白光中。一覩其相，萬緣皆空。弟子居易，誓心歸依。生生劫劫，長爲我師。

【箋】

約作於大和元年（八二七）至大和二年（八二八），長安。

【校】

〔題〕此下英華注云：「周助畫。」

白居易集箋校卷第四十

哀祭文 凡十四首

哀二良文 并序

丞相隴西公出鎮于汴州，軍司馬、御史大夫陸長源實左右之，二年而軍用寧。司空南陽公作藩于徐州，軍副使、祠部員外郎鄭通誠實先後之，三年而民用康。暨十五年春，隴西薨，浹辰而師亂，大夫以直道及禍。十六年夏，南陽薨，翌日而難作，員外以危行遇害。惜乎！大夫，人之望也；員外，國之良也。咸克潔于身，儉于家，勤于邦，又申之以言行、文學、智謀、政事，故其歷要官，參劇務，如刀劍發鉶，割而無滯；如鐘磬在懸，動而有聲。識者以爲異時登天子股肱耳目之任，必能經德秉哲，紹復隴西、南陽之事業，以藩輔王家。嗚呼！善人宜將鍾奕葉之慶，而不免及身之禍。天乎！報施之朕，何其昧歟？昔詩人有黄鳥之章，以哀三良不得其死；今斯文亦以哀二良名其篇云：

伊大化之無形兮，浩浩而茫茫。中有禍身兮，若機之張。梁之亂兮，陸受其毒；徐之難兮，鄭罹其殃。惟善人兮，邦之紀綱。邦之瘁兮，正人先亡。謂天之惡下民兮，胡爲生此忠良？謂天之愛下民兮，胡爲生此豺狼？我欲階冥冥，問蒼蒼。蒼蒼之不可問兮，俾我心之盡傷。悲夫！而今而後，吾知夫天難忱而命靡常！

【箋】 作於貞元十六年（八〇〇），二十九歲。城按：此卷那波本編在卷二三。陳譜貞元十六年庚辰：「有哀二良文，爲陸長源、鄭通誠作也。」

〔丞相隴西公〕董晉。貞元五年，以門下侍郎同中書門下平章事。貞元十二年七月，自東都留守除汴州刺史、宣武軍節度使。貞元十五年二月，卒。卒後未十日，汴州軍亂，殺行軍司馬陸長源等。見舊書卷一四五、新書卷一五一本傳、舊書德宗紀。

〔軍司馬御史大夫陸長源〕貞元十二年，自汝州刺州授檢校禮部尚書、宣武軍行軍司馬佐董晉。長源持法峭刻，軍人素惡之。董晉卒，以長源總留後事，爲亂軍所殺。見舊書卷一四五、新書卷一五一本傳。城按：舊、新傳俱未詳長源帶御史大夫銜，舊書德宗紀云：「（貞元十五年二月）乙酉，以行軍司馬陸長源檢校禮部尚書、汴州刺史、御史大夫、宣武軍節度度支營田、汴宋亳潁觀察等使。……是日汴州軍亂，殺陸長源及節度判官孟叔度、丘穎。」則知長源帶大夫銜在充宣武節度後，與白氏此文相符。又白氏寄唐生詩（卷一）云：「大夫死兇寇」，亦指長源。

〔司空南陽公〕張建封。貞元四年，除徐州刺史、兼御史大夫、徐泗濠節度支度營田觀察使。貞元十六年，卒於任。判官鄭通誠權知留後事，懼軍士謀亂，欲引還鎮浙西兵入城爲援，事洩，徐州軍亂，殺通誠而擁建封子愔爲留後。見舊書卷一四〇、新舊卷一五八張建封傳。

〔祠部員外郎鄭通誠〕見前箋。

【校】

〔出鎮于〕「于」，英華作「於」，注云：「文粹作『于』。」

〔二年〕「二」，英華訛作「三」，注云：「集本、文粹作『二』。」

〔作藩于〕「于」，英華作「於」，注云：「集作『于』。」

〔三年〕「三」，文粹作「十」。英華作「先」，注云：「集作『三』。」

〔遇害〕「遇」，英華作「受」，注云：「集、文粹作『遇』。」

〔鐘磬〕「磬」，英華作「鼓」，注云：「集、文粹作『磬』。」

〔經德〕「經」，文粹作「修」。

〔之朕〕「朕」，那波本、全文、盧校俱作「眹」。城按：眹同朕，兆也。

〔有黄鳥〕「有」，盧校作「賦」。

〔二良〕「良」下宋本、那波本俱無「名」字。文粹、英華「名」俱作「命」。

〔禍身〕「禍」下文粹、全文俱無「身」字。英華「身」作「牙」，注云：「集作『身』。」

〔正人〕「正」，宋本、那波本、馬本、英華俱作「而」，據文粹、全文改。又英華「而」下注云：「浙本有『正』字。」

〔胡爲〕「爲」下文粹、全文俱有「乎」字，下同。英華注云：「文粹有『乎』字。」

〔蠹傷〕「蠹」下馬本注云：「迄力切。」

〔靡常〕此下文粹有「耶」字，非。英華注云：「文粹有『耶』字。」

祭城北門文 爲濠州刺史作。

具年月日，某官某敬以醴幣祭于外城北門：某聞北鄘四門之神，有水旱之災，於是乎禜之。今年春，天作淫雨，將害于農，墊于民。惟城積陰之氣，惟北太陰之位，是用昭告于城之北門，惟門有神裁之。某以天子休命，殿于是邦。大懼夭厲之不時，俾黎民阻飢。敢以正辭告神，神若之何不聽？敢以至誠感神，神若之何不弔？尚克陰沴不作，時陽咸若，百穀用成，庶民用寧，實惟鄘之神，門之靈。於戲！北鄘北門之神，明聽斯言：罔俾雨水昏墊，以作某之憂，神之羞。

【箋】

作於貞元十六年（八〇〇）以前。

【校】

〔題〕宋本、那波本俱作「城北門文」。英華作「禜北城門文」。下同

〔年月〕「年」上英華無「具」字。又全文「具」作「某」。

〔祭于〕「于」上宋本、那波本俱無「祭」字。「祭」，英華作「禜」。「于」下英華無「外」字，注云：「集有『外』字。」

〔北鄘〕「北」，英華作「四」，注云：「集作『北』。」

〔禜之〕「禜」，宋本訛作「榮」。

〔秂厲〕「秂」，宋本作「天」，英華「秂」下注云：「京本作『秂』。」

〔時陽〕「陽」，全文作「暘」，是。

〔之羞〕「羞」下英華有「尚饗」二字。

祭符離六兄文

維貞元十七年某月某日，從祖弟居易等謹祭于符離主簿六兄之靈：嗚呼！聖忘情，愚不及情。情所鍾者，唯居易與兄。豈不以親莫愛於弟兄，别莫痛於死生？斯親也而有斯别也，孰能不哀從中來而失聲？去年春，居易南遊，兄亦東適，黟歙之間，欣然一覿。相顧笑語，相勉行役，中路遽别，情甚感激。孰知此别，爲生死隔？矧兄遇疾于路，路無藥石；歸全于家，家無金帛。環堵之室，不容弔客；稚齒之子，未知哀戚。自古孔懷之痛，亦莫我之與劇。古人有言：「神福仁，天福敬。」又曰：「惡有餘殃，善有餘慶。」惟兄道源乎大和，德根乎至性。以孝友肥其身，以仁信羶其行。而位不登於再命，年不及於知命。何報施之我欺？俾吾兄之不幸。嗚呼！已焉哉！既卜遠日，既宅新阡。春草之中，晝爲墓田。濉水南岸，符離東偏。其地則邇，其别終天。惟弟與家人，儼拜哭於車前。魂兮有知，鑑斯文，歆斯筵，知居易之心煢煢然！

【箋】作於貞元十七年（八〇一），三十歲，符離。

〔符離〕見卷十二醉後走筆酬劉五主簿長句之贈兼簡張大賈二十四先輩昆季詩箋。

〔濉水〕見卷十二醉後走筆酬劉五主簿長句之贈兼簡張大賈二十四先輩昆季詩箋。

【校】

〔題〕「符」，全文作「苻」，是。參見卷十二醉後走筆酬劉五主簿長句之贈兼簡張大賈二十四先輩昆季校文。下同。

〔居易等〕「等」下英華無「謹」字。

〔聖忘情〕「聖」下英華有「人」字，注云：「集無『人』字。」

〔弟兄〕英華作「兄弟」。

〔死生〕英華作「生死」，注云：「集作『死生』。」

〔哀從〕英華誤作「哀後」，「哀」下注云：「集作『苦』。」

〔天福〕「福」，英華作「佑」，注云：「集作『福』。」

〔既宅〕「既」，全文作「就」。「宅」，英華作「定」，注云：「集作『宅』。」

〔畫爲〕「畫」，英華誤作「盡」，注云：「集作『畫』。」

〔惟弟〕「弟」下英華有「姪」字。

祭楊夫人文

維元和三年歲次戊子，八月辛亥朔，十九日己巳，將仕郎、守左拾遺、翰林學士太原白居易謹以清酌庶羞之奠，敬祭于陳氏楊夫人之靈：惟夫人柔明治性，温惠保身，静修言容，動中規度。洎承訓師氏，作嬪良人。茂四德而蘭幽有香，潔百行而玉立無玷。發爲淑問，著爲芳猷。姻族有輝，閨闈是式。噫！福仁何昧？積慶無徵，宜享永年，遽歸長夜。浮生若此，永痛如何！嗚呼！生必有涯，人誰不没？所甚感者，其唯情乎！故事劇者情易鍾，感深者理難遣。夫人雖宜其室，竟未辭家。蓄和順之誠，不得施於娣姒；蘊孝敬之德，不得展於舅姑。有志莫伸，何恨過此？況一嬰沈痼，自夏徂秋。伏枕七旬，姊妹視疾；歸櫬千里，弟兄主喪。凋桃李之花，夫遠不見；失乳哺之愛，女小未知。乃使哀情，倍鍾血屬。洛川迢遞，秦野蒼茫。日慘不光，雲愁無色。姊妹且病，親老尤慈。哭别一聲，聞者腸斷。居易早聆懿範，近接嘉姻。維私之眷每深，有慟之情何已。敬陳薄奠，庶鑒悲誠。尚饗！

【箋】

作於元和三年（八〇八），三十七歲，長安，左拾遺、翰林學士。城按：此文陳譜繫於元和二年，失考。詳見後校文。

〔楊夫人〕居易妻弘農郡君之姊。故白氏文云：「維私之眷每深，有慟之情何已。」

〔維私〕白氏六帖事類集卷六姊妹二十八維私：「詩曰：譚公維私。爾雅云：姊妹之夫爲私。」

【校】

〔元和三年歲次戊子〕「三年」，各本俱誤作「二年」。城按：戊子爲元和三年，非二年。岑仲勉翰林學士壁記注補云：「『二年』應作『三年』，全文六八一同誤。居易遷左拾遺在三年四月二十八日。」岑氏説是，英華作「元和三年」，據以改正。又今人所撰白居易傳多據此誤以爲居易元和二年與楊夫人結婚。

〔將仕郎〕「郎」下英華無「守」字。

〔敬祭于〕「于」下英華無「陳氏」二字，注云：「集有『陳氏』二字。」

〔治性〕「治」，英華作「理」，注云：「集作『治』。」

〔玉立〕「立」，英華作「瑩」，注云：「集作『仁』。」

〔福仁〕「仁」，英華作「行」，注云：「集作『仁』。」

〔生必〕「生」，那波本作「人」。

〔易鍾〕「鍾」，宋本作「鐘」，字通，下同。

〔感深〕英華作「深感」。

〔宜其〕英華作「從宜」，注云：「集作『宜其』。」

〔之誠〕「誠」，那波本、英華俱作「誠」。

〔孝敬〕「敬」，英華作「恭」，注云：「集作『敬』。」

〔歸櫬〕「櫬」，馬本、英華俱訛作「襯」，據宋本、那波本、全文、盧校改正。

〔女小〕「小」，那波本作「少」。

〔乃使〕「乃」，英華作「其」，注云：「集作『乃』。」

〔不光〕「光」，英華作「見」。

〔姊妹〕英華作「妹孤」，注云：「集作『姊妹』。」

〔有慟〕「有」，英華作「百」，注云：「集作『有』。」

〔敬陳〕「敬」，英華作「恭」，注云：「集作『敬』。」

祭小弟文

維元和八年歲次癸巳，二月某朔二十五日，仲兄居易、季兄行簡以清酌之奠，致祭于亡弟金剛奴：嗚呼！川水一逝，不復再還；手足一斷，無因重連。惟吾與爾，其苦亦然。黄墟白日，相見無緣。每一念至，腸熱骨酸。如以刀火，刺灼心肝。況爾之生，生也不夭。苗而不秀，九歲夭焉。昔權殯爾，濉南古原。今改葬爾，渭北新阡。祔先塋之北次，就卑位於東偏。冀神魂之不孤，庶窀穸之永安。嗚呼！自爾捨我，歸于下泉。日來月往，二十二年。吾等罪逆不孝，殃罰所延。一別爾後，再罹凶艱。灰心垢面，泣血漣漣。松檟之下，其生尚殘。昔爾孤於地下，今我孤於人間。與其偷生而孤苦，不若就死而團圓。欲自決以毀滅，又傷孝於歸全。進退不可，中心煩冤。仰天一號，痛苦萬端。嗚呼！爾魂在几，爾骨在棺。吾親奠爵，於爾牀前。苟神理之有知，豈不聞吾此言？尚饗！

【箋】

作於元和八年（八一三），四十二歲，下邽。見陳譜。

〔金剛奴〕白幼美。白氏唐太原白氏之殤墓誌銘（卷四二）：「白氏下殤曰幼美，小字金剛奴。……九歲，不幸遇疾，夭徐州符離縣私第。貞元八年九月，權窆于縣南原。元和八年春二月二十五日，改葬于華州下邽縣義津鄉北崗，祔于先府君宅兆之東三十步。」則知金剛奴卒於貞元八年。

〔濉南〕濉水南岸。指符離縣。

【校】

〔重連〕英華作「再連」。

〔與爾〕英華作「與汝」。

〔黄墟〕英華作「黄壚」。

〔刀火〕「刀」，英華訛作「兩」。

〔葬爾〕「爾」下英華注云：「集作『子』。」

〔祔先〕「祔」，英華作「俯」，注云：「集作『祔』。」

〔永安〕英華作「承安」。

〔自爾捨我〕英華作「自汝捨吾」，「吾」下注云：「集作『我』。」

〔泣血〕「血」，英華作「淚」。

〔今我〕「我」，英華作「吾」。

〔以毁〕「以」，英華作「而」。

〔奠酹〕「酹」，英華注云：「蜀本作『酌』。」

祭烏江十五兄文　時在宣城。

維貞元十七年七月七日，從祖弟居易，謹以清酌庶羞之奠，敬祭于故烏江主簿十五兄之靈：易云：「積善之家，必有餘慶。」書曰：「非天夭人，人中絶命。」則冉牛斯疾，顔回不幸。何繆舛之若斯？諒聖賢之同病。惟兄之生，生而不辰。孩失其怙，幼喪所親。旁無弟兄，藐然一身。自强自立，以至成人。蓋以孤孑靡託，孝友彌敦。自居易與兄及高九、行簡，雖從祖之昆弟，甚同氣之天倫。故雖百里信宿之别，曷常不惻然而悲辛！矧終天之永訣，知後期而無因。徒撫膺而隕涕，諒沈痛之難伸。追思乎早歲離阻，各悲零僒。中年集會，共喜長成。同參選於東都，俱署吏於西京。居則共被而寢，出則連騎而行。友于四人，同年成名。優遊笑傲，怡怡弟兄。雖不侔八龍三虎，亦自謂當家一時之榮。及兄辭滿淮南，薄遊江東，居易亦以行邁，忽逆旅而逢。或酒或歌，宴衎從容。何朝不遊？何夕不同？常以兄仁信根于心，孝悌積于躬。謂至行之有答，必景福以來從。嗚呼！位始及一命，禄未遇數鍾。年又不得四十，而殁於道途之中。鬱壯志而不展，結幽憤於無窮。況舊業東洛，先塋北邙。三千里外，身殁陵陽。有妹出嫁，無男主喪。悠悠孤旐，未辦還鄉。宣城之西，荒草道傍。旅殯於此，行路悲涼。秋風蕭蕭，白日無光。聚今晨之弟姪，對前日之盃觴。稽首再拜，魂兮來享。進三奠而退一慟，孰不神酸而骨傷。哀哉！伏惟尚饗。

【箋】

作於貞元十七年（八〇一），三十歲。

〔烏江十五兄〕白逸。乾隆江南通志卷四一輿地志壇廟：「白逸墓在寧國府城西，居易兄也。居易有祭十五兄文。」

〔冉牛斯疾〕文苑英華辨證卷二：「白居易祭烏江十五兄文『冉求斯疾』。論語：『伯牛有疾。子曰：斯人也而有斯疾也。』伯牛名耕，則非冉求。」見後校文。

【校】

〔題〕那波本此下無注。

〔十七年〕「七」，馬本、全文俱作「五」，據宋本、那波本、英華改。

〔烏江〕「江」下英華有「縣」字。

〔人中〕「中」下英華有「自」字，注云：「集無此字。」按：「非天夭人，人中絶命」，乃書高宗肜日篇中語，英華衍「自」字。

〔冉牛〕「牛」，宋本、那波本俱誤作「求」，英華、全文作「冉牛」，英華注云：「論語作冉伯牛，名耕。」城按：有惡疾者爲冉伯牛，非冉求，英華校是。參見前箋。

〔繆舛〕「舛」，英華作「盭」，注云：「集作『舛』。」

〔之同〕「之」，英華作「而」，注云：「集作『之』。」

〔旁無〕「旁」，英華作「房」。

〔弟兄〕英華、全文俱作「兄弟」。

〔以至〕「至」，馬本、全文俱訛作「致」，據宋本、那波本、英華改正。
〔孤孑〕「孑」，馬本、英華、全文俱訛作「子」，據宋本、那波本改正。
〔孝友〕英華作「友愛」。
〔而無〕「而」，英華作「之」。
〔友于〕「于」，那波本誤作「子」。
〔不侔〕「不」下英華有「敢」字，注云：「集作『比』字。」
〔而逢〕「而」下英華、全文俱有「相」字。
〔或酒或歌〕英華作「或歌或酒」。
〔宴衎〕「衎」，英華作「衎」。
〔有答〕「答」，英華作「益」，注云：「集作『答』。」
〔以來〕「以」，英華作「之」，注云：「集作『以』。」
〔未遇〕「遇」，英華作「過」，是。
〔數鍾〕「鍾」，宋本作「鐘」，字通。
〔年又〕「又」，宋本、那波本俱作「及」。
〔道途〕「途」，英華作「路」，注云：「集作『途』。」
〔壯志〕「壯」下那波本脱「志」字。

〔北邙〕「北」下那波本脱「邙」字。

〔之西〕「之」，英華作「郭」，注云：「集作『之』。」

祭浮梁大兄文 時在九江。

維元和十二年歲次丁酉，閏五月己亥，居易等謹以清酌庶羞之奠，再拜跪奠大哥于座前：伏惟哥孝友慈惠，和易謙恭，發自修身，施於爲政。行成門内，信及朋僚。廉幹露於官方，温重形於酒德。冀資福履，保受康寧。不謂纔及中年，始登下位，辭家未踰數月，寢疾未及兩旬，皇天無知，降此凶酷。交遊行路，尚爲興歎；骨肉親愛，豈可勝哀。舉聲一號，心骨俱碎。今屬日時叶吉，窀穸有期，下邽南原，永附松檟。居易負憂繫職，身不自由。伏枕之初，既闕在左右；執紼之際，又不獲躬親。痛恨所鍾，倍百常理。嗚呼！追思曩昔，同氣四人；泉壤九重，剛奴早逝。巴蜀萬里，行簡未歸。煢然一身，漂棄在此。自哥至止，形影相依。死灰之心，重有生意。豈料避弓之日，毛羽摧積；垂白之年，手足斷落。誰無兄弟？孰不死生？酌痛量悲，莫如今日。宅相癡小，居易無男，撫視之間，過於猶子。其餘情禮，非此能伸。伏冀慈靈，俯鑒悲懇。哀纏痛結，言不成文。嗚呼！哀哉！伏惟尚饗。

【箋】　作於元和十二年（八一七），四十六歲，江州，江州司馬。陳譜元和十二年丁酉：「閏五月，公兄幼文卒，有祭浮梁大兄文。幼文爲浮梁主簿在貞元十五年，今二十年矣，而以舊官終，未識中間何以不調。」

〔浮梁大兄〕居易之長兄白幼文。見卷十三自河南經亂關内阻飢兄弟離散各在一處因望月有感聊書所懷寄上浮梁大兄於潛七兄烏江十五兄兼示符離及下邽弟妹詩箋。

〔自哥至止二句〕白氏元和十二年所作之與元微之書云：「長兄去夏自徐州至，又有諸院孤小弟妹六七人提挈同來。」則知幼文元和十一年夏曾至江州，與居易聚會。

〔宅相〕幼文之子。白氏祭弟文（卷六九）：「宅相得彭澤場官，各知平善。」

【校】

〔題〕此下那波本無注。

〔十二年〕各本俱誤作「十三年」，英華作「十二年」。城按：丁酉爲元和十二年，白行簡元和十三年春始至江州，文云「行簡未歸」，其爲十二年作無疑。今據英華改正。

〔五月〕此下英華有「十日」二字。

〔未踰〕「未」，英華作「不」，注云：「集作『未』。」

〔痛根〕「痛」，馬本訛作「病」，據宋本、那波本、英華、全文、盧校改正。

〔至止〕「止」，英華作「此」。

〔伏冀〕「伏」，英華作「惟」，注云：「集作『伏』。」

祭匡山文

維元和十二年歲次丁酉，二月辛酉朔，二十一日，將仕郎、守江州司馬白居易謹以清酌之奠，敢昭告于匡山神之靈：恭惟神正直聰明，扶持匡廬，福利動植。居易賦命蹇連，與時參差，頋於靈山，棲此陋質。遺愛寺側，既置草堂，欲居其中，參禪養素。而開構池宇，在神域中。往來道途，由神門外。輒用酒脯，告虔于神。神其聽之。歆此薄奠，非敢徼福，所期薦誠。尚饗。

【箋】

作於元和十二年（八一七），四十六歲，江州，江州司馬。見陳譜。

〔匡山〕即廬山。見卷四三江州司馬廳記箋。

【校】

〔二月〕「二」當作「三」，各本俱誤。城按：元和十二年二月辛卯朔，三月辛酉朔。又草堂記

〔卷四三〕：「時三月二十七日，始居新堂。」可知祭山必在三月。

〔二十一日〕此下英華有「辛巳」二字。

〔神正〕「神」下英華有「道」字。

〔扶持〕「持」，那波本作「匡」，非。

〔蹇連〕「連」，英華作「薄」。

〔開構〕「構」，宋本作「犯御名」。

祭廬山文

維元和十二年歲次丁酉，二月二十五日乙酉，將仕郎、守江州司馬白居易以香火酒脯告于廬山遺愛寺四旁上下大小諸神：居易夙聞匡廬天下神秀，幸因佐宦，得造茲山。又聞永、遠、宗、雷同居于是，道俗並處，古之遺風。而遺愛西偏，鄭氏舊隱，三寺長老，招予此居。創新堂宇，疏舊泉沼，或來或往，棲遲其間。不唯躭玩水石，以樂野性；亦欲擺去煩惱，漸歸空門。儻秩滿以來，得以自遂；餘生終老，願託於斯。今葺構既成，遊息方始，爰以潔敬，薦茲馨香。不敢媚神，不敢禳福。但使疵厲不作，魑魅不逢，猛獸毒蟲，各安其所。苟人居之靜謐，則神道之光明。齋心露誠，庶幾有答。尚饗！

【箋】

作於元和十二年（八一七），四十六歲，江州，江州司馬。見陳譜。

〔廬山〕見卷一潯陽三題詩箋。

〔遺愛寺〕見卷四三草堂記箋。

〔鄭氏舊隱〕鄭氏即鄭宏憲。查慎行廬山記游：「（遺愛）寺本唐鄭宏憲所創。韋應物判江州時有題鄭侍御遺愛草堂詩云：『居士近依僧，青山結茅屋。』寺僧不知，但設香山木主耳。」并參見卷四三草堂記箋。

【校】

〔二月〕此下英華有「辛酉朔」三字。又「二」當作「三」，各本俱誤。參見本卷祭匡山文校文。

〔江州〕此上英華無「守」字。

〔四旁〕「旁」，英華作「傍」，注云：「集作『傍』。」

〔佐宦〕英華作「在官」，注云：「集作『佐位』。」

〔招予〕「予」，英華作「于」。

〔葺構〕「構」，宋本作「犯御名」。

〔遊息〕「息」，英華作「日」，注云：「集作『息』。」

〔疵厲〕「疵」，馬本、全文俱作「疫」，據宋本、那波本、盧校改。又英華作「疵」。

〔魈魅〕「魈」，馬本、英華、全文俱作「魑」，據宋本、那波本改。英華注云：「集作『魈』。」

〔静謐〕「謐」，那波本誤作「必」。

祭李侍郎文

維長慶元年歲次辛丑，五月丙申朔十日乙巳，中散大夫、守中書舍人、翰林學士、上柱國、賜紫金魚袋元稹，朝議郎、守尚書主客郎中、知制誥白居易，謹以清酌庶羞之奠，敬祭于故刑部侍郎、贈工部尚書隴西李公杓直之靈：於戲！代重名義，公能佩服。德潤行羶，温温郁郁。凡嚮善者，如螘慕肉。時重爵位，公負楨幹。春秋天官，是攝是贊。尚書六職，公理其半。朝重文翰，公掌詔令。西閣絲言，内庭密命。公實出入，迭操二柄。家重隆盛，公既陳許。兩掖中臺，差肩接武。青幢赤茀，叔出季處。門重婚嗣，公娶令族。鏘鏘振振，和鳴似續。男女七人，五珠二玉。年重壽考，公亦云老。心雖壯健，髪已華皓。五十加八，亦不爲夭。人重康寧，公體豐盈。迨乎奄忽，不失和平。啓手足夜，無呻吟聲。古稱五福，公有七福。凡人得一，死猶瞑目。矧公兼之，豈有不足？所不足者，不在其身。怏怏惻惻，其在他人。爲門户惜主，爲骨肉惜親。爲吾儕惜良友，爲朝廷惜賢臣。况積也不才，居易無似。辱與公游，十九年矣。昔貞元歲，俱初筮仕。並命同官，蘭臺令史。以公明達，以我頑鄙。度長絜能，信非倫擬。一言膠合，不知所以。莫逆之交，貴從茲始。清問登近，遝罹讒毁。江、澧、通州，左遷萬里。或合或散，一伏一倚。浩浩世途，是非同軌。齒牙相軋，波瀾四起。公獨何人，心如止水。風雨如晦，雞鳴不已。不因紛阻，孰辯君子。以膠投漆，如弧有矢。所以綢繆，見于生死。前年去年，次第徵還。或先或後，俱到長安。水流火就，松茂柏懽。置酒欲飲，握手何言。初論瘴癘，次叙艱難。三心六眼，同一潸然。積與居易，旋登禁掖。公領銓衡，職勤務劇。私室多故，公門少隙。歡會實稀，光陰虚擲。不相勸勉，急務歡適。且曰朱顔已去，白日可惜。花寺春朝，松園月夕。大開口笑，滿酌酒喫。言約則然，心期未獲。嗚呼杓直！而忍遺我？棄我何處？捨我何之？豈反真歸冥，漠然而無所爲？將精多魂强，的然而有所知。恍如聞兮倏如覩，未甘心於永辭。彼有靈兮此有夢，胡不一來兮質我疑！逝川渺其不迴，日月忽乎有時。指岐下以歸祔，備大葬之威儀。禮有進而無退，祖於庭而送之畿。旌竿舉兮輀輪動，遂不得少留乎京師。嗚呼杓直！其鑒于茲！爵盈不飲，豆乾不食，如之何勿思？公兒號我，公馬嘶我，如之何勿悲？嗚呼杓直！已而已而，哀哉尚饗！

【箋】

作於長慶元年（八二一），五十歲，長安，主客郎中、知制誥。見陳譜。

〔李侍郎〕李建。城按：李建字杓直，卒於長慶元年二月二十三日。見白氏有唐善人墓碑銘（卷四一）、元集卷五四唐故中大夫尚書刑部侍郎上柱國隴西縣開國男贈工部尚書李公墓誌銘。並參見白氏予與故刑部李侍郎早結道友以藥術爲事……詩（卷十九）箋。

〔公既陳許兩句〕「陳許」指李建之兄李遜。白氏有唐善人墓碑銘（卷四一）云：「陳許節度、禮部尚書遜，兄也。」

〔指岐下以歸祔〕岐下指鳳翔。白氏有唐善人墓碑銘（卷四一）云：「長慶元年二月二十三日夜無疾即世於長安修行里第。是歲五月二十五日歸祔於鳳翔某縣某鄉某原之先塋。」又感舊紗帽詩（卷八）云：「岐上今夜月，墳樹正秋風。」

【校】

〔丙申〕「丙」，宋本、那波本、英華俱作「景」，蓋避唐諱改。

〔中散大夫二十一字〕英華作「翰林學士守中書舍人」，注云：「集作『中散大夫守中書舍人翰林學士上柱國賜紫金魚袋』。」

〔元稹〕「稹」，馬本、英華俱訛作「積」，據宋本、那波本、全文改正。下同。

〔主客郎中〕此下各本俱脱「知制誥」三字，據英華增。

〔温温〕英華作「彬彬」，注云：「集作『温温』。」

〔春秋天官六字〕英華作「天官是攝司寇」，注云：「集作『春秋天官是攝是贊』。」

〔鏘鏘〕英華作「鎗鎗」。

〔其身〕「其」，英華作「公」，注云：「集作『其』。」

〔貞元歲〕「貞」，馬本誤作「真」，據宋本、那波本、英華、全文改正。「歲」，英華作「年」，注云：「集作『歲』。」

〔絜能〕「絜」，英華作「挈」，注云：「集作『絜』。」

〔腤合〕「腤」，那波本作「吻」，英華注云：「京本作『腤』。」

〔貴從〕「貴」，英華作「實」，注云：「集作『貴』。」

〔清問登近〕英華作「問登清近」，注云：「集作『清問登近』。」

〔江澧〕「澧」，馬本訛作「灃」，據宋本、那波本、英華、全文、盧校改正。

〔柏懽〕「懽」，馬本、全文俱作「堅」，非。據宋本、那波本、英華、全文、盧校改正。

〔不相〕「不」，英華作「互」。

〔花寺〕「寺」，英華作「時」，注云：「集作『寺』。」

〔酒喫〕「酒」，馬本、全文俱訛作「口」，據宋本、那波本、英華、盧校改正。

〔遺我〕英華作「我遺」。

〔何處〕「處」，英華作「遽」，注云：「集作『處』。」
〔反真〕「真」，馬本訛作「貞」，據宋本、那波本、英華、全文改正。
〔歸冥〕「冥」，英華作「寂」。宋本此字空。
〔漠然〕「漠」，英華作「冥」。
〔魂强〕「魂」，英華作「魄」。
〔送之〕「之」，英華作「於」，注云：「京本作『之』。」

禱仇王神文

維長慶三年歲次癸卯，八月癸未朔，十七日己亥，朝議大夫、使持節杭州諸軍事、守杭州刺史、上柱國白居易，謹遣朝議郎、行餘杭縣令常師儒以清酌之奠，敬祭于仇王神：嘗聞神者所以司土地，守山川，驅禽獸，福生人也。餘杭縣自去年冬逮今秋，虎暴者非一，神其知之乎？人死者非一，神其念之乎？居易與師儒猥居牧宰，慚無政化，不能使渡江出境，是用虔告于神。惟神廟居血食，非人不立。則人，神之主也；獸，神之屬也。今縱其屬，殘其主，於神何利焉？於人何辜焉？若一告之後，神其有知，即能揮靈申威，服猛禁暴，是人之福幸，亦神之昭昭。若人告不聞，獸害不去，是無神也，人何望哉？嗚呼！正直聰明，盍鑒於此。尚饗！

【箋】

作於長慶三年（八二三），五十二歲，杭州，杭州刺史。見陳譜。

〔仇王神〕咸淳臨安志卷七四：「仇王廟：舊志云：在（餘杭）縣北一十五里仇山。廟城周回七里，約高一十丈，有洗馬池、靈雞堆、養馬場。紹興二年，縣令張承嗣重建廟。」

【校】

〔三年〕宋本、那波本、馬本、全文俱訛作「二年」，據英華、盧校改正。

〔守山川〕英華作「主川山」，非。

〔驅禽獸〕「驅」，宋本、那波本、馬本俱脱，據全文增。英華作「率」。

〔念之〕「念」，馬本作「知」，據宋本、英華、全文、盧校改正。又「念之」，那波本誤作「知念」。

〔牧宰〕「宰」，英華作「守」。

〔虔告〕「虔」上英華有「居」字。

〔一告〕「告」，宋本、那波本俱誤作「昔」，全文作「酹」。又「一」上英華有「若」字。

〔揮靈〕「揮」，宋本、那波本俱作「輝」，英華作「耀」。

〔人告〕「告」，英華作「苦」。

祈臯亭神文

維長慶三年歲次癸卯。七月癸丑朔，十六日戊辰，朝議大夫、使持節杭州諸軍事、守杭州刺史、上柱國白居易，以酒乳香果昭告于臯亭廟神：去秋愆陽，今夏少雨，實憂災沴，重困杭人。居易忝奉詔條，愧無政術。既逢愆序，不敢寧居。一昨禱伍相神，祈城隍祠，靈雖應期，雨未霑足。是用撰日祇事，改請于神。恭聞明神，禀靈於陰祇，資善於釋氏。聰明正直，潔靖慈仁。無幽不通，有感必應。今請齋心虔告，神其鑑之。若四封之間，五日之内，雨澤霈足，稼穡滋穏，敢不增修像設，重薦馨香，歌舞鼓鐘，備物以報。如此則不獨人之福，亦惟神之光。若寂寥自居，肸蠁無應，長吏虔誠而不答，下民顒望而不知，坐觀田農，使至枯悴。如此，則不獨人之困，亦唯神之羞。惟神裁之，敬以俟命。尚饗！

【箋】

作於長慶三年（八二三），五十二歲，杭州，杭州刺史。見陳譜。

〔臯亭廟〕在杭州臯亭山。咸淳臨安志卷七一：「唐書地理志：錢塘縣有臯亭山。祥符志云：今屬仁和縣。在縣之東北二十里，高百餘丈，雲出則雨。」

〔城隍祠〕咸淳臨安志卷七一：「城隍廟舊在鳳凰山。」

【校】

〔題〕「祈」，馬本、全文俱作「祝」，據宋本、那波本、英華改。又宋本、那波本題下俱無注。馬本注云：「今杭州皋亭山神在城東北。」全文注云：「今杭州皋亭山神在城東北。一作『錢塘湖龍君祝文』。」

〔三年〕宋本、那波本、馬本、全文俱誤作「二年」，據英華、盧校改正。

〔持節〕此下宋本、那波本俱脱「杭州」二字。

〔愆陽〕「愆」，英華作「僁」，下同。

〔應期〕英華作「有應」。

〔撰日〕「撰」，馬本、全文俱作「擇」，據宋本、那波本、盧校改。又英華作「選」，字通。

〔改請〕「改」，英華作「敬」。

〔今請〕「請」，英華作「則」。

〔自居〕英華作「自處」。

〔肸饗〕「肸」，宋本字壞，那波本、馬本俱訛作「肹」，據全文、盧校改正。「饗」，英華作「蠁」。盧校：「『饗』當作『響』。」蓋「饗」乃「響」之借字，據漢書司馬相如傳王先謙補注，「肸蠁」當作「肸響」。

祭龍文

維長慶三年歲次癸卯八月癸未朔，二日甲申，朝議大夫、使持節杭州諸軍事、守杭州刺史、上柱國白居易，率寮吏薦香火拜告于北方黑龍：惟龍其色玄，其位坎，其神壬癸，與水通靈。昨者，歷禱四方，寂然無應。今故虔誠潔意，改命於黑龍。龍無水，欲何依？神無靈，將恐歇。澤能救物，我實有望於龍；物不自神，龍豈無求於我？若三日之內，一雨霶霈，是龍之靈，亦人之幸。禮無不報，神其聽之。急急如律令！

【箋】

作於長慶三年（八二三），五十二歲，杭州，杭州刺史。城按：咸淳臨安志卷三六録此文題作「祭黑龍潭文」。考黑龍潭在杭州寶月山。咸淳臨安志卷三六：「黑龍潭在寶月山寶月寺之西，莫測淺深，亢旱不竭。」

【校】

〔題〕「祭」，英華作「禜」。下同。

〔色玄〕「玄」，全文作「元」，蓋避清諱改。

〔改命〕「改」，全文注云：「一作『致』。」

〔欲何依〕全文注云：「一作『顧何宅』。」

〔恐歇〕「歇」，馬本、全文俱作「竭」，據宋本、那波本、英華、盧校改。全文注云：「一作『歇』。」

祭浙江文

維長慶四年歲次甲辰，五月己酉朔。四日壬子，朝議大夫、使持節杭州諸軍事、守杭州刺史、上柱國白居易，謹以清酌少牢之奠，敢昭告于浙江神：滔滔大江，南國之紀。安波則爲利，洚流則爲害。故我上帝命神司之。今屬潮濤失常，奔激西北，水無知也，如有憑焉。侵淫郊鄽，壞敗廬舍，人墜墊溺，籲天無辜。居易祗奉璽書，興利除害，守土守水，職與神同。是用備物致誠，躬自虔禱。庶俾水反歸壑，谷遷爲陵，土不騫崩，人無蕩析。敢以醴幣羊豕，沈奠于江。惟神裁之，無忝祀典。尚饗！

【箋】 作於長慶四年（八二四），五十三歲，杭州，杭州刺史。見陳譜。城按：咸淳臨安志卷三一：「江挾海潮，爲杭人患，其來已久，白樂天刺郡日，嘗爲文禱於江神。」

〔浙江〕元和郡縣志卷二五：「浙江在（錢塘）縣南一十二里。莊子云浙河，即謂浙江，蓋取其曲折爲名。……江濤每日晝夜再上，常以月十日、二十五日最小，月三日、十八日極大。小則水漸漲不過數尺，大則濤湧高至數丈。每年八月十八日，數百里士女共觀。舟人漁子泝濁觸浪，謂之弄潮。」

【校】

〔題〕「祭」，英華作「禜」，注云：「集作『祭』。」又全文「浙」作「淛」。按：「浙」或作「淛」。

〔浙江神〕「江」下英華有「之」字。

〔安波〕英華作「潤下」，注云：「集作『安波』。」

〔涬流〕「涬」，那波本、英華俱作「幹」。英華注云：「集作『涬』。」

〔顲天〕「顲」，宋本作「顩」，字同。

〔祇奉〕「奉」，英華作「承」，注云：「集作『奉』。」

〔歸壑〕「歸」，英華作「于」，注云：「集作『歸』。」

白居易集箋校卷第四十一

碑碣 凡六首

有唐善人墓碑

唐有善人曰李公。公名建，字杓直，隴西人。魏將軍申公發，公十五代祖也。周柱國陽平公遠，六代祖也。綏州刺史明，高祖也。太子中允進德，曾祖也。緜州昌明令珍玉，大父也。雅州别駕、贈禮部尚書震，考也。贈博陵郡太君崔氏，妣也。陳許節度、禮部尚書遜，兄也。渭源縣君房氏，妻也。容管招討使濟，外舅也。長慶元年二月二十三日夜，無疾即世于長安修行里第。是歲五月二十五日，歸祔于鳳翔某縣某鄉某原之先塋，春秋五十八。有二女，五男曰訥、朴、愘、愨、碩。公官歷校書郎，左拾遺，詹府司直，殿中侍御史，比部、兵部、吏部員外郎，兵部、吏部郎中，京兆少尹，澧州刺史，太常少卿，禮部、刑部侍郎，工部尚書。職歷容州招討判官，翰林學士，鄜州防禦副使，轉運判官，知制誥，吏部選事。階中大夫。勳上柱國。爵隴西縣開國男。有史官起居郎渤海高鉞作行狀，翰林學士、中書舍人河南元稹作墓誌，有尚書主客郎中、知制誥太原白居易作墓碑，大署其碑曰善人墓。善人者何？公幼孤，孝養太君，太君老疾，常曰：猱子勸吾食，吾輒飽。勸吾藥，吾意其疾瘳。猱子，公小字也。及長，居荆州石首縣。其居數百家，凡爭鬭，稍稍就公決，公隨而評之，寢及鄉。人不詣府縣，皆相率曰：請問李君，公養有餘力，讀書屬文，業成，與兄遜起應進士，俱中第。爲校書時，以文行聞，故德宗皇帝擢居翰林。翰林時，以視草不詭隨，退官詹府。詹府時，以貞恬自處，不出户輒逾月。鄜帥路恕高之，拜請爲副。在鄜時，有非類者至，以病去。爲御史時，上任有遏其行事者，作謬官詩以諷。爲吏部郎時，調文學科暨利課高者，得無停年。又省成勞急成狀限，繇是吏史輩無緣爲姦，訖今選部用其法。知制誥時，筆削間有以自是不屈者，因請告，改少尹。少尹時，與大尹議，歲減府税錢十三萬。在澧時，不鞭人，不名吏，居歲餘，人人自化。在禮部時，由文取士，不聽譽，不信毁。公爲人，質良寬大，體與用綽然有餘裕。爲政廉平易簡，不求赫赫名。與人交，外淡中堅，接士多可而有別，稱賢薦能未嘗倦。好議論而無口過，遠邪諛而不忤物。其居家，菲衣食，厚賓客，敬兄嫂，禮妻子，愛甥姪。初，先太君好善，喜佛書，不食肉，公不忍違其志，亦終身蔬食。自八九歲時始諷詩書日三百言，諷畢，盡得其義。善理王氏易、左氏春秋，前後著文凡一百五十二首，皆詣理撮要，詞無枝葉，其卓然者有詹事府司直、比部員外郎廳記、請雙日坐疏、與梁肅書、上宰相論選事狀，秉筆者許之。薨之日，不識者惜，識者嘆，交游出涕，執友慟。夫如是，其善人乎？傳曰：善人，國之紀也。語曰：善人，吾不得而見之矣。噫！善人之稱難乎哉！獨加於公無愧焉。銘曰：古者墓有表，表有云：顯其行，省其文。故季札死，仲尼表其墓曰「君子」；今吾喪李君，署其碑曰「善人」。嗚呼！李君有知乎，無知乎？君之名，與此石俱。

【箋】

作於長慶元年（八二一），五十歲，長安，主客郎中、知制誥。城按：此卷那波本編在卷二四。陳譜長慶元年辛丑：「李建死，公爲墓碑，謂之善人碑。」白氏祭李侍郎文與此文爲同時之作。

〔李公〕李建。見舊書卷一五五、新書卷一六二本傳。並參見寄李十一建（卷五）、同李十一醉憶元九（卷十四）等詩箋。

〔修行里〕修行坊。在長安朱雀門街東第四街。見兩京城坊考卷三。城按：白行簡三夢記云：「元和四年，河南元微之爲監察御史奉使劍外，去踰旬。予與仲兄樂天、隴西李杓直同游曲江，詣慈恩佛舍，偏歷僧院，淹留移時。日已晚，同詣杓直修行里第，命酒對酬，甚懽暢。」白氏送張山人歸嵩陽詩（卷十二）云：「黄昏慘慘天微雪，修行坊西鼓聲絶。」

〔李憼〕新書卷一七七高銖傳：「徙太常卿，嘗罰禮生。博士李憼愠見曰：『故事：禮院不關白太常。故卿莅職，博士不參集，不宜罰小史，隳舊典。』銖歎曰：『吾老不能退，乃爲小兒所辱。』卒。」城按：此則亦見東觀奏記及唐會要卷六五太常寺大中九年八月條。

〔公官歷校書郎左拾遺〕丁居晦重修承旨學士壁記謂建貞元二十一年三月十七日遷左拾遺。新傳同。舊傳及册府元龜卷五一三作右拾遺，與白氏此文不合，疑誤。

〔河南元稹作墓誌〕元集卷五四有唐故中大夫尚書刑部侍郎上柱國隴西縣開國男贈工部尚書李公墓誌銘。

〔翰林時以視草不詭隨退官詹府〕白氏此碑未詳退官詹府之時間。城按：元稹李建墓誌銘：「使居翰林中，就拜左拾遺。會德宗皇帝崩，鄆帥擅師於曹，詔歸之，公不肯與姑息。時王叔文恃幸，異公意，不隨，卒用公意，鄆果怙。後一年，司直給（城按：給爲詹之訛）事府，會朝廷以觀察防禦事授路恕治於鄜，恕即日就，公乃自貳拜降。」墓誌云「後一年」應指元和元年，蓋路恕節度鄜坊在元和三年二月（見舊紀），舊傳所云「元和六年坐事罷職，除詹事府司直」，「六年」當係「元年」之誤。參見岑仲勉翰林學士壁記注補。

〔在禮部時由文取士四句〕册府元龜：「穆宗元和十五年正月即位，是年禮部侍郎李建知貢舉。建取捨非其人，又惑於請託，故其年不爲得士，竟以人情不洽，遽改爲刑部侍郎。」城按：白氏此文所記與元龜迥異，或係爲建譽飾之詞。

【校】

〔題〕「碑」下全文有「銘并序」三字。按：清梁玉繩志銘廣例云：「墓石之文，分言之，則前序爲誌，韻語爲銘；通言之，則誌即是銘，銘即是誌。……柳河東集中諸誌，皆有銘辭，而題止稱誌。白香山范陽張公仲方墓誌亦然。文選任彦升劉先生夫人墓誌，無誌但銘，而題獨稱誌。蘇文忠李太師墓誌、朱亥墓誌亦然，是銘即誌也。據此則墓碑銘亦適用此例也。」

〔陽平〕「陽」，馬本作「楊」，據宋本、那波本、全文、盧校改。城按：「楊」、「陽」字通。

〔珍玉〕「玉」，宋本、那波本、英華俱訛作「王」。城按：元稹李建墓誌銘：「進德生昌明令珍玉，珍玉生雅州别駕贈禮部尚書震。」舊書卷一五五李遜傳亦作「珍玉」，當以「珍玉」爲正。

〔陳許節度〕「度」下英華有「使」字。

〔訥〕「訥」，馬本、全文俱訛作「納」，據宋本、那波本、英華、盧校改正。城按：元稹李建墓誌及舊傳俱作「訥」。

〔詹府司直〕盧校：「『詹府』當俱作『詹事府』。」下同。

〔澧州〕「澧」，馬本、全文俱訛作「灃」，據宋本、那波本、盧校改正。

〔鄜州〕「州」，英華作「坊」，注云：「集作『州』。」

〔吏部選事〕「吏」上英華有「知」字，注云：「集無『知』字。」

〔渤海〕此下英華有「郡」字，注云：「集無此字。」

〔高釴〕「釴」，宋本、馬本、全文俱訛作「錢」。城按：元稹有高釴授起居郎制，舊書卷一六八、新書卷一七七本傳俱作「釴」，白氏高釴等一十人亡母鄭氏等太君制訛作「銭」，册府元龜卷四六〇及英華俱作「越」，當以「釴」字爲是，據那波本改正。又英華「越」下注云：「集作『鉞』，亦非。」

〔猨子〕「猨」下馬本注云：「烏禾切，犬子。」

〔詹府時〕「府」下英華脱「時」字。

〔貞恬〕「恬」，那波本訛作「惗」。

〔鄜帥路恕〕「帥」，宋本、那波本俱訛作「師」。又那波本「路恕」作「慴恐」，非。

〔高之拜〕「拜」，馬本、宋本、那波本、盧校俱作「𢷎」。城按：「𢷎」乃「拜」之本字。又此下宋本注云：「音拜。」又此下那波本、英華、全文俱無注。

〔上任〕英華作「上位」。

〔有遏〕「遏」，英華作「過」，注云：「集作『遏』。」

〔成勞〕「勞」下英華有「文」字，注云：「集無『文』字。」

〔史史輩〕英華、那波本俱作「吏輩」。「吏」下英華注云：「集作『史』。」

〔姦訖〕「訖」，英華作「詭」，注云：「集作『訖』。」

〔少尹〕「少」上英華有「京兆」二字，無下「少尹」二字。

〔與大〕「大」下各本俱脱「尹」字，據英華增。

〔取士〕「士」，宋本、那波本俱作「生」。英華作「士」，注云：「集作『生』，非。」

〔廉平〕那波本作「廣乎」，誤。

〔佛書〕「佛」上各本俱脱「喜」字，據英華增。

〔始諷〕「始」下宋本、馬本、那波本俱脱「諷詩書日三百言」七字，據英華、全文增。

〔善理〕「理」，英華作「治」，注云：「集作『理』。」

〔一百〕「一」，英華作「三」。全文注云：「一作『三』。」

〔詣理〕「詣」，馬本作「義」，非。據宋本、那波本、盧校改正。全文「詣理」作「理義」，亦非。

〔梁肅〕「肅」，那波本訛作「蕭」。

〔執友慟〕「慟」下馬本、全文俱衍「哭」字，據宋本、那波本、盧校改正。又「友」下英華有「者」字。

唐故通議大夫和州刺史吳郡張公神道碑銘 并序

張之爲著姓尚矣。自漢太傅良、侍中肱、晉司空華、丞相嘉以降，勳賢軒冕，歷代不乏。肱避地渡江，始居于吴，故其子孫稱吴郡人。嘉以孝悌聞于郡，故其所居號孝張里。嘉之曾孫裕在宋爲司徒，即公五代祖也。司徒之孫儔在隋爲吴郡都督，即公曾王父也。台州臨海令諱鵾，即公王父也。袁州司馬諱孝績，即公皇考也。或以人物著，或以閥閲稱，迄今爲江南右族。公諱擇，字無擇，未冠，丁袁州府君憂，廬于墓，晝號而夜泣者三年矣。有靈芝醴泉出焉。既冠，好學能屬文，從鄉賦，登明經第。應制舉，中精通經史科。補弘文館校書郎。調左金吾録事。换杭州録事參軍。在杭州，前後詰僞制補吏者三十八人，駮假年侍老者二十人，舉而正之，人伏其明。會劉幽求來爲刺史，舉課聞，詔授絳州録事參軍。絳之郡有主壻者，怙寵侮法，豪奪人利，公數其罪，露章奏之。章下，丞相姚元崇奇之，致書褒美。尋改太原府功曹參軍。給事中張䛊爲江淮安撫使，表公正直，奏置部從事。吏部尚書陸象先爲河東按察使，狀公清白，奏授懷州獲嘉令。在獲嘉以不茹柔得人心，以不吐剛得罪，繇是左遷鄂州司馬。移深州司馬，轉號州長史。時上方思理，詔求二千石之良者，時宰以公塞詔，擢拜和州刺史。公在郡奉詔條，卹人隱而已，不知其他。無何，水潦害農，公請蠲穀籍之損者什七八。時李知柔爲本道採訪使，素不快公之剛直，密疏誣奏以附下爲名，遂貶蘇州别駕，老幼攀泣而遮道者數百人，信宿方得去。移曹州别駕，歲餘謝病歸，老于家。天寶十三載正月二十一日，終于東都利仁里私第。其年二月十二日，葬于河南府伊闕縣中李原，享年八十三。噫！公生天地間八十有三年，可謂壽矣！其間當明皇帝馭天下四十有五年，可謂時矣！有其才，得其壽，逢其時，然職不過陪臣，秩僅至郡守，凡所貯蓄，鬱而不舒。嗚呼！其命也夫！公之文學，常爲賀知章、賈彦璿許之。公之諒直，常爲李邕、張庭珪稱之。公之政事，又爲劉、姚、張、陸推之。夫以八君子之力援之而不足，以一知柔之力排之而有餘，厄窮不振，以至没齒。嗚呼！其命也夫！古人云：道不虚行。又云：其後必有達者。故公之子大理評事誠以節行聞于時，公之孫户部侍郎平叔以才位光于國，報施之道，信昭昭矣。不在其身，則在子孫，相去幾何哉？長慶二年某月某日，平叔奉祖德碣之，居易據家狀序而銘之。其詞曰：

有木有木，碩大而長。破爲桷杙，不作棟梁。有驥有驥，規行矩步。辱在短轅，不駕大輅。嗚呼！噫嘻！公亦如之。將時不遇我，而我不遇時？勿謂已矣，天錫多祉！既賢其子，以濟其美。又才其孫，以大其門。苟無先德，孰啓後昆？

【箋】

作於長慶二年（八二二），五十一歲，長安，中書舍人。

〔和州〕和州歷陽郡。唐屬淮南道。見新書卷四一地理志。

〔吴郡〕即蘇州。周時爲吴國。漢爲會稽郡。後漢時割浙江以東爲會稽，浙江以西爲吴郡。至陳不改。隋開皇九年改爲蘇州，因州西姑蘇山爲名。唐因之。見元和郡縣志卷二五。

〔從鄉賦〕唐人多稱鄉試爲鄉賦。如白氏與元九書（卷四五）云：「二十七方從鄉賦。」作鄉試者非。

〔給事中張䄆〕太平廣記卷三三八引廣異記云：「丹陽商順娶吴郡張䄆女。䄆爲京兆少尹，卒葬滻水東。」

〔李知柔〕曾官司勳郎中，御史中丞。見郎官考卷七。

〔利仁里〕在洛陽長夏門之東第五街。

〔賈彦璿〕元和姓纂三十五馬：「工部員外郎賈彦璿，濮陽人。」舊書五行志：「開元四年五月，山東螟蝗害稼，分遣御史捕而埋之。……敕河南河北檢校捕蝗使狄光嗣、唐璀、敬昭道、高昌、賈彦璿等。」

【校】

〔題〕「碑銘」下馬本脱「并序」二字，據宋本、那波本、文粹、全文增。英華題作「曹州别駕張公神道碑」，注云：「集作『故通議大夫和州刺史吴興郡張公神道碑』。」

〔在隋〕「隋」，英華訛作「趙」，注云：「集作『隋』，是。」

〔王父〕馬本作「王大父」，誤。據宋本、那波本、盧校改正。英華、全文俱作「大父」，英華注云：「集作『王』。」

〔孝績〕「孝」，英華作「季」，注云：「集作『孝』。」

〔皇考〕「皇」，馬本訛作「王」，據宋本、那波本、文粹、英華、全文改正。

〔閽閥〕「閽」，英華作「婚」，注云：「集作『閽』。」

〔公諱擇〕馬本、英華俱作「公諱無擇」，非。據文粹、全文改正。宋本、那波本三字俱作「諱無擇」，亦誤。

〔三年矣〕此三字文粹作「三年」。

〔鄉賦〕「賦」，馬本、全文俱作「試」，非。據宋本、那波本、英華、盧校改正。並參見前箋。

〔登明經第〕「經」上宋本、馬本、那波本俱脱「明」字，據文粹、英華、全文補。

〔二十人〕「十」，宋本、盧校俱作「千」。盧校云：「此乃小民規免役者，故有二千之多。」城按：父母老疾，犯罪者可上請充侍，非限於小民，見唐律疏議名例三。盧校非。又英華作「三千人」，亦非。

〔人伏〕「伏」，馬本、全文俱作「服」，非。據宋本、那波本、盧校改正。

〔舉課聞〕「聞」上文粹、英華、全文俱有「上」字。

〔絳之郡〕「郡」下文粹、英華、全文俱有「丞」字。

〔丞相〕此文英華多「府」字，全文多「府丞相」三字。

〔姚元崇〕全文作「姚元之」。城按：姚崇，本名元崇。武后時改名元之，後又改名崇。見舊書卷九六姚崇傳。

〔置部從事〕「部」，英華、全文俱作「郡」。又「置」，文粹、英華、全文俱作「署」。

〔獲嘉〕此下那波本脱「令在獲嘉」四字。

〔茹柔〕「柔」下文粹無「得人心以」四字。

〔無何〕「何」，英華訛作「河」。

〔剛直〕「剛」，那波本作「闈」，非。

〔老幼〕英華作「幼艾」，注云：「集作『老幼』。」

〔十三載〕英華作「十二年」，非。

〔二十一〕英華作「二十八」。

〔其年〕英華作「十二載」三字，注云：「集作『某年』。」

〔大理評事誡〕「理」，馬本訛作「禮」。又「誡」，馬本作「誠」，疑非。據宋本、那波本、英華、文粹、全文改。

〔二年某月〕「月」下宋本、那波本俱衍「年」字。又「年」下盧校：「宋此下有『某年』二字，謂壬寅也。」

〔碣之〕此二字英華、全文俱作「揭而碑之」，英華注云：「四字集作『碣之』。」

〔桷杙〕「杙」，英華注云：「疑作『伐』。」又馬本此下注云：「夷益切。」

〔將時〕「將」，馬本訛作「何」，據宋本、那波本、文粹、英華、全文、盧校改正。

〔遇我〕文粹、全文俱作「我遇」。

唐贈尚書工部侍郎吳郡張公神道碑銘 并序

有唐嶺南觀察推官、試大理評事吳郡張公，大曆三年十一月八日，終于伊川别墅。五年八月七日，葬于伊闕縣中李原，春秋五十五。元和十三年，詔贈主客員外郎。明年，贈太常少卿。又明年，贈尚書工部侍郎。夫人吳郡陸氏，貞元二年某月某日終于某所，春秋六十六，追封嘉興縣太君，又封吳郡太夫人。嗣子通議大夫、守尚書户部侍郎、判度支、上柱國、賜紫金魚袋平叔，以長慶二年某月某日立神道碑。太原白居易文其碑云：公諱諴，字老萊，吳郡人。父諱無擇，和州刺史。祖諱孝績，袁州司馬。由高曾而上，世德世禄，載在和州府君碑内，此不書。公年十八，以通經中第。及調判入高等，授蘇州長洲尉。秩滿，丁先府君憂。既禫，又丁先太夫人憂。泣血六年，哀毁過制，以方寸再亂，殆無宦情。既除喪，退居不調者累年。而親友以大義敦責，不得已而復起，選授左武衛騎曹參軍分司東都。屬安禄山陷覆洛京，以僞職淫刑脅劫士庶，公與同官范陽盧巽潛遁于陸渾山，食木實、飲泉水者二年，訖不爲逆命所汙。及肅宗嗣位，詔河南尹薛伯連搜訪不仕賊庭隱藏山谷者，伯連得六人以應詔，而公與巽在焉。繇是名節聞于朝野，君子以爲知道，優詔褒美，特授密縣主簿。未周歲，遷宋州碭山縣令。時睢陽當大兵後，野無草，里無人，公撫之，一年襁負至，二年汙萊闢，三年衣食足。及解印去，縣民相率泣而餞之，君子以爲知政。嶺南節度觀察使李勉，偉人也，既高公陸渾之節，又美公碭山之政，欲以名職禮命起而大之，遂奏授試大理評事、充觀察推官。及除書簡牒到門，即公捐館舍之明日也。才如是，命如是，嗚呼！哀哉！公常自負其才不後於人，自疑其命不偶於世，及將去碭山而反伊川也，頓駕搦管，沈歎久之，因賦詠懷詩云：「論成方辯命，賦罷即歸田。」竟如是言，終于衡茅之下，君子以爲知命。公有三子，曰平仲、平叔、平季。夫人陸氏，即國子司業、集賢殿學士善經之女，賢明有法度。初，公既殁，諸子尚幼，夫人勤求衣食，親執詩書，諷而導之，咸爲令子。又常以公遺志擇其子而付之，故平叔卒能振才業，致名位，追爵命，碣碑表，繼父志，揚祖德，此誠孝子順孫之道也。亦由夫人慈善教誘之德浸漬而成就之，不其然乎！居易常辱與户部游，而知其家事治，見託譔述，庶傳信焉。

銘曰：

猗嗟碭山！以文行保家聲，以義節振時名，以惠政撫縣民。而職不登諸侯卿，秩不及廷尉評。悲哉！猗嗟碭山！前有和州，名德如彼；後有户部，才位若此。才子之父，名父之子，賢者兼之，可謂具美。休哉！

【箋】

作於長慶二年（八二二），五十一歲，長安，中書舍人。

〔公年十八二句〕登科記考卷七開元十九年明經科：「張誠：白居易贈尚書工部侍郎張公神道碑銘：『公諱誠，字老萊，吴郡人。年十八，以通經中第。』以大曆三年卒年五十五推之，及第當在是年。通經當是明經科也。」城按：誠一作諴。

〔集賢殿學士善經〕陸善經。元和姓纂（卷十）一屋陸訛作「陸善敬」。岑仲勉元和姓纂四校記：「唐會要一三：開元二十七年有集賢學士陸善經。會稽掇英總集二：天寶三載送賀監致仕，陸善經有和詩。五載刊定月令，集賢直學士陸善經與修撰（石刻及新書五七），其官爲河南府倉曹參軍。元龜一五二：國子司業陸善經。又白氏集二四張諴碑：『夫人陸氏即國子司業，集賢殿學士善經之女。』（諴卒大曆三年，年五十五。）是善經與善敬同音、同官、同時，敬字訛也。玉海四六引集賢注記：蕭令嵩奏陸善經入院。」

【校】

〔題〕英華作「嶺南觀察推官贈尚書工部侍郎吳郡張公神道碑銘」。

〔貞元二年〕「二」，英華作「三」，注云：「集作『二』。」全文注云：「一作『三』。」

〔諱誡〕「誡」，馬本、英華、全文俱作「誠」。據宋本、那波本、盧校改。英華、全文俱注云：「一作『誡』。」

〔過制〕「制」，英華、全文俱作「禮」，英華注云：「集作『制』。」

〔殆無〕「殆」，英華作「始」，注云：「一作『殆』。」

〔騎曹〕英華作「將軍」，注云：「集作『騎曹』。」全文注云：「一作『將軍』。」

〔二年〕「二」，英華作「三」，注云：「集作『二』。」

〔逆命〕「逆」，英華誤作「遂」。

〔搦管〕「搦」，馬本注云：「女角切。」

〔是言〕「是」，英華作「其」，注云：「集作『是』。」

〔諷而〕「諷」，英華作「誨」，注云：「集作『諷』。」

〔碣碑表〕「碣」，英華、全文俱作「揭」。

〔事治〕「治」，馬本、全文俱作「故」，非。據宋本、那波本、盧校改正。

傳法堂碑

王城離域有佛寺，號興善。寺之次也，有僧舍名傳法堂。先是大徹禪師宴居于是寺，説法于是堂，因名焉。有問師之名迹，曰：號惟寬，姓祝氏，衢州信安人。祖曰安，父曰皎。生十三歲出家，二十四具戒，僧臘三十九，報年六十三，終興善寺，葬灞陵西原，詔謚曰大徹禪師元和正直之塔云。有問師之傳授，曰：釋迦如來欲涅槃時，以正法密印付摩訶迦葉，傳至馬鳴。又十二葉，傳至師子比丘。及二十四葉，傳至佛馱先那。先那傳圓覺達摩，達摩傳大弘可，可傳鏡智璨，璨傳大醫信，信傳圓滿忍，忍傳大鑒能，是爲六祖。能傳南岳讓，讓傳洪州道一，一謚曰：大寂，寂即師之師。貫而次之，其傳授可知矣。有問師之道屬，曰：自四祖以降，雖嗣正法，有冢嫡而支派者，猶大宗小宗焉。以世族譬之，即師與西堂藏，甘泉賢、勒潭海、百巖暉俱父事大寂若兄弟然，章敬澄若從父兄弟，徑山欽若從祖兄弟，鶴林素、華嚴寂若伯叔然，當山忠、東京會若伯叔祖，嵩山秀、牛頭融若曾伯叔祖，推而序之，其道屬可知矣。有問師之化緣，曰：師爲童男時，見殺生者盡然不忍食，退而發出家心，遂求落髮於僧曇，受尸羅於僧崇，學毗尼於僧如，證大乘法於天台止觀，成最上乘道於大寂道一。

貞元六年，始行於閩越間，歲餘，而迴心改服者百數。七年，馴猛虎於會稽，作滕家道場。八年，與山神受八戒於鄱陽，作迴嚮道場。十三年，感非人於少林寺。二十一年，作有爲功德於衞國寺。明年，施無爲功德於天宫寺。元和四年，憲宗章武皇帝召見於安國寺。五年，問法於麟德殿。其年，復靈泉於不空三藏也。十二年二月晦，大說法於是堂，說訖就化，其化緣云爾。有問師之心要，曰：師行禪演法垂三十年，度白黑衆殆百千萬億，應病授藥，安可以一說盡其心要乎？然居易爲贊善大夫時，常四詣師，四問道。第一問云：既曰禪師，何故說法？師曰：無上菩提者，被於身爲律，說於口爲法，行於心爲禪，應用有三，其實一也。如江湖河漢，在處立名，名雖不一，水性無二。律即是法，法不離禪，云何於中妄起分別。第二問云：既無分別，何以修心？師曰：心本無損傷，云何要修理？無論垢與淨，一切勿起念。第三問云：垢即不可念，淨無念可乎？師曰：如人眼睛上，一物不可住。金屑雖珍寶，在眼亦爲病。第四問云：無修無念，亦何異於凡夫耶？師曰：凡夫無明，二乘執著，離此二病，是名真修。真修者不得勤，不得妄，勤即近執著，妄即落無明。其心要云爾。師之徒殆千餘，達者三十九人，其入室受道者有義崇，有圓鏡。以先師常辱與予言，知予嘗醍醐，嗅薝蔔者有日矣。師既殁後，予出守南賓郡，遠託譔述，迨今而成。嗚呼！斯文豈直起師教慰門弟子心哉！抑且志吾受然燈記，記靈山會於將來世，故其文不避繁。

銘曰：

佛以一印付迦葉，至師五十有九葉，故名師堂爲傳法。

【箋】

作於元和十四年（八一九），四十八歲，忠州，忠州刺史。城按：僧惟寬乃禪宗南嶽讓禪師法嗣一世馬祖道一弟子，與居易師佛光寺如滿禪師同爲禪宗南嶽系統第二世法嗣，故年輩較居易爲長。參見五燈會元卷三。又按：白氏此文之世系乃九世紀禪宗之重要史料，爲馬祖嫡派所造之傳法世系，與諸家説異。篇末銘云：「佛以一印付迦葉，至師五十有九葉。」據此惟寬乃第五十九世法嗣，上溯至佛馱先那，列次如下：

佛馱先那（五十世）圓覺達摩（五十一世）大弘可（五十二世）鏡智璨（五十三世）大醫信（五十四世）

圓滿忍（五十五世）大鑒能（五十六世）南岳讓（五十七世）洪州道一（五十八世）惟寬（五十九世）

此與僧祐出三藏記之五十代説合。又白氏文中所記之惟寬心要四項，亦正合道一學説。或當時道一一派介入法統之争而不滿於禪宗各家虛造之世系，故依出三藏記立此五十代説。然白氏碑文殊精確，絶非潦草應酬之作也。參見胡適白居易時代的禪宗世系（胡適文存三集卷四）。又按：唐文粹卷六二張正甫衡州般若寺觀音大師碑銘并序云：「天寶三載，觀音大師終於衡嶽山，春秋六十八，僧臘四十八。元和十八年，故大弟子道一之門人曰惟寬、懷暉，惑塵劫遽遷，塔樹已拱。懼絶故老之口，將貽後學之憂。丕若貽謀，思揚祖德。乃列景行，託於廢文。……」據白氏此文，惟寬元和十二年已卒，則張文所云「元和十八年」，疑爲「貞元十八年」之誤，且元和亦止於十五年也。

〔興善寺〕在長安朱雀門街之東興善坊。長安志卷七：「初曰遵善寺。隋文承周武之後，大崇釋氏，以收人望，移都先置此寺，以其本封名焉。神龍中，韋庶人追贈父貞爲酆王，改此寺爲酆國寺。景雲元年復舊。」

〔少林寺〕見卷二七從龍潭寺至少林寺題贈同遊者詩箋。

〔衞國寺〕在洛陽安喜門東街殖業坊。兩京城坊考卷五：「神龍二年節愍太子建，以本封爲名。會昌中廢。光化中復建。」

〔天宫寺〕見卷三三早秋登天宫寺閣贈諸客詩箋。

〔安國寺〕見卷十五廣宣上人以應制詩見示因以贈之詔許上人居安國寺紅樓院以詩供奉詩箋。

〔麟德殿〕在長安大明宫。長安志卷六：「長安殿北有仙居殿，殿西北有麟德殿。此殿三面，南有閣，東西皆有樓，殿北相連各有障日閣。」雍録卷四：「三殿者，麟德殿也。一殿而有三面，故名三殿也。李絳爲中書舍人，嘗言爲舍人踰月不得賜對，有詔明日對三殿也。不獨此也，凡蕃臣外夷來朝，率多設賓於此，至臣下亦多召對于此也。」城按：唐帝内宴多在此殿。

【校】

〔題〕英華作「西京興善寺傳法堂碑」。全文作「西京興善寺傳法堂碑銘并序」。

〔次也〕英華、全文俱作「坎地」。

〔名焉〕「名」下宋本、那波本俱有「曰」字，乃衍文。

〔信安〕英華、全文俱作「西安」。城按：信安，咸通中始更名西安，見新書卷四一地理志。當以信安爲正。

〔二十四〕「四」下英華有「歲」字。

〔正直〕「直」，英華、全文俱作「真」。

〔有問師之傳授〕那波本作「師有之傳授」，誤。

〔傳至馬鳴又〕五字英華作「其下」，注云：「二字集作『傳至馬鳴又』。」

〔及二十四葉〕「及」，英華作「又」，注云：「集作『及』。」

〔大弘可〕「大」上英華脱「傳」字。

〔大鑒能〕「大」，那波本訛作「天」。

〔自四祖〕「自」，馬本訛作「田」。據宋本、那波本、英華、盧校改正。全文作「由」。

〔家嫡〕「家」，宋本、那波本、馬本俱作「家」，非。據英華、全文改正。

〔百巖〕「巖」，那波本誤作「嚴」。

〔章敬澄〕「澄」上英華有「塵」字。

〔從父兄弟〕「從」，那波本訛作「父」。

〔徑山〕那波本訛作「遥山」。

〔華嚴寂〕「華」，英華作「花」，注云：「集作『華』。」

〔若伯叔祖〕馬本、全文俱作「曾祖伯叔」，誤。據宋本、那波本、英華改正。盧校作「伯叔曾祖」。

〔僧曇〕「曇」，馬本注云：「徒含切。」

〔受尸〕「尸」，全文注云：「一作『户』。」

〔僧崇〕「僧」下英華有「藏」字。全文「崇」下注云：「一作『僧藏宗』。」

〔行於〕英華作「行化」。

〔歲餘〕「歲」，英華訛作「藏」。

〔滕家〕「滕」，英華作「勝」。

〔八年〕「年」，宋本、那波本、馬本、全文俱誤作「日」，英華作「年」。全文注云：「一作『年』。」城按：景德傳燈録云：「八年，至鄱陽，山神求受八戒。」則知爲貞元八年。據英華改正。

〔迴嚮〕「嚮」，那波本誤作「鬱」。

〔感非人〕「感」，那波本訛作「盛」。

〔就化〕「就」，宋本、那波本、馬本俱作「説」，據英華、全文改正。

〔授藥〕「授」，英華作「受」，注云：「集作『授』。」

〔説法〕英華作「問法」。

〔在處〕「在」下那波本脱「處」字。「處」，英華作「在」。

〔無二〕英華作「如一」，注云：「集作『無二』。」

〔師曰如人〕「曰」下英華有「告之」二字，注云：「集無此二字。」

〔金屑〕「金」，英華作「念玉」二字，注云：「二字即作『金』。」

〔亦何〕「亦」，英華作「又」，注云：「集作『亦』。」

〔真修〕「真」，馬本、全文俱作「貞」，非。據宋本、那波本、盧校改正。下同。全文注云：「一作『真』。」

〔得勤〕「勤」，英華、全文俱作「動」。

〔妄勤〕英華、全文俱作「忘動」。「妄」，那波本作「忘」。

〔妄即〕英華作「忘則」，「則」注云：「集作『即』。」「妄」，宋本、那波本、全文俱作「忘」。

〔受道〕「道」，英華誤作「遺」，注云：「集作『道』。」

〔醍醐〕馬本「醍」注云：「杜兮切。」「醐」注云：「洪孤切。」

〔蒼蔔〕馬本「蒼」下注云：「覩敢切。」「蔔」下注云：「步黑切。」

〔然燈〕「然」，英華作「信默」二字，注云：「二字作『然』。」

唐撫州景雲寺故律大德上弘和尚石塔碑銘 并序

元和十一年春，廬山東林寺僧道深、懷縱、如建、沖契、宗一、至柔、習諸、智則、智明、雲皋、太易等凡二十輩，與白黑衆千餘人俱實持故景雲大德弘公行狀一通，贄錢十萬，來詣潯陽府，請司馬白居易作先師碑。會有故，不果。十二年夏，作石墳成，復來請，會有病，不果。十三年夏，作石塔成，又來請，始從之。既而僧反山，衆反聚落，錢反寺府，翌日而文就，明年而碑立，其詞云爾：

我聞竺乾古先生出世法，法要有三：曰戒、定、惠。戒生定，定生惠，惠生八萬四千法門。是三者迭爲用。若次第言，則定爲惠因，戒爲定根，定根植則苗茂，因樹成則果滿。無因求滿，猶夢果也；無根求茂，猶揠苗也。雖佛以一切種智攝三界，必先用戒；菩薩以六波羅蜜化四生，不能捨律。律之用，可思量，不可思量。如來十弟子中稱優波離善持律。波離滅，有南山大師得之。南山滅，有景雲大師得之。師諱上弘，姓饒氏，曾祖君雅，祖公悦，父知恭，臨川南城人。童而有知，故生十五歲發出家心，始從舅氏剃落。壯而有立，故生二十二歲立菩提願，從南岳大圓大師具戒。樂其所由生，故大曆中不去父母之邦，請隸于本州景雲寺。修道應無所住，故貞元初離我所，徙居洪州龍興寺説法。親近善知識，故與匡山法真、天台靈裕、荆門法裔暨興果神湊、建昌惠進五長老交遊。佛法屬王臣，故與姜相國公輔、太師顔真卿暨本道廉使楊君憑、韋君丹四君子友善。提振禁戒，故講四分律，而從善遠罪者無央數。隨順化緣，故坐甘露壇而誓衆主盟者二十年。荷擔大事，故前後登方等施尸羅者十有八會。救拔羣生，故娑婆男女由我得度者萬五千七十二人。示生無常，故元和十年十月己亥，遷化于東林精舍。示滅有所，故是月丙寅歸于南岡石墳。住世七十七歲，安居六十五夏，自生至滅，隨迹示教，行止語嘿，無非佛事。夫施於人也博，則反諸已也厚，故門人鄉人報如不及，繇是藝松成林，琢石爲塔，塔有碑，碑有銘。銘曰：

佛滅度後，薝蔔香衰，醍醐味醨。誰反是香？誰復是味？景雲大師。景雲之生，一匡苾蒭，中興毗尼。景雲之滅，衆將安仰？法將疇依？昔景雲來，行道者隨，踐迹者歸。今景雲去，升堂者思，入室者悲。鑪峯之西，虎谿之南，石塔巍巍。有記事者，以實真辭，書于塔碑。

【箋】 作於元和十三年（八一八），四十七歲，江州，江州司馬。城按：輿地紀勝卷三九撫州碑記：「唐撫州景雲寺故律大德上弘和尚石塔碑銘，白樂天撰。」

〔撫州〕 舊爲臨川郡。隋開皇九年改爲撫州。唐因之，屬江南道。見元和郡縣志卷二八。

〔景雲寺〕在臨川縣城北隅，見撫州府志卷二〇寺觀一。臨川縣志卷十八寺觀：「景雲寺有和尚塔，今廢。」

〔上弘和尚〕全唐文卷七四二劉軻廬山東林寺故臨壇大德塔銘：「大師諱上弘，俗饒姓，其先臨川人。祖公悦，父知恭，世爲南城聞儒。……二十二歲具戒於衡嶽大圓大師。大曆八載，敕配本州景雲寺。」

〔道深〕白氏遊大林寺序（卷四三）：「余與河南元集虚、范陽張允中、南陽張深之、廣平宋郁、安定梁必復、范陽張特、東林寺沙門法演、智滿、士堅、利辨、道深、道建、神照、雲皐、恩慈、寂然凡十七人。」

〔雲皐〕白氏有送後集往廬山東林寺兼寄雲皐上人詩（卷三六），同指一人。並參見前箋。

〔法真〕〔靈裕〕〔法裔〕劉軻廬山東林寺故臨壇大德塔銘：「貞元三年止南昌龍興寺，四方聞者麕至。時江州峯頂寺長老法真、台州國清寺法裔、荆州慶門寺雲裕並有大名於時，會有事於靈壇，故三長老攝大師以臨之。」

〔竺乾古先生〕指佛。見卷三四酬夢得以予五月長齋延僧徒絶賓友見戲十韻詩箋。

〔興果神湊〕見下一篇唐江州興果寺律大德湊公塔碣銘箋。

【校】

〔題〕英華作「撫州景雲寺故律大德上弘和而在塔碑。」「上弘」，全文作「上宏」，蓋避清諱改，下同。

〔廬山〕「山」，那波本訛作「由」。

〔詟諸〕宋本、馬本、那波本俱誤作「以言語」三字，據文粹、英華、全文改正。英華「詟」下注云：「音辨。」「諸」下注云：「作『語』非。」

〔太易〕「易」，英華作「一」，注云：「集本、續廬山記作『易』。」

〔贅錢〕「贅」，宋本、馬本、那波本俱作「執」，非。據文粹、英華、全文改正。英華注云：「集作『執』，非。」

〔潯陽〕此下文粹無「府」字。

〔有故〕「故」，英華作「疾」，注云：「二本作『故』。」

〔有病〕「病」，英華作「疾」。

〔十三年夏〕「夏」，文粹、英華俱作「冬」。

〔僧反〕「反」，英華注云：「二本作『及』。」

〔錢反寺府〕「府」，馬本訛作「反」。據宋本、那波本、文粹、英華、盧校改正。「寺府」，全文作「施者」，注云：「一作『寺府』。」又「反」，英華注云：「二本作『及』。」

〔云爾〕二字文粹作「云」，英華作「曰」。

〔定惠〕「惠」，全文作「慧」。下同。城按：惠、慧字通。

〔定根植〕「根」上文粹無「定」字。

〔因樹成〕全文作「慧因樹」。那波本、文粹、英華「樹」下俱無「成」字。

〔律之用〕「之」下英華有「明」字，注云：「一本無『明』字。」

〔景雲大師〕英華作「景雲」。

〔公悦〕「悦」，文粹、英華、全文俱作「悦」。

〔知恭〕「知」，全文作「和」，注云：「一作『知』。」

〔故生二十二歲〕「二十二」，宋本、那波本、馬本俱誤作「十五」，文粹、全文俱誤作「二十五」。全文「五」下注云：「一作『二』。」亦非。英華作「二十二歲」，注云「集作『十五歲』，非。」城按：劉軻塔銘云：「二十二歲具戒於衡嶽大圓大師」，當以英華爲正，據改。

〔立菩提願〕英華作「立菩薩」，注云：「三字二本作『立菩提願』。」

〔樂其所由生〕此五字馬本作「樂所由生」，據文粹、英華、全文改。宋本、那波本俱作「樂其所由」。

〔修道〕「道」下文粹有「德」字。

〔我所〕「我」，宋本、那波本、馬本俱重。據文粹、全文改正。

〔徙居〕宋本、那波本俱作「從君」，非。英華作「徙居于」，注云：「二字集作『君』，非。」

〔法真〕「真」，馬本作「貞」，非。據宋本、那波本、文粹、英華、全文改正。

〔荆門〕「荆」，英華作「京」。

〔法裔〕「裔」上英華有「師」字，注云：「集無『師』字。」

〔惠進〕「進」，英華作「璡」，注云：「集作『進』。」

〔五長老〕「五」上文粹有「等」字。又「五」，英華訛作「吾」。

〔交遊〕此下英華注云：「記作『故與匡山法真建昌惠璡天台法裔荆門靈裕曁興果神湊五長老交遊』。」

〔太師顔〕文粹、英華、全文俱作「顔太師」。

〔從善〕「從」，英華作「徙」，注云：「集作『從』。」

〔無央數〕「央」，馬本、全文俱作「其」，據宋本、那波本改。英華作「比」。

〔主盟〕「主」，宋本、馬本、那波本俱作「生」，非。據文粹、英華、全文改正。

〔施尸羅〕英華倒作「尸施羅」。

〔十有八會〕「八」下馬本衍「人」字，據宋本、那波本、文粹、英華、全文改正。

〔娑婆〕「娑」，馬本訛作「挲」，據宋本、那波本、文粹、英華改正。全文作「婆娑」，誤倒。

〔五千七十二〕「千」下文粹、英華、全文俱有「五百」二字。

〔住世七十七歲〕宋本、馬本、那波本俱作「住二十七年七歲」，誤。城按：劉軻塔銘云：「乃遺言於二三子曰：『吾生七十有七，臘五十有六，……』」當以作「七十七歲」爲正。據文粹、英華、全文改正。

〔報如〕「報」，宋本、馬本、那波本俱作「輒」，非。據文粹、英華、全文改正。英華注云：「集作『轍』，非。」

〔銘曰〕「曰」上，宋本、那波本俱脱「銘」字。

〔味醨〕「醨」，馬本注云：「鄰溪切。」

〔誰復〕「復」，馬本作「反」，非。據宋本、那波本、文粹、英華、全文改正。

〔苾蒭〕「苾」，馬本注云：「覓必切。」

〔行道者隨〕宋本、那波本俱作「道行者隨」。英華注云：「集作『道行』。」

唐江州興果寺律大德湊公塔碣銘　并序

如來滅後後五百歲，有持戒見性者曰興果律師。師姓成，號神湊，京兆藍田人。

既出家，具戒於南岳希操大師，參禪於鍾陵大寂大師。志在首楞嚴經，行在四分毗尼藏，其他典論，以有餘力通。大曆八年，制懸經論律三科策試天下僧，師中等得度，詔配江州興果寺。後從僧望移隸東林寺，即廬門遠大師舊道場，有甘露壇。白蓮池在焉。師既居是寺，興佛事，元和十二年九月七日遘疾，二十六日反真，十月十九遷全身于寺道北，祔廬門墳左。春秋七十四，夏臘五十一。至乎哉！師本行也，以精進心，脂不退輪。以勇健力，撾無畏鼓。故登壇進律，鬱爲法將者垂三十年，領羯磨會十三，化大衆萬數。儀範所攝，惠用所誘，貴高憎慢，罔不降伏，其威重如是。自興果訖東林，一盂齋，一榻居，衣麻寢菅，如坐七寶。繇是名聞檀施，來無虛月，盡歸寺藏，與大衆共之。迨啓手足日，前無長物，其簡儉如是。師心行禪，身持律，起居動息，皆有常節。雖沍寒隆暑，風雨黑夜，捧一鑪，秉一燭，行道禮佛者四十五年，凡十二時，未嘗闕一，其精勤如是。師既疾亟，四大將壞，無戀著念，無厭離想。郡太守門弟子進醫饋藥者數四，師頷之云：報身非病，焉用是爲。言訖趺坐，恬然就化，其了悟如是。門人道建、利辯、元審、元總等封墳建塔，思有以識之，以先師常辱與予游，託爲銘碣。初予與師相遇，如他生舊識，一見訢合，不知其然。及遷化時，予又題一四句詩爲別，蓋欲會前心集後緣也。不能改作，因取爲銘曰：

本結菩提香火社，共嫌煩惱電泡身。不須戀戀從師去，先請西方作主人。

【箋】

作於元和十二年（八一七），四十六歲，江州，江州司馬。城按：輿地紀勝卷三〇江州碑記有唐興果寺湊公寺塔，元和十二年白居易撰碑。

〔江州〕見卷六江州雪詩箋。

〔神湊〕贊寧宋高僧傳卷十六：「釋神湊，姓成氏，京兆藍田人也。……生常遇白樂天爲典午於郡，相善，及終，悲悼作塔銘云。」並參見卷十七興果上人殁時題此決别兼簡二林僧社詩。

〔大寂大師〕宋高僧傳卷十：「釋道一，姓馬氏……大曆中隸名於開元精舍。……至戊辰歲，舉措如常，而請沐浴訖，儼然加趺歸寂。享年八十，僧臘五十。……憲宗追謚曰大寂禪師。」

〔雁門遠大師〕釋慧遠。晉雁門樓煩賈氏子，初習儒，弱冠從道安大師出家。時襄陽亂，道安散徒衆，遠去之潯陽，居廬山東林寺。見高僧傳。又白氏正月十五日夜東林寺學禪偶懷藍田楊主簿因呈智禪師詩（卷十六）云：「不覺定中微念起，明朝更問雁門師。」即借慧遠指智禪師也。

〔甘露壇〕在廬山東林寺。白氏東林寺經藏西廊記（卷四三）：「元和初，江西觀察使韋君丹於廬山東林寺神運殿左、甘露壇右建修多羅藏一所。」陳舜俞廬山記卷二：「甘露戒壇在（東林）寺之東南隅，梁大清中，襲法師講金光明經於林間，甘露浹木者三日，因於林間作戒壇焉。」

〔白蓮池〕在廬山東林寺。陳舜俞廬山記：「（東林寺）神運殿之後有白蓮池。昔謝靈運恃才傲物，少所推重，一見遠公，肅然心服，乃即寺翻涅槃經。因鑿池爲臺，植白蓮池中，名其臺曰翻經臺，今白蓮亭即其故址。」

〔道建〕〔利辯〕見卷四三遊大林寺序。

【校】

〔題〕英華作「江州興果寺律大德湊公塔碑銘」。馬本「銘」下脱「并序」二字，據宋本、那波本、全文增。

〔希操大師〕「操」，宋本作「橾」，疑非。

〔首楞嚴〕「首」上英華有「前」字，非。

〔天下僧〕「僧」，英華作「禪」。

〔移隸〕「移」，英華作「餘」，注云：「二本作『移』。」

〔是寺〕「寺」，英華作「嗣」，注云：「集作『事』，非。」

〔遘疾〕「遘」，宋本作「犯御嫌名」。英華此下注云：「記作『感』。」

〔反真〕宋本、那波本、馬本俱訛作「及其」，據英華、全文改正。

〔寺道北〕「寺」下英華有「西」字。

〔至乎哉〕「至」上，宋本、那波本、馬本俱衍「日」字，據英華、全文删。英華注云：「集有『日』字。」

〔脂不退輪〕「脂」，英華作「指」，注云：「一本作『脂』。」

〔健力〕「力」，宋本誤作「刀」。

〔撾無〕「撾」，英華注云：「記作『搥』。」

〔化大衆〕「大」，英華作「未乂」二字，「乂」下注云：「集作『大』。」

〔貴高〕「貴」，英華作「貢」，注云：「一本作『貴』。」

〔憎慢〕「憎」，英華訛作「增」。

〔訖東林〕「訖」，馬本、全文俱訛作「起」，據宋本、那波本、英華、盧校改正。

〔七寶〕馬本、全文俱作「漆室」，非。據那波本、英華改。宋本作「漆寶」。全文注云：「一作『七寶』。」

〔手足日〕「日」，馬本、全文俱訛作「目」。據宋本、那波本、英華、盧校改正。

〔沍寒〕「沍」，馬本注云：「何故切。」

〔饋藥者數四〕「四」，那波本訛爲「回」。

〔利辯〕「辯」，英華作「巭」，蓋其俗字。又注云：「集作『辯』，與『巭』同。」

〔訢合〕「訢」，馬本、全文俱作「欣」，非。據宋本、那波本、英華、盧校改正。

〔一四〕「四」上馬本、全文俱脱「一」字，據宋本、那波本、英華增。

〔銘曰〕「曰」上英華多一「銘」字。

〔菩提香火〕英華倒作「香火菩提」，「提」下注云：「記作『薩』。」又「社」下英華注云：「集作『菩提香火社』。」

〔煩惱電泡身〕英華作「電泡煩惱身」，注云：「集作『煩惱電泡身』。」

〔從師〕「從」，英華作「任」，注云：「集作『從』。」

〔作主人〕「作」，英華作「爲」，注云：「集作『集』。」

白居易集箋校卷第四十二

墓誌銘　凡七首

大唐故賢妃京兆韋氏墓誌銘　并序

德宗聖文神武皇帝元妃韋氏諱某，字某，京兆人也。曾祖某，某官。祖某，某官。父某，某官。妃即某官府君第某女也。母曰永穆公主。元和四年四月某日，妃薨于某所。以其年四月某日，詔葬于萬年縣上好里洪平原。上悼焉，哀榮之禮有以加焉。嗚呼！惟韋氏代德官業，族系婚戚，有國史家諜存焉。今奉詔但書地及時與妃之所以曰賢之義而已。貞元中，沙鹿上仙，長秋虛位，凡六十九御之政多聽於妃。妃先以采蘩之誠奉于上，故能致霜露之感薦于九廟；次以樛木之德逮于下，故能分雲雨之澤洽于六宫。其餘坐論婦道，行贊内理。服用必中度，故組紃有常訓；言動必中節，故環珮有常聲。二十七年，禮無違者，册命曰賢，不亦宜哉！永貞中號奉宫車，誓留園寢，麻衣告朔，蓬首致哀。執匪懈之心，視奠於靈坐；修無上之道，薦福于崇陵。殆兹歿身，不衰其志。故葬之日，掌文之臣白居易得以無媿之詞誌于墓而銘曰：京兆阡兮，洪平原兮。歲己丑兮，日丁酉兮。惟土田兮與時日，龜兮著兮偕言吉。峨峨新墳兮葬者誰？德宗皇帝韋賢妃。

【箋】

作於元和四年（八〇九），三十八歲，長安，左拾遺，翰林學士。見陳譜。城按：此卷那波本編在卷二五。

〔韋氏〕舊書卷五二后妃傳：「德宗韋賢妃，不知氏族所出。」考會要卷三：「妃祖濯，尚中宗女定安公主，官至衛尉少卿，父會昌中爲義王駙馬。」新書卷七七后妃傳亦云：「祖濯，尚定安公主。」蓋會要失考，妃之父斷不能遲至會昌中爲義王駙馬。元和姓纂：「濯，駙馬太僕（卿）生會，贊善大夫。」知會乃妃父之名，會字下當有奪誤。義王，玄宗子，開元十三年封，會娶其女，則妃母或封縣主，今賢妃墓誌乃云「母曰永穆公主」，其父必誤。永穆，玄宗長女，會要卷六、新書卷八三均祇云降王繇，不合者一。尚公主必稱駙馬，而姓纂於會未之言，不合者二。誌有言：「今奉詔，但書地及時與妃之所以由賢之義而已。」或因此而白氏不及細考。以上引自岑仲勉唐集質疑。

〔上好里洪平原〕長安志卷十一萬年：「畢沅云：『白居易撰永穆公主墓誌云：詔葬於萬年縣上好里洪平原。則皆古鄉名也。』」城按：畢氏所考「永穆公主墓誌銘」即「韋氏墓誌銘」之誤。

【校】

〔題〕此下馬本脱「并序」二字，據宋本、那波本、全文增。英華作「賢妃京兆韋氏墓誌銘」。

〔其年〕「其」，英華作「某」。

〔加焉〕「焉」，英華作「等」，注云：「集作『焉』。」

〔官業〕「官」，英華、全文俱作「宦」。

〔沙鹿〕「鹿」，英華作「麓」，注云：「集作『鹿』。」

〔六十〕英華作「六御」，注云：「集作『十六』，未詳。」又「十」，盧校云：「當作『宫』。」

〔之誠〕「誠」，英華作「職」，注云：「集作『成』。」

〔致霜露〕「致」，英華作「助」。宋本「霜」上脱「致」字。

〔組紃〕馬本「組」注云：「惣五切。」「紃」注云：「詳論切。」

〔二十七〕宋本、馬本、那波本、全文俱誤作「七十二」，據英華改正。英華注云：「集作『七十二』。」

〔永貞中〕「永貞」，宋本、馬本、那波本俱訛作「貞元」，據英華、全文改正。英華注云：「集作

『貞元中』，非。」

〔視奠〕「視」，英華作「侍」，注云：「集作『視』。」

唐故會王墓誌銘 并序

唐元和五年冬十一月四日，會王寢疾，薨于内邸。大小斂之日，上皆不舉樂，不坐朝，恩也。越十二月十八日，詔京兆尹播監視葬事，窆于萬年縣崇道鄉西趙原，禮也。是日又詔翰林學士白居易爲之銘誌，故事也。王諱纁，字某，德宗之孫，順宗之子，陛下之弟。幼有令德，早承寵章，未冠而王，受封曰會。夫以祖功宗德之慶，父天兄日之貴，胙土列藩之寵，好德樂善之賢，宜乎壽考福延，爲王室輔。嗚呼！降年不永，二十一而終，哀哉！皇帝厚惇睦之恩，深友悌之愛。故王之薨也，軫悼之念，有加於常情。王之葬也，遣奠之儀，有加於常數。哀榮兼備，斯其謂乎！銘曰：

歲在寅，月窮紀。萬年縣，崇道里。會王薨，葬於此。

【箋】作於元和五年（八一〇），三十九歲，長安，京兆户曹參軍、翰林學士。城按：此墓誌出土原石現藏陝西省博物館，爲白氏自書所撰文之僅存石刻。

〔會王〕舊書卷一五〇德宗順宗諸子傳：「會王纁，順宗第十四子，貞元二十一年封，元和五年十一月薨。」

〔京兆尹播〕王播。舊書卷十四憲宗紀：「（元和五年）冬十月戊辰朔，以京兆尹許孟容爲兵部侍郎，以中丞王播代孟容。」

【校】

〔題〕英華作「會王墓誌銘」。又原石題右另行有「翰林學士將仕郎守京兆府户曹參軍臣白居易奉勑撰」二十二字。

〔五年〕此下原石無「冬」字。

〔上皆〕原石作「上爲之」三字。

〔不舉樂〕「舉」下原石脱「樂」字。

〔京兆尹播〕「播」，馬本訛作「潘」，據宋本、那波本改正。原石全文俱作「京兆尹王播」，英華作「京兆尹王播就」。

〔是日以下十八字〕原石無。

〔字某〕原石作「字纁」。

〔陛下〕原石作「皇帝」。

〔令德〕「令」，英華作「仁」，注云：「集作『令』。」

〔曰會〕「曰」，原石作「于」。

〔功宗〕英華作「考績」，「績」下注云：「集作『定』，是。」

〔胙土〕「胙」，英華作「祚」，注云：「集作『胙』。」

〔而終〕「終」，英華作「薨」，注云：「集作『終』。」

〔惇睦〕「惇」，英華作「敦」，注云：「集作『惇』。」

〔有加於常情〕原石作「有以加情」四字。

〔有加於常數〕原石作「有以加等」四字，又此下有「仍詔掌文之臣居易爲其墓銘」十二字。

故滁州刺史贈刑部尚書滎陽鄭公墓誌銘 并序

周宣王封母弟桓公于鄭，厥後因封命氏爲滎陽人。鄭自桓公而下，平簡公而上，世家婚嗣，咸詳于史諜，故不書。公諱某，字某。五代祖諱某，北齊尚書令，是爲平簡公。曾祖諱某，下邳郡太守。王父諱某，衞州刺史。皇考諱某，秘書郎，贈鄭州刺史。公即秘書第三子，好學攻詞賦，進士中第，判入高等。始授鄠城尉。無何，本郡守移他鄉，州民有暴悖者，相率遮道，麾訶不去，公忿其犯上，立斃六七人。採訪使奇之，奏署支使，改浚儀主簿，轉大理評事兼佐漕務。彭果領五府，奏公爲節度判官。會果坐贓，連累僚佐，貶光化尉。移向城尉。歷北海。時禄山始亂，傳檄郡邑，邑民孫俊、鄧犀伽毆市人，劫廩藏以應。公時已去秩，因奮呼率寮吏子弟急擊之，殺俊、犀伽，盡殲其黨，繇是一邑用寧。朝庭美之，擢授登州司馬。尋轉長史，累加朝散大夫。入爲太子左贊善大夫，尚書屯田員外郎，太子中允。出攝淄州刺史。俄換萊州，連有善最，詔授檢校司勳郎中、兼侍御史、充青萊登海密五州租庸使。太尉李公光弼鎮徐州，奏公爲徐州刺史、充海密沂三州招討使，加正議大夫，賜紫金魚袋。公威惠舊著，比至部，而蒼山賊帥李浩與其徒五千來降，繇是三郡底定。復入爲衛尉少卿。相國王公縉統河南，奏公爲副元帥判官。未幾，除秘書少監、兼滁州刺史、本州團練使，居八載，政績大成。大曆十二年二月十五日，薨于揚州，權窆于某所。享年七十有八。公凡七佐軍，四領郡，禄俸不積滯，衣食無常主。常歎曰：以飽暖活孀幼，以清白貽子孫，是吾心也。逮啓手足，卒如其志。先是，太夫人常寢疾，公衣不解、髪不櫛者彌年，侍疾執喪，憂毁過禮。公尤善五言詩，與王昌齡、王之焕、崔國輔輩聯唱迭和，名動一時。逮今著樂詞、播人口非一。晚賦思舊遊詩百篇，亦傳於代。前夫人清河崔氏，贈清河郡太君。後夫人博陵崔氏，贈博陵郡君。生子七人，女七人。長子雲逵，有才名，官至刑部侍郎，京兆尹。公由京兆累贈至散騎常侍、刑部尚書。次子微，終潤州司馬。次子公逵，有至行。初，公年高，就養不仕，及居憂廬墓，泣血三年。淮南節度使、本道黜陟使洎朝賢袁高、高參等累以孝悌稱薦，嚮名教者慕之。今爲侍御史、上柱國、滄景節度參謀。次子方逵，衡州司士參軍。次子震，當陽丞。次子文弼，幽州參軍。次子安逵，率府倉曹參軍。公自捐館舍，殆逾三紀，家國多故，未克反葬。至元和二年月日始遷兆于鄭州新鄭縣某原，祔先秘書塋，二夫人從焉。時京兆已即世，諸弟在下位，獨侍御史銜恤襄事，孝備始終，見託追譔，銘于墓石。銘曰：

世禄德門，斯之謂可久。懿文茂績，斯之謂不朽。二千石之禄，七十八之年，斯之謂貴壽。内史之顯揚，柱史之孝行，斯之謂有後。嗚呼鄭公！榮如是，哀如是，又何不足之有？

【箋】

作於元和二年（八〇七），三十六歲，長安。

〔滁州〕滁州永陽郡。唐屬淮南道，武德三年析揚州置。見新書卷四一地理志。

〔滎陽〕鄭州滎陽郡。唐屬河南道，武德四年置。見新書卷三八地理志。

〔鄭公〕鄭雲逵父昈。見舊書卷一三七、新書卷一六一鄭雲逵傳。全詩卷二七二載鄭昈落花詩一首，蓋即此人。

〔鄭雲逵〕登進士第。朱滔妻以女。滔助田悅，雲逵諫不從，遂棄室歸。德宗悅，擢諫議大夫。元和初爲京兆尹，卒。見舊書卷一三七、新書卷一六一本傳。

〔鄭公逵〕見卷五二鄭公逵可陝府司馬制箋。

〔鄭方逵〕鄭雲逵弟方逵悖悍，結徒剽劫，父欲殺之，不克。雲逵自劾不能教，恐赤臣家。詔錮死黔州。見舊書卷一三七、新書卷一六一鄭雲逵傳。

【校】

〔題〕「滎」，馬本訛作「榮」，據宋本、那波本、全文改正。下同。又英華題作「滁州刺史鄭公墓誌銘」。

〔桓公〕「桓」，宋本作「淵聖御名」，下同。

〔滎陽〕「滎」，英華訛作「榮」。

〔咸詳〕「詳」，英華作「載」，注云：「集作『詳』。」

〔是爲〕英華「是」下有小字，注云：「集作『謚』。」

〔公諱某〕「某」，英華作「朗」，疑爲「眗」之訛文。

〔下邳郡〕「邳」，宋本、馬本、那波本俱訛作「邽」，據英華、全文改正。

〔皇考〕「皇」，馬本、全文俱訛作「王」，據宋本、那波本、英華改正。

〔進士〕「進」上英華有「舉」字。

〔移他鄉〕英華訛作「移地部」。

〔漕務〕二字下英華注云：「集作『豫』，非。」

〔北海〕此下英華有「尉」字。

〔鄧犀伽〕「犀」，英華作「羅」，下同。

〔犀伽〕宋本、那波本俱誤作「伽羅」。

〔美之〕「美」，英華作「嘉」。

〔俄換〕「換」，英華作「改」。

〔鎮徐州〕此下宋本、那波本俱脱「奏公爲徐州」五字。

〔奏公爲〕此下英華多「節度判官改太子左諭德屬海州沂州饑盜賊起詔除」二十一字。

〔徐州刺史〕「徐」，英華作「沂」。

〔十二年〕「二」，英華作「三」，注云：「一作『二』。」

〔衣不解〕「解」下英華有「帶」字。

〔尤善〕「尤」，馬本訛作「猶」。據宋本、那波本、英華、全文改正。

〔逮今〕「逮」，英華作「迄」，注云：「集作『逮』。」

〔人口〕「口」下英華有「者」字。

〔泊朝賢〕「泊」，馬本、那波本、全文俱訛作「泉」，據宋本、英華改正。城按：宋本作「臮」，字同。

〔就養不仕〕英華作「不就仕」。

〔公逵〕「逵」，英華作「達」，注云：「一作『逵』。」

〔百篇〕英華作「百三十篇」。

〔高参〕「参」，英華作「恭」。

〔次子震〕「震」，英華作「震陽」，注云：「二字集作『農』。」

〔當陽〕英華作「當塗縣」，注云：「集作『當陽』。」

〔文弼〕「文」，英華作「震」，注云：「集作『文弼』。」

〔次子安逵至参軍〕英華無此十二字。

〔反葬〕「反」，英華作「及」。

〔元和二年〕「二」，英華作「五」，非。城按：舊書卷十四憲宗紀：「(元和元年)五月甲子朔，丁卯，京兆尹鄭雲逵卒。」舊書卷一三七鄭雲逵傳誤作「五年」。白氏此文云：「時京兆已即世。」則知非必作於五年也。宋本、那波本「元和二年」，俱作「元和年」三字。又英華「年」下無「日月」二字。

〔始遷〕「始」，英華作「移」，注云：「集作『始』。」

〔從焉〕「焉」，英華訛作「馬」。

〔襄事〕「襄」，英華作「考」，注云：「集作『襄』。」

〔考備〕英華訛作「考備」。

唐河南元府君夫人滎陽鄭氏墓誌銘 并序

有唐元和元年九月十六日，故中散大夫、尚書比部郎中、舒王府長史河南元府君諱寬夫人滎陽縣太君鄭氏，年六十，寢疾，殁于萬年縣靖安里私第。越明年，二月十五日，權祔于咸陽縣奉賢鄉洪瀆原，從先姑之塋也。夫人曾祖諱遠思，官至鄭州刺史，贈太常卿。王父諱巘，朝散大夫，易州司馬。父諱濟，睦州刺史。夫人，睦州次女也。其出范陽盧氏，外祖諱平子，京兆府涇陽縣令。夫人有四子二女：長曰沂，蔡州汝陽尉。次曰秬，京兆府萬年縣尉。次曰積，同州韓城尉。次曰稹，河南縣尉。長女適吴郡陸翰，翰爲監察御史。次爲比丘尼，名真一。二女不幸，皆先夫人殁。府君之爲比部也，夫人始封滎陽縣君，從夫貴也。稹之爲拾遺也，夫人進封滎陽縣太君，從子貴也。天下有五甲姓，滎陽鄭氏居其一。鄭之勳德官爵，有國史在；鄭之源流婚媾，有家諜在；比部府君世禄、官政、文行，有故京兆尹鄭雲逵之誌在；今所叙者，但書夫人之事而已。初，夫人爲女時，事父母以孝聞，友兄姊、睦弟妹以悌聞，發自生知，不由師訓，其淑性有如此者。夫人爲婦時，元氏世食貧，然以豐潔家祀，傳爲詒燕之訓。夫人每及時祭，則終夜不寢，煎和滌濯，必躬親之，雖隆暑沍寒之時，而服勤親饋，面無怠色，其誠敬有如此者。元、鄭皆大族好合，而姻表滋多，凡中外吉凶之禮有疑議者，皆質於夫人，夫人從而酌之，靡不中禮，其明達有如此者。夫人爲母時，府君既没，積與稹方齠齓，家貧，無師以授業。夫人親執書，誨而不倦，四五年間，二子皆以通經入仕。稹既第，判入等，授秘書省校書郎。屬今天子始踐祚，策三科以拔天下賢俊，中第者凡十八人，稹冠其首焉。由校書郎拜左拾遺。不數月，讜言直聲動于朝廷。以是出爲河南尉。長女既適陸氏，陸氏有舅姑，多姻族，於是以順奉上，以惠逮下，二紀而殁，婦道不衰，内外六姻，仰爲儀範。非夫人恂恂孜孜善誘所至，則曷能使子達於邦，女宜其家哉？其教誨有如此者。既而諸子雖迭仕，禄賜甚薄。每至月給食、時給衣，皆始自孤弱者，次及疏賤者。由是衣無常主，廚無異膳，親者悦，疏者來，故傭保乳母之類有凍餒垂白不忍去元氏之門者，而況臧獲輩乎！其仁愛有如此者。自夫人母其家殆二十五年，專用訓誡，除去鞭扑，常以正顔色訓諸女婦，諸女婦其心戰兢，如履于冰。常以正辭氣誡諸子孫，諸子孫其心愧恥，若撻于市。由是納下於少過，致家於大和，婢僕終歲不聞忿争，童孺成人不識檟楚，閨門之内熙熙然如太古時人也，其慈訓有如此者。噫！昔漆室、緹縈之徒，烈女也；及爲婦，則無聞。伯宗、梁鴻之妻，哲婦也；及爲母，則無聞。文伯、孟氏之親，賢母也；爲女爲婦時，亦無聞。今夫人女美如此，婦德又如此，母儀又如此，三者具美，可謂冠古今矣。嗚呼！惟夫人道移於他，則何用而不臧乎？若引而伸之，可以肥一國焉，則關雎、鵲巢之化，斯不遠矣。若推而廣之，可以肥天下焉，則姜嫄、文母之風，斯不遠矣。豈止於訓四子以聖善，化一家於仁厚者哉？居易不佞，辱與夫人幼子稹爲執友，故聆夫人美最熟。稹泣血孺慕，哀動他人，託爲譔述書于墓石，斯古孝子顯父母之志也。嗚呼！斯文之作，豈直若是而已哉！亦欲百代之下，聞夫人之風，過夫人之墓者，使悍妻和，嚚母慈，不遜之女順云爾。銘曰：

元和歲，丁亥春。咸陽道，渭水濱。云誰之墓鄭夫人。

【箋】

作於元和二年（八〇七），三十六歲，長安。陳譜元和二年丁亥：「是歲元稹母鄭氏死，公爲墓銘。」城按：鄭氏卒於元和元年九月十六日，陳氏微誤。

〔元府君鄭氏〕白氏元稹墓誌銘（卷七〇）：「考諱寬，比部郎中，舒王府長史，贈尚書右僕射。妣滎陽鄭氏，追封陳留郡太夫人。」

〔河南〕河南府。秦爲三川郡。漢改爲河南郡。唐武德四年改爲洛州。貞觀十八年置東都。開元元年改洛州爲河南府。屬河南道。見元和郡縣志卷五。

〔靖安里〕見卷十五靖安北街贈李二十詩箋。

〔奉賢鄉洪瀆原〕長安志卷十三咸陽：「奉賢鄉在縣東管奉城里。」又白氏元稹墓誌銘（卷七〇）云：「以六年七月十二日祔葬於咸陽縣奉賢鄉洪瀆原，從先宅兆也。」

〔次曰秬〕秬字玄度。見元稹唐故河陰留後河南元君墓誌銘。

〔次曰稹〕白氏元稹墓誌銘（卷七〇）：「公諱稹，……即僕射府君第四子，後魏昭成皇帝十五代孫也，……出公爲河南尉。丁陳留太夫人憂，哀毁過禮，杖不能起。服除之明日，授監察御史。」

〔長女〕見元稹夏陽縣令陸翰妻河南元氏墓誌銘。

〔鄭雲逵〕見本卷故滁州刺史贈刑部尚書滎陽鄭公墓誌銘箋。城按：鄭雲逵之元寬墓誌今已不傳。

〔策三科以拔天下俊賢三句〕元和元年才識兼茂明於體用科登者有元稹、韋惇、獨孤郁、白居易、曹景伯、韋慶復、崔琯、羅讓、崔護、薛存慶、韋珩、李蟠、元修、沈傳師、蕭俛、柴宿等十六人，達於吏理可使從政科陳岵、蕭睦等二人，合計共十八人，與此文之數正符。另有經術精深可爲師法科，不見及第人，其言三科或指此三科。見登科記考卷十六。

【校】

〔題〕馬本此下無「并序」二字，據宋本、那波本、文粹、全文補。英華題作「河南元府君夫人鄭氏墓誌銘」。又「滎」，馬本訛作「榮」，據各本改，下同。

〔中散大夫〕「中」，英華作「朝」。

〔鄭氏〕此上英華有「滎陽」二字。注云：「二本無此二字。」

〔王父諱曮〕「曮」，馬本注云：「於蓋切。」英華作「瞌」。全文注云：「一作『瞌』。」

〔朝散大夫〕英華訛作「朝散夫人」。

〔夫人睦州次女〕「人」下英華有「即」字。

〔長曰沂〕「沂」，宋本、那波本、文粹、英華、盧校俱作「泝」。城按：元稹夏陽縣令陸翰妻河南元氏墓誌銘、新書宰相世系表亦俱作「沂」。

〔次曰秬〕「秬」，那波本訛作「拒」。

〔韓城〕「韓」，宋本、那波本、馬本俱訛作「韋」。據英華、全文改正。英華注云：「蜀本作『韋』，非。」

〔次曰稹〕此下文粹、英華俱有「河南府」三字。

〔名真一〕「名」，英華作「日」，注云：「一本作『名』。」

〔從夫貴〕「夫」下英華有「之」字，注云：「一本無『之』字，下同。」

〔源流〕「流」，文粹、英華、全文俱作「派」。

〔婚媾〕「媾」，宋本作「犯御嫌名」，英華、全文俱作「姻」。英華注云：「一本作『源流婚媾』。」

〔生知〕「知」上那波本脱「生」字。

〔不由師訓〕「由」，英華作「因」，那波本作「自」。「訓」上那波本脱「師」字。

〔家祀〕「祀」，英華作「祠」，注云：「一本作『祀』。」

〔詒燕之訓〕此四字英華作「治訓」，注云：「二字一本作『詒燕之訓』。」那波本「燕」上脱「詒」字。

〔沍寒〕此下英華注云：「『沍』，蜀本作『沂』。」

〔怠色〕「怠」，英華作「勞」。

〔元鄭〕文粹、英華、全文俱作「元氏鄭氏」，英華注云：「四字集作『元鄭』。」

〔大族好合〕那波本、文粹、英華「族」下俱無「好」字。

〔姻表滋多〕「姻」上英華有「爲親」二字，注云：「一本無此二字。」「多」，英華作「盛」，注云：「一本作『多』。」

〔親執書〕「書」，文粹、英華、全文俱作「詩書」。

〔積既第〕英華作「積即第」，「即」下注云：「二本作『既』。」

〔左拾遺〕「左」，英華作「右」，非。又注云：「二本作『左』。」

〔迭仕〕英華作「逮事」，注云：「二本作『迭仕』。」

〔禄賜〕「賜」，宋本、那波本、盧校俱作「稍」。文粹作「利」。英華、全文俱作「秩」。英華注云：「集作『稍』。」

〔諸女婦〕英華作「諸女諸婦」，無下「諸女婦」三字。文粹「諸女諸婦」四字重。

〔戰兢〕英華作「兢兢戰戰」，注云：「四字二本作『兢戰』。」

〔諸子孫〕文粹、英華俱作「諸子諸孫」，後「諸子孫」同。後「諸子孫」那波本在「市」字下，誤。

〔太古〕英華「古」上脱「太」字。

〔可謂〕「謂」，文粹、英華俱作「以」。

〔惟夫人道〕「人」下文粹、英華俱有「之」字。

〔文母之風〕「風」，英華作「道」，注云：「集作『道』。」

〔與夫人〕「與」，英華作「以」，注云：「集本、文粹作『與』。」

〔孺慕〕「孺」，馬本、全文俱作「號」，非。據宋本、那波本、英華、盧校改正。

〔若是〕英華作「爲是」，注云：「二本作若。」

〔亦欲〕英華作「亦使」，注云：「文粹作『欲』。」

〔過夫人〕「過」下英華注云：「文粹作『覩』。」

唐揚州倉曹參軍王府君墓誌銘 并序　代裴頲舍人作。

公諱某，字士寬，其先出自周靈王太子晉。凡二十一代而生翦，翦爲秦將軍。又三世而生珣，珣居太原，故今爲太原人。又十九代而生瓊，瓊爲後魏僕射，謚孝簡公。又二代而生曾祖諱滿，官爲河南府王屋縣令。王父諱大琟，爲嘉州司馬。父諱昇，爲京兆府咸陽令、河南府伊闕令，有文行學術，應制舉，對沈謀秘略策登科，詩入正聲集。公即伊闕第三子，好學善屬文。天寶中，應明經舉及第。選授婺州義烏尉，以清幹稱，刺史韋之晉知之，署本州防禦判官。無何，租庸轉運使元載又知之，假本州司倉，專掌運務，歲終課績居多，遂奏聞真授。永泰中，勑遷越府户曹，屬邑有不理者，公假領之，所至必理。大曆中，本道觀察使薛兼訓以公清白尤異，表奏之，有詔權知餘姚縣令。時海寇初殄，邑焚田荒，公乃營邑室，創器用，復流庸，闢菑畬，凡江南列邑之政，公冠其首，其制邑、闢田、增户之績，則會稽之諜、地官之籍載焉。建中初，選授揚州倉曹參軍。至五年七月二十六日，疾殁于揚州江都縣之私第，春秋六十二，夫人清河崔氏，鳳閣舍人融之姪孫，鄭州司户昂之女。婦順母訓，中外師之。貞元二十年十一月十三日疾終于三原縣之官舍，享年六十二。有子曰播、曰炎、曰起，咸以進士舉及第。播應制舉，對直言極諫策，授集賢殿校書郎，累遷監察、殿中侍御史，三原令。炎既第，未仕，起應博學宏詞科，選授集賢殿校書郎。昆弟三人，不十年而五登甲科，時論者榮之。一女適范陽盧仲通。播等號護靈輿，以永貞元年十月二十五日遷祔于京兆府富平縣淳化鄉之某原，從吉兆也。嗚呼！夫懋言行，蓄事業，俾道積于躬者，在人也。踐大官，贊元化，俾功加于民者，由命也。有其人，無其命，雖聖與賢，無可奈何。維公受天地之和，積爲行，發爲文，宣爲用，故在家以孝友聞，行己以清廉聞，涖事以幹蠱聞，如金玉在佩，動而有聲。其大者，又常以經德秉哲，致君濟人爲己任，有識者深知之，宜乎作王者心膂耳目之官，以經緯其邦家。而才爲時生，道爲命屈，名雖聞於天子，位不過於陪臣，鬱鬱然歿而不展其用者，命矣夫！古人云：有明德大智者，若不當世，其後必有餘慶。今其將在後嗣乎？不然者，何乃德行、政事、文學之具美聚乎公之三子乎？天其或者殆將肥王氏之家，大王氏之門，以甚明報施之道者也。某不佞，頃對策於王庭也，與炎同升諸科焉。祇命於憲府也，與播聯執其簡焉。及爲考文之官也，又起在選中焉。辱與公之二三子游，而聆公之遺風甚熟，故作斯文，無隱情，無愧辭焉。銘曰：

淮山道光，淮水靈長。繩繩子孫，代有賢良。將軍輔秦，武功抑揚。孝簡翊魏，文德闡彰。降及於公，實生于唐。大智全才，應用無方。作掾于郡，三語有章。承乏於邑，一同載康。展如之人，何用不臧？宜登大位，俾紹前芳。嗚呼！百鍊之金，不鑄干將。十圍之材，不作棟梁。公亦如之，與世不當。道不虛行，後嗣其昌。

【箋】

作於永貞元年（八〇五），三十四歲，長安，校書郎。城按：據此文自注，蓋代裴頲所作。登科記考卷十四貞元十五年：「白居易代裴頲作王府君墓誌銘云：『某不佞，頃對策於王廷也，與炎同升諸科焉。』按王炎是年舉進士，頲蓋與同年。」

〔王府君〕王恕。舊書卷一六四王播傳：「父恕，揚府參軍。」

〔凡二十一代而生翦〕岑仲勉貞石證史：「徵諸新表，則謂太子晉後十六世曰翦，與恕志差五代。翦之十二世孫霸始居太原，與恕志翦後三世珣居太原者異。霸之後有瓊，後魏鎮東將軍，與恕志之瓊，似同而又不同。又新表之譜王氏也，自翦而賁，而離，離二子元、威。元遷琅邪，是爲琅邪之祖，四世孫曰吉。威九世孫霸居太原，是爲太原之祖。其二十一世孫昶，曹魏司空、京陵穆侯。全唐文七二〇戴少平王榮神道碑則云：『子晉生敬宗，爲司徒，至秦始皇大將軍翦，子曰賁，孫曰離，皆以武略著名，列於戰國策。及漢昌邑中尉吉，博通墳典，形於書籍，生二子，長曰霸，居太原，次曰駿，居瑯琊，……自翦至魏凡三十四代，有昶爲征南將軍。』新表所謂威九世孫霸者，乃易而爲元四世孫吉之子，昶世次離略同而官則小異。夫居易少年製碑，當本家諜，新表史料應採姓書，姓書亦不外轉録家諜，申言之，即視晉之太原家諜已自乖違，況乎不祖晉者。」

〔韋之晉〕獨孤及上元二年豫章冠蓋盛集記（毘陵集卷十七）：「歲次辛丑孟春正月，……蘇州刺史韋公之晉至自吴。」舊書卷十一代宗紀：「（大曆四年二月）辛酉，以湖南都團練觀察使、衡州刺史韋之晉爲潭州刺史。」當即同一人。

〔薛兼訓〕舊書卷十一代宗紀：「（大曆五年七月）丁卯，以浙東觀察使、越州刺史、御史大夫薛兼訓爲檢校工部尚書、太原尹、北都留守、充河東節度使。」即同一人。

〔王播〕字明敭，王恕子。相文宗。見新書宰相世系表及舊書卷一六四本傳。

〔王炎〕王播之弟。貞元十五年進士，累官至太常博士。早世。見舊書卷一六四本傳。

〔王起〕見卷十三惜玉蕊花有懷集賢王校書起詩箋。

【校】

〔題〕「銘」下馬本、全文俱脱「并序」二字，據宋本、那波本增。又英華題無「唐」字，那波本、全文題下無注。

〔三十一代〕「代」，英華作「世」，注云：「集作『代』。」

〔秦將軍〕「秦」，宋本、馬本、那波本俱脱。據英華、全文增。「軍」，那波本訛作「畢」。

〔又三世〕那波本作「大二世」。

〔又二代〕「二代」，英華作「三世」，注云：「集作『二代』。」

〔父諱昇〕「昇」，宋本、那波本、盧校俱作「昪」。英華作「昦」，注云：「集作『昇』。」城按：舊書王播傳、新書卷七十二中宰相世系表俱作「昇」。又「諱」上那波本脱「父」字。

〔公即〕「即」，英華作「則」，注云：「集作『即』。」

〔義烏尉〕「烏」下英華、全文俱有「縣」字。

〔遂奏〕「遂」，英華作「又」，注云：「集作『遂』。」

〔公乃營邑室〕此五字英華作「及營邑居」，注云：「四字集作『公乃營邑室』。」

〔其首〕此下英華有「焉」字，注云：「集無此字。」

〔五年〕「五」，宋本、那波本、英華俱作「四」。

〔楊州江都縣之私第〕「江都縣」，宋本、馬本、那波本俱作「江陽縣」，非。據英華、全文改正。英華「第」下注云：「集作『歿于江都縣之私第』。」

〔六十二〕「十」下英華有「有」字。

〔鄭州司户〕「户」，宋本、那波本俱作「法」。英華注云：「集作『法』。」又馬本「户」下衍「法」字，據英華、全文刪。

〔母訓中外師之〕此六字英華作「母儀爲中外師。」

〔享年六十二〕「二」，英華作「有三」二字，注云：「集作『二』。」

〔甲科〕「科」，馬本、全文俱作「第」，非。據宋本、那波本、英華、盧校改正。

〔行己〕英華作「在官」，注云：「集作『行己』。」

〔深知〕「深」，英華作「心」，注云：「集作『深』。」

〔鬱鬱然十字〕英華作「鬱然殞殁不展其用者」，注云：「集作『鬱鬱然没而不展其用者』。」

〔不然者〕「者」，馬本、英華、全文俱脱，據宋本、那波本、盧校補。

〔聚乎〕宋本、那波本俱作「叢乎」。英華作「叢於」。

〔與炎〕「炎」，英華作「播」，注云：「集作『炎』，非。」

〔及爲〕「及」下英華有「其」字，注云：「集無此字。」

〔辱與〕「辱」上英華有「既」字，注云：「集無此字。」

〔二三子〕馬本、全文俱作「三子」，據宋本、那波本、英華改。

〔甚熟〕「熟」，宋本作「孰」，乃「熟」之古字。

〔淮山〕「淮」英華、全文俱作「緱」。英華注云：「一作『淮』，非。」

〔文德〕「文」，馬本訛作「天」。據宋本、那波本、英華、全文、盧校改正。

〔載康〕英華作「在康」。

〔展如〕「如」，宋本、馬本俱作「矣」，據那波本、英華、全文改。

〔百鍊之金〕「金」，英華作「鋼」，注云：「集作『金』。」

〔干將〕「干」，馬本訛作「千」，據宋本、那波本、英華、全文改正。

唐故坊州鄜城縣尉陳府君夫人白氏墓誌銘 并序

夫人太原白氏，其出昌黎韓氏，其適潁川陳氏，享年七十。唐和州都督諱士通之曾孫，尚衣奉御諱志善之玄孫，都官郎中諱温之孫，延安令諱鍠之第某女，韓城令諱欽之外孫，故鄜城尉諱潤之夫人，故潁川縣君之母，故大理少卿、襄州别駕白諱季庚之姑，前京兆府户曹參軍、翰林學士白居易，前秘書省校書郎行簡之外祖母也。惟夫人在家以和順奉父母，故延安府君視之如子。既笄，以柔正從人，鄜城府君敬之如賓。洎延安終，夫人哀毁過禮，爲孝女。洎鄜城殁，夫人撫訓幼女，爲節婦。及居易、行簡生，夫人鞠養成人，爲慈祖母。迨乎潔蒸嘗，敬賓客，睦娣姒，工刀尺，善琴書，皆出於餘力焉。貞元十六年夏四月一日，疾殁于徐州古豐縣官舍。其年冬十一月，權窆于符離縣之南偏。至元和八年春二月二十五日，改卜宅兆于華州下邽縣義津鄉北原，即潁川縣君新塋之西次，從存殁之志。居易等號慕慈德，敬譔銘誌，泣血秉筆，言不成文。銘曰：

恭惟夫人，女孝而純。婦節而温，母慈而勤。嗚呼！謹揚三德，銘于墓門。恭惟夫人，實生我親，實撫我身。欲養不待，仰號蒼旻。嗚呼！豈寸魚之心，能報東海之恩。

【箋】作於元和八年（八一三），四十二歲，下邽。見陳譜。城按：貞松老人遺稿甲集之一後丁戊稿白氏長慶集書後云：「唐書宰相世系表白氏載白樂天一系，稱士通生志善，志善生温，温生鍠，鍠生季庚，季庚生幼文、居易、行簡。校以香山長慶集所載白氏之殤、醉吟先生及溧水令季康府君，鞏縣令鍠四墓誌及襄州别駕府君事狀所叙世系均合。惟集中又有故坊州鄜城尉陳府君夫人白氏墓誌，稱『夫人爲延安令鍠之女，襄州别駕季庚之姑，前京兆户曹參軍、翰林學士白居易，前秘書郎行簡之外祖母』，則與諸誌及表不合。陳夫人爲鍠女，季庚爲鍠子，則陳夫人與鍠爲男女兄弟，不得云夫人爲『季庚之姑』，亦不得爲樂天兄弟之外祖母。然季庚事狀稱『夫人潁川陳氏，考坊州鄜城令，妣太原白氏』，則樂天之母確爲陳氏。……則季庚所娶乃妹女，樂天稱陳夫人爲季庚之姑，乃諱言而非其實矣。」元白詩箋證稿即據此説謂居易外祖母白氏乃其祖之女，與其父爲同産，而居易之母實乃其父季庚之親甥女。岑仲勉則不以此説爲然，其所撰之隋唐史第四一五頁駁陳氏之説云：「其據點在居易所撰外祖母陳白氏墓誌，誌云：『夫人太原白氏，其出昌黎韓氏，……唐利州都督諱士通之曾孫，尚衣奉御諱志善之玄孫，都官郎中諱温之孫，延安令諱鍠之弟（陳引訛作「第」）某女，韓城令諱欽之外孫，……故潁川縣君之母，故大理少卿襄州别駕白諱季庚之姑。』（叢刊本長慶集二五，潁川縣君即居易之母。）此文非加以校正，則於事理不通，是衆所公認。陳以爲應『曾』、『玄』二字互易，又羅、陳均認『姑』字是居易諱言；殊不知陳校假如不誤，則陳白氏爲季庚姊妹，已和盤托出，居易何必尚效鴕鳥埋首沙中，作一字之諱飾，其解釋實異常脱離現實！我廿餘年前手頭校本，則衍去『玄』、『某』兩字，改『之孫』爲『之女』，乙『弟女』爲『女弟』。（李公夫人姚氏誌：『相州臨河縣令，贈太子右庶子府君之季女也，秘書監、贈禮部尚書我府君之女弟也。』見拙著唐集質疑七七頁。）如是，則陳白氏確爲季庚之姑，季庚與潁川縣君不過中表結婚，絶非舅甥聯婚，如果依羅陳説，陳白氏是鍠之女，則鍠娶『河東薛氏，夫人之父諱俶，河南縣尉』（據白集二九白鍠事狀），陳白氏誌應云『其出河東薛氏……河南縣尉諱俶之外孫』，今乃云『其出昌黎韓氏……韓城令諱欽之外孫』，此爲陳白氏非鍠女而爲温女，亦即季庚非舅甥聯婚之鐵證。抑文家替外人作碑誌，不審其雁行，故稿内有用『第某女』字樣；若陳白氏爲居易尊屬，排行應自知之，蓋傳本白集既倒『女弟』爲『弟女』，妄人又强插『某』字於其間，痕迹尚可覆按也。惟陳既加季庚以刑事罪名，又重誣大詩人之家風浮薄，故不得不詳爲昭雪之。陳振孫年譜云：『有陳府君夫人白氏……墓誌，夫人，公之祖姑，且外祖母也。』必其所見本墓誌尚未傳訛。」今捨宋紹興本外，雖無他善本可校，然岑氏之所考不爲無見也。

〔坊州鄜城〕本漢鄜縣地，後魏屬鄜城郡。大業元年改屬坊州。唐因之。見元和郡縣志卷三。

〔陳府君〕陳潤。唐詩紀事卷三九：「（陳）潤，大曆間人，終坊州鄜城縣令，樂天之外祖也。」

〔白鍠〕見卷四六故鞏縣令白府君事狀。

〔穎川縣君〕〔季庚〕見卷四六襄州别駕府君事狀。

【校】

〔題〕「銘」下馬本脱「并序」二字，據宋本、那波本、全文補。又宋本、那波本「誌」上俱脱「墓」字。

〔潁川〕「潁」，馬本、那波本俱訛作「穎」，據宋本、全文改正。下同。

〔第某女〕「第」，那波本作「弟」。岑仲勉謂此三字當作「女弟」，詳前箋。

〔白諱〕「諱」上馬本、全文俱脱「白」字，據宋本、那波本、盧校補。

〔季庚〕「庚」，宋本、馬本、那波本俱訛作「庾」，據全文、盧校改正。盧校云：「汪云：『當作庚。』案：集中不避『庾』字，汪説是也。」

唐太原白氏之殤墓誌銘 并序

白氏下殤曰幼美，小字金剛奴。其先太原人。高祖諱志善，尚衣奉御。曾祖諱温，都官郎中。王父諱鍠，河南府鞏縣令。先府君諱季庚，大理少卿，山東别駕。先太夫人潁川陳氏，封潁川縣君。幼美即第四子也。既生而惠，既孩而敏。七歲能誦詩賦，八歲能讀書鼓琴，九歲不幸遇疾，夭徐州符離縣私第。貞元八年九月，權窆于縣南原。元和八年春二月二十五日改葬于華州下邽縣義津鄉北岡，祔于先府君宅兆之東三十步。其兄居易、行簡藐然已孤。扶哀臨穴，斷手足之痛，其心如初。且號其銘誌于墓曰：

嗚呼剛奴痛矣哉！念爾九歲逝不迴。埋魂閟骨長夜臺，二十年後復一開。昔葬符離今下邽，魂兮魂兮隨骨來。

【箋】

作於元和八年（八一三），四十二歲，下邽。見陳譜。

〔幼美〕居易之四弟。城按：白氏此文云：「九歲不幸遇疾，夭徐州符離縣私第。貞元八年九月，權窆于縣南原。」則知幼美卒於貞元八年，據此推算，則當生於興元元年（七八四）。並參見卷四〇祭小弟文。

【校】

〔題〕「墓」下宋本、那波本俱無「誌」字。又馬本脱「并序」二字，據宋本、那波本、全文補。參見卷四一有唐善人墓碑校文。

〔季庚〕「庚」，宋本、那波本、英華俱訛作「庚」。見本卷唐故坊州鄜城縣尉陳府君夫人白氏墓誌銘并序校文。

〔山東〕此二字當爲「襄州」之誤。

〔八年〕「八」，馬本、全文俱訛作「九」。據宋本、那波本、盧校改正。城按：居易外祖母白氏亦改葬於元和八年二月二十五日，見上一篇墓誌。則幼美必於同時遷葬。

白居易集箋校卷第四十三

記序 凡十二首

江州司馬廳記

自武德以來，庶官以便宜制事，大攝小，重侵輕，郡守之職，總於諸侯帥，郡佐之職，移於部從事。故自五大都督府至于上、中、下郡，司馬之事盡去，唯員與俸在。凡内外文武官左遷右移者，第居之；凡執伎事上與給事於省、寺、軍府者，遥署之；凡仕久資高耄昏軟弱不任事而時不忍棄者，實莅之。莅之者，進不課其能，退不殿其不能，才不才一也。若有人畜器貯用、急於兼濟者居之，雖一日不樂。若有人養志忘名、安於獨善者處之，雖終身無悶。官不官，繫乎時也。適不適，在乎人也。江州，左匡廬，右江湖，土高氣清，富有佳境。刺史，守土臣，不可遠觀遊；羣吏，執事官，不敢自暇佚；惟司馬，綽綽可以從容於山水詩酒間。由是郡南樓，山北樓，水溢亭、百花亭、風篁、石巖、瀑布、廬宫、源潭洞、東西二林寺、泉石松雪，司馬盡有之矣。苟有志於吏隱者，捨此官何求焉？案唐典：上州司馬，秩五品。歲廩數百石，月俸六七萬，官足以庇身，食足以給家。州民康，非司馬功；郡政壞，非司馬罪。無言責，無事憂。噫！爲國謀，則尸素之尤蠹者；爲身謀，則禄仕之優穩者。予佐是郡，行四年矣！其心休休如一日二日，何哉？識時知命而已，又安知後之司馬不有與吾同志者乎？因書所得，以告來者。時元和十三年七月八日記。

【箋】作於元和十三年（八一八），四十七歲，江州，江州司馬。見陳譜。城按：此卷那波本編在卷二六。唐代臺省及郡邑之廳均有壁記，封氏聞見記卷五云：「朝廷百司諸廳皆有壁記，叙官秩創置及遷授始末，原其作意，蓋欲著前政履歷而發將來健羨焉。故其爲記之體，貴其説事詳雅，不爲苟飾。而近時作記，多措浮辭，褒美人材，抑揚閥閲，殊失記事之本意。韋氏兩京記云：郎官盛寫壁記以記當廳前後遷除出入，寖以成俗。然則壁記之由，當是國朝以來始自臺省，遂流郡邑耳。」白氏此文，蓋江州司馬廳之壁記也。並參見卷十司馬廳獨宿詩。

〔故自五大都督府二句〕城按：司馬一職自武德後即淪爲閑冗之官。尤自肅代以後，遍設節度、觀察使，而定制之并、荆、揚、益、恒五大都督府已僅存虚名。節度、觀察自辟判官、參謀、掌書記，都督以下之長史、司馬皆無所用矣。判官、參謀、掌書記之類皆幕職，即居易所稱之部從事也。支郡有事，則使府之幕職往理之，或刺史縣令缺，皆得以幕職權知。甚且有以司馬爲遥署之官，名實相去有如是者，覩白氏此文而益信然，蓋可補唐史之闕疑。

〔匡廬〕廬山。太平御覽卷四一引張僧鑒潯陽記云：「匡俗，周武王時人，屢逃徵聘，結廬此山。後登仙，空廬尚在，弟子等呼爲廬山。又名匡山，蓋稱其姓。」

〔南樓〕即庾樓。見卷十五初到江州詩箋。城按：白氏有和行簡望郡南山（卷十八）、郡樓夜宴留客（卷二〇）等詩，「郡」字均與山、樓連用，可證此文中之「郡南樓」蓋指郡中之南樓，今人標點爲「南樓山，北樓水」，誤也。

〔湓亭〕在湓水邊。白氏八月十五日夜湓亭望月詩（卷十七）云：「昔年八月十五夜，曲江池畔杏園邊。今年八月十五夜，湓浦沙頭水舘前。」

〔百花亭〕見卷十六百花亭詩注。

〔瀑布〕廬山瀑布有多處，以開先寺最勝，未詳白文所指。太平御覽卷七一引周景式廬山記：

「（瀑布水）在黄龍南數里，土人謂之泉湖，其水出山腹。挂流三四百丈，飛湍出林峯表，出望之如懸索。水所注處，石悉成井，其深不可測也。」又廬山志卷五引王褘開先寺觀瀑布記云：「廬山南北瀑布以十數，獨開先寺最勝。開先瀑布有二：其一曰馬尾泉。其一在馬尾泉東，出自雙劍、香爐兩峯爲尤勝。」

〔東西二林寺〕廬山東林寺及西林寺。見卷一潯陽三題及卷七春遊西林寺詩注。

【校】

〔武德〕「武」，疑當作「至」，蓋以下所述之情事均發生於安史亂後也。

〔以來〕「以」，宋本、那波本、文粹、盧校俱作「已」。英華注云：「集本、文粹作『已』。」

〔第居之〕「第」，英華、全文俱作「遞」。英華注云：「一本作『弟』。」

〔執伎〕「伎」，文粹、英華、全文俱作「役」。英華注云：「集作『伎』。」

〔昏軟〕「軟」，英華作「懦」，注云：「一本作『軟』。」

〔不可遠〕「不」下英華無「可」字。

〔可以從容〕「可」下文粹、英華俱無「以」字。英華注云：「集有『以』字。」

〔唐典〕英華作「唐六典」，「六」下注云：「一本無此字。」

〔庇身〕「庇」，那波本作「穴」，非。英華作「亢」，注云：「文粹作『庇』。」

〔八日記〕「日」下文粹有「題」字。英華注云：「文粹有『題』字。」

草堂記

匡廬奇秀甲天下山。山北峯曰香鑪，峯北寺曰遺愛寺。介峯寺間，其境勝絶，又甲廬山。元和十一年秋，太原人白樂天見而愛之，若遠行客過故鄉，戀戀不能去，因面峯腋寺，作爲草堂。明年春，草堂成。三間兩柱，二室四牖，廣袤豐殺，一稱心力。洞北户，來陰風，防徂暑也；敞南甍，納陽日，虞祁寒也。木斲而已，不加丹；牆圬而已，不加白。墄階用石，冪窗用紙，竹簾紵幃，率稱是焉。堂中設木榻四，素屏二，漆琴一張，儒、道、佛書各三兩卷。樂天既來爲主，仰觀山，俯聽泉，傍睨竹樹雲石，自辰及酉，應接不暇。俄而物誘氣隨，外適内和，一宿體寧，再宿心恬，三宿後頹然嗒然，不知其然而然。自問其故？答曰：是居也，前有平地，輪廣十丈；中有平臺，半平地；臺南有方池，倍平臺。環池多山竹野卉，池中生白蓮、白魚。又南抵石澗，夾澗有古松、老杉，大僅十人圍，高不知幾百尺。脩柯戛雲，低枝拂潭，如幢竪，如蓋張，如龍蛇走。松下多灌叢，蘿蔦葉蔓，駢織承翳，日月光不到地，盛夏風氣，如八九月時。下鋪白石，爲出入道。堂北五步，據層崖積石，嵌空垤堄，雜木異草，蓋覆其上。緑陰蒙蒙，朱實離離，不識其名，四時一色。又有飛泉，植茗就以烹燀，好事者見，可以永日。堂東有瀑布，水懸三尺，瀉階隅，落石渠，昏曉如練色，夜中如環珮琴筑聲。堂西倚北崖右趾，以剖竹架空，引崖上泉，脈分綫懸，自簷注砌，纍纍如貫珠，霏微如雨露，滴瀝飄灑，隨風遠去。其四傍耳目杖屨可及者，春有錦繡谷花，夏有石門澗雲，秋有虎谿月，冬有鑪峯雪，陰晴顯晦，昏旦含吐，千變萬狀，不可殫紀，覼縷而言，故云甲廬山者。噫！凡人豐一屋，華一簀，而起居其間，尚不免有驕穩之態。今我爲是物主，物至致知，各以類至，又安得不外適内和，體寧心恬哉？昔永、遠、宗、雷輩十八人，同入此山，老死不反，去我千載，我知其心以是哉！矧予自思：從幼迨老，若白屋，若朱門，凡所止，雖一日二日，輒覆簣土爲臺，聚拳石爲山，環斗水爲池，其喜山水病癖如此。一旦蹇剥，來佐江郡。郡守以優容而撫我，廬山以靈勝待我，是天與我時，地與我所，卒獲所好，又何以求焉？尚以冗員所羈，餘累未盡，或往或來，未遑寧處。待予異時，弟妹婚嫁畢，司馬歲秩滿，出處行止，得以自遂。則必左手引妻子，右手抱琴書，終老於斯，以成就我平生之志。清泉白石，實聞此言！時三月二十七日，始居新堂。四月九日，與河南元集虛、范陽張允中、南陽張深之、東西二林寺長老湊、朗、滿、晦、堅等凡二十有二人，具齋施茶果以落之，因爲草堂記。

【箋】

作於元和十二年（八一七），四十六歲，江州，江州司馬。見陳譜。此卷那波本編在卷二六。城按：韻語陽秋卷十一：「樂天所至處必築居。在渭上有蔡渡之居，在江州有草堂之居，在長安有新昌之居，在洛中有履道之居，皆有詩以紀勝。故其自謂云：『余自幼迨老，若白屋，若朱門，凡所止，雖一日二日，輒覆簣土爲臺，聚拳石爲山，環斗水爲池。』所謂君子之居，一日必葺者耶？」

〔草堂〕陳舜俞廬山記卷二：「白公草堂在（東林）寺之東北隅，……公作記見於本集，後與遺愛寺並廢。久之，好事者慕公風跡，以東林寺北藍牆之外作堂焉。五代衰亂，復爲兵火野燒之所毁。至道中，郡守孫考功追構之，然皆非元和故基也。」廬山志卷十三：「紫雲庵側有鄭弘憲草堂、白樂天草堂。」又同卷引桑喬云：「朱晦翁東林詩自注曰：『白公草堂在寺東，久廢，近復創數椽，制殊狹隘，然非舊處矣。』予嘉靖中行求草堂遺跡，山僧所指，乃在紫雲庵南層崖上，去爐峯不能三數丈，疑亦非正處云。」城按：據黄宗羲匡廬游録所考，亦以晦翁所言爲可信，則草堂遺址，當在東林寺附近。

〔香爐峯〕見卷七香爐峯下新置草堂即事詠懷題於石上詩箋。

〔遺愛寺〕查慎行廬山記游：「（遺愛）寺本唐鄭弘憲所創，韋應物刺江州時有題鄭侍御遺愛草堂詩云：『居士近依僧，青山結茅屋。』寺僧不知，但設香山木主耳。」城按：白氏祭廬山文（卷四〇）云：「遺愛西偏，鄭氏舊隱，三寺長老，招予此居。」即指鄭弘憲舊居。考遺愛寺宋時已廢

（見陳舜俞廬山記），黄宗羲匡廬游録謂非後之紫雲庵，其説良是。

〔三間兩柱十八句〕白氏有香爐峯下新卜山居草堂初成偶題東壁五首（卷十六）詩，其一云：「五架三間新草堂，石堦桂柱竹編牆。南簷納日冬天暖，北户迎風夏月涼。灑砌飛泉纔有點，拂窗斜竹不成行。來春更葺東廂屋，紙閣蘆簾着孟光。」

〔夾澗有古松老杉〕陸游入蜀記：「五杉閣前舊有老杉五本，傳以爲晉時物，白傅所謂『大十人圍』者。今又數百年，其老可知矣。近歲主僧了然輒伐去，殊可惜也。」則知此樹宋時已不存。

〔錦繡谷〕陳舜俞廬山記卷二：「（錦繡）谷中奇花異卉，不可殫述。三四月間，紅紫匝地，如被錦繡，故以爲名。」廬山志卷二：「（佛手）崖西崖下爲錦繡谷，谷中有黄谷洞、鐘鼓山。」

〔石門澗〕廬山志卷十三：「天池山麓有小山曰雲峯，其南峽中有文殊寺、報國寺。……文殊、報國之側有石門澗。」參見卷七白氏遊石門澗詩。

〔虎谿〕在廬山東林寺旁。范成大吴船録卷下：「虎溪涓涓一溝，不能五尺闊。遠師送客，乃獨不肯過此，過則林虎又爲號鳴焉。」陳舜俞廬山記卷二：「流泉匝（東林）寺下，入虎溪，昔遠師送客過此，虎輒號鳴，故名焉。」

〔鑪峯〕即香鑪峯。見前箋。

〔永遠宗雷輩十八人〕晉僧慧遠與名儒劉程之等十八人結白蓮社於廬山東林寺，號蓮社十八高賢。十八人者：儒六人：劉程之、周續之、雷次宗、宗炳、張野、張詮。釋十二人：慧遠、慧永、慧持、佛馱耶舍、佛馱跋陀羅、道生、僧叡（又作慧叡）、曇順、道敬、曇恒、道昺、曇詵。見晁補之雞肋集卷三十白蓮社圖記、陳舜俞廬山記卷二、蓮社高賢傳。又本卷白氏代書云：「廬山自陶、謝洎十八賢以還，儒風緜緜，相續不絕。」

〔元集虛〕見卷七題元十八溪亭詩箋。

〔張允中〕〔張深之〕生平均未詳。本卷白氏遊大林寺序云：「余與河南元集虛、范陽張允中、南陽張深之、廣平宋郁、安定梁必復、范陽張特、東林寺沙門法演、智滿、士堅、利辨、道深、道建、神照、雲皋、恩慈、寂然凡十七人……」

〔湊朗滿〕湊、滿即僧神湊、智滿。白氏唐江州興果寺律大德湊公塔碣銘（卷四一）：「師姓成，號神湊。」本卷東林寺經藏西廊記云：「因請寺長老演公、滿公、琳公等經之。」遊大林寺序云：「東林寺沙門法演、智滿。」僧朗，即白氏因沐感髮寄朗上人二首（卷十）、春憶二林寺舊遊因寄朗滿晦三上人（卷十九）詩中之「朗上人」。

〔堅〕東林寺僧士堅。見本卷遊大林寺序。又白氏有天竺寺送堅上人歸廬山詩（卷二三），同指一人。

【校】

〔題〕文粹、英華俱作「廬山草堂記」。

〔遺愛寺〕「寺」下英華注云：「一無此字。」

〔十一〕「一」下英華注云：「續廬山記無此字。」城按：元和十年三月，白氏猶未至江州，續廬山記非。

〔草堂成〕英華作「成草堂」，注云：「集本、文粹作『草堂成』。」

〔兩柱〕「柱」，英華作「注」，注云：「集本、文粹作『柱』。」

〔堿階〕「堿」，宋本作「瑊」，非。那波本作「礒」。馬本注云：「七計切。」

〔竹簾〕「簾」，英華作「簷」，注云：「集本、文粹作『簾』」。

〔漆琴〕「漆」上英華有「素」字，注云：「諸本無此字。」

〔三兩卷〕「三兩」，文粹作「兩三」。英華作「數」，注云：「『數』字文粹作『三兩』。」

〔竹樹〕「竹」，英華注云：「記作『草』。」

〔心恬〕英華作「心話」，非。

〔答曰〕「曰」下英華注云：「記無此字。」

〔十丈〕「十」，英華注云：「記作『一』。」

〔白魚〕「白」，英華作「泉」，注云：「集作『白』。」

〔十人圍〕「人」，英華作「尺」，注云：「集作『人』。」

〔幾百尺〕「百尺」，英華作「許」，注云：「『許』字集作『百尺』。」

〔幢豎〕英華作「豎幢」。

〔蓋張〕英華作「張蓋」，「蓋」下注云：「集作『如幢竪如蓋張』。」

〔埿垷〕「垷」，馬本、全文俱訛作「塊」，據宋本、那波本、英華、盧校改正。

〔烹燀〕「燀」，馬本注云：「齒善切。」

〔可以永日〕「以」下英華有「銷」字，注云：「諸本無此字。」

〔右趾〕「右」，英華作「石」，注云：「諸本作『右』。」

〔故云〕英華作「故無」，非。

〔華一簣〕「簣」，馬本、英華、全文俱訛作「簣」，據宋本、那波本、盧校改正。

〔驕穩〕「穩」，英華、全文俱作「矜」。英華注云：「諸本作『穩』。」

〔致知〕「致」，英華注云：「集作『知』。」

〔各以〕「以」下英華注云：「記作『有』。」

〔心恬〕「恬」，英華作「怡」，注云：「諸本作『恬』。」

〔迨老〕「迨」下那波本脱「老」字。

〔不反〕英華作「不返」。城按：反、返字通。

〔所止〕「止」，英華作「至」，注云：「集本并記作『止』。」

〔江郡〕「江」下英華注云：「集本并記無此字。」

〔而撫我〕「撫」上文粹、英華、全文俱無「而」字。

〔又何以〕三字英華作「又好」，非。

〔異時〕「時」，文粹、全文俱作「日」。英華作「常」，非。

〔則必〕「必」，英華注云：「記無此字。」

〔二林寺〕「林」下宋本、那波本、文粹、英華俱無「寺」字。

〔湊〕此下英華、全文俱有「公」字。英華注云：「諸本無此字。」

〔二十〕二字文粹作「十」。「二」下英華注云：「文粹無『此』字。」

〔落之〕「落」，那波本、文粹、英華俱作「樂」。英華注云：「記作『落』。」

許昌縣令新廳壁記

民非政不乂，政非官不舉，官非署不立，是三者相爲用。故古君子有雖一日必葺其牆屋者，以是哉！許昌縣居梁、鄭、陳、蔡間，要路由於斯。當建中、貞元之際，大軍聚於斯，兵殘其民，火焚其邑，大田生荆棘，官舍爲煨燼，乘其弊而爲政，作事者其難乎？去年春，叔父自徐州士曹掾選署厥邑令。於是約已以清白，納人以簡直，立事以强毅。以清白，故官吏不敢侵于民；以簡直，故獄訟不得留于庭；以强毅，故軍鎮不能干于縣。由是居一年，民用康，政用暇。乃曰：儲蓄，邦之本，命先營囷倉。又曰：公署，吏所寧，命次圖廳事。取材於土物，取工於子來，取時於農隙。然後豐約量其力，廣狹稱其位，儉不至陋，壯不至驕，庇身無燥濕之憂，視事有朝夕之利。官由是而立，政由是而舉，民由是而乂，建一物而三事成，其孰不韙之哉？嗚呼！吾家世以清簡垂爲貽燕之訓，叔父奉而行之，不敢失墜；小子舉而書之，亦無愧辭。若其官邑之省置，風物之有亡，田賦之上下，蓋存乎圖諜，此略而不書。今但記斯廳之時制，與叔父作爲之所由也。先是，邑居不修，屋壁無紀，前賢姓字，湮泯無聞。而今而後，請居厥位者編其年月名氏，自叔父始。時貞元十九年冬十月一日記。

【箋】

作於貞元十九年（八〇三），三十二歲，許昌，校書郎。見陳譜。

〔許昌縣〕唐屬河南道許州。見新書卷三八地理志。

〔叔父〕白居易之叔父季軫。白氏鞏縣令白府君事狀（卷四六）：「公有子五人：長子諱季庚，襄州別駕，事具後狀。次諱季般，徐州沛縣令。次諱季軫，許州許昌縣令。次諱季寧，河南府參軍。次諱季平，鄉貢進士。」

【校】

〔陳蔡間〕「蔡」下英華有「之」字。

〔大田〕「大」，英華作「夫」，注云：「集作『大』。」

〔獄訟〕英華作「訟獄」。

〔不得留〕「得」，英華作「敢」。

〔政用〕英華作「政周」，非。

〔之本〕二字英華作「之政本」。

〔至驕〕「至」，英華作「志」，非。

〔孰不〕英華作「孰能不」三字。

〔清簡〕英華作「清白」，注云：「集作『簡』。」

〔省置〕「置」，英華作「署」，注云：「集作『置』。」

〔十月〕英華作「十一月」三字。

養竹記

竹似賢，何哉？竹本固，固以樹德，君子見其本，則思善建不拔者。竹性直，直以立身，君子見其性，則思中立不倚者。竹心空，空以體道，君子見其心，則思應用虛受者。竹節貞，貞以立志，君子見其節，則思砥礪名行，夷險一致者。夫如是，故君子人多樹之爲庭實焉。貞元十九年春，居易以拔萃選及第，授校書郎，始於長安求假居處，得常樂里故關相國私第之東亭而處之。明日，履及于亭之東南隅，見叢竹於斯，枝葉殄瘁，無聲無色。詢于關氏之老，則曰：此相國之手植者。自相國捐館，他人假居，繇是筐篚者斬焉，篲箒者刈焉。刑餘之材，長無尋焉，數無百焉。又有凡草木雜生其中，菶茸薈鬱，有無竹之心焉。居易惜其嘗經長者之手，而見賤俗人之目，翦棄若是，本性猶存。乃芟翳薈，除糞壤，疏其間，封其下，不終日而畢。於是日出有清陰，風來有清聲，依依然，欣欣然，若有情於感遇也。嗟乎！竹，植物也，於人何有哉！以其有似於賢，而人愛惜之，封植之，況其真賢者乎？然則竹之於草木，猶賢之於衆庶。嗚呼！竹不能自異，惟人異之；賢不能自異，惟用賢者異之。故作養竹記書于亭之壁，以貽其後之居斯者，亦欲以聞於今之用賢者云。

【箋】

作於貞元十九年（八〇三），三十二歲，長安，校書郎。見陳譜。

〔常樂里〕見卷五常樂里閑居偶題十六韻……詩箋。

〔關相國〕關播。字務元，天寶末進士。建中三年，拜中書侍郎、同中書門下平章事。貞元十三年正月卒。見舊書卷一三〇、新書卷一五一本傳。

【校】

〔關相國〕「國」，英華作「公」，注云：「文粹、集本作『國』。」

〔履及〕「履」，文粹作「屨」，英華注云：「文粹作『屨』。」

〔刑餘之材〕「材」，馬本訛作「村」，據宋本、那波本、文粹、英華改正。

〔苯茸薈鬱〕「茸」，馬本訛作「葺」，據宋本、那波本、全文、盧校改正。又此四字文粹、英華俱作「苯蓴薈蔚」，英華注云：「集本『苯茸薈鬱』。」

〔人愛〕「人」下英華有「猶」字。

記畫

張氏子得天之和，心之術，積爲行，發爲藝，藝尤者其畫歟？畫無常工，以似爲工；學無常師，以真爲師。故其措一意，狀一物，往往運思，中與神會，髣髴焉若驅和役靈於其間者。時予在長安中，居甚閑，聞甚熟，乃請觀於張。張爲予盡出之，厥有山水、松石、雲霓、鳥獸暨四夷、六畜、妓樂、華蟲咸在焉。凡十餘軸，無動植，無小大，皆曲盡其能。莫不向背無遺勢，洪纖無遁形。迫而視之，有似乎水中了然分其影者。然後知學在骨髓者，自心術得；工侔造化者，由天和來。張但得於心，傳於手，亦不自知其然而然也。至若筆精之英華，指趣之律度，予非畫之流也，不可得而知之。今所得者，但覺其形真而圓，神和而全，炳然儼然，如出於圖之前而已耳。張始年二十餘，致功甚近，予意其生知之。藝與年而長，則畫必爲希代寶，人必爲後學師。恐將來者失其傳，故以年月名氏紀于圖軸之末云。時貞元十九年，清河張敦簡畫。六月十日，太原白居易記。

【箋】

作於貞元十九年（八〇三），三十二歲，長安，校書郎。見陳譜。

〔張敦簡〕歷來記載俱未詳，佩文齋書畫譜録其人，蓋亦本於白氏此文。

【校】

〔驅和〕「驅」，馬本作「歐」，非。據宋本、那波本、全文改正。城按：宋本、那波本俱作「敺」，蓋即「驅」之古文。

〔遁形〕「形」，宋本作「刑」。

〔將來者〕「將」下宋本脱「來」字。

記異

華州下邽縣東南三十餘里曰延平里。里西南有故蘭若，而無僧居。元和八年秋七月，予從祖兄曰皞自華州來訪予，途出於蘭若前。及門，見婦女十許人，服黄緑衣，少長雜坐，會語於佛屋，聲聞于門。兄熱行方渴，將就憩，且求飲，望其從者蕭士清未至。因下馬，自縶韁於門柱。舉首，忽不見，意其退藏於窗闥之間。從之，不見，又意其退藏於屋壁之後。從之，又不見，周視其四旁，則堵牆環然無隙缺。覆視其族談之所，則塵壤羃然無足迹。繇是知其非人。悸然大異之，不敢留，上馬疾驅，來告予。予亦異之，因訊其所聞。兄曰：云云甚多，不能殫記，大抵多云王胤老如此，觀其辭意，若相與數其過者。厥所去予舍八九里，因同往訪焉。果有王胤者年老，即其里人也。方徙居於蘭若東百餘步，葺牆屋，築場蓺樹僅畢，明日而入。既入，不浹辰而胤死，不越月而妻死，不逾時而胤之二子與二婦一孫死。餘一子曰明進，大恐懼，不知所爲，意新居不祥，乃撤屋拔樹夜徙去，遂獲全焉。嘻！堆而徵之，則衆君子謀於社以亡曹，婦人來焚麋竺之室，信不虚矣。明年秋，予與兄出遊，因復至是。視胤之居，則井湮竈夷，闃然唯環牆在，里人無敢居者。異乎哉！若然者，命數耶？偶然耶？將所徙之居非吉土耶？抑王氏有隱慝，鬼得謀而誅之耶？茫乎不識其由，且志於佛室之壁，以俟辨惑者。九月七日，樂天云。

【箋】

作於元和八年（八一三），四十二歲，下邽。見陳譜。城按：此文亦見太平廣記卷三四四，題爲王裔老。廣記主記事，有所删改。故異文出入甚大。

〔白皞〕疑即白高九。白氏祭烏江十五兄文（卷四〇）云：「自居易與兄及高九、行簡，雖從祖之昆弟，甚同氣之天倫。」

〔衆君子謀於社以亡曹〕左傳哀公七年：「宋人圍曹，鄭桓子思曰：『宋人有曹，鄭之患也，不可以不救。』冬，鄭師救曹，侵宋。初，曹人或夢衆君子立于社宫，而謀亡曹。曹叔振鐸請待公孫彊，許之。旦而求之曹，無之。戒其子曰：『我死，爾聞公孫彊爲政，必去之。』及曹伯陽即位，好田弋。曹鄙人公孫彊好弋，獲白雁，獻之，且言田弋之説，説之。因訪政事，大説之。有寵，使爲司城以聽政，夢者之子乃行。彊言霸説於曹伯，曹伯從之。乃背晉而奸宋，宋人伐之，晉人不救，築五邑於其郊。」

〔婦人來焚麋竺之室〕搜神記卷四：「麋竺，字子仲，東海朐人也。祖世貨殖，家貲巨萬。常從洛歸。未至家數十里，見路次有一好新婦，從竺求寄載。行可二十餘里，新婦謝去，謂竺曰：『我天使也。當往燒東海麋竺家，感君見載，故以相語。』竺因私請之。婦曰：『不可得不燒。如此，君可快去，我當緩行，日中，必火發。』竺乃急行歸，達家，便移出財物。日中而火大發。」城按：三國志卷三八麋竺傳裴松之注亦引此條，文字稍異。

【校】

〔題〕廣記卷三四四題作「王裔老」。盧校：「宋作『紀異』。」

〔延平里〕「平」，宋本、那波本、英華、盧校俱作「年」。

〔元和八年十三字〕廣記作「唐元和八年翰林學士白居易丁母憂退居下邽縣七月其從祖兄曰皞」二十八字。城按：此蓋廣記編者所删改，居易六年丁憂，非八年，廣記誤。「皞」，宋本、盧校俱作「暤」。

〔訪予〕「予」，廣記作「居易」。

〔服黄緑衣〕廣記作「衣黄綾衣」。馬本「緑」、「衣」兩字間空一字，據各本改正。

〔佛屋〕「屋」下，廣記、英華、全文俱有「下」字。

〔聲聞于門〕「門」，英華作「外」。

〔兄熱〕「兄」，廣記作「皞」。

〔自縶韁〕廣記無「自」字，「縶」作「繫」。

〔堵牆〕全文作「牆堵」。

〔族談〕「族」，馬本作「聚」。據宋本、那波本、全文、盧校改。

〔羃然〕「羃」，馬本作「罨」，非。據廣記、英華、全文改正。宋本、那波本析作「四幕」二字，亦非。盧校作「幕」。

〔悸然〕「悸」，馬本注云：「具位切。」

〔不敢留〕廣記無此三字。

〔王胤老〕「胤」，廣記作「裔」，全文作「允」，皆避清諱改。

〔如此〕「如」，馬本、全文俱作「於」，據宋本、那波本、盧校改正。

〔其過〕「其」，馬本作「相」，非。據宋本、那波本、英華、全文、盧校改正。

〔厥所去予舍八九里〕廣記作「厥所去居易舍八九里」。「去」，那波本作「居」，誤。

〔訪焉〕「焉」，英華作「之」，注云：「集作『焉』。」

〔徙居〕居下英華脱「於」字，注云：「集作『於』。」

〔東百餘步〕廣記作「東北」。

〔越月〕「月」，宋本、馬本、那波本俱作「明」，非。據廣記、英華、全文改正。

〔撤屋〕「撤」，廣記訛作「撒」。

〔拔樹〕「拔」，英華作「燃」。

〔遂獲全焉〕廣記作「遂免」，至此而止。

〔嘻〕全文作「噫」。

〔君子〕「君」，馬本訛作「尹」。據宋本、那波本、全文、盧校改正。

〔麋竺〕「麋」，各本俱誤作「糜」，今改正。

〔胤之居〕「胤」，英華作「胤老」。

〔樂天云〕此三字英華、全文俱作「太原白樂天云」。

東林寺經藏西廊記

元和初，江西觀察使韋君丹於廬山東林寺神運殿左、甘露壇右，建修多羅藏一所。土木丹漆之外，飾以多寶，相好嚴麗，鄰諸鬼功，雖兩都四方，或未前見。一切經典，盡在于内，蓋釋宫之天禄、石渠也。初藏既成，南東北廊亦具，獨西未作，而韋君薨。迨今十餘年，風日所飄爍，雪雨所霑濕，西南一隅，壞有日矣。僧坊衆惜之，予亦惜之，非不是圖，財力不足。暨十三年，予作景雲律師塔碑成，景雲弟子饋絹百匹，予以法施浄財，義不己有，即日移用作藏西廊。因請寺長老演公、滿公、琳公等經之，寺綱維令杲、靈達等成之，蓋欲護前功，償始願，非住於布施相功德心也。其集經名數與創藏由緣，詳于李肇碑文，此但書新作西廊而已。十四年月日，忠州刺史白居易記。

【箋】

作於元和十四年（八一九），四十八歲，江州，忠州刺史。城按：白氏東林寺白氏文集記（卷七〇)云：「昔余爲江州司馬時，常與廬山長老，於東林寺經藏中披閲遠大師與諸文士唱和集卷。……」即指此，可參證。又按：白氏自江州赴忠州刺史任在元和十四年三月，此文當爲離江州前作。

〔韋丹〕字文明。元和二年正月，除江西觀察使。卒於元和五年八月。見韓愈唐故江西觀察使韋公墓誌銘。

〔甘露壇〕見卷四一唐撫州景雲寺故律大德上弘和尚石塔碑銘箋。

〔演公〕〔滿公〕僧法演、智滿。本卷遊大林寺序：「東林寺僧法演、智滿。」

〔李肇碑文〕陳舜俞廬山記卷二：「經藏院在〔東林〕寺東廡。經之帙尾有曰貞元十三年寫者。經藏碑，元和七年歲次壬辰九月丙辰朔十五日庚午，朝請郎、試太常寺協律郎李肇撰。」

【校】

〔題〕宋本「廊」下脱「記」字。

〔鄰諸〕「諸」，英華作「之」，注云：「集作『諸』。」

〔于内〕「于」，英華作「乎」，注云：「集作『于』。」

〔雪雨〕英華作「雨雪」。

〔僧坊〕「僧」下英華無「坊」字。

〔財力〕「財」，馬本訛作「才」，據宋本、那波本、英華、全文改正。

〔杲〕英華作「果」，注云：「集作『杲』。」

〔住於〕「住」，馬本、全文俱作「任」，非。據宋本、那波本、盧校改正。英華無此二字。

〔忠州刺史〕此下宋本、那波本俱脱「白居易記」四字。

三遊洞序

平淮西之明年冬，予自江州司馬授忠州刺史，微之自通州司馬授虢州長史。又明年春，各祗命之郡，與知退偕行。三月十日，參會於夷陵。翌日，微之反棹送予至下牢戍。又翌日，將别未忍，引舟上下者久之。酒酣，聞石間泉聲，因捨棹進，策步入缺岸。初見石，如疊，如削；其怪者，如引臂，如垂幢。次見泉，如瀉，如灑；其奇者，如懸練，如不絶綫。遂相與維舟巖下，率僕夫芟蕪刈翳，梯危縋滑，休而復上者凡四五焉。仰睇俯察，絶無人迹，但水石相薄，磷磷鑿鑿，跳珠濺玉，驚動耳目。自未訖戌，愛不能去。俄而峽山昏黑，雲破月出，光氣含吐，互相明滅，晶熒玲瓏，象生其中，雖有敏口，不能名狀。既而通夕不寐，迨旦將去，憐奇惜别，且嘆且言。知退曰：斯境勝絶，天地間其有幾乎？如之何俯通津，緜歲代，寂寥委置，罕有到者？予曰：借此喻彼，可爲長太息，豈獨是哉？豈獨是哉？微之曰：誠哉是言。矧吾人難相逢，斯境不易得，今兩偶於是，得無述乎？請各賦古調詩二十韻，書于石壁。仍命予序而紀之。又以吾三人始遊，故目爲三遊洞。洞在峽州上二十里北峯下兩崖相廞間，欲將來好事者知，故備書其事。

【箋】

作於元和十四年（八一九），四十八歲，夷陵，忠州刺史。見陳譜。城按：白氏古調詩二十韻已佚，參見卷十七十年三月三十日別微之於澧上十四年三月十一日夜遇微之於峽中……詩。楊慎丹鉛雜録卷七：「白居易三遊洞記『雲破月出，光景含吐，互相明滅，晶熒玲瓏，象生其中，雖有敏口，莫可名狀』，造語如此，何異柳宗元。世以爲大易輕議之，蓋亦未能深玩之也。」又黄庭堅愛此文，書而刻於夷陵。山谷題跋跋自書樂天三遊洞序云：「元和初，盗殺武丞相於通衢，樂天以贊善大夫是日上疏論天下根本，所言忤君相案劍之意，謫江州司馬數年。平淮西之明年，乃遷忠州刺史。觀其言行，藹然君子也。余往來三遊洞下，未嘗不想見其人。門人唐履因請書樂天序刻之夷陵，向賓聞之，欣然買石具其費，遂與之。」

〔三遊洞〕清統志宜昌府：「三遊洞在東湖縣西北二十里江北岸，唐白居易與弟知退及元微之三人遊此，各賦詩，居易爲之序。宋歐陽修、蘇軾、蘇轍俱有三遊洞詩，州人以是爲後三遊。」入蜀記卷六云：「洞大如三間屋，有一穴通人過，然陰黑峻險尤可畏，緣山腹傴僂自巖下至洞前差可行。然下臨溪潭，石壁十餘丈，水聲恐人。又二穴後有壁，可居，鍾乳歲久垂地若柱，正當穴門。」

〔平淮西之明年冬〕元和十二年十月，李愬雪夜入蔡州，擒吴元濟，淮西平定。明年即元和十三年。

〔知退〕居易弟行簡。

〔下牢戍〕元和郡縣志闕逸引玉海云：「下牢鎮在（峽州夷陵）縣西二十八里，隋於此置峽州。」

【校】

〔如垂幢〕英華作「如垂踵」，注云：「三字集作『如垂如幢』。」

〔其奇〕「其」，英華作「甚」，注云：「集作『其』。」

〔刈翳〕「刈」，英華作「割」。

〔四五〕「五」，各本俱脱，據英華、全文增。

〔到者〕「者」下英華、全文俱有「乎」字。英華注云：「集無『乎』字。」

〔兩偶〕「偶」，英華作「遇」。

〔目爲〕「目」，馬本訛作「因」。據宋本、那波本、盧校改正。全文作「以」。

遊大林寺序

余與河南元集虛、范陽張允中、南陽張深之、廣平宋郁、安定梁必復、范陽張特、東林寺沙門法演、智滿、士堅、利辯、道深、道建、神照、雲皋、息慈、寂然凡十七人，自遺愛草堂歷東、西二林，抵化城，憩峯頂，登香鑪峯，宿大林寺。大林窮遠，人迹罕到。環寺多清流、蒼石、短松、瘦竹。寺中唯板屋木器，其僧皆海東人。山高地深，時節絕晚，于時孟夏月，如正二月天。梨桃始華，澗草猶短，人物風候與平地聚落不同，初到怳然若別造一世界者。因口號絕句云：「人間四月芳菲盡，山寺桃花始盛開。長恨春歸無覓處，不知轉入此中來。」既而周覽屋壁，見蕭郎中存、魏郎中弘簡、李補闕渤三人姓名、文句，因與集虛輩歎且曰：此地實匡廬間第一境。由驛路至山門，曾無半日程，自蕭、魏、李遊，迨今垂二十年，寂寥無繼來者。嗟乎！名利之誘人也如此。時元和十二年四月九日，樂天序。

【箋】作於元和十二年（八一七），四十六歲，江州，江州司馬。見陳譜。

〔大林寺〕見卷十六大林寺桃花詩箋。

〔元集虚〕見卷七題元十八溪亭詩箋。

〔張允中〕〔張深之〕本卷草堂記云：「四月九日，與河南元集虚、范陽張允中、南陽張深之……凡二十有二人。」

〔范陽張特〕郎官考卷十六金部員外郎中有張特名，疑即此人。

〔法演〕即本卷東林寺經藏西廊記文中之「演公」。

〔智滿〕見本卷草堂記箋。

〔士堅〕見本卷草堂記箋。

〔利辯〕〔道建〕白氏唐江州興果寺律大德湊公塔碣銘（卷四一）云：「門人道建、利辯、元審、元總等封墳建塔……」

〔神照〕疑與卷二七贈神照上人詩所指爲同一人。惟白氏唐東都奉國寺禪德大師照公塔銘未載其曾住東林寺，俟考。

〔道深〕〔雲皋〕白氏唐撫州景雲寺故律大德上弘和尚石塔碑銘（卷四一）云：「廬山東林寺僧道深、懷縱、如建、沖契、宗一、至柔、晉諸、智則、智明、雲皋、太易等凡二十輩……」陳舜俞廬山記卷二：「事具（東林）寺碑開元十九年七月十五日，前陳州刺史李邕撰并書。會昌三年，僧雲皋始刻石焉。」

〔寂然〕疑與卷六八沃州山禪院記中之「白寂然」同爲一人。

〔化城〕上化城寺。陳舜俞廬山記卷二：「凡遊人在二林望上化城，樓閣隱隱在雲靄中，有若圖畫，自東林徑去，猶半日之久。既至化城，其僧必訊客曰：『翊日上山，輿否？』蓋過上化城，山路彌險，中間往往不可行肩輿矣。」廬山志卷十三：「講經臺北有上化城寺，寺有朗公巖……上化城之西北有中化城寺。……中化城之西北有下化城寺。」城按：三寺均爲晉時所建。

〔峯頂〕峯頂院。陳舜俞廬山記卷二：「過香爐峯，至峯頂院，院旁盤石極平廣。下視空闊，無復障蔽。」黄宗羲匡廬遊録：「後人以香爐側者爲講經臺，不知此古之峯頂院也。王廷珪云：『至峯頂庵，視香爐峯反在其下。』以今講經臺視香爐峯，正如廷珪所云，此一證也。白香山遊大林寺序云：『自遺愛草堂歷東西二林，抵化城，憩峯頂，登香爐峯，宿大林寺。』由二林而上歷三化城，正值今之所謂講經臺者，故言『憩峯頂』。若講經臺果在是，香山亦不容舍而弗言矣。又一證也。」

〔口號絶句〕即卷十六大林寺桃花詩。

城按：遠公講經臺在廬山佛手巖下。

〔蕭郎中存〕字伯誠，蕭穎士子。建中初由殿中侍御史四遷比部郎中。見新書文藝蕭穎士傳。又因話録卷三：「（蕭穎士）一子存，字伯誠。爲金部員外郎，諒直有功曹風。時裴延齡爲户部尚書，恃恩姦佞，與張滂不叶。金部惡延齡之爲人，棄官歸廬山，以山水自娱，識者甚高之。終于檢校倉部郎中。」城按：太平寰宇記卷一一一江州：「蕭郎中舊宅在西林寺側。」

〔魏郎中弘簡〕柳宗元唐故尚書户部郎中魏府君墓誌：「府君諱弘簡，字曰裕之。……歷桂管、江西、福建、宣歙四府，爲判官副使，累授協律郎、大理評事。……拜度支員外郎，轉户部郎中。……年四十七，貞元二十年九月三十日不疾而歿。」城按：郎官考户部郎中及度支員外郎中均有其名。

〔李補闕渤〕李渤嘗與仲兄涉偕隱廬山。元和九年，以著作郎徵。歲餘遷右補闕。見舊書卷一七一、新書卷一一八本傳。又陳舜俞廬山記卷三：「又五里，至白鹿洞，貞元中，李渤，字濬之，與仲兄偕隱居焉。」並參見卷二〇贈江州李十使君員外十四韻詩箋。

〔此地實匡廬間第一境〕黄宗羲匡廬游録：「過推車嶺，問路三塔庵，乃至大林寺，敗屋數間，叩其門，無一人應者。婆娑瑶樹下，樹猶晉僧曇洗所植，驗其枝葉，實今之大柳杉也。然王廷珪、洪覺範已有瑶林之目。香山云：此地實匡廬第一境。予獨怪匡廬之美，盛於山南，香山甲草堂、大林第一，皆在山北，未便爲確論也。」

【校】

〔題〕「寺」下馬本脱「序」字，據宋本、那波本、文粹、英華、全文補。

〔張特〕「特」，馬本、全文俱作「時」，非。據宋本、那波本、文粹、英華改正。英華注云：「集作『時』。」

〔道深〕各本俱脱，據文粹、英華、全文增。

〔息慈〕「息」，英華、全文俱作「恩」。

〔孟夏月〕文粹、英華俱無「月」字。

〔梨桃〕「梨」，英華、全文俱作「山」。英華注云：「文粹作『梨』。」

〔因口號〕「因」下文粹、英華俱有「成」字。

〔覓處〕英華作「處覓」。注云：「集作『覓處』。」

〔文句〕「文」，馬本、全文俱作「詩」，據宋本、那波本、文粹、英華、盧校改。

〔樂天〕「樂」上英華、全文俱有「太原白」三字。文粹作「白樂天」。

代　書

廬山自陶、謝洎十八賢已還，儒風緜緜，相續不絶。貞元初，有苻載、楊衡輩隱焉。亦出爲文人，今其讀書屬文、結草廬於巖谷間者，猶一二十人，即其中秀出者，有彭城人劉軻。軻開卷慕孟軻爲人，秉筆慕楊雄、司馬遷爲文，故著翼孟三卷、豢龍子十卷、雜文百餘篇，而聖人之旨，作者之風，雖未臻極，往往而得。予佐潯陽三年，軻每著文，輒來示予，予知軻志不息，異日必能跨苻、楊而攀陶、謝。軻一旦盡賫所著書及所爲文訪予，告行，欲舉進士。予方淪落江海，不足以發軻事業；又羸病無心力，不能徧致書於臺省故人。因援紙引筆，寫胸中事授軻，且曰：子到長安，持此札爲予謁集賢庾三十二補闕、翰林杜十四拾遺、金部元八員外，監察牛二侍御，秘省蕭正字、藍田楊主簿兄弟，彼七八君子，皆予文友。以予愚直，常信其言。苟于今不我欺，則子之道庶幾光明矣。又欲使平生故人，知我形體已悴，志氣已憊，獨好善喜才之心未死。去矣，去矣，持此代書！三月十三日，樂天白。

【箋】

作於元和十二年（八一七），四十六歲，江州，江州司馬。城按：此文云：「予佐潯陽三年。」蓋謂元和十年八月貶官至江州，至元和十二年爲第三年。如其元和十三年七月八日所作江州司馬廳記云：「予佐是郡，行四年矣。」元和十二年四月十日所作與微之書云：「僕自到九江，已涉三載。」俱可爲證。又此文中稱元宗簡爲「金部元八員外」，考白氏元和十二年歲暮所作潯陽歲晚寄元八郎中庾三十二員外詩（卷十七）已稱宗簡爲郎中，可知代書必作於元和十二年無疑。花房英樹繫於元和十三年，失考。

〔十八賢〕見本卷草堂記箋。

〔苻載〕〔楊衡〕建中初，與李元象、王簡言隱於廬山，號「山中四友」。白氏此文謂「貞元初」，蓋指約數而言。唐摭言卷二誤李元象爲李羣。唐才子傳卷五誤李元象、王簡言爲李羣、李渤。詳見岑仲勉跋唐摭言所考。

〔劉軻〕舊書、新書俱無傳。嶺南人，彭城乃其郡望。少爲僧。慕孟軻爲文，故以名焉。元和初，隱於廬山。後進士登第，文章與韓、柳齊名。見劉軻上座主書、與馬植書、唐摭言卷十一。阮福劉軻傳。並參見卷十七問劉十九詩箋。城按：廬山志卷五：「慶雲峯東北有山，是爲七尖山，其下有劉軻書堂。」

〔集賢庾三十二補闕〕庾敬休。見卷十六東南行一百韻……詩箋。

〔翰林杜十四拾遺〕杜元穎。貞元十六年與居易同登進士第。舊書卷一六三本傳：「元和中，爲左拾遺，右補闕，召入翰林充學士。」新書卷九六本傳同。兩書均未詳其轉歷之階。城按：丁居晦重修承旨學士壁記云：「杜元穎，元和十二年□（城按：岑仲勉翰林學士壁記注補據鄧本校補爲二字）月十三日自太常博士充。二十日改右補闕。」殆最得其實。以居易此文證之，元穎蓋以拾遺改太博召入，隨復改官補闕，居易是時尚未得其詳，故仍稱曰拾遺，亦此文作於元和十二年之又一證也。

〔金部元八員外〕元宗簡。曾官金部員外郎。見郎官考金部員外郎。參見卷十七潯陽歲晚寄元八郎中庾三十二員外詩箋。

〔監察牛二侍御〕牛僧孺。元和間官監察御史。見舊書卷一七二、新書卷一七四本傳。

〔秘省蕭正字〕疑爲與居易元和元年同登科之蕭睦。俟考。

〔藍田楊主簿兄弟〕楊汝士及楊虞卿兄弟。時汝士官藍田主簿，虞卿官鄠縣令也。

【校】

〔苻載〕「苻」，宋本、馬本、那波本、英華、全文俱訛作「符」，據岑仲勉跋唐摭言引關中金石存逸考二苻載妻李氏誌改正。下同。

〔文人〕英華作「聞人」，注云：「集作『文』。」

〔今其〕英華作「今之」，「集」下注：「集作『其』。」

〔秉筆〕此上全文衍「軻」字。

〔潯陽〕此下全文有「郡」字。

〔爲予謁〕「謁」，英華作「謝」，注云：「集作『謁』。」

〔去矣〕此下馬本、全文俱脱「去矣」二字。據宋本、那波本、英華、盧校補。

〔持此代書〕「持」，那波本訛作「特」。

〔十三日〕馬本、全文俱作「三日」，據宋本、那波本、英華改。

送侯權秀才序

貞元十五年秋，予始舉進士，與侯生俱爲宣城守所貢。明年春，予中春官第。既入仕，凡歷四朝，才朽命剥，蹇躓不暇。去年冬，蒙不次恩，遷尚書郎，掌誥西掖，然青衫未解，白髮已多矣。時予尚爲京師旅人，見除書，走來賀。予因從容問其官名，則曰：無得矣。問其生業，則曰：無加矣。問其僕乘囊輜，則曰：日消月朘矣。問别來幾何時？則曰：二十有三年矣。嗟乎侯生！當宣城别時，才文志氣，我爾不相下。今予猶小得遇，子卒無成；由子而言，予不爲不遇耳。嗟乎侯生！命實爲之，謂之何哉？言未竟，又有行色。且曰：欲謁東諸侯，恐不我知者多，請一言以寵别。予方直閣，慨然竊書命筆以序之爾。

【箋】

作於長慶元年（八二一），五十歲，長安，主客郎中、知制誥。

〔宣城守〕指宣州刺史、宣歙觀察使崔衍。城按：舊書卷十三德宗紀：「（貞元十二年八月）癸酉，以虢州刺史崔衍爲宣歙池觀察使。」卷十四憲宗紀：「（永貞元年）八月甲寅，……以前宣歙觀察使崔衍爲工部尚書。」可知貞元十五年宣州刺史仍爲崔衍。

〔掌誥西掖〕指居易元和十五年十二月二十八日除主客郎中，知制誥事。

【校】

〔官名〕「官」，宋本、那波本、全文俱作「宦」。

〔囊鞱〕「鞱」，馬本、全文俱作「資」，據宋本、那波本、英華、盧校改。

〔月朘〕「朘」，馬本注云：「子全切。」

〔不遇耳〕「遇」上馬本脱「不」字，據宋本、那波本、英華、全文、盧校補。又「耳」，馬本、全文俱作「矣」，據宋本、那波本、盧校改。英華作「爾」。

〔我知〕英華作「知我」，注云：「集作『我知』。」

冷泉亭記

東南山水，餘杭郡爲最；就郡言，靈隱寺爲尤；由寺觀，冷泉亭爲甲。亭在山下水中央、寺西南隅，高不倍尋，廣不累丈，而撮奇得要，地搜勝概，物無遁形。春之日，吾愛其草薰薰，木欣欣，可以導和納粹，暢人血氣。夏之夜，吾愛其泉渟渟，風泠泠，可以蠲煩析酲，起人心情。山樹爲蓋，巖石爲屏，雲從棟生，水與階平。坐而玩之者，可濯足於牀下；卧而狎之者，可垂釣於枕上。矧又潺湲潔澈，粹冷柔滑，若俗士，若道人，眼耳之塵，心舌之垢，不待盥滌，見輒除去，潛利陰益，可勝言哉？斯所以最餘杭而甲靈隱也。杭自郡城抵四封，叢山複湖，易爲形勝。先是領郡者有相里君造作虚白亭，有韓僕射臯作候仙亭，有裴庶子棠棣作觀風亭，有盧給事元輔作見山亭，及右司郎中河南元藇最後作此亭。於是五亭相望，如指之列，可謂佳境殫矣，能事畢矣。後來者雖有敏心巧目，無所加焉。故吾繼之，述而不作。長慶三年八月十三日記。

【箋】

作於長慶三年（八二三），五十二歲，杭州，杭州刺史。見陳譜。

〔冷泉亭〕咸淳臨安志卷二三：「冷泉亭在飛來峯下，唐刺史河南元藇建，刺史白居易記，刻石亭上。政和中，僧惠雲又於前作小亭，郡守毛友命去之。」

〔靈隱寺〕見卷二〇題靈隱寺紅辛夷花戲酬光上人詩箋。

〔相里君造〕盧文弨鍾山札記卷三：「唐杭州刺史相里君，志獨佚其名。余案：獨孤常州集中有祭相里造文云：『舒州刺史獨孤及敬祭於河南少尹贈禮部侍郎相里公之靈：伊昔密薦可否，廷折兇佞，京師童兒，亦知公名。其後江人、杭人頌德不暇，洛表耆老，徯公而蘇云云。』蓋從江州移杭州，後終于河南少尹也。其名曰造，字曰公度，志所以佚其名者，因白香山冷泉記云：『先是領郡者有相里君造虛白亭』，『造』字下本有『作』字，後人疑『造』、『作』文複，徑删去『作』字。今觀白記下云：『有韓僕射皋作候仙亭，有裴庶子棠棣作觀風亭，有盧給事元輔作見山亭，及右司郎中河南元藇最後作此亭。』後四君皆稱其名，白去相里君年代非甚遼邈，無緣舉世遂無有知其名者。且四君皆云『作亭』，不云『造亭』，『造』爲相里名，證之獨孤之文，尤瞭然也。舊杭郡志置之韓皐、盧元輔之後，云元和間任，皆失之不考。」城按：盧氏所考良是。相里造，魏郡冠氏縣人，相里元將曾孫。大曆三年，爲户部郎中，卒贈工部尚書。亦見勞格讀書雜識卷六杭州刺史考、郎官考卷十一。全詩卷一三四李頎有送相里造入京詩。

〔韓僕射皐〕新書卷一二六本傳：「貞元十四年，……貶撫州員外司馬。未幾，改杭州刺史。入拜尚書右丞。」舊書卷十四順宗紀：「(貞元二十一年四月)戊辰，以杭州刺史韓皐爲尚書右丞。」則知皐貞元末始去杭州任。

〔裴庶子棠棣〕咸淳臨安志卷四五：「裴常棣，河東聞喜人。兵部郎中。作觀風亭。」城按：棠棣除杭州約在元和元年左右，三年仍在任，見勞格杭州刺史考。

〔盧給事元輔〕舊書卷一三五本傳：「歷杭、常、絳三州刺史，以課最高，徵爲吏部郎中，遷給事中。」咸淳臨安志卷四五：「盧元輔，自河南縣令除杭州刺史。白集有制詞。嘗於武林山作見山亭。」城按：元輔除杭州刺史在元和八年，見勞格讀書雜識杭州刺史考。白氏作盧元輔杭州刺史制時，業已出翰林，故近人岑仲勉斷此制爲僞作，非爲無據。詳見卷五五盧元輔杭州刺史制箋。

〔右司郎中河南元藇〕元和姓纂二十二元：「荆州刺史元欽之孫藇，河南洛陽縣人。」元稹有元藇杭州刺史等制。郎官考卷二六主客員外郎中有元藇名。勞格讀書雜識杭州刺史考據新安志卷九及續定命録謂其除杭州刺史在元和十五年，時間近似。城按：居易長慶二年除杭州，非替嚴休復。據元稹永福寺石壁法華經記，休復元和十二年已至杭州，又據白氏酬嚴十八郎中見示詩（卷十九），休復長慶元年已在長安。故知元蒴之除杭州必在嚴休復之後，而爲居易之前任也。

〔五亭〕虚白亭、候仙亭、觀風亭、見山亭、冷泉亭。虚白亭，見卷八郡亭詩箋。候仙亭，咸淳臨安志卷二三：「候仙亭，守韓僕射臯建，久廢。趙安撫與𥲅更造。」白氏有醉題候仙亭詩（卷二〇）。城按：虚白亭、見山亭、觀風亭並廢於宋時，見咸淳臨安志卷二三。

【校】

〔析酲〕「析」，馬本訛作「柝」，據宋本、那波本、全文、盧校改正。

〔楝生〕「楝」，英華作「洞」。

〔玩之〕英華注云：「石本無『之』字。」

〔狎之〕英華注云：「石本無『之』字。」

〔盥滌〕英華注云：「石本作『漱滌』。」

〔見輒〕英華注云：「石本作『而即』。」

〔造作〕「造」下宋本、那波本、馬本俱脱「作」字。英華「作」下注云：「集無此字，非。」據英華、盧校補。參見前箋。

〔棠棣〕「棠」，英華注云：「石本作『常』。」

白居易集箋校卷第四十四

書 凡三首

與楊虞卿書

師皋足下：自僕再來京師，足下守官鄠縣，吏職拘絆，相見甚稀，凡半年餘，與足下開口而笑者，不過三四。及僕左降詔下，明日而東，足下從城西來，抵昭國坊，已不及矣。走馬至滻水才及一執手，憫然而訣，言不及他。邇來雖手札一二往來，亦不過問道途、報健否而已。鬱結之志，曠然未舒，思欲一陳左右者久矣。去年六月，盜殺右丞相於通衢中，迸血髓，磔髮肉，所不忍道，合朝震慄，不知所云。僕以爲書籍以來，未有此事，國辱臣死，此其時耶？苟有所見，雖畎畝皁隸之臣不當默默，況在班列而能勝其痛憤耶？故武相之氣平明絶，僕之書奏日午入，兩日之内，滿城知之。其不與者或誣以僞言，或構以非語，且浩浩者不酌時事大小與僕言當否，皆曰丞郎、給舍、諫官、御史尚未論請，而贊善大夫何反憂國之甚也？僕聞此語，退而思之：贊善大夫誠賤冗耳！朝廷有非常事，即日獨進封章，謂之忠，謂之憤，亦無媿矣！謂之妄，謂之狂，又敢逃乎？且以此獲辠，顧何如耳？況又不以此爲罪名乎？此足下與崔、李、元、庾輩十餘人爲我悒悒鬱鬱長太息者也。然僕始得罪於人也，竊自知矣。當其在近職時，自惟賤陋，非次寵擢，夙夜腆愧，思有以稱之。性又愚昧，不識時之忌諱，凡直奏密啓外，有合方便聞於上者，稍以歌詩導之，意者欲其易入而深誡也。不我同者得以爲計，媒櫱之辭一發，又安可君臣之道間自明白其心乎？加以握兵於外者，以僕潔慎不受賂而憎；秉權於内者，以僕介獨不附己而忌；其餘附麗之者，惡僕獨異，又信狺狺吠聲，唯恐中傷之不獲。以此得罪，可不悲乎？然而寮友益相重，交游益相信，信於近而不信於遠，亦何恨哉？近者少，遠者多，多者勝，少者不勝，又其宜矣。師皐！僕之是言不發於他人，獨發於師皐，師皐知我者，豈有愧於其間哉？苟有愧於師皐，固是言不發矣。且與師皐，始於宣城相識，迨于今十七八年，可謂故矣。又僕之妻，即足下從父妹，可謂親矣。親如是，故如是，人之情又何加焉？然僕與足下相知則不在此。何者？夫士大夫家，閨門之内，朋友不能知也；閨門之外，姻族不能知也；必待友且姻者，然後周知之。足下視僕莅官事、擇交友、接賓客何如哉？又視僕撫骨肉、待妻子、馭僮僕，又何如哉？小者近者尚不敢不盡其心，況大者遠者乎？所謂斯言無愧而後發矣，亦猶僕之知師皋也。師皋孝敬友愛之外，可略而言：足下未應舉時，嘗充賢良直言之賦，其所對問，志磊磊而詞諤諤，雖不得第，僕始愛之。及與獨孤補闕書，讓不論事；與盧侍郎書，請不就職；與高相書，諷成致仕之志。志益大而言益遠，而僕愛重之心繇是加焉。近者足下與李弘慶友善，弘慶客長安中，貧甚而病亟，足下爲逆致其母，安慰其心，自損衣食，以續其醫藥甘旨之費，有年歲矣。又足下與崔行儉游，行儉非罪下獄，足下意其不幸，及於流竄勑下之日，躬俟於御史府門，而行李之具，養活之物，崔生顧其旁一無闕者。其餘奉寡姊，親護其夫喪；撫孤甥，誓畢其婚嫁；取貴人子爲婦，而禮法行於家；由甲乙科入官，而吏聲聞於邑。凡此者皆可以激揚積俗，表正士林，斯僕所以嚮慕勤勤，豈敢以骨肉之姻，形骸之舊爲意哉？然足下之美如此，而僕側聞蚩蚩之徒不悦足下者，已不少矣。但恐道日長而毀日至，位益顯而謗益多，此伯寮所以愬仲由，季孫所以毀夫子者也。背衛玠有云：人之不逮，可以情恕。非意相加，可以理遣。故至終身無喜愠色。僕雖不敏，常佩此言。師皐！人生未死間，千變萬化，若不情恕於外，理遣於中，欲何爲哉！欲何爲哉！僕之是行也，知之久矣。自度命數，亦其宜然。凡人情，通達則謂由人，窮塞而後信命。僕則不然，十年前，以固陋之姿，瑣劣之藝，與敏手利足者齊驅，豈合有所獲哉？然而求名而得名，求祿而得祿，人皆以爲能，僕獨以爲命。命通則事偶，事偶則幸來。幸之來，尚歸之於命；不幸之來也，捨命復何歸哉！所以上不怨天、下不尤人者，實如此也。又常照鏡，或觀寫真，自相形骨，非貴富者必矣。以此自決，益不復疑，故寵辱之來，不至驚怪，亦足下素所知也。今且安時順命，用遣歲月，或免罷之後，得以自由，浩然江湖，從此長往。死則葬魚鼈之腹，生則同鳥獸之羣，必不能與掊聲攫利者摧量其分寸矣，足下輩無復見僕之光塵於人寰間也。多謝故人，勉樹令德，粗寫鄙志，兼以爲別。居易頓首。

【箋】

作於元和十一年（八一六），四十五歲，江州，江州司馬。見陳譜。此卷那波本編在卷二七。

城按：舊書白居易傳云：「十年七月（城按：白氏此文及舊書武元衡傳、通鑑俱作六月），盜殺宰相武元衡。居易首上疏論其冤，急請捕賊以雪國恥。宰相以宫官非諫職，不當先諫官言事。會有素惡居易者，掎摭居易，言浮華無行，其母因看花墮井而死，而居易作賞花及新井詩，甚傷名教，不宜寘彼周行。執政方惡其言，事奏，貶爲江表刺史。詔出，中書舍人王涯上書論之，言居易所犯狀迹，不宜治郡。追詔授江州司馬。」此書即貶官之次年所作，居易在江州寄楊虞卿追述當時之事，而悒鬱之情，溢於行間。虞卿爲牛僧孺、李宗閔之死黨，舊傳稱其「性柔佞，能阿附權幸以爲姦利」，後自常州刺史再入而終遭貶死。此文云：「然足下之美如此，而僕側聞蚩蚩之徒不悦足下者，已不少矣。但恐道日長而毁日至，位益顯而謗益多，此伯寮所以愬仲由，季孫所以毁夫子也。」其詞雖親厚，然似已料及虞卿之不終也。

〔楊虞卿〕字師臯。汝士從弟。元和五年，進士擢第。穆宗初，自侍御史再轉禮部員外郎。李宗閔、牛僧孺輔政，起爲左司郎中。宗閔罷相，李德裕知政事，出爲常州刺史。大和八年，宗閔復相，召爲工部侍郎，尋拜京兆尹。後貶虔州司户，卒於任所。見舊書卷一七六、新書卷一七五本傳。城按：虞卿爲牛、李私黨，蓋以宗人楊嗣復之故。居易妻爲虞卿從父妹，二人私交極篤，據此書所述，其交誼尚不繫乎此。參見卷十三宿楊家、醉中留别楊六兄弟、卷二六和楊師臯傷小姬英英等詩。

〔鄠縣〕漢屬右扶風。自後魏屬京兆，後遂因之。見元和郡縣志卷二。

〔明日而東〕城按：唐制，左降官情狀稍重者，「日馳十驛以上赴任」，見唐會要卷四一左降官及流人條。故居易左降詔下，明日而東，當時僅李建一人送行（見卷十别李十一後重寄），虞卿聞知趕至滻水，始憫然而别。

〔昭國坊〕見卷六昭國閑居詩箋。

〔滻水〕見卷十五紅藤杖詩箋。城按：唐人長安送行，多至滻水而别。

〔右丞相〕武元衡。元和八年，重拜門下侍郎、平章事。十年六月三日將入朝，途中爲盗所害。見舊書卷一五八本傳。

〔崔李元庾〕崔羣、李建、元宗簡、庾敬休。

〔獨孤補闕〕獨孤郁。韓愈唐故秘書少監贈絳州刺史獨孤府君墓誌銘：「（元和）四年，遷右補闕。……五年，遷起居郎，爲翰林學士。」丁居晦重修承旨學士壁記：「獨孤郁，元和五年四月一日，自右補闕、史館修撰改起居郎充。」城按：册府元龜卷五四六作「左補闕」，疑訛。

〔高相〕高郢。貞元十九年，拜中書侍郎、同中書門下平章事。元和三年，以尚書右僕射致仕。見舊書卷一四七本傳、卷十四憲宗紀。城按：國史補卷中云：「高貞公致仕，制云：『以年致政，抑有前聞。近代寡廉，罕由斯道。』是時杜司徒年七十，無意請老。裴晉公爲舍人，以此譏之。」

〔李弘慶〕新書宰相世系表：「趙郡李氏東祖房，靈寶尉徵子弘慶，金州刺史。」城按：弘慶開成中檢校太子左庶子、金州刺史。全文卷七六〇録其大慈恩寺大法師基公塔銘一篇，作於開成四年。又郎官考卷二左司員外郎及卷八司勳員外郎中俱有其名。楊虞卿濟李弘慶事未詳。考唐摭言卷四云：「楊虞卿及第後，舉三篇，爲校書郎。來淮南就李鄘（城案：當作鄘）親情，遇前進士陳商啓護窮窘，公未相識，問之，倒囊以濟。」可與白文相參證。

〔崔行儉〕卷五一咳異可滁州長史許志雍可永州司户崔行儉可隋州司户並准赦量移制中之崔行儉與此當爲同一人。又全唐詩逸有崔行檢詩，疑亦一人。

【校】

〔題〕英華作「與師臯書」，注云：「楊虞卿。」

〔半年餘〕「年」，英華作「載」，注云：「集作『年』。」

〔滻水〕「滻」，馬本訛作「涯」，據宋本、那波本、英華、全文、盧校改正。

〔憫然〕盧校：「『憫然』當作『憫默』。」

〔一二往來〕「一二」二字，馬本、全文俱訛作「三」，據宋本、那波本、英華、盧校改正。

〔鬱結〕「鬱」，英華作「攀」，注云：「集作『鬱』。」

〔誣以〕「以」，英華作「爲」，注云：「集作『以』。」

〔構以〕「構」，宋本作「犯御名」。

〔媿矣〕「矣」，英華作「也」，注云：「集作『矣』。」

〔何如〕「如」，英華作「以」，注云：「集作『如』。」

〔悒悒鬱鬱〕英華作「悒鬱」，注云：「集作『悒悒鬱鬱』。」

〔竊自知矣〕「自知」，英華作「知之」，注云：「集作『自知』。」

〔腆愧〕「腆」，英華作「赧」，注云：「集作『腆』。」

〔導之〕「導」，英華作「道」，注云：「集作『導』。」

〔深誡〕「誡」，英華、全文俱作「戒」。

〔媒蘖〕「蘖」，馬本訛作「蘗」，據宋本、那波本、英華、全文、盧校改正。

〔道間〕二字英華作「間」。

〔不受〕「受」，英華作「愛」，注云：「集作『受』。」

〔附麗〕「麗」，宋本、那波本、英華、盧校俱作「離」。

〔親如是故如是〕英華作「如是故如是親」，注云：「集作『親如是故如是』。」

〔則不在此〕英華作「即不止此」，注云：「集作『則不在此』。」

〔大夫〕英華作「士夫」，注云：「集作『大夫』。」

〔遠者乎〕「乎」，宋本、那波本、盧校俱作「也」。

〔嘗充〕「嘗」上英華有「當」字。

〔李弘慶〕「弘」，全文作「宏」，蓋避清諱改。

〔逆致〕「逆」，英華作「迎」。

〔損衣食〕「損」下英華有「其」字，注云：「集無『其』字。」

〔以續〕「續」，英華作「致」。

〔凡此〕「此」下英華有「數」字。

〔伯寮〕「伯」上英華有「公」字。

〔未死間〕「間」，馬本、全文俱訛作「見」，據宋本、那波本、英華、盧校改正。

〔瑣劣〕「劣」，馬本、全文俱作「屑」，非。據宋本、那波本、英華、盧校改正。

〔實如〕二字英華作「以」，注云：「『以』，集作『實如』。」

〔或觀〕「或」，英華作「復」，注云：「集作『或』。」

〔歲月〕「歲」，英華作「日」，注云：「集作『歲』。」

與陳給事書

正月日，鄉貢進士白居易謹遣家僮奉書獻於給事閤下；伏以給事門屏間請謁者如林，獻書者如雲，多則多矣。然聽其辭，一辭也；觀其意，一意也。何者？率不過有望於吹噓翦拂耳。居易則不然。今所以不請謁而奉書者，但欲貢所誠、質所疑而已。非如衆士有求於吹噓翦拂也。給事得不獨爲之少留意乎！大凡自號爲進士者，無賢不肖皆欲求一第、成一名，非居易之獨慕耳。既慕之，所以竊不自察，嘗勤苦學文，迨今十年，始獲一貢。每見進士之中，有一舉而中第者，則欲勉狂簡而進焉。又見有十舉而不第者，則欲引駑鈍而退焉。進退之宜，固昭昭矣，而遇者自惑於趣舍，何哉？夫藴奇挺之才，亦不自保其必勝。而一上得第者，非他也，是主司之明也。抱瑣細之才，亦不自知其妄動，而十上下第者，亦非他也，是主司之明也。豈非知人易而自知難耶？伏以給事天下文宗，當代精鑒，故不揆淺陋，敢布腹心。居易鄙人也，上無朝廷附離之援，次無鄉曲吹煦之譽。然則孰爲而來哉？蓋所仗者文章耳，所望者主司至公耳。今禮部高侍郎爲主司，則至公矣。而居易之文章可進也，可退也，切不自知之，欲以進退之疑取決於給事。給事其能捨之乎？居易聞神蓍靈龜者無常心，苟叩之者不以誠則已，若以誠叩之，必以信告之，無貴賤、無大小而不之應也。今給事鑒如水鏡，言爲蓍龜，邦家大事，咸取決於給事。豈獨遺其微小乎？謹獻雜文二十首，詩一百首，伏願俯察悃誠，不遺賤小，退公之暇，賜精鑒之一加焉。可與進也，乞諸一言，小子則磨鉛策蹇，騁力於進取矣。不可進也，亦乞諸一言，小子則息機斂迹，甘心於退藏矣。進退之心，交争於胸中者有日矣。幸一言以蔽之，旬日之間，敢佇報命。塵穢聽覽，若奪氣褫魄之爲者，不宣。居易謹再拜。

【箋】

作於貞元十六年（八〇〇），二十九歲，長安。

〔陳給事〕陳京。字慶復。德宗時擢左補闕，自考功員外郎再遷給事中。見柳宗元唐故秘書少監陳公行狀、新書卷二〇〇儒學傳。

〔自號爲進士者〕城按：此「進士」爲「鄉貢進士」之省稱。唐文常稱「舉進士不第」，即舉鄉貢進士而不第也。

〔禮部高侍郎〕禮部侍郎高郢。見卷十三與諸同年賀座主侍郎新拜太常同宴蕭尚書亭子詩箋。

【校】

〔家僮〕「僮」，英華作「童」，注云：「集作『僮』。」

〔獻於給事〕「給」上宋本空一字。

〔竊不自察〕「竊」，各本俱誤作「切」，據英華改正。又「察」，英華作「揆」。

〔之中〕「中」上英華無「之」字，注云：「集無『之』字。」

〔遇者〕「遇」，英華作「愚」。

〔趣舍〕「趣」，英華作「取」，注云：「集作『趣』。」

〔淺陋〕「淺」，英華作「賤」，注云：「集作『淺』。」

〔附離〕全文作「附麗」。

〔吹煦〕「煦」，英華、全文俱作「吹嘘」。英華注云：「集作『煦』。」

〔賤小〕英華作「小道」，注云：「集作『賤小』。」

〔蔽之〕「蔽」，英華作「決」，注云：「集作『蔽』。」

爲人上宰相書一首

二月十九日，某官某乙謹拜手奉書獻於相公執事：書曰：古人云：以水投石，至難也。某以爲未甚難也。以卑干尊，以賤合貴，斯爲難矣。何者？夫尊貴人之心，堅也，强也，不轉也，甚於石焉。卑賤人之心，柔也，弱也，自下也，甚於水焉。則其合之難也，豈不甚於水投石哉？然則自古及今，往往有合者，又何哉？此蓋以心遇心，以道濟道故也。苟心相見，道相通，則水反爲石，石反爲水。則其合之易也，又甚乎以石投水焉。何者？石之投水也，猶觸之有聲，受之有波。心道之相得也，則貴者不知其貴也，賤者不知其賤也。當其冥同訢合之際，但脗然而已矣。其合之易也，豈不甚於石投水哉？噫！厥道廢墜，不行於代久矣。故貴者自貴耳，賤者自賤耳。維同心同道，不求相合也。今某之心與相公之心，愚智不侔也。今某之道與相公之道，小大不倫也。矧又尊卑貴賤之勢相懸，如石焉，如水焉，而欲强至難爲至易，無乃不可乎？然則知其不可而爲之者，抑有由也。伏以相公方今佐裁成之道，當具瞻之初，竊希變天下水石之心，自相公始也。通天下貴賤之道，自某始也。不然者，夫豈不自知其狂進妄動哉？伏望少留聽而畢辭焉。幸甚幸甚！某伏觀先皇帝之知遇相公也，雖古君臣道合者無以加也。然竟不與大位，不授大權，不盡行相公之道者，何哉？識者以爲先皇父子孝慈之間，亦古未有也。蓋先皇所以輟己知人之明，用賢之功，致理之德，以留賜今上也。亦猶太宗黜李勣而使高宗寵用之也。故今上在諒陰而特用也，相公自郎官而特拜也，推此二者，有以見識者之言信矣。斯則先皇知遇之恩，貽燕之念，今上速用之旨，倚賴之誠，相公寵擢之榮，託寄之重，自國朝以來，三者兼之甚鮮矣。故某竊惟相公自拜命以來八九日，得食不暇飽，寢不暇安，行則僂然，居則惕然，思所以答先皇之知，副今上之用，允天下之望哉！某竊以爲必然矣。況今主上肇撫蒼生，初嗣洪業。雖物不改舊，而令宜布新。是以百辟傾心，慺慺然以待主上之政也。萬姓注目，專專然以望主上之令也。四夷側耳，顒顒然以聽主上之風也。豈直若此而已哉？蓋待其政者，勸墮邪正繫其中焉。望其令者，憂喜親疏生其中焉。聽其風者，畏侮動静出其中焉。而將來理亂之根，安危之源，盡在於三者之中矣。如此，則相公得不匡輔其政，緝熙其令，宣和其風乎？然則匡輔緝熙宣和之道，某雖不敏，嘗聞於師焉。曰：天子之耳，待宰相之耳而後聰也。天子之目，待宰相之目而後明也。天子之心識，待宰相之心識而後聖神也。宰相之耳，待天下之耳而後聰也。宰相之目，待天下之目而後明也。宰相之心識，待天下之心識而後能啓發聖神也。然則下取天下耳目心識，上以爲天子聰明神聖者，此宰相之本職也，而爲匡輔緝熙宣和之道也。若宰相唯以兩耳聽之，兩目視之，一心思之，則朝廷之得失豈盡知見乎？必不盡也。而況於天下之得失乎？宰相之耳目得聰明乎？必未也，而況於上以爲天子聰明聖神乎？然則天下聰明心識，取之豈無其道耶？必有也，在乎知與不知，行與不行耳。噫！自開元已來，斯道寖衰，鮮能行者。自貞元以來，斯道寖微，鮮能知者。豈唯不知乎，不行乎？又將背古道而馳者也。何者？古者宰相以危言危行、扶危持顛爲心，今則敏行遜言、全身遠害而已矣。古者宰相以接士爲務，今則不接賓客而已矣。古者宰相以開閣爲名，今則鎖其第門而已矣。致使天下之聰明，盡委棄於草木中焉；天下之心識，盡沈没於泥土間焉。則天下聰明心識萬分之中，宰相何嘗取得其一分哉？是故寵益崇而謗益厚，歲彌久而愧彌深。至乃上負主恩，下斂人怨，行止寢食，自有慚色者，夫豈非不得天下聰明心識之所致耶？然則爲宰相者，得不思易其轍乎？是以聰明損於上，則正直銷於下，畏忌慎默之道長，公議忠讜之路塞，朝無敢言之士，庭無執咎之臣，自國及家，寖以成弊。故父訓其子曰：無介直以立仇敵。兄教其弟曰：無方正以賈悔尤。先達者用以養身，後進者資而取仕。日引月長，熾然成風。識者腹非而不言，愚者心競而是效。至使天下有目者如瞽也，有耳者如聾也，有口者如含鋒刃也。如此則上之得失，下之利病，雖欲匡救，何由知之？嗟乎！自古以來，斯道之弊，恐未甚於今日也。然則爲宰相者，得不思變其風乎？是以慎忌積於中，則政事廢於表。因循苟且之心作，强毅久大之性虧。反謂率職而舉者，不達於時宜；當官而行者，不通於事變。故殿最之書，雖具而不實；黜陟之法，雖備而不行。欲望惡者懲，善者勸，或恐難矣。古之善爲宰相者，豈盡得賢而用之乎？豈盡知不肖而去之乎？蓋在於秉鈞軸之樞，握刀尺之要，剗邪爲正，削觚爲圓。能使善之必遷，不謂善之盡有。能使惡之必改，不謂惡之盡無。成此功者無他，懲勸之所致耳。然則爲宰相者，得不思提其綱使羣目皆自張乎？是以懲勸息於此，則賢能乏於彼。故岳鎮闕而不知所取，臺省空而不知所求。今則尚書六司之官，暨于百執事者，大凡要劇者多虚其位，閑散者咸備其官。或曰：所以難其人，重其禄也。嗟乎！徒知難其人而闕之，不知邦政日歸於下吏也。徒知重其禄而愛之，不知稍食日費於冗員也。損益利害，豈不明哉？古之善爲宰相者，虚其懷，直其氣。苟有舉一賢者，必從而索之；苟有薦一善者，必隨而用之。然後明察否臧，精考真僞。得人者行進賢之賞，謬舉者坐不當之辜。自然審輪轅以相求，謹關梁以相保。故才無乏用，國無廢官。豈可疑所舉之未精，而反失其善？重所任而不苟，而反廢其官？與其廢官，寧其虛授。與其失善，寧其謬升。但在乎明覈是非，必行賞罰，則謬升虛授，當自辨焉。然則爲宰相者，得不思振其領，使衆毛皆舉乎？是以庶政闕於内，則庶事斁於外。至使天下之户口日耗，天下之士馬日滋。游手於道途市井者不知歸，託足於軍籍釋流者不知反。計數之吏日進，聚斂之法日興。田疇不闢，而麥禾之賦日增；桑麻不加，而布帛之價日賤。吏部則士人多而官員少，姦濫日生；諸使則課利少而羨餘多，侵削日甚。舉一知十，可勝言哉？況今方域未甚安，邊陲未甚静，水旱之災不戒，兵戎之動無期。然則爲宰相者，得不圖將來之安，補既往之敗乎？若相公用天下之目，觀而救之，夫豈無最遠之見乎？用天下之心，圖而濟之，夫豈無最長之策乎？策之最長者，見之最遠者，在相公鑒而取之，誠而行之而已。取之也，行之也，今其時乎？爲時之用大矣哉！古者聖賢，有其才，無其位，不能行其道也。有其才，有其位，無其時，亦不能行其道也。必待有其才，有其位，有其時，然後能行其道焉。某竊見相公曰曩時制策對中，論風化澆淳之源，明天人交感之道，陳兵災救療之術，可謂有其才矣。又伏見今月十一日制詞云：其代予言，允屬良弼。必能形四方之風，成天下之務。可謂有其時矣。今相公有其才，有其位，有其時，則行道由己，而由道乎哉？某又聞，一往而不可追者時也，故聖賢甚惜焉。方今拭天下之目，以觀主上之作爲也；側天下之耳，以聽相公之舉措也。如此則相公出一言，不終日而必聞於朝野；主上發一令，不浹辰而必達於華夷。蓋主上輯百辟，和萬姓，服四夷之時，在於此時矣。相公充人望，代天工，報國之恩，正在於今日矣。或者曰：君臣之道至大也，可以漸合，不可以速合也。天下之化至大也，可以漸行，不可以速行也。賢人之事業至大也，行之可以枉尺而直尋也。某以爲殆不然矣。夫時之變，事之宜，其間不容息也。先之太過，後之則不及。故時未至，聖賢不進而求；時既來，聖賢不退而讓。蓋得之，則不啻乎事半而功倍也；失之，則不啻乎事倍而功半也。嗟乎！或者徒知漸合其道，而不知啓沃之時失於漸中矣。徒知漸行其化，而不知燮理之時失於漸中矣。徒知枉尺而直尋，而不知易失於時，則難生於漸中，雖枉尋不能直尺矣。近者宰相道不行，化不成，事業不光明，率由乎有志於漸矣。請以前事明之。某嘗聞太宗顧謂羣臣曰：善人爲邦百年，然後能勝殘去殺，當今大亂之後，將求致理，寧可造次而望乎？魏文貞曰：不然。夫亂後易理，猶飢人易食也。若聖哲施化，人應如響，期月而可，信不爲難。三年成功，猶謂其晚。太宗深納其言。時封德彝輩共非之曰：「不可。三代以後，人漸澆訛，皆欲理而不能，豈能理而不欲？魏徵書生，不識時務。信其虚説，必亂國家。於是太宗卒從文貞之言，力行不倦。三數年間，天下大安，戎狄内附。太宗曰：惜哉！不得使封德彝見之。斯則得其時，行其道，不取於漸之明效也。況今日之天下，豈弊於武德之天下乎？相公之事業，豈後於文貞之事業乎？在於疾行而已矣。所以主上踐祚未及十日，而寵命加於相公者，惜國家之時也。相公受命未及十日，而某獻於執事者，惜相公之時也。夫欲行大道，樹大功，貴其速也。蓋明年不如今年，明日不如今日矣。故孔子曰：日月逝矣，歲不我與。此言時之難得而易失也。伏惟相公惜其時之易也，而不失焉；慮其漸之難也，而不取焉。抑又聞：濟時者道也，行道者權也，扶權者寵也。故得其位不可一日無其權，得其權不可一日無其寵。然則取權，有術也；求寵，有方也。蓋竭其力以舉職，而權必自歸。忘其身以徇公，而寵必自至。權歸寵至，然後能行其道焉。伏惟相公詳之而不忽也。抑又聞：不棄死馬之骨者，然後良驥可得也。不棄狂夫之言者，然後嘉謨可聞也。苟某管見之中有可取者，俯而取之。苟蒭言之中有可採者，俛而採之。則知之者必曰：如某之見猶且不棄，況愈於某之徒歟？則天下精通達識之士，得不比肩而至乎？聞之者必曰：如某之言猶且不棄，況愈於某之徒歟？則天下謇諤敢言之士，得不繼踵而來乎？伏惟相公試垂意焉，則天下之士幸甚！某遊長安僅十年矣，足不踐相公之門，目不識相公之面，名不聞相公之耳。相公視某何爲者哉？豈非介者耶，狷者耶？今一旦卒然以數千言塵黷執事者，又何爲哉？實不自揆，欲以區區之聞見裨相公聰明萬分之一分也，又欲以濟天下顧頷之人死命萬分之一分也。相公以爲如何？

【箋】

作於永貞元年（八〇五），三十四歲，長安，校書郎。

〔相公〕韋執誼。城按：新書卷六二宰相表：「永貞元年二月辛亥（十一日），吏部侍郎韋執誼爲尚書右丞、同中書門下平章事。」白氏此文云：「故某竊惟相公自拜命以來八九日……」此書作於永貞元年二月十九日，時間正合。故知此宰相必爲韋執誼無疑。

【校】

〔相公〕「相」上宋本空一字。

〔書曰〕英華無此二字，疑各本俱衍。

〔不轉也〕「不」下英華有「可」字。

〔則其合之難也〕「合」上馬本脱「其」字，據宋本、那波本、英華、全文補。

〔石之投水也〕「也」，英華作「者」，其下又多「水也」二字。

〔胳然而已矣〕「胳」，馬本注云：「武粉切。」宋本作「脗」，非。「而已」，那波本倒。

〔維同心同道〕「維」，英華作「雖」。

〔抑有由也〕「由」下宋本、那波本、馬本俱脱「也」字，據英華、全文補。

〔希變〕「變」，英華作「處」，注云：「集作『變』。」

〔伏望少留聽〕「伏」下馬本脱「望」字，據宋本、那波本、英華、全文、盧校補。

〔伏觀〕「觀」，英華作「覩」。

〔輟己〕馬本作「輙已」，全文作「輙以」，俱非。據宋本、那波本、英華、盧校改正。

〔兼之甚〕「甚」，英華作「其亦」二字，注云：「二字集作『甚』。」

〔八九日〕「日」下英華有「間」字。

〔寢不〕「寢」上英華有「得」字。

〔允天下之望〕「允」，馬本作「先」，非。據宋本、那波本、英華、全文改正。

〔令宜布新〕「令」，英華作「命」。

〔慺慺〕此下馬本注云：「盧侯切。」

〔必不盡也〕「不」，英華作「未」，注云：「集作『不』。」

〔何者〕「者」，英華作「哉」，注云：「集作『者』。」

〔古者宰相〕「者」，英華作「之」，注云：「集作『者』。」

〔今則〕「則」，英華作「即」，注云：「集作『則』。」

〔全身遠害而已矣〕此下那波本、英華俱有「古者宰相取天下耳目心識爲用今即專任其兩耳兩目一心而已矣」二十七字。盧校云：「『古者宰相取天下耳目心識爲用今則專任其兩耳一心而已矣』，此二十五字，宋本在『古者宰相以接士』之前，別本皆無。今案下有『接士』『開閤』兩段，義足包括，不必再贅此段，疑此爲後人妄增入。」城按：盧氏蓋未校那波本及英華，其所據影宋鈔本亦與紹興本異。

〔沈没〕「没」，英華作「溺」，注云：「集作『没』。」

〔慚色者夫〕「夫」，英華作「矣」字。

〔養身〕「身」，英華作「聲」，注云：「集作『身』。」

〔則政事〕「則」，英華作「而」，注云：「集作『則』。」

〔雖具而不實〕「具」，那波本、英華俱作「申」。宋本訛作「由」。

〔或恐難矣〕英華作「誠難矣」，注云：「三字集作『或恐難矣』。」

〔在於〕「於」，英華作「乎」，注云：「集作『於』。」

〔羣目皆自張乎〕那波本、盧校皆作「羣目自皆張」，宋本誤「目自」爲「自自」。英華作「羣目皆張乎」。

〔舉一賢〕「賢」，馬本、全文俱作「言」，非。據宋本、那波本、英華、盧校改。

〔精考〕「精」，英華作「慎」，注云：「集作『精』。」

〔衆毛〕「毛」，全文作「髦」。

〔庶事〕「事」，英華作「績」，注云：「集作『事』。」

〔麥禾〕「禾」，英華注云：「集作『粟』。」

〔必待有其才〕英華作「有其才必待」，注云：「集作『必待有其才』。」

〔曩時〕「曩」，宋本誤作「襄」。

〔充人望〕「充」，盧校作「允」。

〔形四方〕「形」，英華作「刑」，注云：「集作『形』。」

〔報國之恩正〕英華作「報國恩之日」。

〔行之可以〕英華作「行之以」。

〔先之〕「之」下英華有「則」字。

〔後之〕「之」下英華有「則」字。

〔功倍也〕此下英華脱「失之則不啻乎事倍而功半也」十二字。

〔魏文貞〕英華作「魏徵」，注云：「集作『魏文貞』。」

〔而可〕「可」，英華作「至」，注云：「集作『可』。」

〔受命〕「受」，英華作「拜」，注云：「集作『受』。」

〔日月逝矣歲不我與〕此爲論語中陽貨對孔子之語，故盧校云：「白公讀書鹵莽如此。」蓋譏白氏誤作孔子之言也。

〔易也〕「也」，英華作「失」，注云：「集作『也』。」

〔嘉謨〕「謨」，英華作「謀」，注云：「集作『謨』。」

〔蒭言〕英華作「芻蕘」。城按：蒭爲芻之或字。

〔知之者必曰〕「曰」，宋本、那波本俱作「日至」，非。英華作「知者必曰如某者」，注云：「七字集作『知之者必曰至如某之見』。」

〔僅十年矣〕「僅」，馬本、英華俱作「已」，非。據宋本、那波本、全文改正。英華注云：「集作『僅』。」

〔之人〕此下英華無「死命」二字。

〔如何〕英華此下多「如何」二字。全文作「何如何如」四字。

白居易集箋校卷第四十五

書序 凡五首

與元九書

月日，居易白。微之足下：自足下謫江陵至于今，凡所贈答詩僅百篇。每詩來，或辱序，或辱書，冠于卷首。皆所以陳古今歌詩之義，且自叙爲文因緣，與年月之遠近也。僕既受足下詩，又諭足下此意，常欲承答來旨，粗論歌詩大端，并自述爲文之意，總爲一書致足下前。累歲已來，牽故少暇。間有容隙，或欲爲之。又自思所陳亦無出足下之見。臨紙復罷者數四，卒不能成就其志，以至于今。今俟罪潯陽，除盥櫛食寢外，無餘事。因覽足下去通州日所留新舊文二十六軸，開卷得意，忽如會面。心所畜者，便欲快言，往往自疑，不知相去萬里也。既而憤悱之氣思有所洩，遂追就前志，勉爲此書。足下幸試爲僕留意一省。夫文尚矣！三才各有文。天之文三光首之，地之文五材首之，人之文六經首之。就六經言，詩又首之。何者？聖人感人心而天下和平。感人心者莫先乎情，莫始乎言，莫切乎聲，莫深乎義。詩者：根情，苗言，華聲，實義。上自賢聖，下至愚騃，微及豚魚，幽及鬼神，羣分而氣同，形異而情一。未有聲入而不應，情交而不感者。聖人知其然，因其言，經之以六義；緣其聲，緯之以五音。音有韻，義有類。韻協則言順，言順則聲易入；類舉則情見，情見則感易交。於是乎孕大含深，貫微洞密。上下通而一氣泰，憂樂合而百志熙。五帝、三皇所以直道而行，垂拱而理者，揭此以爲大柄，決此以爲大寶也。故聞「元首明，股肱良」之歌，則知虞道昌矣。聞「五子洛汭」之歌，則知夏政荒矣。言者無罪，聞者足戒，言者聞者，莫不兩盡其心焉。洎周衰秦興，採詩官廢，上不以詩補察時政，下不以歌洩導人情。乃至於諂成之風動，救失之道缺。于時六義始刓矣。國風變爲騷辭，五言始於蘇、李。蘇、李騷人，皆不遇者，各繫其志，發而爲文。故河梁之句，止於傷別；澤畔之吟，歸于怨思。彷徨抑鬱，不暇及他耳。然去詩未遠，梗概尚存。故興離別，則引雙凫一雁爲喻；諷君子小人，則引香草惡鳥爲比。雖義類不具，猶得風人之什二三焉。于時六義始缺矣。晉、宋已還，得者蓋寡。以康樂之奥博，多溺於山水。以淵明之高古，偏放於田園。江、鮑之流，又狹於此。如梁鴻五噫之例者，百無一二焉。于時六義寖微矣。陵夷至于梁、陳間，率不過嘲風雪、弄花草而已。噫！風雪花草之物，三百篇中豈捨之乎？顧所用何如耳。設如「北風其涼」，假風以刺威虐也。「雨雪霏霏」，因雪以愍征役也。「棠棣之華」，感華以諷兄弟也。「采采芣苢」，美草以樂有子也。皆興發於此，而義歸於彼。反是者可乎哉？然則「餘霞散成綺，澄江淨如練」、「離花先委露，別葉乍辭風」之什，麗則麗矣，吾不知其所諷焉。故僕所謂嘲風雪、弄花草而已。于時六義盡去矣。唐興二百年，其間詩人不可勝數。所可舉者，陳子昂有感遇詩二十首，鮑防有感興詩十五首。又詩之豪者，世稱李、杜，李之作才矣奇矣，人不逮矣。索其風雅比興，十無一焉。杜詩最多，可傳者千餘篇，至於貫穿今古，覼縷格律，盡工盡善，又過於李。然撮其新安吏、石壕吏、潼關吏、塞蘆子、留花門之章，「朱門酒肉臭，路有凍死骨」之句，亦不過三四十首。杜尚如此，況不逮杜者乎？僕常痛詩道崩壞，忽忽憤發，或食輟哺，夜輟寢，不量才力，欲扶起之。嗟乎！事有大謬者，又不可一二而言。然亦不能不粗陳於左右。僕始生六七月時，乳母抱弄於書屏下，有指「無」字「之」字示僕者，僕雖口未能言，心已默識。後有問此二字者，雖百十其試，而指之不差。則僕宿習之緣，已在文字中矣。及五六歲便學爲詩，九歲諳識聲韻。十五六始知有進士，苦節讀書。二十已來，晝課賦，夜課書，間又課詩，不遑寢息矣。以至于口舌成瘡，手肘成胝。既壯而膚革不豐盈，未老而齒髮早衰白。瞥瞥然如飛蠅垂珠在眸子中也，動以萬數。蓋以苦學力文所致，又自悲矣。家貧多故，二十七方從鄉賦。既第之後，雖專於科試，亦不廢詩。及授校書郎時，已盈三四百首。或出示交友如足下輩，見皆謂之工，其實未窺作者之域耳。自登朝來，年齒漸長，閱事漸多。每與人言，多詢時務，每讀書史，多求理道。始知文章合爲時而著，歌詩合爲事而作。是時皇帝初即位，宰府有正人，屢降璽書，訪人急病。僕當此日，擢在翰林，身是諫官，月請諫紙，啓奏之外，有可以救濟人病，裨補時闕，而難於指言者，輒詠歌之。欲稍稍遞進聞於上。上以廣宸聰，副憂勤；次以酬恩獎，塞言責；下以復吾平生之志。豈圖志未就而悔已生，言未聞而謗已成矣。又請爲左右終言之。凡聞僕賀雨詩，而衆口籍籍，已謂非宜矣。聞僕哭孔戡詩，衆面脈脈，盡不悦矣。聞秦中吟，則權豪貴近者相目而變色矣。聞樂遊園寄足下詩，則執政柄者扼腕矣。聞宿紫閣村詩，則握軍要者切齒矣。大率如此，不可徧舉。不相與者，號爲沽名，號爲詆訐，號爲訕謗。苟相與者，則如牛僧孺之戒焉。乃至骨肉妻孥皆以我爲非也。其不我非者，舉世不過三兩人。有鄧魴者,見僕詩而喜,無何而魴死。有唐衢者,見僕詩而泣,未幾而衢死。其餘則足下,足下又十年來困躓若此。嗚呼!豈六義四始之風,天將破壞不可支持耶?抑又不知天之意,不欲使下人之病苦聞於上耶?不然,何有志於詩者不利若此之甚也!然僕又自思,關東一男子耳。除讀書屬文外,其他懵然無知。乃至書畫碁博可以接羣居之歡者,一無通曉,即其愚拙可知矣。初應進士時,中朝無緦麻之親,達官無半面之舊。策蹇步於利足之途,張空拳於戰文之場。十年之間,三登科第。名入衆耳,迹升清貫。出交賢俊,入侍冕旒。始得名於文章,終得罪於文章,亦其宜也。日者又聞親友間説,禮吏部舉選人,多以僕私試賦判傳爲準的。其餘詩句,亦往往在人口中。僕恧然自愧,不之信也。及再來長安,又聞有軍使高霞寓者,欲娉倡妓。妓大誇曰:我誦得白學士長恨歌,豈同他妓哉?由是增價。又足下書云:到通州日,見江館柱間有題僕詩者,復何人哉?又昨過漢南日,適遇主人集衆樂娱他賓,諸妓見僕來,指而相顧曰:此是秦中吟、長恨歌主耳。自長安抵江西,三四千里,凡鄉校、佛寺、逆旅、行舟之中,往往有題僕詩者。士庶、僧徒、孀婦、處女之口,每每有詠僕詩者。此誠雕蟲之戲,不足爲多。然今時俗所重,正在此耳。雖前賢如淵、雲者,前輩如李、杜者,亦未能忘情於其間哉!古人云:「名者公器,不可以多取。」僕是何者？竊時之名已多。既竊時名，又欲竊時之富貴。使己爲造物者，肯兼與之乎？今之迍窮，理固然也。況詩人多蹇，如陳子昂、杜甫，各授一拾遺，而迍剥至死。李白、孟浩然輩不及一命，窮悴終身。近日孟郊六十，終試協律。張籍五十，未離一太祝。彼何人哉，彼何人哉！況僕之才又不逮彼。今雖謫佐遠郡，而官品至第五，月俸四五萬，寒有衣，飢有食，給身之外，施及家人，亦可謂不負白氏之子矣。微之，微之！勿念我哉！僕數月來，檢討囊袠中，得新舊詩各以類分，分爲卷目。自拾遺來，凡所遇所感，關於美刺興比者，又自武德訖元和，因事立題，題爲新樂府者，共一百五十首，謂之諷諭詩。又或退公獨處，或移病閑居，知足保和，吟玩情性者一百首，謂之閑適詩。又有事物牽於外，情理動於內，隨感遇而形於歎詠者一百首，謂之感傷詩。又有五言七言長句絶句，自一百韻至兩韻者四百餘首，謂之雜律詩。凡爲十五卷，約八百首。異時相見，當盡致於執事。微之！古人云：「窮則獨善其身，達則兼濟天下。」僕雖不肖，常師此語。大丈夫所守者道，所待者時。時之來也，爲雲龍，爲風鵬，勃然突然，陳力以出。時之不來也，爲霧豹，爲冥鴻，寂兮寥兮，奉身而退。進退出處，何往而不自得哉？故僕志在兼濟，行在獨善。奉而始終之則爲道，言而發明之則爲詩。謂之諷諭詩，兼濟之志也。謂之閑適詩，獨善之義也。故覽僕詩，知僕之道焉。其餘雜律詩，或誘於一時一物，發於一笑一吟，率然成章，非平生所尚者，但以親朋合散之際，取其釋恨佐懽。今銓次之間，未能删去，他時有爲我編集斯文者，略之可也。微之！夫貴耳賤目，榮古陋今，人之大情也。僕不能遠徵古舊，如近歲韋蘇州歌行，才麗之外，頗近興諷。其五言詩又高雅閑澹，自成一家之體。今之秉筆者誰能及之？然當蘇州在時，人亦未甚愛重，必待身後，然人貴之。今僕之詩，人所愛者，悉不過雜律詩與長恨歌已下耳。時之所重，僕之所輕。至於諷諭者，意激而言質，閑適者，思澹而詞迂。以質合迂，宜人之不愛也。今所愛者，並世而生，獨足下耳。然千百年後，安知復無如足下者出而知愛我詩哉？故自八九年來，與足下小通則以詩相戒，小窮則以詩相勉，索居則以詩相慰，同處則以詩相娱。知吾最要，率以詩也。如今年春遊城南時，與足下馬上相戲，因各誦新豔小律，不雜他篇。自皇子陂歸昭國里，迭吟遞唱，不絶聲者二十里餘，樊、李在傍，無所措口。知我者以爲詩仙，不知我者以爲詩魔。何則？勞心靈，役聲氣，連朝接夕，不自知其苦。非魔而何？偶同人當美景，或花時宴罷，或月夜酒酣，一詠一吟，不知老之將至。雖驂鸞鶴遊蓬、瀛者之適，無以加於此焉。又非仙而何？微之，微之！此吾所以與足下外形骸，脱蹤跡，傲軒鼎，輕人寰者，又以此也。當此之時，足下興有餘力，且欲與僕悉索還往中詩，取其尤長者，如張十八古樂府，李二十新歌行，盧、楊二秘書律詩，竇七、元八絶句，博搜精掇，編而次之，號元白往還詩集。衆君子得擬議於此者，莫不踴躍欣喜，以爲盛事。嗟乎！言未終而足下左轉，不數月而僕又繼行。心期索然，何日成就？又可爲之歎息矣。又僕嘗語足下，凡人爲文，私於自是，不忍於割截，或失於繁多。其間妍蚩，益又自惑。必待交友有公鑒無姑息者，討論而削奪之，然後繁簡當否，得其中矣。況僕與足下爲文尤患其多。已尚病之，況他人乎！今且各纂詩筆，粗爲卷第。待與足下相見日，各出所有，終前志焉。又不知相遇是何年？相見在何地？溘然而至，則如之何！微之，微之！知我心哉！潯陽臘月，江風苦寒。歲暮鮮歡，夜長無睡。引筆鋪紙，悄然燈前。有念則書，言無次第。勿以繁雜爲倦，且以代一夕之話也。微之，微之！知我心哉！樂天再拜。

【箋】

作於元和十年（八一五），四十四歲，江州，江州司馬。城按：此書舊書卷一六六本傳全載。見陳譜。那波本編在卷二八。

〔元九〕元稹。見卷一酬元九對新栽竹有懷見寄詩箋。

〔謫江陵二句〕元稹，元和五年三月，貶江陵士曹參軍。元和九年移唐州從事。元和十年正月，召還長安。同年三月二十五日，出爲通州司馬。白氏作此書時，元稹仍在通州。

〔僅百篇〕乃百篇之多之意。王士禛香祖筆記卷二：「僅字有少餘二義，唐人多作餘意用。如元微之云：『封章諫草，繁委箱笥，僅逾百軸。』白樂天哭唐衢詩：『著文僅千首，六義無差忒。』小説崔煒傳：『大食國有陽燧珠，趙佗令人航海盜歸番禺，僅千載矣。』甘澤謡陶峴傳：『浪跡怡情，僅三十載。』摭言：『曲江之宴，長安僅於半空。』……至宋人始率從少義。迄今沿用之。」城按：白氏初出藍田路作詩云：「潯陽僅四千，始行七十里。」亦多之意。

〔陵夷〕王念孫讀書雜志卷十六：「案：陵夷者，漸平之稱，陵夷二字，上下同義，不可分訓。又漢書成帝紀：『帝王之道，日以陵夷。』王先謙補注：『陵與夷皆平也。』文選長楊賦注引薛君韓詩章句曰：『四平曰陵。』是丘陵之陵本取陵夷之義，非陵夷之取義於丘陵也。」

〔陳子昂〕見卷十七江樓夜吟元九律詩成三十韻詩箋。

〔感遇詩二十首〕城按：今本陳子昂集感遇詩爲三十八首。

〔鮑防〕全文卷七八三穆員鮑防碑：「公諱防，字子慎。……天寶中天下尚文，其曰聞人則重侔有德，貴齒高位。公賦感遇十七章，以古之正法刺譏時病，麗而有則，屬詩者宗而誦之。」城按：鮑防亦見唐才子傳卷三。又「鮑防」，宋本、那波本、馬本俱誤作「魴」，據英華、全文及鮑防碑改正。

〔月請諫紙〕白氏論制科人狀（卷五八）：「臣今職爲學士，官是拾遺，日草詔書，月請諫紙。」又卷十二醉後走筆酬劉五主簿長句之贈兼簡張大賈二十四先輩昆季詩云：「月慚諫紙二百張，歲愧俸錢三十萬。」蓋唐制諫官每月領諫紙二百張也。

〔賀雨詩〕見卷一賀雨。

〔哭孔戡詩〕見卷一孔戡。

〔秦中吟〕見卷二秦中吟十首。

〔樂遊園寄足下詩〕見卷一登樂遊園望。

〔宿紫閣村詩〕見卷一宿紫閣山北村。

〔牛僧孺之戒〕元和三年，牛僧孺、李宗閔等同應制舉賢良方正科，對策指斥時政之失，言甚切直。宰相李吉甫泣訴於憲宗，僧孺等並出爲關外官，考官韋貫之等皆坐貶。見舊書卷一七六李宗閔傳、卷一五八韋貫之傳。白氏論制科人狀（卷五八）所論奏者即此事，蓋爲日後牛、李黨爭之始。

〔鄧魴〕見卷一鄧魴張徹落第詩箋。並參見卷十讀鄧魴詩。

〔唐衢〕見卷一寄唐生、傷唐衢二首詩箋。

〔張空拳於戰文之場〕城按：「空拳」，各本俱誤作「空拳」。文選司馬遷報任少卿書亦誤作「張空拳」，漢書司馬遷傳作「張空弮」，是。故杭世駿訂譌類編卷三亦云：「宋楊伯嵒臆乘云：司馬遷言李陵矢盡道窮，士張空弮。漢書文穎注曰：弮，弓弩弮也。顔師古讀爲拳，誤矣。拳則屈指不當言張，陵時矢盡，故張弩之空弓，非手拳也。今流俗謂奮空拳，蓋以爲拳手之拳，則失之矣。」

〔傳爲準的〕居易編有策林四卷，其初原爲供一己之使用，後乃爲應進士、制科之舉子所翫習。

〔高霞寓〕范陽人。元和初從高崇文將兵擊劉闢，以功拜彭州刺史，尋繼崇文爲長武城使，封感義郡王。元和五年，以左威衛將軍隨吐突承璀擊王承宗，累遷至檢校工部尚書。見舊書卷一六二、新書卷一四一本傳。

〔漢南〕唐人稱山南東道治所襄陽曰漢南。雲溪友議卷上襄陽傑：「其婢端麗，饒彼音律之能，漢南之最也。」白氏送馮舍人閣老往襄陽（卷十九）云：「莫戀漢南風景好，峴山花盡早歸來。」俱其證。

〔自長安抵江西六句〕元白之詩，在當日廣播流傳，風靡一時。如卷十五白氏酬微之詩題云「微之到通州日授館未安見塵壁間有數行字讀之即僕舊詩其落句云淥水紅蓮一朵開千花百草無顔色然不知題者何人也微之吟歎不足因綴一章兼録僕詩本同寄省其詩乃是十五年前初及第時贈長安妓人阿軟絶句緬思往事杳若夢中懷舊感今因酬長句」。元稹白氏長慶集序：「是後各佐江通，復相酬寄，巴、蜀、江、楚間洎長安中少年遞相倣効，競作新詞，自謂元和詩，而樂天秦中吟、賀雨、諷諭等篇，時人罕能知者。然而二十年間，禁省觀寺郵候牆壁之上無不書，王公妾婦牛童馬走之口無不道，至於繕寫模勒，衒賣於市井，或持之以交酒茗者，處處皆是。其甚者至於盜竊名姓，苟求自售，雜亂間廁，無可奈何。予嘗於平水市中，見村校諸童，競習歌詠，召而問之，皆對曰：先生教我樂天、微之詩，固亦不知予之爲微之也。又雞林賈人求市頗切，自云：本國宰相每以百金換一篇，其甚僞者，宰相輒能辨别之。自篇章以來未有如是流傳之廣者。」除元、白自記者外，又如胡震亨唐詩談叢卷一云：「唐詩人生素享名之盛無如白香山，初疑元相白集序所載未盡實。後閲豐年録，開成中物價至賤，村路賣魚肉者，俗人買以胡綃半尺，士大夫買以樂天詩，則所云交酒茗信有之。又從酉陽雜俎得劄青事，又刺樂天詩意於身，詫白舍人行詩圖者，是又人體膚且爲所涅矣，豈但泲牆壁已哉！」均可與白文參證。

〔名者公器二句〕語出莊子天運篇。白氏感興詩（卷三二）云：「名爲公器無多取，利是身災合少求。」

〔孟郊〕韓愈貞曜先生墓誌銘：「年幾五十，始以尊夫人之命來集京師，從進士試，既得，即去。間四年，又命來選，爲溧陽尉，迎侍溧上。去尉二年，而故相鄭公尹河南，奏爲水陸運從事，試協律郎，親拜其母於門内。」城按：據登科記考卷十五，孟郊貞元十二年登進士第，年五十四。韓文所叙，試協律郎時適爲六十歲，與白氏所記正合。

〔張籍二句〕張籍，見卷一讀張籍古樂府詩箋。城按：白氏元和十年作張十八詩（卷十五）云：「獨有詠詩張太祝，十年不改舊官銜。」即指此。

〔凡爲十五卷〕白氏編集拙詩成一十五卷因題卷末戲贈元九李二十詩（卷十六）云：「莫怪氣

粗言語大，新排十五卷詩成。」亦作於此時，與此文可互證。

〔皇子陂〕在長安城南。長安志卷十一：「永安坡在（萬年）縣南二十五里，周七里。十道志曰：秦葬皇子，起塚陂北原上，因名皇子陂。」城按：據畢沅考證，謂即秦悼太子塚。又白氏代書詩一百韻寄微之云：「高上慈恩塔，幽尋皇子陂。」

〔昭國里〕見卷六昭國閑居詩箋。

〔樊李〕樊宗師及李紳。城按：白氏和答詩十首序（卷二）云：「足下到江陵，寄在路所爲詩十七章……發緘開卷，且喜且怪。僕思牛僧孺戒，不能示他人，唯與杓直、拒非及樊宗師輩三四人時一吟讀，心甚貴重。」此時李復禮（拒非）或已不在長安，據此序，疑「樊李」有可能爲樊宗師及李建。又據元集卷十九澧西別樂天博載樊宗憲李景信兩秀才姪谷三月三十日相餞送詩，則又疑爲樊宗憲及李景信。及後見白氏元和十年作遊城南留元九李二十晚歸詩（卷十五），取以相證，乃考定爲樊宗師及李紳。

〔張十八〕張籍。見卷六酬張十八訪宿見贈詩箋。

〔李二十〕李紳。見卷十三看渾家牡丹花戲贈李二十詩箋。

〔盧楊二秘書〕盧拱及楊巨源。城按：拱爲秘書郎在元和十年間。元集卷十二酬盧秘書詩序云：「予自唐歸京之歲，秘書郎盧拱作喜遇白贊善學士詩二十韻兼以見貽。白時酬和先出，予草蹙未暇皇，頻有致師之挑。」白氏亦有酬盧秘書二十韻（卷十五）、題盧秘書夏日新栽竹二十韻

（卷十五）兩詩，亦指盧拱。楊巨源，見卷十五贈楊秘書巨源詩箋。

〔竇七〕竇鞏。見卷十六東南行一百韻……詩箋。

〔元八〕元宗簡。見卷六東陂秋意寄元八詩箋。

〔況僕與足下爲文二句〕居易自知與元稹詩文之病在辭繁言激，故欲删其煩而晦其義。其和答詩十首序（卷二）云：「頃者在科試間，常與足下同筆硯，每下筆時輒相顧語，患其意太切而理太周。故理太周則辭繁，意太切則言激。然與足下爲文，所長在於此，所病亦在於此。足下來序，果有詞犯文繁之説，今僕所和者猶前病也，待與足下相見日，各引所作，稍删其煩而晦其義焉。」可與此文相參證。

【校】

〔月日〕「月」上英華有「某」字。

〔所贈答詩〕「所」，宋本、那波本、英華俱作「枉」。

〔僅百篇〕「僅」，英華作「近」，非。又英華注云：「集作『僅』。」

〔既受〕「受」，英華、全文俱作「愛」。

〔粗論〕「粗」，馬本、全文俱作「麤」，非。盧校：「案二字不同，俗本凡『粗』俱改爲『麤』，誤。」據宋本、那波本、英華改正。下同。

〔間有〕「有」，英華注云：「一作『若』。」

〔無出足下〕「無」下馬本、全文俱脱「出」字，據宋本、那波本、英華、盧校補。

〔復罷〕此下英華注云：「一本有『自』字。」

〔數四〕「四」，那波本訛作「回」字。

〔卒不能〕「卒」，馬本、全文俱作「率」，非。據宋本、那波本、英華、盧校改。

〔會面〕英華倒作「面會」，注云：「集作『會面』。」

〔畜者〕「畜」，全文作「蓄」。

〔試爲僕留意〕英華作「試留意爲僕」，注云：「集作『試爲僕留意』。」

〔羣分〕「分」，英華作「飛」，注云：「集作『分』。」

〔一氣泰〕「一」，盧校云：「文粹作『二』。」城按：文粹無此篇，疑盧校誤，或所見之本不同。

〔五帝三皇〕舊傳、英華俱作「二帝三王」。英華「二」下注云：「集作『五』。」

〔大寶〕「寶」，舊傳、英華、全文、盧校俱作「實」，疑誤。城按：白氏禮部試策五道（卷四七）第二道云：「君之以仁德爲大寶。」當以作「寶」爲是。

〔足戒〕「足」，宋本、馬本、英華俱誤作「作」，據那波本、全文改正。

〔乃至〕「乃」，舊傳、盧校俱作「用」。

〔道缺〕「缺」，馬本注云：「丘月切。」

〔始刓〕「刓」，馬本注云：「五官切。」

〔不暇〕「暇」，那波本作「可」，非。

〔淵明〕「淵」，英華作「泉」，蓋避唐諱改。

〔一二〕「二」下英華無「焉」字，注云：「集有『焉』字。」

〔陵夷〕此下宋本、那波本俱衍「矣」字。

〔弄花草〕「弄」，英華注云：「一作『詠』。」

〔霏霏〕此下宋本、馬本俱脱「因雪」二字，據那波本、舊傳、英華、全文、盧校增。

〔感遇詩二十首〕「二」，英華作「三」。

〔世稱〕英華無「世」字，注云：「集有『世』字。」

〔李之作〕「之」上宋本、馬本俱脱「李」字，據那波本、舊傳、英華、全文、盧校增。

〔才矣〕「矣」，馬本訛作「已」，據宋本、那波本、英華、全文、盧校改正。

〔千餘篇〕「篇」，宋本訛作「人」。那波本、舊傳、英華俱作「首」。

〔貫穿今古〕「今古」，英華作「古今」。

〔覼縷〕馬本「覼」下注云：「郎何切。」「縷」下注云：「雨舉切。」

〔格律〕「格」，馬本訛作「格」，據宋本、那波本、舊傳、英華、全文、盧校改正。

〔新安吏〕宋本、那波本俱誤作「新開安」。舊傳、英華俱作「新安」。

〔石壕吏〕宋本、那波本、舊傳、英華俱作「石壕」。

〔塞蘆子〕宋本、那波本、舊傳、英華俱作「蘆子關」，非。

〔留花門〕宋本、那波本、舊傳、英華俱作「花門」。

〔三四十首〕宋本「三四十」下脱「首」字。那波本、舊傳、英華俱作「十三四」，非。

〔無字之字〕舊傳、盧校俱作「之字無字」。

〔寢息〕「息」，英華作「食」，注云：「集作『息』。」

〔成胝〕「胝」，馬本注云：「旨而切。」

〔瞥瞥然〕舊傳作「瞀然」。英華作「瞀瞀然」。「瞥」下馬本注云：「匹蔑切。」

〔鄉賦〕「賦」，舊傳、全文俱作「試」，非。見前箋。

〔及授〕「授」，英華作「爲」，注云：「集作『授』。」

〔多詢〕「詢」，英華作「踰」，注云：「集作『詢』。」

〔月請諫紙〕「月」，宋本、馬本、那波本、英華俱作「手」，非。據舊傳、全文、盧校改正。詳見前箋。

〔副憂勤〕「勤」，馬本訛作「勸」，據宋本、那波本、舊傳、英華、全文改正。

〔次以〕「以」上英華脱「次」字。

〔樂遊園〕「樂」上舊傳、英華俱有「登」字。

〔舉世〕「舉」下宋本、馬本、全文俱脱「世」字。據那波本、舊傳、英華補。

〔足下〕此下馬本脱「足下」二字，據宋本、那波本、舊傳、英華、全文、盧校補。

〔十年來〕「來」下英華注云：「一無此字。」

〔屬文外〕「外」上英華有「之」字。

〔空拳〕「拳」，宋本、那波本、馬本、舊傳、英華俱作「拳」，非。據全文改正。並參見前箋。

〔名入〕「入」，舊傳、盧校俱作「落」。

〔迹升〕「迹」，英華作「足」，注云：「集作『迹』。」

〔恧然〕「恧」，馬本注云：「女六切。」

〔雕蟲〕「蟲」，舊傳、英華、盧校俱作「篆」。英華注云：「集作『蟲』。」

〔其間哉〕「間」下全文脱「哉」字。

〔謫佐〕「佐」，馬本、那波本、全文俱作「在」，非。據宋本、那波本、舊傳、英華、盧校改正。

〔囊衺〕「衺」，馬本、全文俱作「篋」，據宋本、那波本、舊傳、英華改。

〔卷目〕「目」，宋本、馬本、那波本、全文俱訛作「首」，據舊傳、英華、盧校改正。

〔所遇所感〕「遇」，宋本、馬本、那波本、英華俱作「適」，非。據舊傳、全文、盧校改正。

〔自一百韻至兩韻者〕英華作「自兩韻至一百韻者」，注云：「集作『自一百韻至兩韻者』。」

〔凡爲〕「爲」，英華作「一」，注云：「集作『爲』。」

〔覽僕詩〕「詩」下全文有「者」字。

〔所尚〕「尚」下全文有「者」字。

〔才麗〕「才」，馬本、全文俱作「清」，非。據宋本、那波本、舊傳、英華、盧校改正。

〔秉筆者〕「筆」下馬本脱「者」字，據宋本、那波本、舊傳、英華、全文、盧校補。

〔然人貴之〕「然」下馬本、全文俱衍「後」字，據宋本、那波本、英華、盧校改正。「然人」，舊傳作「人始」。

〔知吾最要〕「最要」，舊傳、英華、全文、盧校俱作「罪吾」。英華注云：「集作『最要』。」

〔城南〕「城」，宋本誤作「成」。

〔且欲與僕〕「且」下宋本、那波本、馬本、英華俱脱「欲」字，據舊傳、全文、盧校補。

〔號元白〕「號」下英華有「曰」字。

〔繁簡當否〕「否」，馬本訛作「不」，據宋本、那波本、英華、舊傳、全文改正。

〔詩筆〕「筆」，全文作「律」，非。

〔溘然〕「溘」下馬本注云：「苦盍切。」

〔而至〕「至」，英華作「倒」，注云：「集作『至』。」

〔歲暮〕英華作「終歲」，注云：「集作『歲暮』。」

〔微之微之知我心哉〕下「微之」，馬本、舊傳、全文俱脱，據宋本、那波本、英華、盧校補。

答户部崔侍郎書

侍郎院長閤下：户部牒中奉八月十七日書，具承康寧，喜與抃會。并别覩手翰，訪叙綢繆。何眷好勤勤若此之不替也！幸甚！幸甚！首垂問以鄙況，不足云，蓋默默兀兀，委順任化而已。次垂問以體氣，除舊目疾外，雖不甚健，亦幸無急病矣。次垂問以月俸，月俸雖不多，然量入以爲用，亦不至凍餒矣。又垂問以舍弟，渠從事東川，近得書且知無恙矣。終垂問以心地，此最要者，輒梗槩言之。頃與閤下在禁中日，每視草之暇，匡牀接枕，言不及他。常以南宗心要互相誘導。别來閑獨，隨分增修。比於曩時，亦似有得。得中無得，無可寄言。來書云：粗示可乎？斯不可也。又知兵部李尚書同在南宫，錢、蕭二舍人移官閑秩。退朝之暇，數獲晤言，每話舊遊，輒蒙見念。此蓋君子久要之心，不爲榮顇合散增減耳。而不佞者，又何幸焉！然自到潯陽，忽已周歲。外物盡遣，中心甚虚。雖賦命之間則有厚薄；而忘懷之後，亦無窮通。用此道推，頽然自足。又或杜門隱几，塊然自居。木形灰心，動逾旬月。當此之際，又不知居在何地，身是何人？雖鵩鳥集於前，枯柳生於肘，不能動其心也。而況進退榮辱之累耶？又思頃者接確論時，走嘗有言薦於執事云：心與迹多相戾，道與名不兩立。苟有志於道者，若不幸於外，是幸於内。猥蒙歎賞，猶憶之乎！今之身心，或近是矣。退思此語，撫省初心，求仁得仁，又何不足之有也？前月中，長兄從宿州來，又孤幼弟姪六七人皆自遠至。日有糲食，歲有麤衣。饑寒獲同，骨肉相保。此亦默默委順之外，益自安也。況廬山在前，九江在左。出門是滄浪水，舉頭見香鑪峯。東西二林，時時一往。至如瀑水、怪石，桂風、杉月，平生所愛者，盡在其中。此又兀兀任化之外，益自適也。今日之心，誠不待此而後安適，況兼之者乎？此鄙人所以安又安，適又適，而不知命之窮，老之至也。院長公望日重，啓沃非遥。仰惟勉樹勳名，勿以鄙劣爲念。

【箋】

作於元和十一年（八一六），四十五歲，江州，江州司馬，見陳譜。

〔崔侍郎〕崔羣。元和十二年七月，自户部侍郎拜中書侍郎、同中書門下平章事。見舊書卷一五九本傳。城按：白氏與崔羣元和二年十一月六日同時入充翰林學士，兩人交誼至篤。白貶江州，羣屢致書存問，卷七有元和十二年所作答崔羣侍郎錢舍人書問因繼以詩詩云：「吾有二道友，藹藹崔與錢。同飛青雲路，獨墮黄泥泉。」即酬崔羣也。後白自江州除忠州刺史，亦崔羣之力，故有除忠州寄謝崔相公詩（卷十七）云：「提拔出泥知力竭，吹噓生翅見情深。」又此書謂「自到潯陽，忽已周歲」，則知作於元和十一年，時崔羣猶爲户部侍郎。又按：唐時稱翰林學士承旨爲院長，見新書卷一三二沈傳師傳。崔羣於元和六年二月四日加翰林學士承旨，元和九年六月二十六日出院。故羣此時雖已爲户部侍郎，白氏猶喜稱其内職也。

〔舍弟〕指白行簡。城按：行簡元和九年五六月間應劍南東川節度使盧坦之聘赴梓州，元和十三年春間出蜀，故此時仍在梓州幕府。

〔兵部李尚書〕李絳。舊書卷十五憲宗紀：「（元和十一年二月）甲寅，以華州刺史李絳爲兵部尚書。」

〔錢蕭二舍人〕錢徽及蕭俛。舊書卷十五憲宗紀：「（元和十一年正月）庚辰，翰林學士錢徽、蕭俛各守本官，以上疏請罷兵故也。」白氏所謂「移官閑秩」，蓋即指此。城按：岑仲勉翰林學士壁記注補謂此書作於元和十二年八月，蕭俛因張仲方元和十二年三月之貶，左授太僕少卿，故曰閑秩，均係未考白氏他作所致。考白氏元和十二年四月十日作與元微之書云：「長兄去夏自徐州至。」此書云：「前月中長兄從宿州來。」時間相符。又崔羣拜相在十二年七月，如此書作於十二年八月後，必不能仍以户部侍郎相稱，故知此書必作於元和十一年八月以後無疑。

〔長兄〕居易之長兄白幼文。

【校】

〔別覩〕「覩」，馬本作「覩」，非。據宋本、那波本、英華、全文、盧校改正。

〔訪敘〕「訪」，英華作「論」，注云：「集作『訪』。」

〔鄙況〕此下英華多「鄙況」二字，注云：「一疊『鄙況』二字。」

〔且知〕「且」，英華作「亦」，注云：「集作『且』。」

〔之後〕「後」，英華作「理」，注云：「集作『後』。」

〔塊然〕「塊」，英華注云：「一作『兀』。」

〔其心〕「其」，英華注云：「集作『於』。」

〔糲食〕「糲」，馬本注云：「郎達切。」

〔麤衣〕「麤」，馬本注云：「食胡切。」

與濟法師書

月日，弟子太原白居易白。濟上人侍右：昨者頂謁時，不以愚蒙，言及佛法或未了者，許重討論。今經典間未諭者其義有二。欲面問答，恐彼此卒卒，語言不盡，故粗形於文字，願詳覽之。敬佇報章，以開未悟，所望所望。佛以無上大慧，觀一切衆生，知其根性大小不等，而以方便智説方便法。故爲闡提説十善法，爲小乘説四諦法，爲中乘説十二因緣法，爲大乘説六波羅蜜法。皆對病根，救以良藥。此蓋方便教中不易之典也。何以？若爲小乘人説大乘法，心則狂亂，狐疑不信，所謂無以大海内於牛迹也。若爲大乘人説小乘法，是以穢食置於寶器，所謂彼自無創勿傷之也。故維摩經總其義云：爲大醫王應病與藥。又首楞嚴三昧經云：不先思量而説何法，隨其所應而爲説法。正是此義耳。猶恐説法者不隨人之根性也，故又法華經戒云：若但讚佛乘，衆生没在罪苦，不能信，是法破。法不信，故如此。非獨慮説者不能救病，亦懼聞者不信，没入罪苦也。則佛之付囑，豈不丁寧也？何則？法王經云：若定根基，爲小乘人説小乘法，爲闡提人説闡提法，是斷佛性，是滅佛身，是説法人當歷百千萬劫墮諸地獄，從佛出世，猶未得出。若生人中，缺脣無舌，獲如是報。何以故？衆生之性，即是法性，從本已來，無有增減。云何於中分别病藥？又云：於諸法中若説高下，即名邪説，其口當破，其舌當裂。何以故？一切衆生心垢同一垢，心净同一净。衆生若病，應同一病。衆生須藥，應同一藥。若説多法，即名顛倒。何以故？爲妄分别拆善惡法，破一切法，故隨基説法斷佛道故。此又了然不壞之義也。又金剛經云：是法平等，無有高下，是名阿耨多羅三藐三菩提。又金剛三昧經云：皆以一味道終，不以小乘無有諸雜味；猶如一雨潤。據此後三經，則與前三經義甚相戾也。其故何哉？若云：依維摩詰謂富樓那云：先當入定，觀此人心，然後説法。又云：

不觀人根，不應説法。夫以富樓那之通慧，又親奉如來爲大弟子，尚未能觀知人心。況後五百歲末法中弟子，豈盡能觀知人心而後説法乎？設使觀知人心，若彼發小乘心而爲説大乘法，可乎？若未能觀彼心而率己意説，又可乎？既未能觀與默然不説，又可乎？若云依義又依語，則上六經之義互相違反，其將孰依乎？若云依了義經，則三世諸佛，一切善法，皆從此六經出，孰名爲不了義經乎？況諸經中與維摩、法華、首楞嚴之説同者非一也。與法王、金剛、金剛三昧之説同者，亦非一也。不可遍舉，故於二義中各舉三經。此六經皆上人常所講讀者，今故引以爲問。必有甚深之旨焉。今且有人忽問法於上人，上人或能觀知其心，或未能觀知其心。將應病與藥而爲説耶？將同一病一藥而爲説耶？若應病與藥，是有高下，是有雜味，即反法王等三經之義。豈徒反其義，又獲如上所説之罪報矣。若同一病一藥爲説，必當説大乘。大乘即佛乘也。若讚佛乘，且不隨應心，且不救病，即反維摩等三經之義。豈徒反其義，又使衆生没在罪苦矣。六者皆如來説。如來是真語，實語，不誑語，不異語者。今隨此則反彼，順彼則逆此。設有問者，上人其將何法以對焉？此其未諭者一也。又五陰者，色、受、想、行、識是也。十二因緣者，無明緣行，行緣識，識緣名，名緣色，色緣六入，六入緣觸，觸緣受，受緣愛，愛緣取，取緣有，有緣生，生緣老死病苦憂悲苦惱是也。夫五陰、十二因緣，蓋一法也，蓋一義也。略言之則爲五，詳言之則爲十二。雖名數多少或殊，其於倫次轉遷，合同條貫。今五陰中則色、受、想、行、識相次，而十二緣中則行、識、色、入、觸、受相緣，一則色在行前，一則色次行後。正序之既不類，逆倫之又不同。若謂佛次第而言，則不應有此雜亂。若謂佛偶然而説，則不當名爲因緣。前後不倫，其義安在？此其未諭者二也。上人耆年大德，後學宗師，就出家中又以説法而作佛事，必能研精二義，合而通之，仍望指陳，著於翰墨。蓋欲藏於篋笥，永永不忘也。其餘疑義亦續咨問。居易稽首。

【箋】

作於長慶三年（八二三）以前。

〔濟法師〕五燈會元卷四：「杭州刺史白居易，字樂天。久參佛光，得心法，兼稟大乘金剛寶戒。元和中，造于京兆興善法堂致四問（原注：語見興善章）。十五年，牧杭州，訪鳥巢和尚，有問答語句（原注：見鳥巢章）。嘗致書于濟法師，以佛無上大慧，演出教理，安有徇機高下、應病不同與平等一味之説相反，援引維摩及金剛三昧等六經，闢二義而難之。又以五蘊十二緣説名色前後不類，立理而徵之，並鉤深索隱，通幽洞微，然未覩法師醻對，後來亦鮮有代答者。」據此，則濟法師疑亦禪宗弟子。惟居易牧杭州在長慶二年，五燈會元謂在「元和十五年」，蓋誤記。「佛光」指佛光寺如滿禪師，居易乃禪宗南嶽下三世佛光滿禪師法嗣。

【校】

〔白濟上人〕「白」下宋本、那波本俱空一字。

〔侍右〕「右」，宋本、那波本俱作「左」。文粹、英華俱作「者」。

〔大慧〕「慧」，英華作「惠」，注云：「集本、文粹作『慧』。」

〔救以良藥〕「救」，文粹、英華、全文俱作「投」。英華注云：「集作『救』。」

〔此蓋〕「蓋」，馬本作「盡」，非。據宋本、那波本、文粹、英華、全文改正。

〔何以〕「以」，文粹、英華、全文俱作「者」。英華注云：「集作『以』。」

〔無創〕「創」，英華注云：「一作『瘡』。」

〔爲小乘人説小乘法〕此下文粹、英華、全文俱有「爲大乘人説大乘法」八字。

〔是滅佛身〕「滅」，那波本作「減」，非。

〔從佛出世〕「從」，那波本、文粹、英華、全文俱作「縱」。

〔云何〕「云」，英華作「如」，注云：「集本、文粹作『云』。」

〔隨基説法〕「基」，文粹、英華、全文俱作「機」。英華注云：「集作『基』。」

〔知人〕「知」下英華有「之」字，注云：「集本、文粹無『之』字。」

〔後五百歲〕「後」，馬本作「復」，非。據宋本、那波本、文粹、英華、全文、盧校改正。又「歲」，英華作「年」，注云：「集本、文粹作『歲』。」

〔已意説〕「説」下英華注云：「一本有『法』字。」

〔又依語〕「又」，文粹、英華、全文俱作「不」。英華注云：「集作『又』。」

〔不隨應心〕「應」下文粹、英華、全文俱無「心」字。英華注云：「集有『心』字。」

〔無明緣〕「明」下宋本、馬本俱脱「緣」字，據那波本、文粹、英華、全文補。

〔名緣色〕「色」上各本俱脱「名緣」二字，據文粹補。

〔色緣六入〕「色」上各本俱衍「名」字，據文粹改。

〔識緣名至愛緣取二十二字〕文粹作「識緣名名緣色色緣六入六入緣觸受觸受緣愛愛緣取」，非。英華「緣取」下注云：「二十二字，文粹作『識緣名名緣色色緣六入六入緣觸受觸受緣愛愛緣取』。」城按：文粹中「受觸」二字當爲「觸緣受」三字。又據倶舍論卷九，十二因緣中之「六入」作「六處」。

〔病苦〕「病」下英華無「苦」字，注云：「集本、文粹有『苦』字。」

〔其於〕二字英華作「而」，注云：「『而』，集本、文粹作『其於』。」

〔十二緣中〕「二」，英華注云：「一本有『因』字。」

〔相緣〕「相」，英華作「想」，注云：「集作『相』。」

〔咨問〕「問」，英華作「聞」，注云：「集本、文粹作『問』。」

〔稽首〕「稽」，文粹作「頓」，英華注云：「文粹作『頓』。」

與微之書

四月十日夜，樂天白，微之微之！不見足下面已三年矣。不得足下書欲二年矣。人生幾何？離闊如此。況以膠漆之心，置於胡越之身，進不得相合，退不能相忘。牽攣乖隔，各欲白首。微之微之，如何如何！天實爲之，謂之奈何？僕初到潯陽時，有熊孺登來，得足下前年病甚時一札，上報疾狀，次叙病心，終論平生交分。且云：危惙之際，不暇及他，唯收數帙文章，封題其上曰：他日送達白二十二郎，便請以代書。悲哉！微之於我也，其若是乎！又覩所寄聞僕左降詩云：「殘燈無焰影幢幢，此夕聞君謫九江。垂死病中驚起坐，闇風吹雨入寒窗。」此句他人尚不可聞，況僕心哉？至今每吟，猶惻惻耳。且置是事，略叙近懷。僕自到九江，已涉三載。形骸且健，方寸甚安。下至家人，幸皆無恙。長兄去夏自徐州至，又有諸院孤小弟妹六七人提挈同來。頃所牽念者，今悉置在目前，得同寒煖饑飽。此一泰也。江州風候稍涼，地少瘴癘。乃至蛇虺蚊蚋，雖有甚稀。湓魚頗肥，江酒極美。其餘食物，多類北地。僕門内之口雖不少，司馬之俸雖不多，量入儉用，亦可自給。身衣口食，且免求人。此二泰也。僕去年秋始遊廬山，到東西二林間香鑪峯下，見雲水泉石，勝絶第一。愛不能捨，因置草堂。前有喬松十數株，脩竹千餘竿。青蘿爲牆援，白石爲橋道。流水周於舍下，飛泉落於簷間。紅榴白蓮，羅生池砌。大抵若是，不能殫記。每一獨往，動彌旬日。平生所好者，盡在其中。不唯忘歸，可以終老。此三泰也。計足下久不得僕書，必加憂望，今故録三泰，以先奉報。其餘事況，條寫如後云云。微之微之！作此書夜，正在草堂中山窗下，信手把筆，隨意亂書，封題之時，不覺欲曙。舉頭但見山僧一兩人，或坐或睡。又聞山猿谷鳥，哀鳴啾啾。平生故人，去我萬里。瞥然塵念，此際暫生。餘習所牽，便成三韻云：「憶昔封書與君夜，金鑾殿後欲明天。今夜封書在何處？廬山庵裏曉燈前。籠鳥檻猿俱未死，人間相見是何年？」微之微之！此夕我心，君知之乎！樂天頓首。

【箋】

作於元和十二年（八一七），四十六歲，江州，江州司馬。

〔已三年矣〕元和十年三月二十五日，元稹出爲通州司馬，至元和十二年適爲第三年。

〔熊孺登〕鍾陵人。有詩名，登進士第。元和中，爲西川從事。與白居易、劉禹錫善，多贈答。亦祇役湘中數年。見唐才子傳卷六、江西通志卷一三四引豫章書。又白氏洪州逢熊孺登詩云：「靖安院裏辛夷下，醉笑狂吟氣最麤。莫問別來多少苦，低頭看取白髭鬚。」則知與元稹淵源亦深。元集卷十五贈熊士（孺）登、別嶺南熊判官兩詩，均係贈孺登之作。

〔白二十二郎〕白居易。白氏祭弟文（卷六九）：「維大和二年歲次戊申，……二十二哥居易以清酌庶羞之奠，致祭於郎中二十三郎知退之靈。」又韓愈同水部張員外曲江春遊寄白二十二舍人、劉集外一翰林白二十二學士見寄詩一百篇因以答貺等詩，均指居易。

〔已涉三載〕居易元和十年到江州，至十二年爲第三年，故稱三載。

〔長兄〕白幼文。本卷答户部崔侍郎書：「前月中，長兄從宿州來，又孤幼弟姪六七人皆自遠至。」城按：宿州原屬徐州，元和四年，析徐州之符離縣、蘄縣，泗州之虹縣置。故白氏文中之徐州即指宿州符離也。

〔湓魚頗肥二句〕白氏首夏詩（卷十）云：「潯陽多美酒，可使杯不燥。湓魚賤如泥，烹炙無昏早。」亦作於元和十二年，可與此文相參證。

〔東西二林〕東林寺及西林寺。見卷一東林寺白蓮及卷七春遊西林寺箋。

〔香鑪峯〕見卷七香鑪峯下新置草堂即事詠懷題於石上詩箋。

〔草堂〕見卷四三草堂記。

〔三韻〕即卷十六山中與元九書因題書後詩。

〔金鑾殿〕見卷十六山中與元九書因題書後詩箋。

【校】

〔題〕全文作「與元微之書」。

〔四月十日〕「十」下英華有「一」字，注云：「集無『一』字。」又脱下「微之」二字。

〔欲二年〕「欲」，英華作「已」，注云：「集作『欲』。」

〔不能〕「能」，馬本、全文俱作「得」，非。據宋本、那波本、英華、盧校改正。

〔牽攣〕「攣」，英華作「率」，注云：「集作『攣』。」

〔疾狀〕「疾」，英華作「病」，注云：「集作『疾』。」

〔危惙〕「惙」，馬本注云：「朱劣切。」

〔代書〕英華作「待盡」，注云：「集作『代書』。」

〔又覩〕「覩」，英華作「覿」，注云：「集作『覩』。」

〔幢幢〕宋本、馬本俱作「憧憧」，非。據英華、全文、盧校改正。

〔吹雨〕「雨」，宋本、那波本俱作「面」，非。

〔下至〕「至」，英華作「及」，注云：「集作『至』。」

〔孤小弟妹〕「小」，英華作「幼」，注云：「集作『小』。」

〔置在目前〕「置」，英華作「致」。

〔極美〕「極」，英華作「甚」，注云：「一作『極』。」

〔前有喬松〕英華「喬」上脱「有」字。

〔十數〕全文作「十餘」。

〔牆援〕「援」，馬本、全文俱作「垣」，據宋本、那波本、英華、盧校改。

〔旬日〕「日」下英華注云：「一作『月』。」

〔山猿〕「山」下英華注云：「一作『巖』。」

〔憶昔〕「憶」，馬本訛作「億」，據宋本、那波本、英華、全文、盧校改正。

〔我心〕英華、全文俱作「此心」。英華注云：「集作『我』。」

〔樂天頓首〕「樂天」，英華作「居易」。

荔枝圖序

荔枝生巴峽間。樹形團團如帷蓋。葉如桂，冬青。華如橘，春榮。實如丹，夏熟。朵如蒲萄，核如枇杷，殼如紅繒，膜如紫綃，瓤肉瑩白如冰雪，漿液甘酸如醴酪。大略如彼，其實過之。若離本枝，一日而色變，二日而香變，三日而味變，四五日外色香味盡去矣。元和十五年夏，南賓守樂天命工吏圖而書之，蓋爲不識者與識而不及一二三日者云。

【箋】

作於元和十五年（八二〇），四十九歲，忠州，忠州刺史。見陳譜。城按：居易元和十五年夏召爲司門員外郎，此文當是離忠州前所作。參見卷十八初除尚書郎脱刺史緋等詩箋。甘澤謡：「白居易爲忠州刺史，在郡爲荔枝圖，寄朝中親友。」楊慎藝林伐山卷一：「白樂天荔枝圖序曰……此文可歌、可詠、可圖、可畫。」白氏又有題郡中荔枝詩十八韻兼寄萬州楊八使君等詩（卷十八），可參看。

〔荔枝生巴峽間〕大唐傳載：「白賓客居易云：忠州有荔枝一株，槐一株。自忠之南更無槐，自忠之北更無荔枝。」城按：蜀中産荔枝，以涪州最著。范成大吴船録卷下：「自眉、嘉至此（涪州）皆産荔枝。唐以涪州任貢，楊太真所嗜，去州數里有妃子園，然其品實不高。今天下荔枝，當以閩中爲第一。」

【校】

〔朵如蒲萄〕「朵」，馬本作「紫」，非。據宋本、那波本、英華、全文、盧校改正。「萄」，英華作「桃」，注云：「集作『萄』。」

〔紫綃瓤〕「瓤」，馬本注云：「女良切，又如羊切。」

〔漿液下七字〕英華作「甘如醴酪」，注云：「四字文粹、集本並作『漿掖甘酸如醴酪』。」

〔味變〕此下英華注云：「集無日字。」

〔四五日〕英華「四」下有「日」字。

〔工吏〕「吏」，馬本訛作「史」，據宋本、那波本、英華、全文改正。

〔圖而〕英華「圖」下有「之」字，注云：「集無『之』字。」

〔書之〕英華「書」上有「盡」字，「之」下注云：「集無『之』字。」

〔者云〕此下宋本、那波本俱有「和答元九詩序新樂府詩序効陶公體詩序琵琶引序和夢遊春詩序鷰子樓詩序放言詩序題詩屏序木蓮花詩序策林序已上十序各列在本詩篇首此卷内元不載」六十五字。

白居易集箋校卷第四十六

書頌議論狀 凡七首

補逸書

湯征諸侯，葛伯不祀，湯始征之，作湯征。葛伯荒怠，敗禮廢祀。湯專征諸侯，肇徂征之。湯若曰：格爾三事之人，逮于有衆，啓乃心，正乃容，明聽予言。咨先格王有彝訓曰：禄無常荷，荷于仁；福無常享，享于敬。惠乃道，保厥邦；覆乃德，殄厥世。惟葛伯反易天道，怠棄邦本，虐于民，慢于神。惟社稷宗廟，罔克尊奉。暨山川鬼神，亦靡禋祀。告曰：罔犧牲以供俎羞。予畀厥牛羊，乃既于盜食。曰：罔黍稷以奉粢盛。予佑厥稼穡，乃困于仇餉。今爾衆曰：葛罪其如。予聞曰：爲邦者，祇奉明神，撫綏蒸民，二者克備，尚克保厥家邦。吁！廢于祀，神震怒；肆于虐，民離心。頃繩契以降，暨于百代，神怒亟民叛而不顛隮者，匪我攸聞。小子履，以涼德欽奉天威，肇征有葛。咨爾有衆，克濟厥功。其有儆師徒，戒車乘，敬君事者，有明賞。其有罔率職，罔勠力，不龔命者，有常刑。明賞不僭，常刑無赦。嗚呼！朕告汝衆，君子監于兹。欽哉懋哉！罰及乃躬，不可悔。

【箋】

約作於元和十年（八一五）以前。城按：此卷那波本編在卷二九。此文蓋有感於當時藩鎮之叛而作，其時較著者，如劉闢、王承宗、吴元濟等均叛於元和十年之前，故姑繫於十年之前。

〔葛伯〕葛乃古國名。書仲虺之誥：「乃葛伯仇餉，初征自葛。」孟子滕文公：「湯居亳，與葛爲鄰。」故城在今河南省商丘縣東北。

【校】

〔題〕馬本作「補遺書」，據宋本、那波本、文粹、英華、全文改。

〔作湯征〕此下英華重「湯征」二字。

〔有衆〕「有」，英華作「百」，注云：「集作『有』。」

〔咨先格〕文粹作「咨爾先格」。

〔畀厥〕「畀」，英華作「介」，注云：「集作『畀』。」

〔佑厥稼穡〕「佑」，盧校謂係「佐」之訛。

〔其如〕文粹作「其如予」。英華作「其予聞」，注云：「文粹作『其如予』。」

〔頃繩〕「頃」，英華作「自」，注云：「集作『頃』。」

〔神怒亟〕「神」下英華無「怒」字，注云：「集有『恕』字。」又「亟」，宋本、馬本俱注云：「一無『亟』字。」文粹、英華、全文俱無「亟」字。城按：英華注「恕」字乃「怒」字之訛文。

〔敬君〕「君」，文粹作「吾」。英華注云：「文粹作『吾』。」

〔不龔〕「龔」，馬本、全文俱作「恭」，據宋本、那波本、文粹、英華、盧校改。

箴言 并序

貞元十有五年，天子命中書舍人渤海公領禮部貢舉事。越明年春，居易以進士舉一上登第。洎翌日至于旬時，伏念固陋，懼不克副公之選，充王之賓，乃自陳戒于德，作箴言。

曰：我聞古君子人，疾没世名不稱，恥邦有道貧且賤。今我生休明代二十有六年，乃策名，名既聞于君。乃干禄，禄將及于親。升聞逮養，繄公之德。公之德。之死矢報之。報之義靡他，惟勵乃志，遠乃猷，俾德日修，道日就，是報于公。匪報于公，是光于躬。匪光于躬，是華于邦。吁！其念哉！其勗哉！庶俾行中規，文中倫；學惟時習，罔怠棄；位惟馴致，罔躁求。惟一德五常，陶甄于内；惟四科六藝，斧藻于外。若御輿，既勒銜策，乃克駿奔。若治金，既砥淬礪，乃克利用。無曰擢甲科，名既立而自廣自滿。尚念山九仞，虧于一簣。無曰登一第，位其達而自欺自卑。尚念行千里，始於足下。嗚呼！我無監于止水，當監于斯文。庶克欽厥止，慎厥終。自顧于箴言，無作身之羞，公之羞。

【箋】

作於貞元十六年（八〇〇），二十九歲，長安。

〔渤海公〕高郢。郢爲渤海蓨人。自主客員外郎遷刑部郎中，改中書舍人。貞元十五年以禮部侍郎知貢舉。次年，居易進士及第。見舊書卷一四七、新書卷一六五本傳、舊書卷一六六白居易傳。並參見卷十三與諸同年賀座主侍郎新拜太常同宴蕭尚書亭子詩箋。

【校】

〔題〕此下馬本脱「并序」二字。據宋本、那波本、英華、全文增。

〔五年〕「年」下宋本、那波本俱空一字。

〔公之德〕英華無下「公之德」三字。

〔報之義靡他〕「之」下馬本、全文俱衍「之」字，據宋本、那波本、英華、盧校改正。

〔德日修〕「修」，英華作「新」。

〔惟一德〕「一」上英華脱「惟」字。

〔惟四科〕「四」上英華脱「惟」字。

〔尚念山九仞〕「念」下英華有「爲」字，是。

〔自卑〕「卑」，英華作「得」。

〔自顧〕「自」，英華作「日」。

中和節頌 并序　此已下文，並是未及第前作。

乾清而四時行，坤寧而萬物生。聖人則之，無爲而無不爲。神唐御宇之九葉，皇帝握符之十載，夷夏咸寧，君臣交欣。有詔始以二月上巳日爲中和節。自上而下，雷解風動。翌日而頒乎四嶽，浹辰而達乎八荒。於戲！中和之時義遠矣哉。惟唐之興，我神堯子兆民而基皇德。太宗家六合而開帝功。玄宗執象而薰仁壽之風，代宗垂拱而阜富庶之俗。舄奕乎，赫赫煌煌，八聖重光，以至于我皇。我皇運玄樞，陶淳精，治定而化成。嗣皇極於穆清，納黔首於升平。于時數惟上元，歲惟仲春。皇帝穆然居青陽太廟，命有司考時令。以爲安萌牙，養幼少，緩刑獄，布慶賜。蓋百王常行之道，未足以啓迪天地之化，發揮祖宗之德。乃命初吉，肇爲中和。中者揆三陽之中，和者酌二氣之和。其爲稱也大矣！非至聖疇能建之？於是謀始要終，循義討源，于以九八節，七六氣，排重陽而拉上巳。煦元氣于厚壤，則幽蟄蘇而勾萌達。噫和風于窮荒，則桀鷔化而獷俗淳。垂萬祀以攄無窮，被四表以示大同。于時兩儀三辰，貞明絪緼。千品萬彙，熙熙忻忻。繇是文武百辟僉拜手稽首而颺言曰：大哉睿德，合于玄造。又曰：昔在唐堯，敬授人時，垂于典謨。降及周文，在鎬飲酒，列于雅、頌。斯蓋欽若四序，凱樂一方而已。未若肇建令節，混同天下，澤鋪動植，慶浹華夷，若斯之盛歟！蓋聖人之作事，必導達交泰，幽贊亭毒，與元化合其運，與真宰同其功。丕休哉！其至矣夫！賤臣居易忝濡文明之化，就賓貢之列，輒敢美盛德，頌成功，獻中和頌一章，附于唐雅之末。頌曰：

權輿胚渾，玄黄既分。煦嫗絪緼，肇生蒸民。天命聖神，是爲大人。大人淳淳，爲天下君。巍巍我唐，穆穆我皇。纂承九葉，照臨八方。四維載張，兩曜重光。齷齪唐虞，趑趄羲皇。乘時有作，焕乎文章。乃建貞元，以正乾坤。乃紀吉辰，以殷仲春。

吉辰伊何？號爲中和。和維大和，中維大中。以暢中氣，以播和風。萌牙昆蟲，昭蘇有融。如斡玄化，如運神功。於戲！德洽道豐，萬邦來同。微臣作頌，垂裕無窮。

【箋】

作於貞元十五年（七九九），二十八歲。城按：白氏與元九書云：「二十七方從鄉賦」，則知貞元五年無至長安應進士試之可能。陳譜、汪譜俱繫於貞元五年，非。

〔中和節〕貞元五年正月乙卯，詔以二月一日爲中和節。見國史補、舊書卷十三德宗紀。

【校】

〔而下〕「而」，宋本、那波本、英華、盧校俱作「下」。

〔兆民〕「民」，宋本、那波本、英華、全文、盧校俱作「人」。

〔精治〕「治」下英華注云：「二唐諱。」

〔升平〕「升」，英華作「清」，注云：「集作『升平』。」

〔青陽〕「青」，馬本訛作「清」，據宋本、那波本、英華、全文改正。

〔二氣〕「二」，宋本、馬本、那波本俱作「仁」，非。據英華、全文改正。

〔至聖〕「聖」，英華作「德」，注云：「集作『聖』。」

〔九八節〕此下那波本、英華、全文俱多「而」字。

〔厚壤〕「厚」，英華作「原」，注云：「集作『厚』。」

〔獷俗淳〕「獷」，馬本注云：「古猛切。」

〔亭毒〕「毒」，宋本、那波本俱作「育」。盧校：「『毒』，宋作『育』，俱通。」

〔玄黄〕「黄」，英華作「化」。

〔趚起〕馬本「趚」下注云：「盧谷切。」「起」下注云：「千本切。小步也。」又此下英華注云：「一作『超越』。」

〔於戲〕此二字英華無，注云：「集有『於戲』二字。」

晉謚恭世子議

晉侯以驪姬之惑，殺太子申生。或謂申生得殺身成仁之道，是以晉人謚爲恭世子，載在方册，古今以爲然。居易獨以爲不然也。大凡恭之義有三：以孝保身，子之恭；以正承命，臣之恭；以道守嗣，君之恭。若棄嗣以非禮，不可謂道。受命於非義，不可謂正。殺身以非罪，不可謂孝。三者率非恭也。申生有焉。而謚曰恭，不知其可。若垂末代以爲訓戒，居易懼後之臣子有失大義、守小節者，將奔走之。將欲商搉，敢徵義類。在昔虞舜，父頑母嚚，舜既克諧，瞽亦允若。申生父之昏，姬之惡，誠宜率子道以幾諫，感君心以至誠。雖申生之孝不侔於舜，而獻公之頑亦不逮於瞽。盍以蒸蒸之乂，俾不格於姦乎？故咎之始形，則齋栗祇載，爲虞舜可也。若不能及，禍之將兆，則讓位去國，爲吴太伯可也。若又不能，及難之既作，則全身遠害，爲公子重耳可也。三失無一得，於是乎致身於不義不祇，陷父於不德不慈，負罪被名，以至於死。臣子之道，不其惑歟？夫以堯之聖，書美曰允恭。舜之孝，書美曰温恭。今以申生之失道，亦謂曰恭，庸可稱乎？周之衰也，楚子以霸王之器，奄有荆蠻，光啓土宇，赫赫楚國，由之而興。謚之爲恭，猶曰薄德。今申生徇其死不顧其義，輕其身不圖其君，俾死之後弑三君，奚齊、卓子、懷公。殺十有五臣。荀息、里克、丕鄭、祁舉、共華、賈華、叔堅、錐歂、纍虎、特宫、山祁、慶鄭、狐突、瑕生、郄芮。實啓禍先，大亂晉國。則楚之得也如彼，申生之失也若此，異德同謚，無乃不可乎？左氏修魯史，受經於仲尼。蓋仲尼之志，丘明從而明之，無善惡，無大小，莫不微婉而發揮焉。至於申生之死也、之謚也，略而無譏，何其謬哉？何以覈諸？且仲尼修春秋，明則有凡例，幽則有微旨。其有君不君，臣不臣，父不父，子不子者，率書名以貶之。故書曰：晉侯殺其太子申生。不言晉人，而書晉侯且名太子者，蓋明晉侯不道，且罪申生陷君父於不義也。以微旨考之，則仲尼明貶可知矣。以凡例推之，則左氏之闕文可知矣。嗚呼！先王之制謚，豈容易哉？蓋善惡始終，必褒貶於一字。所以彰明往者，勸沮來者。故君子於其謚，無所苟而已矣。繇是而言，則恭世子之謚不亦誣乎，不亦誣乎！

【箋】

作於貞元十六年（八〇〇）以前。

〔晉侯以驪姬之惑二句〕春秋晉獻公詭諸烝於齊姜，生秦穆夫人及太子申生。又娶二女於戎，大戎狐姬生重耳，小戎子生夷吾。後獻公伐驪戎，納驪姬，生奚齊。驪姬結詭諸嬖臣，欲立其子奚齊，以謀逼申生，申生自殺。見左傳莊公二十八年、僖公四年。

【校】

〔嗣以〕「以」，文粹作「於」。英華注云：「文粹作『於』。」

〔祗載〕此下文粹有「而」字，英華注云：「文粹有『而』字。」

〔弑三君〕此下那波本、全文俱無注。

〔十有五臣〕此下小注中「騅顓特宫山祁狐突」，馬本訛作「錐歂特官山祀孤突」，據宋本、文粹、英華、盧校改正。那波本、全文俱無注。

〔楚之得也〕「楚」下文粹、英華俱有「恭」字。

〔大小〕宋本、盧校俱作「小大」。

〔知矣〕「矣」，英華作「也」，注云：「文粹、集本作『矣』。」

漢將李陵論

論曰：忠、孝、智、勇，四者爲臣爲子之大寶也。故古之君子，奉以周旋。苟一失之，是非人臣人子矣。漢李陵策名上將，出討匈奴，竊謂不死於王事非忠，生降於戎虜非勇，棄前功非智，召後禍非孝。四者無一可，而遂亡其宗，哀哉！予覽史記、漢書，皆無明譏，竊甚惑之。司馬遷雖以陵獲罪而無譏，可乎！班孟堅亦從而無譏，又可乎？按禮云：謀人之軍師，敗則死之。故敗而死者，是其所也。春秋所以美狼瞫者，爲能獲其死所。而陵獲所不死，得無譏焉！觀其始以步卒深入虜庭，而能以寡擊衆，以勞破逸，再接再捷，功孰大焉？及乎兵盡力殫，摧鋒敗績，不能死戰，卒就生降。噫！墜君命，挫國威，不可以言忠。屈身於夷狄，束手爲俘虜，不可以言勇。喪戰勳於前，墜家聲於後，不可以言智。罪逭於躬，禍移於母，不可以言孝。而引范蠡、曹沫爲比，又何謬歟？且會稽之恥，蠡非其罪；魯國之羞，沫必能報。所以二子不死也。而陵苟免其微軀，受制於强虜，雖有區區之意，亦奚爲哉？夫吴、齊者，越、魯之敵國；匈奴者，漢之外臣。俾大漢之將爲單于之擒，是長寇讎，辱國家甚矣。況二子雖不死，無陵生降之名；二子苟生降，無陵及親之禍。酌其本末，事不相侔。而陵竊慕之，是大失臣子之義也。觀陵答子卿之書，意者但患漢之不知己而不自内省其始終焉。何者？與其欲刺心自明，刎頸見志，曷若効節致命，取信於君？與其痛母悼妻，尤君怨國，曷若忘身守死而紓禍於親焉？或曰：武帝不能明察，苟聽流言，遽加厚誅，豈非負德？答曰：設使陵不苟其生，能繼以死，則必賞延於世，刑不加親，戰功足以冠當時，壯節足以垂後代。忠、孝、智、勇，四者立而死且不朽矣。何流言之能及哉？嗚呼！予聞之古人云：人各有一死，死或重於泰山，生或輕於鴻毛。若死重於義，則視之如泰山也。若義重於死，則視之如鴻毛也。故非其義，君子不輕其生；得其所，君子不愛其死。惜哉陵之不死也失君子之道焉。故隴西士大夫以李氏爲愧，不其然乎，不其然乎！

【箋】

作於貞元十六年（八〇〇）以前。

〔李陵〕漢李廣之孫。天漢二年秋，將步兵五千人與匈奴八萬人戰，連鬬八日，兵敗而降。隴西李氏皆恥之。見史記卷一〇九李將軍列傳。

【校】

〔題〕文粹、全文俱作「李陵論」。

〔漢李陵〕「漢」下文粹有「將」字。英華無「漢」字。

〔從而無譏〕「無」下文粹、英華俱有「明」字。

〔狼矔〕此下英華注云：「尺甚反。」

〔爲能〕「爲」，英華作「謂」，注云：「一作『爲』。」

〔再捷〕「捷」，馬本訛作「揵」，據宋本、那波本、文粹、英華、盧校改正。

〔俘虜〕「俘」，英華作「降」，注云：「一作『俘』。」

〔墜家聲〕「墜」，英華作「隤」，注云：「集作『墜』。」

〔禍移〕「移」，英華作「胎」，注云：「一作『移』。」

〔始終〕英華作「終始」，注云：「一作『始終』。」

〔於君〕「君」下英華有「子」字，注云：「一無『乎』字。」當爲「子」字之訛文。

〔忘身守死〕「身」，英華作「軀」，注云：「一作『身』。」

〔武帝〕英華作「漢武帝」，注云：「一無『漢』字。」

〔苟聽〕全文作「下聽」。英華「苟」下注云：「一作『下』。」

〔則必〕「則」，英華作「其」，注云：「一作『則』。」

〔其所〕「所」下英華有「則」字，注云：「一無『則』字。」

太原白氏家狀二道

元和六年，兵部郎中、知制誥李建按此二狀修撰銘誌。

故鞏縣令白府君事狀

白氏芈姓，楚公族也。楚熊居太子建奔鄭，建之子勝居于吴、楚間，號白公，因氏焉。楚殺白公，其子奔秦，代爲名將，乙丙已降是也。裔孫曰起，有大功於秦，封武安君，後非其罪，賜死杜郵，秦人憐之，立祠廟于咸陽，至今存焉。及始皇思武安之功，封其子仲于太原，子孫因家焉，故今爲太原人。自武安以下凡二十七代，至府君高祖諱建，北齊五兵尚書，贈司空。曾祖諱士通，皇朝利州都督。祖諱志善，朝散大夫、尚衣奉御。父諱温，朝請大夫、檢校都官郎中。公諱鍠，字確鍾，都官郎中第六子。幼好學，善屬文，尤工五言詩，有集十卷。年十七，明經及第，解褐授鹿邑縣尉，洛陽縣主簿，酸棗縣令。理酸棗有善政，本道節度使令狐彰知而重之。秩滿奏授殿中侍御史内供奉、賜緋魚袋、充滑臺節度參謀。軍府之要，多咨度焉。居歲餘，公嘗規彰之失，彰不聽，公因留一書移彰，不辭而去。明年，選授河南府鞏縣令。在任三考。自鹿邑至鞏縣皆以清直静理聞於一時。公爲人沈厚和易，寡言多可，至於涉是非、關邪正者，辨而守之，則確乎其不可拔也。大曆八年五月三日，遇疾殁于長安，春秋六十八。以其年權厝於下邽縣下邑里。夫人河東薛氏。夫人之父諱倣，河南縣尉。大曆十二年六月十九日，殁於新鄭縣私第，享年七十。以其年權窆厝於新鄭縣臨洧里。公有子五人：長子諱季庚，襄州别駕，事具後狀。次諱季般，徐州沛縣令。次諱季軫，許州許昌縣令。次諱季寧，河南府參軍。次諱季平，鄉貢進士。元和六年十月八日，孫居易等始發護靈櫬，遷葬於下邽縣北義津鄉北原而合祔焉。謹狀。

【箋】

作於元和六年（八一一），四十歲，長安。陳譜元和六年辛卯：「四月五日，太夫人陳氏卒。始鞏縣府君窆新鄭，襄州府君窆襄陽，至是皆遷護於下邽。以十一月八日襄事，而陳夫人祔焉。有白氏事狀二道。」

〔太原〕見卷十三春送盧秀才下第遊太原謁嚴尚書詩箋。

〔白氏芈姓十八句〕陳譜：「新史宰相世系表及公所述鞏縣府君事狀，其不同者，表稱虞公族百里奚媵秦穆姬，生孟明視，視生二子曰西乞術、白乙丙，其後以爲氏。而事狀稱楚太子建之子勝號白公，其子奔秦，代爲秦將，白乙以降是也。如表言，出姬姓，如狀言，則出芈姓。按左氏傳，晉敗秦于殽，獲百里孟明視、西乞術、白乙丙。孟明氏百里，謂爲奚之子可也。術、丙與孟明號爲三帥，烏知其爲孟明之子邪？且萬無父子三人並將之理，此其爲説固已疎矣。若事狀則又合白乙、白勝爲一族。白乙爲秦穆將，去白勝幾二百年，而云白乙以降，則反以爲白勝之後裔，又何其考之不詳也。」陳氏之考辨甚詳。日知録云：「唐白居易自序家狀曰：『出於楚太子建之子白公勝，楚殺白公，其子奔秦，代爲名將，乙丙已降是也。裔孫白起，有大功於秦，封武安君。』按：白乙丙見於僖之三十三年，白公之死，則哀之十六年，後白乙丙一百四十八年。曾謂樂天而不考古，一至此哉（原注：唐宰相世系表，以西乞術、白乙丙爲孟明之子，尤誤）。」則亭林之説蓋亦出於直齋。俞樾九九消夏録卷十二亦引此説云：「太史公自叙司馬氏之所從出，誤合重氏、黎氏爲一族。白香山自叙白氏所從出，誤以秦白乙丙爲楚白公勝之後，皆爲後人所譏。」

〔高祖諱建〕本卷襄州别駕府君事狀云：「初高祖贈司空有功於北齊，詔賜莊宅各一區，在同州韓城縣，至今存焉。」此所謂有功於北齊之司空即白建。惟據北齊書白建傳，建生當周、齊二國並峙之時，身爲齊朝主兵大臣，其所賜莊園必不能遠越敵國北周境内，白氏此文所述，其間顯係假託附會。詳見陳寅恪唐代政治史述論稿卷中所考。

〔令狐彰〕肅宗時爲滑亳魏博等六州節度使。見舊書卷一二四、新書卷一四八令狐彰傳。

〔新鄭縣私第〕新鄭縣爲居易祖白鍠所居之地，居易出生於此。其醉吟先生墓誌銘（卷七一）

云：「大曆六年正月二十日生於鄭州新鄭縣東郭宅。」

〔季庚〕見本卷襄州別駕府君事狀。城按：唐人撰誌狀，初不避父諱。顧成志課餘偶筆：「唐世最重諱名，然爲先人誌狀，初無所避。如：陳子昂、穆員爲其父墓誌，獨孤及爲其父墓表，皆書父名，第曰諱而已。白居易爲祖鞏縣府君行狀亦然，末云『長子季庚』，則居易父也，并不云諱。誌文及自撰墓誌敘及並未避名，蓋古人所爲諱，第不敢稱於語言，非并不見諸筆墨。」

〔季軫〕見卷四三許昌縣令新廳壁記箋。

【校】

〔題〕「太原白氏家狀二道」下那波本無注。又「事狀」，英華作「行狀」，注云：「集作『事』。」

〔芈姓〕「芈」音弭，楚姓也。見史記楚世家。城按「芈」爲「羊」之本字，各本俱誤作「芊」，今改正。

〔熊居〕「居」，那波本作「君」，非。

〔曰起〕「曰」，馬本、英華、全文俱作「白」，據宋本、那波本、盧校改。

〔于咸陽〕「于」，英華作「於」，注云：「集作『于』。」

〔確鍾〕「確」，英華作「上」。宋本、那波本俱空此字。

〔尤工五言〕「尤」，馬本作「猶」，非。據宋本、那波本、英華、全文改正。

〔鹿邑縣尉〕此下英華有「歷晉陵縣尉汜水縣尉」九字，注云：「集無八字。」城按：八字當作九字，英華注誤。

〔理酸棗〕「酸」上英華脱「理」字。

〔令狐彰〕「彰」，各本俱作「章」，非。據舊唐書、新唐書本傳及盧校改正。下同。

〔賜緋魚袋〕「緋」下英華衍「金」字。

〔滑臺〕此下英華注云：「集作『毫』，非。」

〔選授〕「選」，英華作「遷」。

〔清直〕「直」，英華作「貞」。

〔公爲人〕「爲」上宋本空「公」字。

〔關邪正〕「關」，宋本作「開」。那波本作「閑」，非。

〔六十八〕「十」下英華有「有」字。

〔權厝〕「厝」，英華作「殯」，注云：「集作『曆』。」城按：「曆」乃「厝」之訛文，英華注誤。

〔下邽〕「邽」上宋本、那波本、馬本、全文俱脱「下」字，據英華補。英華注云：「集無『下』字，非。」

〔夫人〕英華作「薛氏」，注云：「集作『夫人』。」

〔季庚〕「庚」，宋本、那波本俱訛作「庾」。英華注云：「『庚』，世系表同。集作『庾』，不同。」城按：作「庚」是，參見卷四二唐故坊州鄜城縣尉陳府君夫人白氏墓誌銘校文。

〔季般〕那波本、英華俱作「季殷」。

襄州别駕府君事狀

公諱季庚，字某，鞏縣府君之長子。天寶末明經出身，解褐授蕭山縣尉，歷左武衛兵曹參軍，宋州司户參軍。建中元年，授彭城縣令。時徐州爲東平所管。屬本道節度使反。反之狀，先以勝兵屯埇口，絶汴河運路，然後謀東闚江、淮。朝廷憂虞，計未有出。公與本州刺史李洧潛謀以徐州及埇口城歸國，反拒東平。東平遣驍將信都崇敬、石隱金等，率勁卒二萬攻徐州。徐州無兵，公收合吏民得千餘人，與李洧堅守城池，親當矢石，晝夜攻拒，凡四十二日，而諸道救兵方至。既而賊徒潰，運路通，首挫逆謀，不敢東顧。繇是徐州一郡七邑及埇口等三城到于今訖不隸東平者，實李洧與公之力也。德宗嘉之，命公自朝散郎超授朝散大夫，自彭城令擢拜本州别駕，賜緋魚袋，仍充徐泗觀察判官。故其制云：今州將忠謀，翻然效順，叶其誠美，共贊良圖。我懸爵賞，俟兹而授。宜加佐郡之命，仍寵殊階之序。貞元初，朝廷念公前功，加檢校大理少卿，依前徐州别駕、當道團練判官，仍知州事。故其制云：嘗宰彭城，挈而歸國。舊勳若此，新寵蔑如。或不延厚於忠臣，將何勸於義士？宜崇亞列，再貳徐方。秩滿，又除檢校大理少卿、兼衢州别駕。秩滿，本道觀察使皇甫政以公政績聞薦，又除檢校大理少卿、兼襄州别駕。貞元十年五月二十八日，終於襄陽官舍，享年六十六。其年權窆於襄陽縣東津鄉南原，至元和六年十月八日，嗣子居易等遷護於下邽縣義津鄉北原，從鞏縣府君宅兆而合祔焉。夫人潁川陳氏，陳朝宜都之後。祖諱璋，利州刺史。考諱潤，坊州鄜城縣令。妣太原白氏。夫人無兄姊弟妹，八歲丁鄜城府君之憂，居喪致哀，主祭盡敬，其情禮有過成人者，中外姻族，咸稱異之。十五歲事舅姑，服勤婦道，夙夜九年，迨于奉蒸嘗，睦娣姒，待賓客，撫家人，又三十三年，禮無違者。故中外凡爲冢婦者，皆景慕而儀刑焉。及别駕府君即世，諸子尚幼，未就師學，夫人親執詩書，晝夜教導，恂恂善誘，未嘗以一呵一杖加之。十餘年間，諸子皆以文學仕進，官至清近，實夫人慈訓所致也。夫人爲女孝如是，爲婦順如是，爲母慈如是，舉三者而百行可知矣。建中初，以府君彭城之功，封潁川縣君。元和六年四月三日，殁于長安宣平里第，享年五十七。其年十月八日，從先府君祔于皇姑焉。有子四人：長曰幼文，前饒州浮梁縣主簿。次曰居易，前京兆府户曹參軍、翰林學士。次曰行簡，前秘書省校書郎。幼子金剛奴，無禄早世。初高祖贈司空，有功於北齊，詔賜莊宅各一區，在同州韓城縣，至今存焉。故自司空而下，都官郎中而上，皆葬於韓城縣，今以卜歸不便，遂改卜鞏縣府君及襄州别駕府君兩塋於下邽縣義津鄉北原，其兩塋同兆域而異封樹，蓋從時宜，且叶吉也。謹狀。

【箋】

〔季庚〕見前一篇故鞏縣令白府君事狀。

〔東平〕鄆州東平郡。屬河南道。見新書卷三八地理志。城按：平盧節度使李正己，先有淄、青、齊、海、登、萊、沂、密、德、棣十州之地，及李靈曜之亂，正己又得曹、濮、徐、兖、鄆五州，因自青州徙治鄆州。時徐州屬平盧軍，此東平即指平盧也。

〔本道節度使〕指平盧節度李正己。

〔埇口〕即埇橋。在徐州之南運河邊（在今安徽宿縣北二十里），爲唐代南北交通要衝。其後因地位日形重要，遂升爲宿州。如元和郡縣志卷九云：「宿州，本徐州符離縣也。元和四年，以其地南臨汴河，有埇橋爲舳艫之會，運漕所歷，防虞是資。又以蘄縣北屬徐州，疆界闊遠，有詔割符離、蘄縣及泗州之虹縣，置宿州，取古宿國爲名也。」

〔絶汴河運路二句〕德宗建中二年，唐室鑒於河北山東等地藩鎮之跋扈，在汴州築城防禦。李正己乃約田悦、梁崇義、李惟岳等叛。正己以重兵進駐埇橋，南北交通阻絶。見舊書卷十二德宗紀、新書卷二一三李正己傳、韓愈順宗實録四。

〔李洧〕李正己從父兄，（城按：據白氏薦李晏狀，洧爲正己從弟，舊、新傳俱誤。）署徐州刺史。建中二年正已卒，子納復叛，洧以徐州歸順。見舊書卷一二四李正己傳、新書卷一四八李洧傳。城按：當時李洧、白季庚以埇橋及徐州歸順唐室，在中央、藩鎮勢均力敵之局面下，實有舉足輕重之勢。後唐室終以獲勝，亦由於賴以支持之經濟生命線完整無缺所致。後白氏有薦李晏狀（卷六八）記此事之經過頗詳，尤可補唐史之不足。其文云：「建中初，李正已與納連反，汴河阻絶，轉輸不通。晏先父洧即正已堂弟，爲徐州刺史。當叛亂之時，洧以一郡七城歸國効順，棄一家百口，任賊誅夷。開運路之咽喉，斷兇渠之右臂，遂使逆謀大挫，妖寇竟消，從此徐州埇橋至今永爲内地，如洧之子，實可念之。」可與此文相參證。

〔信都崇敬〕元和姓纂二十一震信都：「貞元初，李納將信都承慶爲青州刺史。」岑仲勉四校記：「白氏集二九襄州府君事狀：『建中元年授彭城縣令，時徐州爲東平所管，屬本道節度使反，……東平遣驍將信都崇敬、石隱金等率勁卒二萬攻徐州。』按：此即李納背叛事，石晉及宋諱敬，往往改爲慶，又承、崇發音相近，疑承慶即崇敬也。」

〔衢州別駕〕城按：白氏此文云：「貞元初……再貳徐方。」中經三考或四考，則季庚除衢州別駕時，約爲貞元四年。

〔皇甫政〕貞元三年自宣州刺史除浙東觀察使，貞元十三年始離任。見舊書德宗紀。

〔襄州別駕〕自貞元四年移任起算，中經三考或四考，則季庚除襄州別駕，約爲貞元七年。唐方鎮年表亦繫於貞元七年，近似。

〔嗣子〕城按：唐人之嗣子，非後世所稱入嗣之義。顧成志課餘偶筆：「今人以别房來後者爲嗣子。按嗣子，前人多稱嫡長子，猶云爲後子，凡嫡子某、次子某、季子某，或支子某，每分别言之。然亦有統言嗣子某某等者（常衮、權德輿輩爲人碑誌有之），其不應稱嗣子而稱之者（如白居易爲父行狀自稱嗣子居易等，居易乃次子也），已亂其義。然未有稱過房子者，歸震川集間有之，蓋亦狥俗，不可從也。」又按：嫡子爲嗣子之嚴義，即嫡子應嗣封者之謂也。見岑仲勉續貞石證史。

〔鞏縣府君〕白鍠。見本卷故鞏縣令白府君事狀。

〔妣太原白氏〕見卷四二唐故坊州鄜城縣尉陳府君夫人白氏誌銘箋。

〔鄜城府君〕陳潤。見卷四二唐故坊州鄜城縣尉陳府君夫人白氏誌銘箋。

〔宣平里〕即宣平坊。在長安朱雀門街東第四街。兩京城坊考卷三：「元和六年，丁母陳夫人之喪，長慶集有初除户曹喜而言志詩，是陳夫人就養於居易之第。」城按：居易元和五年五月五日除京兆户曹參軍，則自新昌坊移居宣平坊當在此時之後。

〔金剛奴〕白幼美。見卷四〇寄小弟文及卷四二唐太原白氏之殤墓誌銘。

【校】

〔季庚〕「庚」，宋本、那波本俱誤作「庚」。見上一篇故鞏縣令白府君事狀校文。

〔字某〕「某」，宋本、那波本俱空二字。英華作「子申」，與季庚名合。

〔埇口〕「埇」，馬本注云：「委勇切。」

〔東平遺〕「遺」上馬本、全文俱脱「東平」二字，據宋本、那波本、英華補。又「遺」，英華作「令」，注云：「集作『遺』。」

〔州將〕「州」上英華有「徐州」二字。

〔良圖〕「良」，英華作「國」，注云：「集作『良』。」

〔或不〕「或」，英華作「如」，注云：「集作『或』字。」

〔宜崇亞列〕「崇」，馬本、英華、全文俱作「從」，非。據宋本、那波本、盧校改正。

〔貞元十年五月〕英華作「貞元五年十月」，注云：「集作『十』是。」

〔其年〕「其」，英華作「某」，非。

〔十月八日〕「十」下英華脱「月」字。

〔遷護〕「遷」下英華無「護」字。

〔陳朝〕「陳」下英華脱「朝」字。

〔坊州〕「坊」下英華脱「州」字。

〔夫人無〕「夫人」，英華作「陳氏」，注云：「集作『夫人』。」

〔三十〕「三」下英華注云：「集作『二』，是。」

〔家婦〕「家」，英華作「家」，注云：「集作『冢』。」

〔及別駕〕「及」，各本俱誤作「又」，據英華改正。

〔夫人親〕「夫人」，英華作「陳氏」，注云：「集作『夫人』。」

〔晝夜〕「晝」，英華作「威」，注云：「集作『晝』。」

〔十餘年間〕英華作「十年之間」，注云：「集作『餘』字。」

〔而百行〕「而」，宋本、那波本俱作「與」，非。又「百」上英華無「而」字。

〔潁川〕「潁」，那波本、馬本、英華俱誤作「穎」，據宋本、全文改正。

〔同州韓城縣〕「韓城」，各本俱訛作「同城」，今改正。顧學頡校點本白居易集云：「原本作『同城』，據文苑英華改。」城按：英華亦誤作「同城」，顧校誤。

〔鞏縣府君〕「鞏」，馬本、全文俱誤作「靳」，據宋本、那波本、盧校改正。

白居易集箋校卷第四十七

試策問制誥 凡十六道

才識兼茂明於體用科策一道 元和元年四月，登科第四等。

問：皇帝若曰：朕觀古之王者，受命君人，兢兢業業，承天順地，靡不思賢能以濟其理，求讜直以聞其過。故禹拜昌言而嘉猷罔伏，漢徵極諫而文學稍進。匡時濟俗，罔不率繇。厥後相循，有名無實。而又設以科條，增求茂異，搢斥己之至言，進無用之虛文。指切著明，罕稱於代。兹朕所以歎息鬱悼，思索其真。是用發懇惻之誠，咨體用之要。庶乎言之可行，行之不倦。上獲其益，下輸其情。君臣之間，確然相與。子大夫得不勉思朕言而茂明之！我國家光宅四海，年將二百。十聖弘化，萬邦懷仁。三王之禮靡不講，六代之樂罔不舉，浸澤于下，昇中于天。周、漢以還，莫斯爲盛。自禍階漏壤，兵宿中原。生人困竭，耗其太半。農戰非古，衣食罕儲。念兹疲甿，遠乖富庶。督耕植之業，而人無戀本之心；峻榷酤之科，而下有重斂之困。舉何方而可以復其盛，用何道而可以濟其艱？既往之失，何者宜懲？將來之虞，何者當戒？昔主父懲患於晁錯而用推恩，夷吾致霸於齊桓而行寓令。精求古人之意，啓迪來哲之懷。眷兹洽聞，固所詳究。又執契之道，垂衣不言。委之於下則人用其私，專之於上則下無其効。漢元優游於儒學，盛業竟衰；光武責課於公卿，峻政非美。二途取捨，未獲所從。余心浩然，益所疑惑。子大夫熟究其旨，屬之於篇，興自朕躬，無悼後害。

對：臣聞漢文帝時，賈誼上疏云：可爲痛哭者一，可爲流涕者二，可爲長太息者三。是時漢興四十載，萬方大理，四海大和，而賈誼非不見之。所以過言者，以爲詞不切，志不激，則不能迴君聽，感君心，而發憤於至理也。是以雖盛時也，賈誼過言而無愧；雖過言也，文帝容之而不非。故臣不失忠，君不失聖，書之史策，以爲美談。然臣觀自兹已來，天下之理，未曾有髣髴於漢文帝時者。激切之言，又未有髣髴於賈誼疏者。豈非君之明聖不侔於文帝乎？臣之忠讜不逮於賈誼乎？不然，何衰亂之時愈多，而切直之言愈少也？今陛下思禹之昌言而拜之，念漢之極諫而徵之，廢虚文之無用者，奬至言之斥己者，詢臣以可行之策，諭臣以不倦之意。懇惻鬱悼，發於至誠。此真聖王思至理求過言之明旨也。斯則陛下之道已弘於前代，臣之才識劣於古人，輒欲過言，以裨陛下明德萬分之一也。裨之者非敢謂言之必可行也，體用之必可明也，且欲使後代知陛下踐祚之後，有朴直敢言之臣出焉。無俾文帝、賈誼專美於漢代，然後退而俯伏以待罪戾焉，臣誠所甘心也。謹以過言昧死上對。伏蒙陛下賜臣之策有思興禮樂之道，念救疲甿之方，辨懲往戒來之宜，審推恩寓令之要。至矣哉！陛下之念及此，實萬葉之福也。豈唯一代之人受其賜而已哉？臣聞疲病之作，有因緣焉；救療之方，有次第焉。臣請爲陛下究因緣，陳次第而言之。臣聞太宗以神武之姿，撥天下之亂。玄宗以聖文之德，致天下之肥。當二宗之時，利無不興，弊無不革，遠無不服，近無不和。貞觀之功既成而大樂作焉，雖六代之盡美無不舉也。開元之理既定而盛禮興焉，雖三王之明備無不講也。禮行故上下輯睦，樂達故内外和平。所以兵偃而萬邦懷仁，刑清而兆民自化，動植之類，咸煦嫗而自遂焉。雖成、康、文、景之理無以出於此矣。洎天寶以降，政教寖微。寇既荐興，兵亦繼起。兵以遏寇，寇生於兵。兵寇相仍，迨五十載。財征由是而重，人力由是而罷。下無安心，雖日督農桑之課，而生業不固。上無定費，雖日峻管攉之法，而歲計不充。日削月朘，以至於耗竭其半矣。此臣所謂疲病之因緣者也。豈不然乎？由是觀之，蓋人疲由乎税重，税重由乎軍興，軍興由乎寇生，寇生由乎政缺。然則未修政教而望寇戎之銷，未銷寇戎而望兵革之息，雖太宗不能也。未息兵革而求征徭之省，未省征徭而求黎庶之安，雖玄宗不能也。何則？事有以必然，雖常人足以致；勢有所不可，雖聖哲不能爲。伏惟陛下，將欲安黎庶，先念省征徭；將欲省征徭，先念息兵革；將欲息兵革，先念銷寇戎；將欲銷寇戎，先念修政教。何者？若政教修則下無詐僞暴悖之心，而寇戎所由銷矣。寇戎銷則無興發攻守之役，而兵革所由息矣。兵革息則國無餽餫飛輓之費，而征徭所由省矣。征徭省則人無流亡轉徙之憂，而黎庶所由安矣。臣竊觀今天下之寇雖已盡銷，伏願陛下不以易銷而自怠。今天下之兵雖未盡散，伏願陛下不以難散而自疑。無自怠之心，則政教日肅；無自疑之意，則誠信日明。故政教肅則暴亂革心，誠信明則獷驁歸命。革心則天下將萌之寇不遏而自銷，歸命則天下已聚之兵不散而自息。然後重斂可日減，疲甿可日安，富庶可日滋，困竭可日補。日安則和悦之氣積，日富則廉讓之風形。因其廉讓而示之以禮，則禮易行矣。乘其和悦而鼓之以樂，則樂易達矣。舉斯方而可以復其盛，用斯道而可以濟其艱。懲既往之失，莫先於誠不明而政不修；戒將來之虞，莫先於寇不銷而兵不息。此臣所謂救療之次第者也。豈不然乎？若齊行寓令之法以霸諸侯，漢用推恩之謀以懲七國。施之今日，臣恐非宜。何者？且今萬方一統，四海一家，無隣國可傾，非夷吾用權之秋也。雖欲寓令，令將何所寓耶？今除國建郡，置守罷侯，無爵土可疏，非主父矯弊之日也。雖欲推恩，恩將何所推耶？但陛下嗣貞觀之功，弘開元之理，必將光二宗而福萬葉矣。何區區齊、漢之法而足爲陛下所慕哉？精究之端，實在於此矣。又蒙陛下賜臣之問，有執契垂衣之道，委下專上之宜，敦儒學而業衰，責課實而政失者。此皆政化之所急，今古之所疑。陛下幸念之，臣有以見天下之理興矣。夫執契之道，垂衣不言者，蓋言已成之化，非謀始之課也。委之於下者，言王者之理，庀其司、分其務而已，非謂政無小大悉委之於下也。專之於上者，言王者之道，秉其樞、執其要而已，非謂事無巨細悉專之於上也。漢元優游於儒學，而盛業竟衰者，非儒學之過也，學之不得其道也。光武責課於公卿，而峻政非美者，非考課之累也，責之不得其要也。臣請重爲陛下別白而明之。夫垂衣不言者，豈不謂無爲之道乎？臣聞無爲而理者，其舜也歟！舜之理道，臣粗知之矣。始則懋於修己，勞於求賢，明察其刑，明慎其賞，外序百揆，內勤萬樞，昃食宵衣，念其不息之道。夫如是，豈非大有爲者？終則安於恭己，逸於得賢，明刑至于無刑，明賞至于無賞，百職不戒而舉，萬事不勞而成，端拱凝旒，立於無過之地。夫如是，豈非真有爲者乎？故臣以爲無爲者非無所爲也，必先有爲而後至於無爲也。老子曰：「無爲而無不爲。」蓋是謂矣。夫委下而用私、專上而無効者，此由非所宜委而委之也，非所宜專而專之也。臣請以君臣之道明之。臣聞上下異位，君臣殊道，蓋大者簡者君道也，小者繁者臣道也。臣道者，百職小而衆，萬事細而繁，誠非人君一聽所能徧察，一明所能周覽也。故人君之道，但擇其人而任之，舉其要而執之而已矣。昔九臣各掌其事，而唐堯乘其功以帝天下；十亂各効其能，而周武總其理以王天下；三傑各宣其力，而漢高兼其用以取天下。此三君者不能爲一焉，但執要任人而已。亦猶心之於四肢九竅百骸也，不能爲一焉，然而寢食起居言語視聽皆以心爲主也。故臣以爲，君得君之道，雖專之於上，而下自有以展其効矣；臣得臣之道，雖委於下，而人亦無以用其私矣。由此而言，光武督責而政未甚美者，非他，昧君臣之道於小大繁簡之際也。漢元優游而業以寖衰者，非他，昧無爲之道於始終勞逸之間也。二途得失，較然可知。陛下但舉中而行之，則無所惑矣。臣伏以聖策首言曰：思賢能以濟其理，求讜直以聞其過。又曰：上獲其益，下輸其情。其末章則又曰：興自朕躬，無悼後害。此誠陛下思酌下言，欲聞上失，勤勤懇懇，慮臣輩有所隱情者也。臣敢不再竭狂直以副天心之萬一焉！臣聞古先聖王之理也，制欲於未萌，除害於未兆。故静無敗事，動有成功。自非聖王，則異於是。莫不欲逞於始，悔追於終，政失於前，功補於後。利害之効，可略而言。且如軍暴而後戢之，兵亂而後遏之，善則善矣，不若防其微，杜其漸，使不至於暴亂也。官邪而後責之，吏姦而後誅之，懲則懲矣，不若審其才，得其人，使不至於姦邪也。人餒而後食之，人凍而後衣之，惠則惠矣，不若輕其徭，薄其税，使不至於凍餒也。舉一知十，不其然乎？今陛下初嗣祖宗，新臨蒸庶。承多虞之運，當鼎盛之年。此誠制欲於未萌，除害於未兆之時也。伏惟陛下，敬惜其時，重慎於事。既往者且追救於弊後，將來者宜早防於事先。夫然，則保邦恒在於未危，恭己常居於無過。三、五之道，夫豈遠哉？臣生也得爲唐人，當陛下臨御之時，覩陛下升平之始，斯則臣朝聞而夕死足矣。而況充才識之貢，承體用之問者乎？今所以極千慮，昧萬死，當盛時，獻過言者，此誠微臣喜朝聞、甘夕死之志也。不然，何輕肆狂瞽，不避斧鑕，若此之容易焉？伏惟少垂意而覽之，則臣生死幸甚！生死幸甚！謹對。

【箋】

作於元和元年（八〇六），三十五歲，長安。見陳譜及汪譜。此卷那波本編在卷三〇。城按：舊書卷一六六白居易傳：「元和元年四月，憲宗策試制舉人，應才識兼茂明於體用科，策入四等。授盩厔縣尉。」陳譜元和元年丙戌：「罷校書郎。四月，應材識兼茂明於體用科，入第四等。是時順宗未葬，以制舉人皆先朝所召，命宰相監試，元稹入第三等。」白氏策林序（卷六二）云：「元和初，予罷校書郎，與元微之將應制舉……及微之首登科，予次焉。」此策即應試時所作。又按：唐代制科在科舉中爲特科，猶清代之「博學鴻詞」、「經濟特科」之類。制科名目繁多，隨時有異，肇於貞觀。已中進士，亦應制科，且有一應再應者，入選之人，每次不過三數名，且並非每歲舉行。

【校】

〔題〕此下那波本、全文俱無注。注中「登科第四等」五字，馬本作「登第」，據宋本改。英華作「才識兼茂明於體用策」，注云：「元和元年四月二十八日。」全文作「對才識兼茂明於體用策」。

〔至言〕「言」，英華作「論」，注云：「登科記作『言』。」

〔進無〕「進」，英華注云：「詔令作『角』，一本作『推』。」

〔確然〕「確」，英華、全文俱作「驩」。

〔茂明〕「茂」下英華注云：「集作『發』，非。」

〔萬邦〕「邦」，英華作「方」，注云：「集作『邦』。」

〔浸澤〕「浸」，英華作「漏」，注云：「登科記作『浸』。」

〔遠乖〕英華作「未遂」。

〔耕植〕「植」，英華、全文俱作「殖」。英華注云：「文粹作『食』。」

〔榷酤〕「榷」，那波本誤作「摧」。

〔而用〕「用」，英華注云：「登科記作『請』。」

〔齊桓〕「桓」，宋本作「淵聖御名」。

〔精求〕「精」，馬本譌作「清」，據宋本、那波本、英華、全文、盧校改正。

〔來哲〕英華誤作「未哲」，注云：「文粹作『著』。」城按：今本唐文粹卷三〇下僅有劉蕡應賢良方正能言極諫科策一篇，未録此篇，英華所採之本異。

〔其効〕「効」，英華作「功」。

〔儒學〕「學」，英華作「術」，注云：「集作『學』。」

〔疑惑〕此下英華注云：「登科記有『今』字。」

〔熟究〕「熟」，宋本作「孰」。城按：孰乃熟之本字。

〔屬之於篇〕此下英華注云：「登科記作『著之於篇』。」

〔四十載〕「載」，英華作「歲」，非。

〔自茲〕此下英華注云：「文粹作『魏晉』。」

〔文帝乎〕「帝」下英華無「乎」字。

〔不逮〕「逮」，英華作「追」，注云：「集作『逮』。」

〔衰亂〕「衰」，英華作「喪」，注云：「集作『衰』。」

〔切直〕「切」，英華作「公」，注云：「集『公』作『切』。」

〔廢虚文〕「廢」，馬本注云：「芳未切。」英華作「病」，注云：「集作『廢』。」

〔諭臣〕「諭」，英華作「示」，注云：「集作『諭』。」

〔前代〕此下英華注云：「文粹有『微』字。」

〔才識〕「識」，英華作「誠」，注云：「集作『識』。」

〔劣於〕「劣」，英華注云：「文粹作『劾』。」

〔辨懲〕「辨」，宋本作「辯」。英華作「別」，注云：「集作『辨』。」

〔疲病〕「疲」，英華注云：「文粹作『疾』。」

〔因緣焉〕「焉」，英華作「矣」，注云：「集作『焉』。」下一「焉」字同。

〔禮行〕「禮」，馬本誤作「理」，據宋本、那波本、英華、全文改正。

〔兆民〕「民」，宋本、那波本、盧校俱作「人」。

〔煦嫗〕「嫗」，馬本作「煕」，據宋本、那波本、英華、全文、盧校改。

〔寖微〕「寖」，那波本訛作「寢」。

〔寇既〕「既」，那波本作「戎」。

〔財征〕「財」，英華作「賦」。

〔日督〕「日」，宋本、馬本、英華俱訛作「曰」，據那波本、全文、盧校改正。

〔未息兵革〕「息」，馬本、全文俱作「銷」，據宋本、那波本、英華、盧校改。下同。

〔而求黎庶〕「求」，英華作「望」，注云：「集作『求』。」

〔玄宗〕「玄」，全文作「元」，蓋避清諱改。

〔事有以〕「以」，英華、全文俱作「所」。

〔黎庶〕「庶」，英華作「元」，注云：「集作『庶』。」

〔則無〕「則」下英華有「境」字。

〔兵革息至省矣十九字〕英華無。

〔餽餫〕「餫」，馬本、全文俱作「餉」，非。據宋本、那波本、盧校改正。

〔獷鷙〕「鷙」，馬本、全文俱作「鷙」，非。據宋本、那波本、英華、盧校改正。

〔可日〕「日」，英華作「以」，注云：「集作『日』。」

〔可日安〕「日」，英華作「以」。

〔風形〕「形」，英華作「行」。

〔禮易行矣〕「行」下英華無「矣」字。

〔濟其艱〕「艱」，宋本、那波本、英華俱作「難」。

〔莫先於〕「先」，英華作「大」。

〔若齊行〕「若」，英華注云：「文粹作『至於』。」

〔七國〕「七」，各本俱誤作「亡」，據英華、全文改正。

〔之秋〕「秋」，英華作「時」，注云：「集作『秋』。」

〔令將〕「令」，宋本、那波本俱脱。英華作「今」。

〔嗣貞觀〕「嗣」，英華作「期」，注云：「集作『嗣』。」

〔必將〕「將」，英華作「能」，注云：「集作『將』。」

〔之端〕「端」下英華有「倪」字。

〔今古之所疑〕馬本作「古今之所宜」，據宋本、那波本、英華、盧校改。又「所」下英華注云：「文粹作『所共』。」

〔蓋言〕「蓋」下英華無「言」字。

〔謀始之課〕「課」，英華、全文俱作「謂」。

〔小大〕全文作「大小」。

〔儒學之〕「儒」下英華脱「學」字。

〔重爲〕「爲」上英華無「重」字。

〔道乎〕「乎」下宋本、那波本俱衍「也」字。

〔萬樞〕「樞」，英華作「幾」。

〔大有爲者〕「者」下英華有「乎」字。

〔明刑至于〕此下英華注云：「文粹作『刑明至于』。」

〔明賞至于〕「至」下英華注云：「文粹作『賞』。」

〔必先有爲十一字〕英華作「必先爲而後致無爲也」九字，注云：「集作『必先有爲而後至於無爲也』。」

〔異位〕此下英華注云：「文粹作『宜』。」

〔周覽〕「覽」，英華作「鑒」，注云：「集作『覽』。」

〔漢高〕「漢」下馬本、全文俱脱「高」字，據宋本、那波本、英華、盧校補。

〔此三君者〕宋本、那波本俱作「三君子者」。英華作「三君者」。

〔漢元〕英華作「元帝」。

〔得失〕「得」，英華訛作「俱」。

〔舉中而行之〕「行」下宋本、那波本、英華俱無「之」字。

〔惑矣〕「矣」，英華作「也」，注云：「集作『矣』。」

〔聖策首言曰〕「言」，英華作「章」，又「曰」下無「思賢」至「又曰」十六字。

〔欲聞上失〕「欲」，那波本、英華俱作「樂」。

〔則異〕「異」下英華注云：「文粹作『昧』。」

〔於始〕「於」，英華作「其」，注云：「集作『於』。」

〔人涷〕「涷」上英華脱「人」字。

〔無過〕「過」，英華作「逸」，注云：「集作『過』。」

〔臣生也〕此下英華有「幸」字。

〔覩陛下〕「覩」，馬本、全文俱作「覩」，非。據宋本、那波本、盧校改正。

〔生死幸甚〕四字英華不重。

禮部試策五道 貞元十六年二月，高侍郎試及第。

第一道

問：周禮：「庶人不畜者祭無牲，不耕者祭無盛，不蠶者不帛，不績者不縗。」皆所以耻不勉，抑游惰，欲人務衣食之源也。然爲政之道，當因人所利而利之，故修其教不易其俗，齊其政不易其宜。由是農商工賈，咸遂生業。若驅彼齊人，强以周索，牲盛布帛，必由己出。無乃物力有限，地宜不然；而匱神廢禮，誰曰非闕？且使日中爲市，懋遷有無者，更何事焉？

對：利用厚生，教之本也。從宜隨俗，政之要也。周禮云：不畜無牲，不田無盛，不蠶不帛，不績不縗。蓋勸厚生之道也。論語云：因人所利而利之。蓋明從宜之義也。夫田畜蠶績四者，土之所宜者多，人之所務者衆。故周禮舉而爲條目，且使居之者無游惰、無墮業焉。其餘非四者雖不具舉，則隨土物生業而勸導之可知矣。非謂使物易業，土易宜也。夫先王酌教本，提政要，莫先乎任土辨物，簡能易從，然後立爲大中，垂之不朽也。若謂其驅天下之人，責其所無，强其所不能，則何異夫求萍於中逵，植橘於江北？反地利，違物性孰甚焉？豈直易俗失宜，匱神廢禮而已？且聖人辨九土之宜，别四人之業，使各利其利焉，各適其適焉。猶懼生生之物不均也，故日中爲市，交易而退，所以通貨食，遷有無，而後各得其所矣。由是言之，則大易致人之制，周官勸人之典，論語利人之道，三科具舉，有條而不紊矣。謹對。

【箋】

作於貞元十六年（八〇〇），二十九歲，長安。陳譜貞元十六年庚辰：「二月十四日，中書舍人高郢下第四人及第。……按舊史：貞元十四年，始以進士試禮部擢甲科。公生壬子，至戊寅恰二十七歲，與摭言合。今以集考之實不然。試賦既明著歲月，而箴言序云：『十五年，天子命渤海公領禮部貢舉事。明年春，一上登第。』又送侯權序亦云：『十五年秋，予始舉進士，與侯生俱爲宣城守所貢。明年春，予中春官第。』則其非十四年審矣。蓋公與元九書，自言年二十七方從鄉賦，集序因之，摭言之誤殆由此。然書但云從鄉賦爾，不云及第也。」城按：陳氏所辨即舊書白居易傳之誤。又按：唐代進士科試於禮部，例需經過三試：初試帖經，二試雜文（即詩賦各一篇），三試時務策五道。見唐六典卷四。白氏此策五道即應進士科第三試所作。

【校】

〔題〕英華題作「衣食之源」，注云：「禮部試第一道，貞元十六年。」

〔咸遂生業〕「遂」，盧校作「樂」。

〔士之所宜者多〕英華誤作「之所宜者多士」。

〔游惰〕「惰」，宋本、英華、盧校俱作「情」，非。

〔具舉〕「舉」，英華訛作「學」。

〔則隨〕此下英華有「其」字。

〔求萍〕「萍」上英華有「靡」字，注云：「集無『靡』字。」

〔中逵〕「逵」，英華作「陵」，注云：「集作『逵』。」

〔植橘〕「橘」下英華有「柚」字，注云：「集無『柚』字。」

〔利人之道〕「道」，馬本、全文俱作「利」，非。據那波本、英華改正。宋本無此字。

〔不紊〕此下英華無「矣」字。

第二道

問：書曰：「眚災肆赦。」又曰：「宥過無大。」而禮云：「執禁以齊衆，不赦過。」若然，豈爲政以德不足恥格，峻文必罰，斯爲禮乎？詩稱「既明且哲；以保其身」。易稱「利用安身，以崇德也」。而語云：「無求生以害仁，有殺身以成仁。」若然，則明哲者不成仁歟，殺身非崇德歟？

對：聖王以刑禮爲大憂，理亂繫焉；君子以仁德爲大寶，死生一焉。故邦有用禮而大理者，有用刑而小康者。古人有崇德而遠害者，有蹈仁而守死者。其指歸之義，可得而知焉。在乎聖王乘時，君子行道也。何者？當其王道融，人心質，善者衆而不善者鮮，一人不善，衆人惡之，故赦之可也。所以表好生惡殺，且臻乎仁壽之域矣。而肆赦宥過之典由兹作焉。及夫大道隱，至德衰，善者鮮而不善者衆，一人不善，衆人効之，故赦之不可也。所以明懲惡勸善，且革澆醨之俗矣。而執禁不赦之文，由兹興焉。此聖王所以隨時以立制，順變而致理，非謂德政之不若刑罰也。然則君子之爲君子者，爲能先其道，後其身。守其常，則以道善乎身；罹其變，則不以身害乎道。故明哲保身亦道也，巢、許得之。求仁殺身亦道也，夷、齊得之。雖殊時異致，同歸於一揆矣。何以覈諸？觀乎古聖賢之用心也，苟守道而死，死且不朽，是非死也。苟失道而生，生而不仁，是非生也。向使夷、齊生於唐、虞之代，安知不明哲保身歟？巢、許生於殷、周之際，安知不求仁殺身歟？蓋否與泰各繫於時也，生與死同歸於道也。由斯而觀，則非謂崇德者不爲成仁，殺身者不爲明哲矣。嗚呼！聖王立教，同出而異名。君子行道，百慮而一致。亦猶水火之相戾，同根於冥數，共濟於人用也。亦猶寒暑之相反，同本於元氣，共濟於歲功也。則用刑措刑之道，保身殺身之義，昭昭然可知矣！謹對。

【校】

〔題〕英華録此文題作「眚災肆赦」，注云：「禮部試第二道。」

〔峻文〕「文」，英華作「立」，非。

〔語云〕英華作「論語云」。

〔大憂〕「憂」，英華作「竇」，注云：「集作『憂』。」

〔大竇〕「竇」，英華作「竇」，注云：「集作『竇』。」城按：英華作「竇」，非。見卷四五與元九書校。

〔大理〕「大」，英華作「不」，注云：「集作『大』。」

〔赦之不可〕「赦」，英華作「殺」，注云：「集作『赦』。」

〔且革〕此下英華有「其」字。

〔之文〕「文」，英華作「制」，注云：「集作『文』。」

〔聖王所以〕「王」下英華無「所以」二字，注云：「集有『所以』二字。」

〔殊時異致〕「致」，馬本作「政」，非。據宋本、那波本、英華、全文、盧校改正。

〔死且〕「且」，英華作「而」，注云：「集作『且』。」

〔向使〕「使」，英華訛作「死」。

〔歲功也〕「也」，英華作「乎」。

〔可知矣〕「矣」，宋本、那波本、英華俱作「歟」。

第三道

問：聖哲垂訓，言微旨遠。至於禮樂之同天地，易簡之在乾坤，考以何文，徵於何象？絶學無憂，原伯魯豈其將落？仁者不富，公子荆曷云苟美？朝陽之桐，聿來鳳羽；泮林之椹，克變鴞音。勝乃俟乎木雞，巧必資於瓦注。咸所未悟，庶聞其説。

對：古先哲王之立彝訓也，雖言微旨遠，而學者苟能研精鉤深，優柔而求之，則壺奥指趣，將焉廋哉？然則禮樂之同天地者，其文可得而考也。豈不以樂作於郊而天神和焉，禮定於社而地祇同焉，上下之大同大和，由禮樂之馴致也。易簡之在乾、坤者，其象可得而徵也。豈不以乾以柔克而運四時，不言而善應。坤以陰騭而生萬物，不争而善勝。柔克不言之謂易，陰騭不争之謂簡。簡易之道，不其然乎！老氏絶學無憂，儆其溺於時俗之習也。原伯魯不學將落，戒其廢聖哲之道也。孟子不富之説，慮藴利而生孽也。公子荆苟美之言，嘉安人而豐財也。鳳鳴朝陽，非梧桐而不棲，擇木而集也。鴞止泮林，食桑椹而好音，感物而變也。事有躁而失、静而得者，故木雞勝焉。有貴而失、賤而得者，故瓦注巧焉。雖去聖逾遠，而大義斯存。是故遠旨微言可明徵矣。謹對。

【校】

〔廋哉〕「廋」，宋本、馬本俱作「廋」，字通。

〔原伯魯〕「魯」，宋本、那波本俱作「置」，非。城按：原伯魯爲周大夫，見左傳昭公十八年。

第四道

問：天地有常道，日月有常度，水火草木有常性，皆不易之理也。至乃鄒衍吹律而寒谷暖，魯陽揮戈而暮景迴，吕梁有出入之游，周原變堇荼之味，不測此何故也。將以傳信乎，抑亦傳疑乎？

對：原夫元氣運而至精分，三才立而萬物作。惟天地日月暨水火草木，度數情性，各有其常。其隨事應物而遷變者，斯人之所感也。何哉？惟天地萬物父母，惟人萬物之靈。蓋天地無常心，以人心爲心，苟能以最靈之心感善應之天地，至誠之誠感無私之日月，則必如影隨形，響隨聲矣。而況於水火草木乎？故有吹律於寒谷，和氣生焉；揮戈於曜靈，暮晷迴焉；神合於水游，吕梁而出入不溺；化被於草木，周原而堇荼變味。蓋品彙之生，則守其常性也。精誠之至，則感而常通也。静守常性，動隨常通，是道可於物而非常於一道也。夫如是則兩儀之道，七曜之度，萬物之性，可察矣，可信矣。夫何疑焉？謹對。

【校】

〔至誠之誠〕「誠」，馬本、全文俱作「誠」，非。據宋本、那波本改正。

第五道

問：紡績之弊出於女工，桑麻不甚加，而布帛日已賤。蠶織者勞焉。公議者知之，欲乎價平，其術安在，又倉廩之實，生於農畝，人有餘則輕之，不足則重之，故歲一不登，則種食多竭。往年時雨愆候，宸慈軫懷，遣使振廩，分官賤糶。故得餒殍載活，麥禾載登。思我王度，金玉至矣。竊聞壽昌常平，今古稱便。國朝典制，亦有斯倉。開元之二十四年，又於京城大置，賤則加價收糴，貴則終年出糶。所以時無艱食，亦無傷農。今者若官司上聞，追葺舊制，以時斂散，以均貴賤，其於美利不亦多乎？

對：人者，邦之本也；衣食者，人之所由生也。古者聖人在上而下不凍餒者，非家衣而户食之，蓋能爲之開衣食之源，均財用之節也。方今倉廩虚而農夫困，布帛賤而女工勞，以愚所闚，粗知其本。何者？夫天地之數無常，故歲一豐必一儉也。衣食之生有限，故物有盈則有縮也。古人知其必然也，故敦儉嗇以足衣，務儲蓄以足食。是以禹有九年之水，湯有七年之旱，野無青草，人無菜色者，無他焉，蓋勤儉儲積之所致耳。故曰：前事之不忘，後事之元龜也。當今將欲開美利利天下，以厚生生蒸人，返貞觀之升平，復開元之富壽。莫善乎實倉廩，均豐凶。則耿壽昌之常平得其要矣。今若升聞，率修舊制，上自京邑，下及郡縣，謹豆區以出納，督官吏以監臨。歲豐則貴糴以利農，歲歉則賤糶以卹下。若水旱作沴，則資爲九年之蓄。若兵革或動，則餽爲三軍之糧。可以均天時之豐儉，權生物之盈縮，修而行之，實百代不易之道也。虞災救弊，利物寧邦，莫斯甚焉。然則布帛之賤者，由錐刀之壅也。苟粟麥足用，泉貨通流，則布帛之價輕重平矣。抑居易聞短綆不可以汲深，曲士不可以語道，小子狂簡，不知所以裁之。莫究微言，空慚下問。謹對。

【校】

〔題〕英華題作「倉廩之實」，注云：「禮部試第五道。」

〔布帛〕「帛」，馬本作「泉」，非。據宋本、那波本、英華、全文改正。

〔不登〕英華作「不能」。

〔種食〕「食」，英華作「植」，注云：「集作『倉』。」

〔愆候〕「愆」，英華作「僽」，字同。

〔至矣〕「矣」，英華作「輕」，注云：「集作『矣』。」

〔聞壽昌〕「壽」上英華有「耿」字。

〔大置〕「置」，英華作「署」。

〔終年〕英華作「約平」。

〔今者〕「今」下英華無「者」字。

〔美利〕「美」，英華作「羨」，注云：「集作『美』。」

〔倉廩虚〕「倉」，馬本訛作「食」，據宋本、那波本、英華、全文改正。

〔天地〕「天」下英華脱「地」字。

〔則有縮〕「則」，英華作「即」，注云：「一作『則』。」

〔禹有〕「禹」，英華作「堯」。

〔無他焉〕「焉」，宋本、那波本、英華俱作「歟」。

〔莫善乎〕「善」，宋本、那波本、英華俱作「匪」。

〔修而〕「修」，英華作「循」。

〔之賤〕「賤」，英華訛作「錢」。

〔錐刀〕「錐」，英華作「錢」。

〔下問〕「下」，英華作「大」，注云：「集作『下』。」

進士策問五道 元和二年爲府試官。

第一道

問：禮記曰：「事君有犯無隱。」又曰：「爲人臣者不顯諫。」然則不顯諫者有隱也，無乃失事君之道乎？無隱者顯諫也，無乃失爲臣之節乎？語曰：「不知命，無以爲君子。」易曰：「樂天知命，故不憂。」又語曰：「君子憂道不憂貧。」斯又憂道者，非知命乎？樂天不憂者，非君子乎？夫聖人立言，皆有倫理。雖前後上下，若貫珠然。今離之則可以旁行，合之則不能同貫。豈精義有二耶？抑學者未達其微旨耶？

【箋】

作於元和二年（八〇七），三十六歲，長安，盩厔尉。見陳譜及汪譜。城按：白氏奉勑試制書詔批答詩等五首自注：「元和二年十一月四日，自集賢院召赴銀臺候進旨。五日，召入翰林，奉勑試制詔等五首。翰林院使梁守謙奉宣：宜授翰林學士。數月除左拾遺。」李商隱白公墓碑銘：「（元和）元年，對憲宗詔策語切，不得爲諫官，補盩厔尉。明年，試進士，取故蕭遂州澣爲第一，事畢，爲集賢校理。」則知策問題下自注「三年」乃「二年」之訛文，英華正作「二年」，宋本、馬本、那波本俱誤，據改。

【校】

〔題〕此下全文無注。英華注「官」下有「作」字。并見前箋文。

〔然則〕二字英華作「夫」，注云：「『夫』字集作『然則』。」

〔爲臣〕「爲」，英華作「人」。

〔同貫〕「同」，英華作「一」，注云：「集作『同』。」

第二道

問：大時不齊，大信不約，大白若辱，大直若屈。此四者，先聖之格言，後學之彝訓。有國者酌之以行化也，立身者踐之以修己也。然則雷一發而蟄蟲蘇，勾萌達；霜一降而天地肅，草木衰。其爲時也大矣，斯豈不齊者乎？日月代明而晝夜分，刻漏者準之，無杪忽之失焉；春秋代謝而寒暑節，律吕者候之，無黍累之差焉。其爲信也大矣。斯豈不約者乎！堯讓天下而許由遁，周有天下而伯夷餓。其爲白也大矣，斯亦不辱者乎？桀不道，龍逄諫而死；紂不道，比干諫而死。其爲直也大矣。斯豈不屈己者乎？由是而觀，有國者、立身者惑之久矣，衆君子試爲辨之。

【校】

〔大時〕「大」上英華有「夫」字。

〔雷一發〕「發」，英華作「聲」。

〔斯亦不辱者乎〕英華作「斯豈辱身者乎」，「不」字衍。

〔斯豈不屈己者乎〕英華作「斯豈屈己者乎」，「不」字衍。城按：文苑英華辨證云：「評上下文，斯語極爲允當。而印行集本却於『辱身』、『屈己』之上，各添一『不』字，但欲與『不齊』、『不約』相應，而忘其淺陋。」

〔辨之〕「之」，英華作「也」，注云：「集作『之』。」

第三道

問：大凡人之感於事，則必動於情，發於歎，興於詠，而後形於歌詩焉。故聞蓼蕭之詠，則知德澤被物也，聞北風之刺，則知威虐及人也，聞「廣袖」「高髻」之謡，則知風俗之奢蕩也。古之君人者，採之以補察其政，經緯其人焉。夫然則人情通而王澤流矣。今有司欲請於上，遣觀風之使，復採詩之官，俾無遠邇，無美刺，日採於下，歲聞于上，以副我一人憂萬人之旨，識者以爲何如？

【箋】

白氏策林六九採詩（卷六五）云：「大凡人之感於事，則必動於情，然後興於嗟歎，發於吟詠，而形於歌詩矣。故聞蓼蕭之詩，則知澤及四海也。聞『禾黍』之詠，則知時和歲豐也。聞北風之言，則知威虐及人也。聞碩鼠之刺，則知重斂於下也。聞『廣袖』『高髻』之謡，則知風俗之奢蕩也。聞『誰其穫者婦與姑』之言，則知征役之廢業也。故國風之盛衰，由斯而見也。王政之得失，由斯而聞也。人情之哀樂，由斯而知也。然後君臣親覽而斟酌焉。」與此篇旨意全同。

【校】

〔奢蕩〕「奢」，英華作「侈」，注云：「集作『奢』。」

〔君人〕英華作「人君」。

〔遠邇〕「邇」，英華作「近」，注云：「一作『邇』。」

第四道

問：百官職田，蓋古之稍食也。國朝之制，懸在有司。兵興已還，吏鮮克舉。今稽其地籍，則田亦具存；計以户租，則數多散失。至使内外官中，有品秩等、局署同而厚薄相懸，不啻乎十倍。斯者積弊之甚也，得不思革之乎？請陳所宜，以救其失。

【校】

〔斯者〕英華作「者斯」。

第五道

問：穀帛者生於下也，泉貨者操於上也。必由均節，以致厚生。今田疇不加闢，而菽粟之價日賤；桑麻不加植，而布帛之估日輕。懋力者輕用而愈貧，射利者賤收而愈富。至使農人益困，游手益繁矣。然豈穀帛斂散之節失其宜乎？將泉貨輕重之權不得其要乎？今天子方策天下賢良政術之士，親訪利病。以活元元。吾子若待問於王庭，其將何辭以對？

【校】

〔泉貨〕「貨」，英華作「布」，注云：「一作『貨』。」

〔農人〕英華作「蠶農」。

〔繁矣〕「矣」，英華作「夫」。

奉勑試制書詔批答詩等五首

元和二年十一月四日，自集賢院召赴銀臺候進旨。五日，召入翰林，奉勑試制詔等五首。翰林院使梁守謙奉宣：宜授翰林學士。數月，除左拾遺。

將仕郎守京兆府盩厔縣尉集賢殿校理臣白居易進

奉勑試邊鎮節度使加僕射制

門下：鎮寧三邊，左右百揆，兼茲重任，必授全材。某鎮節度使某乙，天與忠貞，日彰名節。德温以肅，氣直而和。明略足以佐時，英姿足以遏寇。累經事任，歷著勳庸。中權之令風行，外鎮之威山立。戎夷慴服，漢兵無西擊之勞；疆場底寧，胡馬絶南牧之患。禁暴而三軍輯睦，除害而百姓阜安。千里長城，一方内地。實嘉乃績，爰簡朕心。夫竭力輸誠，爲臣之大節；念功懋賞，有國之恒規。顧兹忠勤，宜進爵秩。爾有統戎之略，已授旌旄；爾有宣贊之猷，特加端揆。往踐厥職，其惟有終。可尚書左僕射，餘如故，主者施行。

【箋】

作於元和二年（八〇七），三十六歲，長安。城按：據白氏自注及李商隱白公墓碑銘，元和二年十一月，居易自盩厔尉、集賢校理召充翰林學士。重修承旨學士壁記云：「白居易，元和二年十一月六日，自盩厔縣尉充。」略去集賢校理一職。

【校】

〔疆場〕「場」，那波本訛作「埸」。

與金陵立功將士等勑書

勑浙西立功將士等：朕自臨寰宇，已再逾年。以忠恕牧萬人，以恩信馭百辟。動必思於卹隱，靜無忘於泣辜。庶乎馴致小康，寢興大道也。李錡因緣屬籍，踐歷官常。苞藏禍心，素懷梟獍之性；彰露凶德，忽發豺狼之聲。朕念以宗枝，務於容貸。諭以迷復，卒無悛心。而乃保界重江，竊弄凶器。抵捍朝命，驅脅師人。背德欺天，亂常干紀。蜂蠆之毒，流于郡縣；犬彘之行，肆于閨門。惡稔禍盈，親離衆叛。人神共棄，天地不容。卿等忠憤闇彰，義勇潛發。變疾風雨，謀先鬼神。中推赤心，前蹈白刃。率其膂力，死命于軍前；擒其兇魁，生致于闕下。廓千里之沴氣，濟一方之生人。誠感君親，義激臣子。臨危見不奪之節，因事立非常之功。予嘉乃誠，一念三歎！至於圖勞懋賞，詢事策勳，各有等差，續當處分。故先宣慰，宜並悉之。冬寒，卿等各得平安好，遣書指不多及。

【箋】

〔金陵〕指潤州。馮集梧樊川集注卷一杜秋娘詩注云：「至大金陵志：唐潤州亦曰金陵。張氏行役記言甘露寺在金陵山上。趙璘因話録言李勉初至金陵，于李錡坐上屢讚招隱寺標致。二事皆在潤州，則唐人謂京口亦曰金陵。杜牧有金陵女秋娘詩，白居易有賜金陵將士勑書，皆京口事也。」

〔李錡〕見卷一賀雨詩箋。

【校】

〔動必〕「必」，那波本訛作「心」。

〔梟獍〕「獍」，宋本、那波本、盧校俱作「鏡」，字通。

〔驅脅〕「脅」，馬本訛作「協」，據宋本、那波本、全文、盧校改正。

與崇文詔

爲頻請朝覲并寒月跋涉意，時崇文爲西川節度使。

敕：崇文：卿忠廉立身，簡直成性。董戎長武，邊候乂安，授律西川，兇徒蕩滅。是以寵崇外閫，秩進上公。而能省事安人，多方撫俗。諭朕念功之旨，勉其師徒；宣朕卹隱之心，慰彼黎庶。威立無暴，功成不居，累陳表章，懇請朝覲。雖殿邦之寄重，誠欲藉才；而望闕之戀深，固難奪志。且嘉且歎，彌感于懷。屬時候嚴凝，山川脩阻，永言跋涉，當甚勤勞。佇卿來思，副朕誠望。想宜知悉。冬寒，卿比平安好，遣書指不多及。

【箋】

〔崇文〕高崇文。舊書卷十四憲宗紀上：「（元和元年九月）丙寅，以劍南東川節度使、檢校兵部尚書、梓州刺史、封渤海郡王高崇文檢校司空，兼成都尹、御史大夫，充劍南西川節度副大使、知節度事。……（元和二年十二月）丙寅，以劍南西川節度使高崇文檢校司空、同平章事、兼邠州刺史、邠寧慶節度使、充京西諸軍都統。」城按：卷五七有與崇文詔，可參看。

〔董戎長武二句〕貞元中，高崇文爲長武城使，積粟練兵，軍聲大振，吐蕃不得入寇，邊候乂安。

【校】

〔題〕此下小注「時」上馬本脱「爲頻請朝覲并寒月跋涉意」十一字，據宋本、盧校補。那波本無注。

批河中進嘉禾圖表

上天降休，下土効祉。將表豐年之兆，故生同穎之祥。顧慚寡德，受此嘉瑞。披圖省表，閲視久之。卿發誠自中，歸美于上。亦宜勉勤匡贊，馴致邕熙。庶洽升平之風，以叶和同之慶。所賀知。

【箋】

〔河中〕河中府。唐屬河東道。見元和郡縣志卷十二。

【校】

〔同穎〕「穎」，宋本誤作「潁」。

〔邕熙〕「邕」，馬本、全文俱作「雍」，據宋本、那波本、盧校改。

太社觀獻捷詩 以功字爲韻，四韻成。

淮海妖氛滅，乾坤嘉氣通。班師郊社内，操袂凱歌中。廟算無遺策，天兵不戰功。小臣同鳥獸，率舞向皇風。

【校】

〔題〕英華無「詩」字，注作「入翰林試以功字爲韻」九字。

白居易集箋校卷第四十八

中書制誥一　舊體　凡二十七道

張徹宋申錫可並監察御史制

勅：舊制，副丞相缺，中執憲得出入。御史缺，則於内外史中考覈其實，封奏其名以補之。今御史中丞僧孺奏：某官張徹、某官宋申錫皆方直强毅，可監察御史。章下丞相府，丞相亦曰可。朕其從之，並可監察御史。

【箋】

作於長慶元年（八二一），五十歲，長安。城按：此卷那波本編在卷三一。

〔舊體〕即用駢儷文體所草擬之制誥。元白詩箋證稿第四章：「今白氏長慶集中書制誥有

『舊體』『新體』之分别。其所謂『新體』，即微之所主張，而樂天所從同之復古改良公式文字新體也。」

〔張徹〕見卷一鄧魴張徹落第詩箋。

〔宋申錫〕字慶臣。登進士第。長慶初，拜監察御史。二年，遷起居舍人。見舊書卷一六七本傳。

〔僧孺〕牛僧孺。元和十五年十一月，除御史中丞。長慶二年正月，拜户部侍郎。見舊書卷一七二本傳。

【校】

〔題〕英華作「授張徹宋申錫等監察御史制」。

〔外史〕「史」，英華注云：「集作『官』。」

〔某官〕「某」，英華作「具」，下同。

〔强毅〕「毅」，宋本、那波本、英華、盧校俱作「白」。

〔可監察御史〕宋本、那波本俱作「可中御史」。

楊子留後殷彪授金州刺史兼侍御史河陰令韋同憲授南鄭令韋弁授絳州長史三人同制

勑：某官殷彪等：今之郡守，古侯伯也。今之邑令，古子男也。於吏有君臣之道焉，於人有父母之道焉。郡邑之間，承上率下者，州長史也。凡此之官，與吾共理，使吾人安而無怨者，其在吏良而政平乎！金，秦之郡也，奏告專達，得行異政。以彪清平信惠，臨事能守，小大之職，率著名績。故仍憲簡，俾往牧之。南鄭，梁之邑也，上有賢帥，無憂掣肘。以同憲河陰有政，可以移用，故换銅印，俾往宰之。而綠爲名藩，弁實良士，命之贊貳，亦叶其宜。宜各悉心，修舉三職。可依前件。

【箋】

約作於長慶元年（八二一）至長慶二年（八二二），長安。

〔金州〕金州漢陰郡。唐屬山南東道。見新書卷四〇地理志。

〔河陰〕開元二十二年，析汜水、滎澤、武陟置，隸河南府。會昌三年，屬孟州。見新書卷三九地理志。

〔韋同憲〕元和姓纂八微韋：「衮，駕部郎中，生同懿、同休、同憲。」即此人。

〔南鄭〕唐屬興元府。見新書卷四〇地理志。

【校】

〔某官〕「某」，那波本作「其」，非。

〔賢帥〕「帥」，馬本訛作「師」，據宋本、那波本、全文、盧校改正。

馮宿除兵部郎中知制誥制

敕：吾聞武德暨開元中，有顔師古、陳叔達、蘇頲稱大手筆，掌書王命。故一朝言語，焕成文章。朕承祖宗，思濟其美。凡選一才，補一職，皆不敢輕易，其庶幾前事乎！刑部郎中馮宿，爲文甚正，立意甚明，筆力雄健，不浮不鄙。況立身守事，端方精敏。而我誥命忽思潤色之，聽諸人言曰：宿也可。宿立朝，歷御史、博士、郡守、尚書郎，在仕進途不爲不遇。然不登兹選，未足其心。故吾于今歸汝職業。仍遷秩爲五兵郎中。勉繼顔、陳，無辱吾舉。可尚書兵部郎中、知制誥。

【箋】

作於長慶二年(八二二)，五十一歲，長安，中書舍人。

〔馮宿〕東陽人。長慶元年，以考功郎中知制誥。二年，轉兵部郎中，依前充。見舊書卷一六八本傳。參見卷四九兵部郎中知制誥馮宿……並可朝散大夫同制。

鄭覃可給事中制

敕：給事中之職，凡制敕有不便於時者得封奏之，刑獄有未合於理者得駮正之，天下冤滯無告者得與御史糾理之，有司選補不當者得與侍中裁退之。率是而行，號爲稱職。固不專於掌侍奉，讚詔令而已。中大夫、行諫議大夫、雲騎尉、滎陽縣開國男、食邑三百户鄭覃，清節直行，正色寡言。先臣之風，藹然猶在。自居首諫，益勵謇諤。擢領是職，必有可觀。亦欲天下聞之，知吾獎骨鯁之臣，來諫諍之道也。可給事中，散官、勳如故。

【箋】

作於長慶元年(八二一)，五十歲，長安，中書舍人。御選古文淵鑒卷三八：「嫻雅猶存典則。」

〔鄭覃〕舊書卷一七三本傳：「鄭覃，故相珣瑜之子，以父蔭補弘文校理。歷拾遺、補闕、考功員外郎、刑部郎中。元和十四年二月，還諫議大夫。……長慶元年十一月，轉給事中。」

【校】

〔題〕英華作「授鄭覃給事中制」。

〔寡言〕英華作「審詞」。

韋審規可西川節度副使御史中丞李虞仲崔戎姚向温會等並西川判官皆賜緋各檢校省官兼御史制

勑：西川曰益部，地有險，府有兵，礙戎屏華，號爲難理。故吾命文昌爲帥長，俾鎮撫焉。次命審規爲上介，俾左右焉。又命虞仲、戎、向、會等爲庶寮，俾咨度焉。進言者，謂文昌賢而審規輩才，以才佐賢，蜀必理矣。輟三署吏，贊丞相府，假憲官職，加臺郎暨一命再命之服以遣之。其於張大光榮，與四方征鎮之賓寮不侔矣。爾等苟佐吾丞相以善政聞，使吾無一方之憂，吾寧久遺汝於諸侯乎？爾其勉之！可依前件。

【箋】

作於長慶元年（八二一），五十歲，長安，主客郎中、知制誥。

〔韋審規〕新書南蠻傳：「穆宗使京兆少尹韋審規持節臨册南詔豐祐。」元稹有授韋審規等左司户部郎中等制（英華卷三八九）、贈韋審規父漸等制（元集卷五〇）。城按：本卷李虞仲可兵部員外郎崔戎可户部員外郎制云：「去年春，朕憂西南事，授丞相文昌，鉞鎮撫之。次選郎吏有才實如虞仲輩者往贊理之。」可知審規長慶元年春始自左司郎中外除西川節度副使。

〔西川節度〕劍南西川節度使。治所在成都府（益州），管成都府等二十六州。見元和郡縣志卷三一。城按：劍南節度使，上元二年始分爲兩川，廣德二年合爲一道，大曆二年又分爲兩川，此後未改。又見唐會要卷七十八。

〔李虞仲〕見本卷李虞仲可兵部員外郎崔戎可户部員外郎制箋。

〔崔戎〕見本卷李虞仲可兵部員外郎崔戎可户部員外郎制箋。

〔姚向〕曾爲户部員外郎及司勳員外郎。見郎官考卷八及卷十二。

〔檢校省官〕省官即尚書省之郎中或員外郎。城按：唐制，諸節度使常檢校京官兼大夫，觀察使常檢校京官兼中丞，其帶憲銜者所以持法臨民也。

【校】

〔題〕英華作「授韋審規西川節度副使御史中丞李虞仲崔戎姚向温會等並西川判官皆賜緋各檢校省官兼御史制」。

〔西川〕此下英華注云：「一有『南』字。」

魏博軍將呂晃等從弘正到鎮州各加御史大夫賓客等制

勅：去年冬命侍中弘正建大將軍旗鼓，移鎮於成德軍，而晃已下四十有一人實從魏來，或驅或毆，被堅執鋭，可謂有勞。宜以宫坊之寮，憲府之職，隨其名秩序而寵之。可依前件。

【箋】

作於長慶元年（八二一），五十歲，長安。

〔魏博〕魏博節度使。治所在魏州。管魏、相、博、衛、澶六州。見元和郡縣志卷十六。

〔弘正〕田弘正。元和十五年十月，自魏博節度使、檢校司徒兼侍中、魏博大都督府長史移任鎮州大都督府長史、成德軍節度使。見舊書卷十六穆宗紀。

張平叔可户部侍郎判度支制 時長慶二年三月制。

勅：故事：君使臣其道不一，或先勞而後受賞，或先加寵而後責功。蓋宜便有後先，時事有緩急故耳。朝議大夫、守鴻臚卿、兼御史大夫、判度支、上柱國、賜紫金魚袋張平叔，國之材臣也。計能析秋毫，吏畏如夏日，司會逾月，綱條甚張。況師旅未息，調食方急，倚成取濟，非爾而誰？故自大鴻臚换居人部，造膝而授，不時而遷。其要無他，是欲急吾事而望倚爾功也。公卿以降，羣有司盈庭。然問曰：與吾坐而決事，丞相已下，不過四五，而主計之臣在焉。非智能則事不可成，非諒直則吾難近。噫！職局之外，得不思稱官望而厭我心乎？可守尚書户部侍郎、判度支，散官、勳、賜如故。

【箋】

作於長慶二年（八二二），五十一歲，長安，中書舍人。

〔張平叔〕舊書卷十六穆宗紀：「（長慶二年三月壬寅），以鴻臚卿、判度支張平叔爲户部侍郎充職。平叔以曲承恩顧，上疏請官自賣鹽可以富國强兵，陳利害十八條。詔下其疏，令公卿詳議，中書舍人韋處厚隨條詰難，固言不可，事遂不行。」城按：張平叔，貞元十年舉詳明政術可以理人科。見登科記考卷十三引册府元龜及唐會要。又卷四九張平叔可京兆少尹知府事制云：「自貞元已來，用三科取士，奉詳明政術可以理人之詔，而得其名有其實者，幾何人哉，平叔居其一也。」與登科記考所指似即一人，惟時間尚有可疑耳。

〔坐而決事三句〕能改齋漫録卷六：「東坡云：『白樂天行張平叔户部侍郎判度支制誥云：坐而決事，丞相以下，不過四五，而主計之臣在焉。以此知唐制主計蓋坐而論事也。不知四五者悉何人。平叔議鹽法至爲割剥，事見退之集。今樂天制誥亦云：計能析秋毫，吏畏如夏日。其人必小人也。』以上皆東坡語。余讀唐柳氏家訓載：『柳公綽爲中丞日，張平叔以僥倖承寵。及罪發，鞫于憲司，吏引曰：張侍郎。公綽叱曰：贓吏豈可呼官，據案復引曰：囚張平叔。繫于别圄。

遂窮竟其失官錢四萬緡，以具獄聞。』此事東坡蓋未之見耶？」城按：東坡所謂「見退之集」者即韓愈論變鹽法事宜狀。

【校】

〔題〕此下那波本無注。宋本在文後。

〔析秋毫〕「析」，宋本、馬本、那波本俱訛作「折」，據全文改正。

李虞仲可兵部員外郎崔戎可户部員外郎制

勅：劍南西川節度判官、朝散大夫、檢校尚書户部員外郎、兼侍御史、上柱國、賜紫金魚袋李虞仲，西川觀察判官、朝議郎、檢校刑部員外郎、兼侍御史、雲騎尉、賜緋魚袋崔戎等：去年春，朕憂西南事，授丞相文昌鉞鎮撫之。次選郎吏有才實如虞仲輩者，往贊理之。故其制云：苟佐吾丞相以善政聞，寧久遺汝於諸侯乎？今蜀政成矣，蜀人乂矣，是汝輩職修事舉而奉吾詔書甚謹也。前言在耳，安可弭忘？並命爲郎，主吾信賞。虞仲可行尚書兵部員外郎，戎可尚書户部員外郎，散官、勳如故。

【箋】

作於長慶二年（八二二），五十一歲，長安，中書舍人。

〔李虞仲〕元和初，登進士第。又以制策登科。自太常博士遷兵部員外郎，司勳郎中。見舊書卷一六三、新書卷一七七本傳。城按：白氏論制科人狀（卷五八）末稱「元和十五年十二月十三日，重考定科目官、將仕郎、守尚書祠部員外郎、上護軍臣李虞仲」。並參見本卷……李虞仲等並西川判官皆賜緋各檢校省官兼御史制。

〔崔戎〕字可大，舉兩經登科。自殿中侍御史累拜吏部郎中。遷諫議大夫。見舊書卷一六二、新書卷一五九本傳。並參見本卷……李虞仲等並西川判官皆賜緋各檢校省官兼御史制。

〔文昌〕段文昌。長慶元年二月，自中書侍郎平章事出爲成都尹、劍南西川節度使。見舊書卷十六穆宗紀。

【校】

〔題〕英華作「李虞仲兵部員外郎崔戎户部員外郎」制。

〔户部員外郎〕「員外郎」，各本俱誤作「郎中」，據英華改正。

〔西川〕「西」上英華有「劍南」二字。

〔鎮撫之〕「鎮」上英華有「往」字。

〔乂矣〕「乂」，馬本作「安」，非。據宋本、那波本、英華、全文、盧校改正。

〔甚謹也〕英華此下注云：「一作『矣』。」

〔戎可〕此下英華有「行」字。

〔勳如故〕「勳」下英華有「賜各」二字。

牛僧孺可户部侍郎制

敕：户部侍郎，周之地官小司徒也。掌天下田户之圖，生齒之籍，賦役貨幣之政令，以待國用而質歲成。元和以還，日益寵重。善其職者，多登大任。中兹選者，莫匪正人。誰其稱之？我有邦彦。朝議郎、守御史中丞、上柱國、賜紫金魚袋牛僧孺：自舉賢良，踐臺閣，秉潤色筆，提糾繆綱。而書命無繁詞，決事無留獄，受寵有憂色，納忠多苦言。朕心知之，何用不可？夫以人曹之重如彼，僧孺之賢若此，俾居是職，不亦宜乎？可守尚書户部侍郎，散官、勳如故。

【箋】

作於長慶二年（八二二），五十一歲，長安，中書舍人。

〔牛僧孺〕長慶二年正月，拜户部侍郎。三年三月，以本官同平章事。見舊書卷一七二本傳。

【校】

〔題〕英華作「授牛僧孺户部侍郎制」。

〔田户〕「田」，英華作「口」，注云：「集作『田』。」

〔之籍〕此下英華注云：「二字集『衆』。」城按：「衆」上脱「之」字。

〔朝議郎〕「郎」，英華作「大夫」，注云：「集作『朝議郎』。」全文注云：「一作『大夫』。」

〔臺閣〕「臺」上英華有「歷」字。

〔人曹〕「曹」，宋本、馬本、那波本俱作「會」，非。據英華、全文改正。

〔勳如故〕「勳」下英華、全文俱有「賜」字。

庾承宣可尚書右丞制

勅：朝議大夫、守尚書刑部侍郎、驍騎尉庾承宣：昔我太宗文皇帝嘗謂尚書丞百職綱維，事一失中，則天下有受其弊者。因命戴胄、魏徵及杜正倫、劉洎輩繼領是職，分居左右。官修事理，人到于今稱之。故吾前命崔從持左綱，今命承宣操右轄。衆口籍籍，頗爲得人。況承宣端諒勤敏，周知典故，必能爲我紐有條之綱，梶妄動之輪，坐曹得出入郎官，立朝得奏彈御史。會政決要，扶樹理本，無俾戴、魏、劉、杜專美於貞觀中。可守尚書右丞，散官、勳如故。

【箋】

作於長慶二年（八二二），五十一歲，長安，中書舍人。

（庾承宣）舊書卷十六穆宗紀：「（長慶二年三月）丁巳，以左丞崔從檢校禮部尚書、鄜州刺史、鄜坊節度使。」則庾承宣當即代崔從檢者。又：「（長慶二年）十一月丁巳朔，丁卯，尚書左丞庾承宣爲陝虢觀察使。」卷十七下文宗紀下：「（大和四年）十一月，……以左丞庾承宣爲兗海沂密等州節度使。」則承宣兩爲尚書左丞。舊紀未載爲「右丞」事，與白氏此制異。

【校】

〔題〕英華作「授庾承宣尚書右丞制」。

〔官修〕「官」，英華作「職」，注云：「集作『官』。」

〔崔從〕「從」，馬本、全文俱作「戎」，據宋本、那波本、英華、盧校改。全文注云：「一作『從』。」

〔頗爲〕「爲」英華作「稱」，注云：「集作『爲』。」

〔會政決要〕英華、全文作「決會政要」，非。

張聿可衢州刺史制

勅：中散大夫、行尚書工部員外郎、上柱國、吳縣開國男、食邑三百户張聿：內外庶官，同歸共理；牧守之任，最親吾人。蓋弛張舉措由其心，賞罰威福懸其手。若一日失其職，一郡非其人，而未達於朝聽之間，爲害已甚矣。選授之際，得不慎也？以爾聿前領建谿有理行，次臨溵郡著能名，用爾所長，副吾所急。宜輟郎署，往頒詔條。來暮之聲，佇入吾耳。可使持節衢州刺史，散官、勳如故。

【箋】

約作於長慶元年（八二一）至長慶二年（八二二），長安。

〔張聿〕見卷二〇歲暮枉衢州張使君書并詩因以長句報之詩箋。

〔衢州〕見卷二〇歲暮枉衢州張使君書并詩因以長句報之詩箋。

【校】

〔弛張〕「弛」，馬本作「施」，非。據宋本、那波本、全文、盧校改正。

〔而未達〕「而」下馬本、全文俱衍「名」字，據宋本、那波本、盧校改正。

〔得不慎也〕「也」，馬本、全文俱作「夫」，據宋本、那波本、盧校改。

〔溵郡〕「溵」，馬本、全文俱作「沔」，據宋本、那波本、盧校改。

辛丘度可工部員外郎李石可左補闕李仍叔可右補闕三人同制

敕：朝散大夫、右補闕内供奉、飛騎尉辛丘度等；朕詔丞相求方略忠讜之士，置于左右。而播等以石暨仍叔應詔，言其爲人厚實謇直，嘗以文行謀畫，從容於幕府之間。臨事敢言，當官能守。可使束帶，同升諸朝。又言：丘度介潔静專，不交勢利，宜加推奬，以勸其徒。況久次者轉遷，後來者登進，皆適所用，平章可之。可依前件。

【箋】

約作於長慶元年（八二一）至長慶二年（八二二），長安。城按：那波本無此制。

〔辛丘度〕卷十三代書詩一百韻寄微之詩「笑勸迂辛酒」原注：「辛大丘度性迂嗜酒。」

〔李石〕字中玉，元和十三年進士。累官至户部侍郎、同中書門下平章事。見舊書卷一七二、新書卷一三一本傳。

〔李仍叔〕蜀王房宗正卿栻子，字周美。初名章甫，元和五年進士。見新書卷七一上宗室世系表及登科記考卷十八。并參見卷二九履信池櫻桃島上醉後走筆送别舒員外兼寄宗正李卿考功崔郎中、卷三六櫻桃花下有感而作詩箋。

【校】

〔題〕英華作「授辛丘度工部員外郎李石可左補闕李仍叔可右補闕等制」。

〔而播等至應詔十字〕英華作「而播等以石可暨仍叔應自塞詔書」十四字。

〔嘗以〕「嘗」，英華作「常」，注云：「集作『嘗』。」

〔從容〕「容」上宋本、馬本俱脱「從」字，據英華、全文補。

〔推奬〕「推」下英華注云：「一作『擢』。」

〔况久〕「况」下英華有「又」字，注云：「集無『又』字。」

魏博軍將薛之縱等十四人各授官爵制

勅：薛之縱等：去年冬授愬鉞，俾自徐鎮潞，而愬與其麾下同德，食不求飽，席不暇煖，節鎮殿定，一如所委。此誠愬之忠略，然所賴之縱等焦心勠力，同濟厥功。而須賞已逾時，秩宜加等。我有爵禄，分而命之。知吾不遺細大之功。可依前件。

【箋】

作於長慶元年（八二一），五十歲，長安，主客郎中、知制誥。城按：那波本無此制。

〔愬〕李愬。舊書卷一三三李愬傳：「元和十三年五月，授愬鳳翔、隴右節度使，仍詔路由闕下。愬未發，屬李師道再叛，詔田弘正、義成、宣武等軍討之，乃移愬爲徐州刺史、武寧軍節度使，使代其兄愿。……元和十五年九月，以愬檢校左僕射、同中書門下平章事、潞州大都督府長史、昭義節度使，仍賜興寧里第。十月，王承宗卒，魏博田弘正移任鎮州，愬至潞州，四月，遷魏州大都督府長史、魏博節度使。」

【校】

〔與其麾下〕「與」上宋本衍「越」字。

裴度李夷簡王播鄭絪楊於陵等各賜爵并迴授爵制

勅：禮云：「臣下竭力盡忠以立功於國者，必報之以爵禄。」此言上之不虚取於下也。而司空度等，咸以忠力作股肱心膂之臣，大節大勞，書在甲令。然則功如是，忠如是，高爵重秩，予何愛焉？故能統御之初，先行信賞。詔主爵者合爲奏書。或加寵進封，或延恩任子，次勤第品，咸按舊章。行乎敬之！無忝予一人之嘉命。可依前件。

【箋】

約作於長慶元年（八二一）至長慶二年（八二二），長安。城按：那波本無此制。

〔裴度〕字中立，河東聞喜人。長慶元年秋，張弘靖爲幽州軍所囚，田弘正於鎮州遇害，詔度以本官充鎮州四面行營招討使。自董西師，臨於敵境，屠城斬將，屢以捷聞。穆宗嘉其忠款，進位檢校司空、兼充押北山諸蕃使。見舊書卷一七〇本傳。

〔李夷簡〕字易之。元和十三年，召爲御史大夫，進門下侍郎、同中書門下平章事。見新書卷一三一本傳。參見卷十七聞李尚書拜相因以長句寄賀微之詩箋。

〔王播〕見卷四二唐揚州倉曹參軍王府君墓誌銘箋。

〔鄭絪〕字文明。鄭餘慶從父行。憲宗即位，拜中書侍郎、同中書門下平章事。見舊書卷一五九、新書卷一六五本傳。

〔楊於陵〕字達夫。舉進士。歷吏部郎中，京兆少尹，絳州刺史，户部尚書，太子太傅等職。寶曆二年，以左僕射致仕。見舊書卷一六四本傳。參見卷二五和楊郎中賀楊僕射致仕後楊侍郎門生合宴席上作詩及卷五二楊於陵亡祖母崔氏等贈郡夫人制、户部尚書楊於陵祖故奉先縣主簿楊冠俗可贈吏部郎中於陵奏請迴贈制。

鄭餘慶楊同懸等十人亡母追贈郡國夫人制

勅：鄭餘慶亡母某氏等：夫德不旌則勸善之典缺矣，親不顯則揚名之道廢矣。

凡今公卿大夫至于元士，濟濟然抱忠履信立吾朝者，皆聖善之教、燕翼之方所致也。自家刑國，有所從來。不大封崇，是忘報施。朕去年仲月統御之初，發號推恩，先降是命。豈直光前慰後而已哉？亦欲使天下爲母者聞，庶幾乎善統其家，慈訓其子，厚人倫而美教化也，可不務乎！

【箋】

作於長慶元年（八二一），五十歲，長安。城按：那波本缺此制。

〔鄭餘慶〕見卷二一題道宗上人十韻詩箋。

【校】

〔勑餘慶〕「勑」下宋本、盧校俱有「鄭」字。

李寘授咸陽令制

勑：某官李寘：近者西夷犯塞，詔諸將出師。司計臣俊言寘有應辯才，可司饋餉，故自京府掾假臺郎憲職以命之。屬寇遁師旋，未展其用。況在公族，推有器幹，今授銅印，俾宰咸陽。夫庶官之任爲急，西郊咫尺，佇爾能聲。可京兆府咸陽縣令。

【箋】作於長慶元年（八二一）至長慶二年（八二二），長安。城按：那波本缺此制。

〔咸陽〕咸陽縣。屬京兆府。本秦舊縣，唐武德二年置。見元和郡縣志卷一。

【校】〔題〕英華作「授李寘咸陽縣令制」。

〔西夷〕「夷」，英華作「戎」，注云：「集作『夷』。」

〔庶官之任〕英華作「庶官之理同歸撫字之任」十字。

劉縱授秘書郎制

勅：某官劉縱：徒步詣闕，上獻封章。又自叙其先臣陳、許間事，皆歷歷可聽。公侯子弟，多溺於驕邪。爾能讀書學文，自可嘉獎。圖籍之府，命爾爲郎。豈唯振滯求能，且不欲使勳勞之後棲棲於塵土中。可秘書省秘書郎。

【箋】約作於長慶元年（八二一）至長慶二年（八二二），長安。城按：英華卷四〇〇載此文爲杜牧作。全文同。那波本缺此制。

【校】

〔題〕英華作「授劉縱秘書郎制」。

〔塵土中〕此下英華有「也」字。

程羣授坊州司馬制

勅：程羣嘗從事於鎮、冀之間，病免所職，垂老之歲，棄爲窮人。倀倀無歸，有足傷者。夫一夫不獲，若納諸隍。此聖王用心，推己及物。今宜與羣禄食，使飽暖其身，亦猶晉君不能忘情於絳老也。往佐中部，爾其念哉！可坊州司馬。

【箋】

作於長慶元年（八二一）至長慶二年（八二二），長安。那波本缺此制。

〔坊州〕唐屬關内道。武德二年置。天寶元年，改爲中部郡。乾元元年，復爲坊州。見舊書卷三八地理志。

海州刺史王元輔加中丞制

勅：海州刺史王元輔：漢制二千石有政績者，就中加命秩，不即改移。蓋欲使吏久於官，而人安於化也。今元輔爲郡，頗有理名，廉使上聞，奏課居最。宜加中憲，旌而寵焉。庶使與君共理者聞而知勸。可兼御史中丞。

【箋】

作於長慶元年（八二一）至長慶二年（八二二），長安。城按：那波本缺此制。

〔海州〕原爲朐山郡。武德四年改爲海州。屬河南道。見元和郡縣志卷十一。

〔王元輔〕卷五〇有王元輔可左羽林衛將軍知軍事制，當即同一人。

【校】

〔與君〕「君」，宋本、盧校俱作「吾」。

楊潛可洋州刺史李繁可遂州刺史史備可濠州刺史制

勑：朝散大夫、守尚書金部郎中、上柱國楊潛，温厚静專，有端士之操。朝議大夫、前使持節吉州諸軍事、吉州刺史、上柱國李繁，精强博敏，有才子之稱。將仕郎、前使持節光州諸軍事、守光州刺史、雲騎尉史備，變通健決，有良吏之用。而能本於文學，輔以政事。爲郎見其行，爲郡聞其聲。夫洋束梁之險，遂居蜀之腴，濠控淮之要，三者皆名郡，而委之三吏。得不思勤儉教導，勞來安緝，膏雨吾土，襦袴吾人者乎？潛可使持節洋州諸軍事、守洋州刺史，散官、勳如故。繁可使持節都督遂州諸軍事、守遂州刺史。備可使持節濠州諸軍事、守濠州刺史、充團練渦口、西城等使，官、勳如故。

【箋】

作於長慶元年（八二一）至長慶二年（八二二），長安。

〔楊潛〕郎官考卷十二户外引宣室志云：「右常侍楊潛嘗自尚書郎出刺西河郡。」又唐百家詩選卷十四李涉有閑中紀事想吴楚舊遊寄河陽從事楊潛詩，當即此人。又郎官考卷十五金中亦有其名。

〔洋州〕武德元年置。屬山南西道。見舊書卷三九地理志。

〔李繁〕見卷五三前吉州刺史李繁可依前吉州刺史制箋。

〔遂州〕舊爲遂寧郡。周保定二年立爲遂州。唐因之，屬劍南道。爲東川節度使所管州。見元和郡縣志卷三三。

〔史備〕元和姓纂（卷六）六止史：「生弘寧、寂、容寧，寂生備。」郎官考卷十六金外有史備名，當即此人。

〔濠州〕本屬淮南。貞元時越淮割地隸屬徐州。見元和郡縣志卷九。

【校】

〔題〕英華作「授楊潛洋州刺史李繁遂州刺史史備濠州刺史等制」。

〔上柱國李繁〕「國」下英華有「襲鄴縣開國侯」六字。

〔良吏〕「良」，英華作「能」，注云：「集作『良』。」

〔能本〕「能」，英華作「皆」，注云：「集作『能』。」

〔東梁之險〕「東」，宋本、馬本俱作「更」，非。據英華、全文改正。

〔淮之要〕「淮」字以上，那波本缺。

〔名郡〕此下英華有「也今吾提三郡」六字。

〔備可〕此上英華有「散官勳封如故」六字。

〔官勳〕「官」上英華有「散」字。

張洪相里友略並山南東道判官同制

勑：朝議郎、守太常博士、上柱國張洪，前瀛莫等州都團練判官、朝議郎、侍御史內供奉、上柱國、賜緋魚袋相里友略等：元翼以大節大忠，綽聞朝野，授鉞開府，殿我漢南。而又求賢乞能，以自參貳，則其賓寀宜有以稱之。故求吾俊造之英，勳列之胄，達朝儀而練戎事者與焉。今以洪之知國禮，奉家聲，以友略之富藝文，飽軍旅，兩中是選，合而命之。優秩寵章，無所愛惜。時無今古，代有忠賢，苟致吾元翼於羊、杜間，別有陟明之典在。洪可檢校尚書職方員外郎、兼侍御史、充山南東道節度判官，仍賜緋魚袋，散官、勳如故。友略可檢校尚書屯田員外郎、兼侍御史、充山南東道觀察判官，散官、勳如故。

【箋】

作於長慶元年（八二一）至長慶二年（八二二），長安。

【校】

〔題〕英華作「授張洪相里友略山南東道判官制」。

〔守太常博士〕「守」，據英華當作「行」，各本俱誤。

〔瀛莫〕「莫」，馬本訛作「漢」，據英華改正。又宋本、那波本、全文、盧校俱作「漠」，亦非。

〔别有〕英華作「則有」。

〔山南東道〕馬本訛作「山東南道」，據宋本、那波本、英華、全文乙轉。

姚成節右神策將軍知軍事制

敕：朝議郎、前使持節成州諸軍事、守成州刺史、充本州守捉使、賜紫金魚袋姚成節：嘗爲天平軍裨將。當劉悟之立忠勳也，謀成事集，爾有助焉。雖授一城，未足酬獎。況聞信厚勤恪，宜於爪牙肘腋間居之。昔漢文帝以宋昌忠勞，擢拜將軍，掌宿衞。今吾用汝，猶前志也。環拱之職，得不勉歟？可致果校尉、守右神策將軍知軍事，賜如故。

【箋】作於長慶元年（八二一）至長慶二年（八二二），長安。

【校】〔題〕英華作「授姚成節右神武將軍兼知軍事制」。「武」下注云：「集作『策』。」下同。

〔朝議郎〕「議」，英華作「請」，注云：「集成『議』。」

〔宿尉〕「宿」，宋本、那波本、盧校俱作「離」。英華作「使掌環衞」。

〔前志〕「志」，英華作「心」。

〔致果校尉〕「致」，馬本、全文俱訛作「毅」，據宋本、那波本、英華、盧校改正。城按：致果校尉爲唐之武散官，正七品上。

高釴等一十人亡母鄭氏等贈太君制

勑：起居郎高釴亡母滎陽郡太君鄭氏等：予有侍臣，咸士之秀者。或左右以書吾言動，前後以補吾闕遺。森然在庭，各舉其職。爰思乃教，知所從來。豈非善禀於親，行成於内，徙鄰斷織，訓使然耶？不追封邑之榮，曷顯統家之慶？可依前件。

【箋】

作於長慶元年（八二一）至長慶二年（八二二），長安。

〔高釴〕長慶元年十一月八日，自起居郎、史館修撰充翰林學士。見重修承旨學士壁記。舊書卷一六八、新書卷一七七俱有傳。據舊傳，其自右補闕、充史館修撰轉起居郎依前充職在元和十五年。

【校】

〔釴〕馬本、全文俱訛作「鉞」，據宋本改正。那波本作「鉞」亦非。下同。城按：「釴」，舊、新書本傳俱作「釴」。元集卷四七高釴授起居郎制、白氏有唐善人墓碑銘（卷四一）亦俱作「釴」，當以作「釴」爲正。又册府元龜卷四六〇作「越」，亦誤。

〔滎陽郡〕「滎」，宋本誤作「榮」。

柳公綽可吏部侍郎制

敕：京兆尹兼御史大夫柳公綽：長吏數易，爲害甚多。邇來都畿，未免斯弊。或苛急而人重困，或軟弱而姦不息，得其中者其公綽乎！細大必躬親，剛柔不吐茹。甚稱厥職，惜而不遷。然智者常憂，忠者常勞，亦非吾以平施御臣下之道也。尚書六職，天官首之，辯論官材，澄汰流品。比諸内史，選妙秩清。詢衆用能，無易公綽。爾宜飭躬承命，以裴、王、崔、毛爲心。苟副吾言，用稱乃職，而今而後，亦何往而不適哉？可尚書吏部侍郎。

【箋】

作於長慶元年（八二一），五十歲，長安，中書舍人。

〔柳公綽〕舊書卷十六穆宗紀：「（長慶元年冬十月甲子朔），甲申（二十一日），以京兆尹、御史大夫柳公綽爲吏部侍郎。」城按：公綽，字超之，京兆華原人。舊書卷一六五、新書卷一六三有傳。

【校】

〔題〕英華作「授柳公綽吏部侍郎制」。

〔軟弱〕「軟」，英華作「懦」，注云：「集作『軟』。」

〔宜飾〕英華作「其飾」，注云：「集作『宜』。」

孔戣可右散騎常侍制

勑：昔齊桓公心體懈怠，則隰朋侍；漢成帝親重儒術，則劉向從。今之常侍，是其選矣。稱其任者，唯正人乎！吏部侍郎孔戣，言行謹直，風操端莊。肅然禮容，清廟之器。始自筮仕，迄于天官。虚舟爲心，利刃在手。全才具美，時論多之。可使珥貂，立吾左右。從容侍從，以備顧問。隰朋、劉向豈遠乎哉？可右散騎常侍。

【箋】

作於長慶元年（八二一），五十歲，長安。御選古文淵鑒卷三八：「辭甚圓美。」

〔孔戣〕巢父從子。字君嚴。穆宗（城按：舊傳誤作敬宗）即位，召爲吏部侍郎。長慶初，改右散騎常侍。二年，轉尚書右丞。見舊書卷一五四、新書卷一六三附孔巢父傳。

【校】

〔題〕「散」上馬本脱「右」字，據宋本、那波本、全文補。英華作「授孔戣右散騎常侍制」。

〔齊桓〕「桓」，宋本作「淵聖御名」。

〔漢成帝〕「成」，宋本、那波本、英華俱作「武」，非。

〔選矣〕「選」，英華作「任」，注云：「集作『選』。」

〔稱其任者二句〕英華作「中吾選者莫匪正人」注云：「集作『稱其任若唯正人乎』。」

〔吏部侍郎〕英華作「大中大夫守尚書吏部侍郎上柱國賜紫金魚袋」十九字。

〔迄于〕「迄」，英華作「至」，注云：「集作『迄』。」

〔立吾〕「吾」，英華作「于」，注云：「集作『吾』。」

王公亮可商州刺史制

勅：尚書司門郎中王公亮：茂於學，精於文。文學之外，有析毫剸鐘之用。自佐戎律，領郡符，持憲爲郎，皆稱厥職。吾前命劉遵古、張平叔爲商州刺史，繼有善政，人用乂安。今爾代之，守而勿失。況商土瘠，商人貧，可以静理而阜安，不宜改張而易轍。以爾精敏，當自得中，可商州刺史。

【箋】

作於長慶元年（八二一），五十歲，長安。

〔商州〕見卷十五發商州詩箋。

〔劉遵古〕東平人。貞元八年，陸贄下及第。長慶二年，爲京兆尹。寶曆二年，爲湖南觀察使。大和三年，爲邠寧節度使。八年六月，卒於大理卿任。寶刻類編卷五有贈尚書左僕射劉遵古碑。又見郎官考卷一左中。

〔張平叔〕見本卷張平叔可户部侍郎判度支制箋。

【校】

〔析毫〕「析」，馬本注云：「思積切。」

〔剬鐘〕「剬」，馬本注云：「符佛切。」

〔易轍〕宋本、那波本、盧校俱作「趨數」。

韋顗可給事中庾敬休可兵部郎中知制誥同制

敕：職之要，莫先乎駮正；文之選，莫難於司言。將使朝綱有條，朕命惟允，在二者得人而已。中大夫、使持節蘇州諸軍事、守蘇州刺史、上騎都尉韋顗，精微專直，通乎事典，可使平奏議而坐左曹。朝散大夫、尚書禮部郎中、上柱國庾敬休，温裕端明，飾以辭藻，可使書誥命而專右席。而輪轅鑿枘，各適所宜。夫惟刺史守列城，郎官應列宿。選任倚注，非不榮重。然吾左右前後，方求正人。如覬、敬休，不宜疎遠。亦猶有聲之玉，無纇之珠，不置於佩服掌握之間，皆非其所也。宜自敬謹，無忝吾言。覬可行給事中，散官、勳如故。敬休可尚書兵部郎中、知制誥，散官、勳如故。

【箋】

作於長慶元年（八二一）至長慶二年（八二二），長安。

〔韋覬〕字周仁。少以門蔭，自萬年尉歷御史，補闕，尚書郎。長慶初爲大理少卿，累遷給事中。見舊書卷一〇八韋見素傳，新書卷一一八韋湊傳。城按：舊、新傳俱未載覬爲蘇州刺史。姑蘇志卷二古今守令表上謂「韋覬，中大夫、上騎都尉、守蘇州刺史，除給事中」，列於元和八年張正甫後，據白氏此制，則韋覬刺蘇時，當在元和末、長慶初。

〔庾敬休〕見卷十夢與李七庾三十二同訪元九詩箋。城按：郎官考卷十九據此制補入禮中。

【校】

〔題〕英華作「授韋覬給事中庾敬休兵部郎中知制誥」。

〔上騎都尉〕馬本誤作「上都騎尉」，據宋本、那波本、英華、全文乙轉。

〔平奏議〕「平」，宋本誤作「乎」。

〔左曹〕「左」，英華、全文俱作「右」。全文注云：「一作『左』。」

〔朝散大夫〕此下英華有「守」字。

〔而專右席〕四字英華作「而立西序」，注云：「集作『而專右席』。」

〔倚注〕此下英華注云：「一作寄。」

〔無纇〕「纇」，馬本訛作「類」，據宋本、那波本、英華、全文、盧校改正。

〔不置於佩服掌握之間〕英華作「不置佩服之中掌握之上」，注云：「集作『不置於佩服掌握之間』。」

〔敬謹〕「謹」，英華作「重」。

〔勳如故〕英華「如」上無「勳」字。

白居易集箋校卷第四十九

中書制誥二 舊體 凡三十道

李愬贈太尉制

敕：故特進、行太子少保、上柱國、涼國公、食邑三千户、食實封伍佰户李愬：在建中歲，洮賊叛換，惟太師晟實仗大順，翦而瀦之。在元和朝，蔡寇充斥，惟爾愬，實奮奇策，虜而戮之。父子之功，書于甲令，俱爲第一，焯煇當時。矧爾一登將壇，六換鈇鉞，坐論巖廊之道，卧理保傅之事。方深倚望，奄忽淪謝。是用當食累歎，視朝三輟。豈不以爪牙之威缺於外，股肱之痛軫於中者乎？而弔奠之命，賵賻之數，雖加常等，未表殊恩。宜以太尉之秩贈，上公之衮斂，俾爾被哀榮，服忠孝，從先太師於九原也。不其盛歟！嗚呼！美終必復，禮無不荅。昔爾之勤勞如彼，今吾之寵飾如此。君臣報施，可謂兩臻其極焉。爾靈有知，欽我追命。可贈太尉，仍令所司備禮册命，賜絹二千匹，布七百端，米粟一千石，委度支送。

【箋】

作於長慶元年（八二一），五十歲，長安，中書舍人。城按：居易長慶元年十月十九日正授中書舍人，在李愬未卒之前。此卷那波本編在卷三二。

〔李愬〕李晟之子。以父蔭起家，累遷至太子詹事，宫苑閑廄使。元和十二年十月，入蔡州生擒吴元濟以獻（城按：新傳誤以爲元和十一年十月己卯，見新唐書糾繆），授山南東道節度使，封涼國公。卒於長慶元年十月己丑（二十六日），年四十九，贈太尉。見舊書卷一三三李晟傳及卷十六穆宗紀。

【校】

〔叛换〕「换」，馬本、全文俱作「逆」，非。據宋本、那波本、盧校改正。按：叛换同畔换、畔援，即跋扈之意。文選左思魏都賦：「吞滅咆㕲，雲撤叛换。」劉注：「叛换，猶恣睢也。漢書曰：『項氏叛换。』」通鑑晉孝武帝太元元年：「擅命河右，叛换偏隅。」胡注：「鄭康成曰：『叛换，猶跋扈也。』韓詩：『叛换，武强也。』」顧學頡校點白居易集謂宋本誤作「换」，並據馬本、全唐文、那波本改「換」爲「逆」，失考，蓋那波本亦正作「换」。
〔豬之〕「豬」，馬本、全文俱作「誅」，據宋本、那波本、盧校改。
〔焯煇〕馬本「焯」下注云：「職略切。」「煇」下注云：「呼回切。」
〔缺於外〕「缺」下馬本注云：「立月切。」
〔賵賻〕馬本「賵」下注云：「六鳳切。」「賻」下注云：「符過切。」

田布贈右僕射制

勅：朕聞古之臣子有忍死効節爲忠者，有不傷髮膚全歸爲孝者，有不顧性命引決爲忠者。但問所操所蹈何如耳。豈繫去就生死之間耶？噫！今有重義如泰山，輕生如鴻毛，死而不朽者，安得不褒揚寵飾，使天下聞之，所以勸孝心，激忠腸，然後薄者敦，懦者立，幸生者恥格也？故魏博等州節度觀察處置等使、起復寧遠將軍、守右金吾大將軍員外置同正員、檢校工部尚書、兼魏州大都督府長史、御史大夫、賜紫金魚袋田布，其父太尉甚賢此子，鎮陽之亂，弘正殁焉。而布枕戈嘗膽，誓報冤恥。故吾以大將軍之旗鼓鈇鉞，先臣之土壤士卒，盡用委付，親加勉諭。人鬼之憤，期一洩而甘心焉。既而激發魏師，出疆臨敵，事有不得已者，布亦未如之何。卒至於刳心自明，遺疏自列，謝君於天上，報父於地下。可謂田氏有孝子，國家有烈臣。則吾之知臣，弘正之知子明矣。聳動人聽，蠹傷我懷。故廢臨朝，所以示哀也；加禮命，所以示榮也。哀榮恩禮，至則至矣。嗚呼！曾未足以顯爾之節，不厭吾之心乎？可贈尚書右僕射，贈布帛三百段，米粟二千石，委度支逐便支遣。

【箋】

作於長慶二年（八二二），五十一歲，長安，中書舍人。

〔田布〕舊書卷十六穆宗紀：「（長慶元年八月）乙亥，以前涇原節度使田布起復檢校工部尚書，兼魏州大都督府長史，充魏博節度使。……（二年正月）戊申，魏博牙將史憲誠奪帥，田布伏劍而卒。」

【校】

〔枕戈〕「戈」，宋本、那波本俱作「干」。

〔蠹傷〕「蠹」，馬本注云：「迄力切。」

〔所以示哀〕「所」，宋本、那波本俱作「可」。

韋貫之可工部尚書制

勑：河南尹韋貫之：善馭者齊六轡，善理者正六官。六官成則百事舉。故吾選賢任舊，以次第補之。而六卿材吾已得五，闕一不可，待汝而成。貫之以正行明誠爲先朝輔，始以直進，終以直退。道有消長，德無緇磷。及帥湘潭，尹河、洛，而廉平清壹之政繼聞于京師。名簡吾心，善入吾耳。宜置朝右，以之厚時風。況今之尚書，漢公卿也。言動可否，屬人耳目焉。固不專率四屬，程百工，備位於冬官而已。可工部尚書。

【箋】

作於長慶元年（八二一），五十歲，長安，主客郎中、知制誥。

〔韋貫之〕本名純，以憲宗廟諱，遂以字稱。穆宗即位，擢爲河南尹。徵拜工部尚書，未行，長慶元年卒於東都。見舊書卷一五八、新書卷一六九本傳。城按：貫之除工部尚書在長慶元年十月壬申（初九日），同月戊寅（十五日）卒。見舊書卷十六穆宗紀。

【校】

〔題〕英華作「授韋貫之工部尚書制」。

〔以次第〕英華「次」上無「以」字，注云：「集有『以』字。」

〔六卿材〕「卿」下英華、全文俱有「之」字。

〔以之〕「之」，英華作「鎮」，注云：「集作『之』。」

〔漢公卿〕「公」上英華有「之」字。

〔人耳目〕「耳」上英華有「之」字，注云：「集無『之』字。」

〔尚書〕此下英華、全文俱有「餘如故」三字。

太子詹事劉元鼎可大理卿兼御史大夫充西蕃盟會使右司郎中劉師老可守本官充盟會副使通事舍人太僕丞李武可守本官兼監察御史充盟會判官三人同制

勑：太子詹事劉元鼎等：夫選可任而任之，則用無不適。擇可勞而勞之，則事無不成。蓋君使臣、臣事君之大端也。屬西夷乞盟，求可以莅之者。歷選多士，吾得三人。今以元鼎之博通，師老之誠諒，武之恭敏，合而爲用，不亦可乎！爾宜臨之以莊，示之以信。儀形辭氣，皆有可觀。必能率服彼戎，不獨益敬吾使。法卿憲秩，寵之以遺。可依前件。

【箋】約作於長慶元年（八二一），五十歲，長安，主客郎中、知制誥。

〔劉元鼎〕舊書卷一九六下吐蕃傳：「（長慶元年九月），乃命大理卿、兼御史大夫劉元鼎充西蕃盟會使，以兵部郎中、兼御史中丞劉師老爲副，尚舍奉御、兼監察御史李武，京兆府奉先縣丞、兼監察御史李公度爲判官。」

〔劉師老〕劉灣之子，彭城人。見郎官考卷六封外。元集卷四六劉師老授右司郎中制稱「侍御史内供奉劉師老」，當即同一人。

〔李武〕趙州刺史李鞏之子。開成時爲大理少卿。見郎官考卷十六金外。

許季同可秘書監制

敕：大理卿許季同：國朝已來，有劉德威、張文瓘、唐臨爲大理卿，有魏徵、虞世南、顔師古爲秘書監，則設官之重，得賢之盛，人到于今稱之。今季同以明慎欽恤理刑獄，以文學博雅長圖籍。由廷尉而長秘府，論者榮之。宜自重其官，自遠其道。又思與劉、張、唐、魏、虞、顔爲比，不亦自多乎？可秘書監。

【箋】

約作於長慶元年（八二一），五十歲，長安。

〔許季同〕舊書卷十六穆宗紀：「（長慶元年十月）己丑（二十六日），以秘書監許季同爲華州刺史、充潼關防禦鎮國軍使。」參見卷五五前長安縣令許季同除刑部郎中前萬年縣令杜羔除户部郎中制箋。

【校】

〔題〕英華作「授許季同秘書監制」。

〔劉德威〕「德」，馬本、全文俱作「得」，非。據宋本、那波本改正。

〔則設官〕「設」上馬本、全文俱脱「則」字，據宋本、那波本、盧校補。

〔由廷尉〕「由」，英華訛作「田」。

〔秘書監〕此下英華有「餘如故」三字。

張元夫可禮部員外郎制

勅：殿中侍御史張元夫：官有秩清而選妙者，其儀曹員外郎之謂乎！凡殿内御史，雖文才秀出，功課高等者，滿歲而授，猶曰美遷。有如元夫，連膺二選，歷彼踐此，僉以爲宜。況怒飛青冥，翔集禁陛，由兹去者十八九焉。汝知之乎！思有以稱。可尚書禮部員外郎。

【箋】

作於長慶元年（八二一）至長慶二年（八二二），長安。

〔張元夫〕正甫兄式之子。大和初，兵部郎中、知制誥，遷中書舍人。出爲汝州刺史。見舊書卷一六二張正甫傳。又見郎官考卷二十禮外。

【校】

〔題〕英華作「授張元夫禮部員外郎制」。

〔二遷〕「遷」，那波本、全文俱作「遷」。

〔僉以爲宜〕「僉」，宋本、那波本俱作「遷」。

楊嗣復可庫部郎中知制誥制

勑：權知兵部郎中楊嗣復：朕聞前代制誥，中書令、侍郎、舍人通掌之。國朝已來，或以他官兼領，惟其人是用，不限於資秩職署焉。予以爲然，多繇是選。前所命者，時稱得人。研覈名，次第及汝。汝嗣復根於義訓，播爲令器。文焕發而才秀出，不當汩没於郎吏間。況貞元中汝父爲中書舍人，甚稱厥職。今使汝繼書吾命，成一家言。堂構國華，在於此舉。爾宜兢兢祗勵，無隕其名。可庫部郎中知制誥。

【箋】　約作於長慶元年（八二一），五十歲，長安，主客郎中、知制誥。

〔楊嗣復〕字繼之。於陵子。長慶元年十月辛未（初八日），自兵部郎中授庫部郎中、知制誥。見舊書卷一七六本傳、卷十六穆宗紀。

【校】

〔堂構〕「構」，馬本、全文俱作「烜」，非。城按：宋本作「犯御名」，當以作「構」是，據宋本、那波本改正。

張平叔可京兆少尹知府事制

勑：商州刺史張平叔：爲人廉直，爲政簡惠。前後歷府掾邑宰郡守，而去思來暮之謡，繼聞於人聽焉。及副鹽鐵官，刺商雒郡，會課報政，亦甲於他官。自貞元已來，用三科取士，奉詳明政術可以理人之詔，而得其名有其實者，幾何人哉？平叔居其一也。能効若是，何用不臧？故事内史缺未補間，亞尹得行大京兆事，試可而即真者，往往有之。故其選任日益難重。爾宜稱所舉，慎厥職。無墮大以勤小，無急弱以緩强。夕念朝行，遵吾約束。可京兆少尹知府事。

【箋】

作於長慶元年（八二一），五十歲，長安。

〔張平叔〕見卷四八張平叔可户部侍郎判度支制箋。

【校】

〔題〕英華作「授張平叔京兆少尹兼知府事制」。

〔歷府〕「歷」下英華有「府」字，是，據增。

〔商雒郡〕「郡」，宋本、那波本、英華俱作「部」。

〔大京兆事〕此下英華有「或假印綬」四字。

康日華贈坊州刺史制

勅：漢令：軍中士有不幸死者，得以棺斂傳送。若是而已，猶四方歸心焉。矧吾褒贈以榮之，惻隱以將之，顯其忠，撫其後，亦所以激生者節，豈獨慰逝者魂乎？左神策軍赴行營正將、試太常卿康日華，領王師，死王事，軍書置奏，朕甚悼焉。可贈坊州刺史。

【箋】

作於長慶元年(八二一)至長慶二年(八二二),長安。

〔坊州〕見卷四八程晕授坊州司馬制箋。

【校】

〔題〕馬本脱「制」字,據宋本、那波本、全文、盧校補。

張籍可水部員外郎制

勅:登仕郎、守國子博士張籍:文教興則儒行顯,王澤流則歌詩作。若上以張教流澤爲意,則服儒業詩者宜稍進之。頃籍自校秘文而訓國胄,今又覆名揣稱,以水曹郎處焉。前年已來,凡歷文雅之選三矣,然人皆以爾爲宜。豈非篤於學,敏於行,而貞退之道勝也?與之寵名者,可以奬夫不汲汲於時者。可守尚書水部員外郎,散官、勳如故。

【箋】

作於長慶二年(八二二),五十一歲,長安,中書舍人。

〔張籍〕見卷十九喜張十八博士除水部員外郎詩箋。城按：張籍自國子博士除水部員外郎在長慶二年三月間。

【校】

〔題〕英華作「授張籍水部員外郎制」。

〔文教興〕「興」，英華作「張」，注云：「集作『興』。」

〔覆名揣稱〕英華作「覈名揚稱」。

〔勝也〕「也」，英華作「邪」。

〔與之寵名者可以獎夫〕英華作「不與之寵名何以獎夫」，注云：「集作『與之寵名可以獎夫』。」

〔勳如故〕英華「如」上無「勳」字。

何士乂可河南縣令制

勅：漢朝郎官出宰百里，故今京邑令缺，多命尚書郎補焉。朝議郎、尚書水部員外郎何士乂：慎檢和易，介然有常。守而勿失，可使從政。然能佩弦以自導，帶星以自勤，則緩急勞逸之間必使適宜而會理矣。以爾舒退，故吾進之。可守河南縣令，散官如故。

【箋】

作於長慶二年（八二二），五十一歲，長安。中書舍人。

〔何士乂〕生平未詳。城按：此制編於張籍可水部員外郎制之後，疑此人即張籍之前任。

〔河南縣〕唐屬河南府。見元和郡縣志卷五。

【校】

〔題〕英華作「授何士乂河南縣令制」。

〔今京邑〕「京」上英華無「令」字，注云：「集有『令』字。」

〔慎檢〕「檢」下英華注云：「集作『交』。」

〔舒退〕「舒」，英華作「思」。

〔如故〕「如」上英華有「勳」字。

崔植一子官迴授姪某制

勑：丞相植：典職樞務，亦既逾歲，而能明我目，達我聰，左右我躬，以底于道。況屬郊祀，攝贊大儀，寵錫之間，植宜加等。而念其猶子，乞用推恩。既叶舊章，允膺新命。其姪某可某官。

【箋】

作於長慶元年（八二一），五十歲，長安，中書舍人。

〔崔植〕字公修。元和十五年八月，拜中書侍郎、同中書門下平章事。長慶二年二月，罷知政事。見舊書卷一一九本傳、卷十六穆宗紀。

王起賜勳制

敕：中書舍人王起等：朕臨馭之始，慶賞遂行。卿士大夫，遞加勳秩。自武騎尉以上十有二轉，自起已下十有四人，咸賜以勳，舉書于籍。可依前件。

【箋】

約作於長慶元年（八二一），五十歲，長安，主客郎中、知制誥。

〔王起〕舊書卷十六穆宗紀：「（長慶元年冬十月甲子朔），辛未，以中書舍人、知貢舉王起爲禮部侍郎。」並參見卷五常樂里閑居偶題十六韻……詩及卷五一李益王起杜元穎等賜爵制箋。

蕭俛除吏部尚書制

敕：古者君使臣以禮，臣事君以忠。季代已還，鮮由茲道。先皇帝創於是，故在位十五載，凡解相印者殆二十人，多寵爲大僚，或付以兵柄。矧予小子，宜有加焉。而輔弼之臣，嘗經一日造吾膝，沃吾心，則思與之始終，厚申恩禮。不唯勸感來者，且不敢失墜先志也。尚書右僕射蕭俛：忠肅孝敬，佐吾爲理。以勤事國，以疾退身。本末初終，不失其道。既免樞務，倚爲右揆。加恩超等，復吾前言。而俛繼上讓章，至于三四。敦諭煩切，陳乞彌堅。是用正命爲選部尚書，而冠六卿，統百職，尚可以表吾寵重，亦所以成爾謙光。爾宜欽厥止，愼厥終，無忝我褒揚之命。可吏部尚書。

【箋】

約作於長慶元年（八二一），五十歲，長安，主客郎中、知制誥。

〔蕭俛〕字思謙。穆宗即位，拜中書侍郎、平章事。長慶元年正月，守左僕射，進封徐國公，罷知政事。俛上章懇辭僕射，不拜。二月戊辰，詔除吏部尚書。見舊書卷一七二本傳、卷十六穆宗紀。參見卷五一蕭俛一子迴授三從弟伸制、卷五六答孟簡蕭俛等賀御製新譯大乘本生心地觀經序狀。

【校】

〔題〕英華作「授蕭俛吏部尚書制」。

〔已還〕「已」，英華作「以」，注云：「集作『已』。」

〔不唯勸〕「勸」下英華有「能者」二字。

〔忠肅〕「肅」，馬本訛作「蕭」，據宋本、那波本、全文改正。

〔本末〕「末」，宋本訛作「未」。

〔既免〕此下英華注云：「舊唐書作『罷』。」

〔倚爲右揆〕此下英華注云：「唐書作『俾居端揆』。」全文此下注云：「一作『俾居端揆』。」

〔加恩〕「加」上英華有「朕欲」二字。

〔煩切〕「煩」，英華作「頗」，注云：「集作『煩』。」

〔正命〕英華作「改命」，注云：「集作『正』。」

〔厥止〕英華作「厥如」，注云：「集作『止』。」

温堯卿等授官賜緋充滄景江陵判官制

勅：温堯卿等：今之俊乂，先辟于征鎮，次升于朝廷。故幕府之選，下臺閣一等。異日入爲大夫公卿者十八九焉。荆門、景域，南北大府。而堯卿等或已參軍要，或方受兵書。各命以官，分試其事。名秩章綬，分而寵之。夫千里之行，始於足下。苟自强不息，亦何遠而不屆哉？可依前件。

【箋】

作於長慶元年（八二一）至長慶二年（八二二），長安。

〔滄景〕滄景節度使。治所在滄州，管滄、景二州。見元和郡縣志卷十八。

〔江陵〕見卷二和答詩序箋。

【校】

〔題〕英華作「授温堯卿等賜緋充滄景江陵判官制」。

〔可依前件〕此下英華有「餘如故」三字。

神策軍及諸道將士某等一千九百人各賜上柱國勳制

勑：古之善爲國者，勞不忘而賞不濫。有賞一人而爲僭者，有千百人而不爲費者。其要在當否而已，不繫於衆寡也。朕自統御已來，忽忽有念。念天下材力之將，勇敢之士，進有征討之苦，退有守捍之勤。藏之中心，何嘗暫忘？而亟因大慶，思洽普恩。某等若干人咸進勳級，並可上柱國。

【箋】作於長慶元年（八二一），五十歲，長安，主客郎中、知制誥。城按：此制云：「亟因大慶，思洽普恩。」當指長慶元年正月改元之慶。舊書卷十六穆宗紀：「（長慶元年正月辛丑）大赦天下，改元長慶，内外文武及致仕官三品已上賜爵一級，四品已下加一階，陪位白身人賜勳兩轉。應緣大禮，移仗宿衛御樓兵仗將士，普恩之外，賜勳爵有差。」

李彤授檢校工部郎中充鄭滑節度副使王源中授檢校刑部員外郎充觀察判官各兼侍御史賜緋紫制

勑：萬年令李彤、侍御史王源中等：舜以五長綏四國，若今之節制也。周以十聯率諸侯，若今之廉察也。國家合爲一柄，付有功諸侯，故其陪臣選任益重。或輟朝籍，授簡書者，往往而有。況承元有大忠于國，受重任于外。使其承上莅下，敬始善終，實在庶寮，叶力以濟。今以彤宰京邑，有理劇之用，如水在器，撓之不濁。以源中立憲府，有糾正之能，如刃發硎，割之無滯。一可以倅戎事，一可以佐軺車。二職交修，在此一舉。臺郎憲吏，金印銀章，加乎爾身，無忝我命。可依前件。

【箋】

作於長慶元年（八二一）至長慶二年（八二二），長安。

〔李彤〕舊書卷十七上敬宗紀：「（長慶四年）三月庚戌朔，貶司農少卿李彤吉州司馬，以前爲鄧州刺史坐贓百萬，仍自刻德政碑故也。」據此則李彤曾充鄭滑節度副使。治所在滑州，管滑、鄭兩州。見元和郡縣志卷八。

〔王源中〕字正蒙。杭州別駕潤子。元和二年進士，與竇鞏同榜。累遷左補闕，户部郎中、翰林學士、中書舍人、户部侍郎。李虞仲有授學士王源中等中書舍人制、授學士王源中户部侍郎制。見新書卷一六四盧景亮傳、登科記考卷十七、郎官考卷十。

〔承元〕王承元。承元爲成德軍節度使王承宗之弟。元和十五年冬，承宗卒，秘不發喪，左右欲使爲留後。承元不受，效忠唐室，密疏請帥，天子嘉之，授承元義成軍節度鄭滑觀察等使。見舊書卷一四二王承元傳、卷十六穆宗紀。

【校】

〔題〕「李彤授」，英華作「授李彤」。

〔萬年令〕「令」上英華有「縣」字。

〔李彤〕「彤」下馬本注云：「徒紅切。」

〔周以〕「以」，那波本作「二」，非。

〔倅戎事〕「倅」下馬本注云：「七醉切。」

〔軺車〕「軺」下馬本注云：「余招切。」

柳公綽父子温贈尚書右僕射竇伻父叔向贈工部尚書薛伯高父憕贈尚書司封郎中元宗簡父鋸贈尚書刑部侍郎皇甫鏞父愉贈尚書右僕射韋文恪父漸贈太子少保王正雅父翃贈太子太師范季睦父彦贈禮部郎中八人亡父同制

敕：古人有云：樹欲静而風不止，子欲養而親不待。向無顯揚褒贈之事，則何以旌先臣德，慰後嗣心乎？故朕每施大恩，行大慶，而哀榮之命未嘗闕焉。銀青光禄大夫、行尚書吏部侍郎、上護軍、河東縣開國子柳公綽父温等，咸有令子，集于中朝。資父事君，移忠自孝。本於嚴訓，酬以寵名。賜命追榮，各高其等。嗚呼！存者不匱，往者有知，斯可以載揚蘭陔之光，輟風樹之歎耳！可依前件。

【箋】作於長慶元年（八二一）至長慶二年（八二二），長安，中書舍人。

〔柳公綽父子温〕柳公綽父子温曾任丹州司馬。見新書宰相世系表。城按：柳公綽長慶元年十月甲申（二十一日）爲吏部侍郎，則此制必作於元年十月以後。參見卷四八柳公綽可吏部侍郎制箋。

〔竇牟父叔向〕竇牟，字貽周，貞元二年張正甫榜進士，官終國子司業。牟父叔向，官至左拾遺，贈工部尚書。見韓愈唐故國子司業竇公墓誌銘、唐才子傳卷四、登科記考卷十二。城按：據韓文，「侔」當作「牟」。

〔薛伯高〕見卷五三薛伯高等亡母追贈郡夫人制。

〔元宗簡〕見卷五答元八宗簡同遊曲江後明日見贈詩箋。

〔皇甫鏞父愉〕白氏唐銀青光禄大夫太子少保安定皇甫公墓誌銘（卷七〇）：「考愉，累贈尚書左僕射、太子太保。」

〔王正雅父翃〕王正雅，字光謙，太原尹、東都留守翃之子。元和初進士，自監察御史累遷至户部郎中、大理卿。見舊書卷一六四本傳。

〔范季睦〕元稹有范季睦授尚書倉部員外郎制。又見郎官考卷十八倉外。

【校】

〔藺陔〕「陔」，馬本注云：「居亥切。」

李宗何可渭南令李玘可京兆府户曹制

敕：李宗何等：夫綱一提則羣目舉，源一澄則衆流清。故朝廷命官師，選寮屬，亦得其人矣。按内史公綽奏宗何學古修己，練達理道，乃乞爲甸縣令。玘勵節徇公，通詳典故，乞爲天府掾。況渭南封圻之守邑，户曹賦籍之要司。位雖未高，職亦不細。宜乎以三語自試，以一同自効。無俾爾長貽失舉之責焉。可依前件。

【箋】

作於長慶元年（八二一），五十歲，長安。主客郎中、知制誥。城按：柳公綽自京兆尹遷吏部侍郎在長慶元年十月，則此制必作於元年十月之前，居易猶未正授中書舍人。

〔李宗何〕新書卷七〇上宗室世系表蔡王房，歆子宗何不詳何官。又見郎官考卷十八倉外。當即其人。

【校】

〔李宗何〕「何」，馬本、全文俱作「河」，據宋本、那波本改，下同。

〔夫綱〕「綱」，宋本誤作「網」。

〔理道〕馬本、全文俱倒作「道理」，據宋本、那波本、盧校乙轉。

〔渭南〕「南」，宋本、那波本俱作「陰」。

〔户曹〕「户」，宋本、那波本俱作「祠」，非。盧校云：「案：以渭南爲渭陰，户曹爲詞曹，此替字法也。晉以羊祜改户曹爲辭曹，亦作詞曹，宋本作祠曹，訛。」

兵部郎中知制誥馮宿侍御史裴注義武軍行軍司馬御史中丞蕭籍饒州刺史齊照鄧州刺史渾鐬並可朝散大夫同制

敕：某官馮宿等：凡品秩之制有九，自五而上謂之貴階。而宿司吾言，注持吾憲，籍、照以降，皆著勤，由朝議郎一進而及此。此之所以爲貴者，蔭及子，命及妻，豈唯腰白金，服赤芾從大夫之後而已？寵數既重，思有以稱之。並可朝散大夫。

【箋】

作於長慶二年（八二二），五十一歲，長安，中書舍人。

〔馮宿〕見卷四八馮宿除兵部郎中知制誥制。

〔義武軍〕義武軍節度使。治定州，管易、定二州。見元和郡縣志卷十八。

〔蕭籍〕見卷二七蕭庶子相過詩箋。

〔饒州〕見卷九將之饒州江浦夜泊詩箋。

〔齊照〕郎官考卷十八倉外：「案：倉中補有齊照，疑即齊昊之誤。」城按：元稹有齊昊授饒州刺史王堪授澧州刺史制。又光緒江西通志卷八：「齊照，饒州刺史，元和中任。」蓋據白集。岑仲勉元和姓纂四校記謂「昊」字罕用，諸書多訛爲「照」，則當正作「昊」。

〔鄧州〕舊爲南陽郡。武德二年改爲鄧州。屬山南道。見元和郡縣志卷二一。

〔渾鐬〕渾瑊之第三子。元和初爲豐州刺史，旋以贓貶袁州司户，後復以諸衛大將軍卒。見舊書卷一三四渾瑊傳。城按：劉集卷二八有送渾大夫赴豐州詩，即指鐬也。劉詩蓋未被罪時在長安作，如渾鐬出刺豐州在元和初，則劉已遠貶，疑舊傳所記有誤。

【校】

〔渾鐬〕「鐬」，馬本注云：「呼對切。」

〔品秩〕「秩」，那波本作「法」，非。

〔赤茀〕「茀」，馬本注云：「敷勿切。」

太常博士王申伯可侍御史鹽鐵推官監察御史裏行高諧河東節度參謀兼監察御史崔植並可監察御史三人同制

敕：某官王申伯：學優行茂，飾以詞藻。執禮定議，多得其中。某官高諧，温莊潔白，不交勢利。某官崔植，外和内直，通知政典。在倫輩内，而人皆謂之滯淹。唯是二三子之才，吾得於御史中丞僧孺。御史，吾耳目官也，非清明勁正不泥不撓者，安可使辨淑慝，振紀律，廣吾之聰明焉？並命同升，無忝是舉。可依前件。

【箋】

約作於長慶元年（八二一），五十歲，長安，主客郎中、知制誥。

〔王申伯〕王權之子，新表不詳歷官。唐會要卷六〇：「長慶初，段文昌自宰相出鎮庸蜀，……不逾年，又奏侍御史王申伯、監察蘇景裔爲寮佐，留中不發。」城按：段文昌節度劍南西川在長慶元年二月，則王申伯爲侍御史必在長慶二年之前。

〔崔植〕此與本卷崔植一子官迴授姪某制所指顯非一人。

【校】

〔勢利〕「利」，馬本作「力」，非。據宋本、那波本、全文、盧校改正。

温造可起居舍人充鎮州四面宣慰使制

勅：殿中侍御史温造：嘗糾天府，不曠官；馳軺車，不辱命。況爲人外和内決，以兼濟爲心。拔居殿中，以備時使。會吾憂兩河間事，求可諭朝旨，慰人心者使焉。揆効酌能，汝中吾選。故不待滿歲，擢爲右史，出則銜吾命，入則記吾言。奬任不輕，思有所立。可依前件。

【箋】

作於長慶元年（八二一），五十歲，長安，主客郎中、知制誥。

〔温造〕舊書卷一六五本傳：「長慶元年，授京兆府司録參軍。奉使河、朔，稱旨，遷殿中侍御史。既而幽州劉總請以所部九州聽朝旨，穆宗選可使者，或薦造。……乃拜起居舍人、賜緋魚袋、充太原鎮州幽州宣諭使。」城按：劉總請分所管郡縣爲三道事在長慶元年二月，則温造奉使亦當在此時。並參見卷二七過温尚書舊莊、卷五〇李肇可中散大夫鄧州刺史王鎰朗州刺史温造可朝散大夫三人同制箋。

〔鎮州〕鎮州常山郡。唐屬河北道，天寶元年，更郡名。見新書卷三九地理志。

【校】

〔拔居〕英華作「持槖」，注云：「集作『拔居』。」

高芳穎等四人各贈刺史制

敕：故某官高芳穎等：昔文王葬枯骨之無知也，但惻隱之心不忍棄也。故天下皆歸仁焉。況捐軀之魂，死節之骨，見危併命，朕甚憫之。深州故十將高某等四人，皆從戰陣，連歿王事。褒贈之數，宜其有加。並命追榮，以光地下。可依前件。

【箋】

作於長慶元年（八二一）至長慶二年（八二二），長安。

【校】

〔併命〕「併」，馬本、全文俱作「授」，非。據宋本、那波本、盧校改正。

〔憫之〕「憫」，那波本作「閔」，非。

〔十將〕「十」，馬本、全文俱作「小」，非。據宋本、那波本、盧校改正。

崔咸可洛陽縣令制

敕：度支員外郎崔咸：漢以四科辟士，求多略不惑、强明決斷者，任三輔令。故今四京令缺，亦擇尚書郎有才理者補之。而咸在郎署中推爲利用。加以詞學，緣飾吏能。操割洛陽，必有餘刃。然宰大邑如烹小鮮，人擾則疲，魚擾則餒。寬猛吐茹，其鑒于兹！可洛陽令。

【箋】

作於長慶元年（八二一）至長慶二年（八二二），長安。

〔崔咸〕見卷十六惜落花贈崔二十四詩及卷七〇祭崔常侍文箋。城按：郎官考度外有崔咸名。

〔洛陽縣〕唐屬河南府。見新書卷三八地理志。

【校】

〔題〕英華作「授崔咸洛陽縣令制」。

〔餘刃〕「刃」，馬本、全文俱作「力」，非，據宋本、那波本、盧校改正。

〔魚擾〕「擾」，英華作「撓」，注云：「集作『擾』。」

〔洛陽令〕「令」上英華有「縣」字。

周愿可衡州刺史尉遲鋭可漢州刺史薛鯤可河中少尹三人同制

勑：前復州刺史周愿等：夫勞者之思休息，病者之思救療，人之本情也。今兵戈甫定，物力未豐，如聞湘、衡、巴、漢之間，人猶疲困。宜擇良二千石，俾休息而救療之。而愿、鋭、鯤等前以符竹，分領三郡，皆有善政，達于朝廷。舉課考能，無愧是選。命鯤息勞救病，其有望於汝乎！河中吾之股肱郡也，貳尹職而佐府事者，亦在得人。命鯤處之，無荒厥職。可依前件。

【箋】作於長慶元年（八二一），五十歲。長安，主客郎中、知制誥。

〔周愿〕舊書卷十六穆宗紀：「（長慶元年四月）辛卯，以衡州刺史令狐楚爲郢州刺史。」則周愿當爲楚之後任。

〔衡州〕衡州衡陽郡。舊爲湘東郡，武德四年置衡州。屬江南西道。見舊書卷四〇地理志。

〔漢州〕漢州德陽郡。唐垂拱二年置，爲劍南西川節度使所管州。見元和郡縣志卷三一。

〔河中〕見卷四七批河中進嘉禾圖表箋。

【校】

〔題〕英華作「授周愿衡州刺史尉遲鋭漢州刺史薛鯤河中府少尹等制」。

〔分領〕「領」，馬本作「鎮」，非。據宋本、那波本、英華、全文、盧校改正。

楊景復可檢校膳部員外郎鄆州觀察判官李綬可監察御史天平軍判官盧載可協律郎天平軍巡官獨孤涇可監察御史壽州團練副使馬植可試校書郎涇原掌書記程昔範可試正字涇原判官六人同制

勅：某官楊景復等：士子不患無位，患己不立。苟有所立，人必知之。惟爾等六人，藴才業文，咸士之秀者。果爲賢侯交辟，俾朕得聞其姓名。是用各進其秩，分授以職。若修飾不已，籌謀有聞，則鴻漸之資，當從此始。而景復禀訓祇命，頗著令稱。故因滿歲，特假臺郎。古者公臣之良，入補王職，朝奬非遠，爾其勉之！可依前件。

【箋】

作於長慶元年（八二一）至長慶二年（八二二），長安。

〔鄆州〕屬河南道，爲淄青節度使治所。見元和郡縣志卷十。

〔天平軍〕天平軍節度使。治所在鄆州，管鄆、齊、曹、棣四州。

〔盧載〕盧岳之子。司空圖書屏記（司空表聖文集卷二）：「元和、長慶間，先大夫（司空輿）初以詩師友兵部盧公載。」舊書文宗紀下：「（開成元年五月）丁未，以給事中郭承嘏爲華州防御使。給事中盧載以承嘏公正守道，屢有封駁，不宜置之外郡，乃封還詔書。」又見郎官考卷五封中。

〔壽州〕壽州壽春郡。唐屬淮南道。見舊書卷四〇地理志。

〔馬植〕元和十四年進士。又登制策科。釋褐壽州團練副使，得秘書省校書郎。見舊書卷一七六本傳。白氏寄黔州馬常侍詩（卷三七），即贈植之作。

〔涇原〕涇原節度使，治所在涇州。管涇、原二州。見元和郡縣志卷三。

〔程昔範〕字子齊。元和十三年進士，著程子中謨三卷。見唐語林及登科記考卷十八。

【校】

〔題〕「李綬」，宋本、那波本俱作「李緩」。「涇原」，馬本誤作「涇源」，據宋本、那波本、全文改正。英華題作「授楊景復檢校膳部員外郎鄆州觀察判官李綬監察御史天平軍判官盧載協律郎天平軍巡官獨孤涇監察御史壽州團練副使馬植試校書郎涇原掌書記程昔範試正字涇原判官等制」。

〔某官〕「某」，英華作「具」。

〔士子〕英華「士」下有「君」字。

〔王職〕「職」，英華作「闕」。

前廬州刺史殷祐可鄭州刺史制

敕：某官殷祐：夫吏寬信則人人不偷，吏廉明則人人盡力。吾觀祐之爲政，其近之乎！前守廬江，能率是道。歲會課第，甲於他州。俾精前功，且佇來効。宜换符竹，移牧鄭人。在春秋時，鄭爲侯國，武公善於其職，子産遺愛於人。人無古今，吏有能否，聽吾用汝，汝其嗣之。可鄭州刺史。

【箋】

作於長慶元年（八二一）至長慶二年（八二二），長安。

〔鄭州〕唐武德四年置，屬河南道。見元和郡縣志卷八。

【校】

〔廬州〕「廬」，全文作「盧」，誤。下同。

〔殷祐〕「祐」，宋本、那波本、盧校俱作「祐」。

李德修除膳部員外郎制

勅：尚書郎自奏議彌綸外，凡邦之牲豆之品，醴膳之數，實糾理之。命文昌長，佐春官卿，以朝散大夫、守秘書丞、上柱國李德修，籍訓于台庭，業官于書府。揆才考第，得補爲郎。司膳缺員，爾宜專掌。可尚書膳部員外郎，餘如故。

【箋】

作於長慶元年（八二一）至長慶二年（八二二），長安。

〔李德修〕李吉甫子。郎官考卷二四謂新表、文苑英華、吳興志、東觀奏記俱作「德修」。城按：新書卷一四六李吉甫傳：「子德修，亦有志操，寶曆中爲膳部員外郎。」時間與此制異，疑新傳有誤，俟考。

【校】

〔題〕「李德修」，宋本、那波本俱作「李德循」，非。英華作「授李德修膳部員外郎制」。參見前箋。

〔尚書郎〕「郎」上宋本、那波本、盧校俱有「左士」二字，英華有「左曹」二字，注云：「集作

『士』。」

〔長佐〕此下英華注云：「一作『洎』。」

張正甫可同州刺史制

勅：馮翊，吾左輔也。分理浩穰，率先風化。故其選任次内史一等，而冠四方岳牧之首焉。宜求吏課高、位望重者，分部共理，以夾輔京師。尚書右丞、賜紫金魚袋張正甫：自登臺閣，爲人讜直，物論時望，敬而重之。及領藩部，爲政寬簡，將吏黎庶，信而愛之。所謂朝庭正臣，郡國良吏。常有惠政，加于是邦。迨兹五年，去思猶在。故輟臺轄，再委郡符。宜敬服新命，增修舊政。俾吏畏如夏日，人歸如流水，慎于終始，典于厥官。可持節同州諸軍事、守同州刺史、充本州防禦使，散官、勳如故。

【箋】

作於長慶元年（八二一）至長慶二年（八二二），長安。

〔張正甫〕字踐方，南陽人。登進士第。由尚書右丞爲同州刺史。見舊書卷一六二本傳。城按：元稹長慶二年六月出爲同州刺史，疑正甫即稹之前任。參見卷五五張正甫蘇州刺史制。

〔同州〕漢名左馮翊。後魏永平三年，改爲同州。唐因之，屬關内道。見元和郡縣志卷二。

【校】

〔浩穰〕「穰」，馬本注云：「汝兩切。」

〔任次〕各本二字俱倒，據全文改正。

崔琯可職方郎中侍御史知雜制

勅：近歲已來，副相多缺，朝綱國紀，專委中憲，而侍御史一人得總臺事以左右之。今御史中丞德裕，以中散大夫、行尚書吏部員外郎、上柱國崔琯守文無害，莅事惟精。在郎署中，推其才理。奏補是職，請觀其能。因而可之，仍加寵秩。操執舉措，爾無自輕。可行尚書職方郎中、兼侍御史知雜，散官、勳如故。

【箋】

作於長慶二年（八二二），五十一歲，長安，中書舍人。

〔崔琯〕字從律。貞元十八年進士。累辟諸使府，入朝歷吏部員外郎，李德裕爲御史中丞，引知雜事，進給事中。見舊書卷一七七、新書卷一八二附崔珙傳。又舊書卷十七上敬宗紀：「（寶曆元年三月辛未）以中書舍人鄭涵、吏部郎中崔琯、兵部郎中李虞仲並充制策考官。」城按：李德裕爲御史中丞在長慶二年二月，則崔琯授職方郎中必在此時之後。

【校】

〔題〕英華作「授崔琯職方郎中御史知雜事制。」

〔推其〕「其」，宋本、那波本、英華俱作「有」。

〔知雜〕此下英華多「事餘」二字。

白居易集箋校卷第五十

中書制誥三　舊體　凡二十八道

册新迴鶻可汗文

維長慶元年歲次辛丑，四月丁卯朔，二十一日丁亥，皇帝若曰：唐有天下垂二百載，列聖垂拱，八荒即叙。舟車之所及，日月之所照，威綏仁董，罔不響化。惟北之氣，積厚而靈，靈發象生，生爲豪傑。義信武烈，代爲名王。南西東方，亦有君長，較雄鬬智，莫之與京。國朝已來，竊漬風澤。或効功伐，或申婚媾，同和協比，以託于今。今朕不德，祗嗣大統，推義布信，以初爲常。矧乎柔遠申恩，睦鄰展禮，兹惟舊典，垂自祖宗。虔奉恭行，安敢失墜？咨爾九姓迴鶻君登里羅羽録没密施句主録毗伽可汗，地生奇特，天賜勇智。英姿所莅，雄略所加，諸戎雜虜，愛畏柔服。風靡山立，清寧一方。宜人有土，受天百禄。時推代嗣，實來告予。曰予一人，實鄰册命。是用遣使朝議大夫、檢校左散騎常侍、兼少府監、御史大夫、雲騎尉、賜紫金魚袋裴通，副使朝議大夫、守少府少監、兼御史中丞、襲魏國公、食邑三千户、賜紫金魚袋賈𤢖等，持節備物，册爲登里羅羽録没密施句主録毗伽可汗。於戲！善必有鄰，德無不答。此崇恩禮，則彼竭信誠。克保大義，永藩中夏。昭昭天地，實聞斯言。

【箋】

作於長慶元年（八二一），五十歲，長安，主客郎中、知制誥。城按：那波本編在卷三三。

〔裴通〕舊書卷一九五迴紇傳：「長慶元年，毘加保義可汗薨，輟朝三日，仍令諸司三品以上官就鴻臚寺弔其使者。四月，正衙册迴鶻君長爲登羅羽録没密施句主録毘伽可汗，以少府監裴通爲檢校左散騎常侍、兼御史大夫，持節册立兼弔祭使。」城按：裴通兩唐書無傳，舊書卷一七一李渤傳：「穆宗即位，召爲考功員外郎。……少府監裴通，職事修舉，合考中上，以其請追封所生母而捨嫡母，是明罔於君，幽欺其先，請考中下。」當即其人。

〔賈𤢖〕卷五一賈𤢖入迴鶻副使授兼御史中丞賜紫金魚制，當爲同一人。

【校】

〔丁卯朔二十一日丁亥〕宋本、那波本俱作「景寅朔二十一日景戌」，馬本、全文俱作「庚寅朔二十一日庚戌」，均誤。今據陳垣二十史朔閏表改正。城按：舊紀亦作「丙寅朔」，蓋均係承當時曆書之誤。

〔霈澮〕「澮」，宋本作「淸」。

〔婚媾〕「媾」，宋本作「犯御嫌名」。

〔賈疄〕「疄」，馬本注云：「離珍切。」

册迴鶻可汗加號文

維長慶元年歲次辛丑，某月朔某日，皇帝若曰：北方之强，代有君長。作殿玄朔，賓于皇唐。粤我祖宗，錫乃婚媾。五聖六紀，二邦一家。此無北伐之師，彼無南牧之馬。兵匣鋒刃，使長子孫。叶德保和，以至今日。咨爾迴鶻君登里羅羽録没密施句主録毗伽可汗，義智忠肅，武決勇健。天之所授，時而後生。故東漸海夷，西亘山狄。惠寧威制，鱗帖草偃。聲有聞於天下，氣無敵於荒外。而能事大圖遠，納忠貢誠。請仍舊姻，誓嗣前好。朕惟睦鄰是務，柔遠爲心。既降和親之命，遂申飾配之禮。禮物大備，寵章有加。喜動陰山，光增昴宿。夫以迴鶻雄傑如彼，慶榮若此。雖自貴曰天驕子，未稱其盛。雖自尊曰天可汗，未稱其美。宜賜嘉號，以大誇將來。今遣使某官某副使某官某等，持節加册爲信義勇智雄重貴壽天親可汗。於戲！釐降展親，大德也。進册加號，大名也。宜乎思大德，稱大名，懋哉始終，欽若唐之休命！

【箋】作於長慶元年（八二一），五十歲，長安，主客郎中、知制誥。城按：舊書卷一九五迴紇傳：「（長慶元年）五月，迴鶻宰相都督摩尼等五百七十三人入朝迎公主，於鴻臚寺安置。勑：太和公主出降迴鶻爲可敦，宜令中書舍人王起赴鴻臚寺宣示，以左金吾衛大將軍胡證檢校户部尚書、充送公主入迴鶻及册可汗使，光禄卿李憲加兼御史中丞、充副使。」當即此制所指。

【校】〔婚媾〕「媾」，宋本作「犯御嫌名」。

韋綬從右丞授禮部尚書薛放從工部侍郎授刑部侍郎丁公著從給事中授工部侍郎三人同制

勑：尚書右丞韋綬等：朕在東宮時，先皇帝垂慈聖之德，念予沖蒙，選端士通儒，使講貫今古。自禮樂刑政暨君臣父子之道，博我約我，日就月將。俾予今不至牆面，克荷丕訓，大揚耿光。實綬、放、公著之力也。故朕嗣位未逾時月，或自郡邸，或自省署，徵擢寵用爲丞郎給事。官雖超拜，職亦俱舉。師道光而心愈讓，人爵貴而心益恭。宜更褒升，重酬輔導。以綬精粹辯博，有先儒之風，可作秩宗。以放端明慎重，行君子之道，可居憲部。以公著檢敬規度，得有司之體，可貳冬官。於戲！貞百工，平五刑，典三禮，皆重任清秩，予無愛焉。蓋欲表二三子道不虚行，而明予一人德無不報也。綬可禮部尚書，放可刑部侍郎，公著可工部侍郎，餘並如故。

【箋】

作於長慶元年（八二一），五十歲，長安，主客郎中、知制誥。

〔韋綬〕舊書卷一六二、新書卷一六〇有傳。舊書卷十六穆宗紀：「（長慶元年三月）庚戌，以左丞韋綬爲禮部尚書。」並參見卷五三韋綬等賜爵制。

〔薛放〕薛戎之季弟，字達夫。貞元七年登第。累官工部侍郎，刑部侍郎。見韓愈薛戎墓誌銘及舊書卷一五五本傳。

〔丁公著〕舊書卷一八八、新書卷一六四有傳。長慶元年十月，自工部侍郎出爲浙東觀察使。見舊書卷十六穆宗紀及白氏尚書工部侍郎集賢殿學士丁公著可檢校左散騎常侍越州刺史浙東觀察使制（本卷）。

【校】

〔題〕此制英華卷三八七載於賈至授韋陟文部尚書制後，未著撰人，全文卷三六六乃誤以爲賈至作，重出。

〔俾予〕「予」下英華有「于」字。

〔二三子〕「三」上馬本脱「二」字，據宋本、那波本、全文補。

李諒除泗州刺史兼團練使當道兵馬留後兼侍御史賜紫金魚袋張愉可岳州刺史同制

勑：扼淮壓湘之列城曰泗與岳。舟車會焉，軍戎屯焉。是二郡守不易爲政。先是分領者多會有故，歲時罷去，長吏數易，人必重困。宜擇良二千石救而養之。以諒自澄城長訖尚書郎，中間又再爲州牧，三宰劇縣。皆苦心卹隱，煦嫗及物。操刃决滯，砉騞有聲。而愉亦學古入仕，甚自修飾，河西有政，次於諒焉。故命愉守岳，命諒守泗，仍以戎職、留事、憲簡、章綬，一加於諒。諒其聽之哉！異日吾將以重官劇職處爾，爾安得不副吾所急，用爾所長，更宜以難理之郡自試爾！各依前件。

【箋】

作於長慶元年（八二一）至長慶二年（八二二），長安。

〔李諒〕字復言。姑蘇志卷二一古今守令表上：「李諒，長慶四年自泗州刺史以御史中丞徙任。」按：白氏李諒守壽州刺史薛公幹授泗州刺史制（卷五〇）：「吾前命諒爲泗守，未即路，會壽守植卒，因改諒守壽。」據此，諒當自壽州徙任蘇州。姑蘇志所記蓋誤。參見卷二三蘇州李中丞以元日郡齋感懷詩寄微之及予輒依來篇七言八韻走筆奉答兼呈微之詩箋。

〔泗州〕唐屬河南道。見元和郡縣志卷九。

〔岳州〕舊爲巴陵郡。唐武德六年改爲岳州，屬江南西道。見舊書卷四〇地理志。

【校】

〔題〕英華作「授李諒泗州刺史兼團練使當道兵馬留後兼侍御史賜紫金魚袋張愉岳州刺史制」。

〔壓湘〕「湘」，全文作「湖」，注云：「一作『湘』。」

〔不易爲政〕「不」，宋本、馬本、那波本俱作「則」，非。據英華、全文改正。

〔分領〕「分」，全文作「守」，注云：「一作『分』。」

〔有故〕「故」，宋本、馬本、那波本俱作「政」，非，據英華、全文改正。

〔耆驉〕宋本、那波本俱作「砉騞」，馬本作「翯驉」，俱非。盧校云：「『耆驉』二字，見莊子養生主，釋文載衆家音不同，今當讀爲『翕畫』，宋本訛作『砉騞』，舊本有『霍虢切，出莊子』六字，宋人沿集韻所加，非本有也。」今據全文、盧校改正。

裴廙授殿中侍御史制

勅：某官裴廙：貞觀初，張行成爲殿中侍御史，糾劾巡察，時以爲能。朕思弘貞觀之風，故選御史府官亦先其精敏剛正者。以爾廙動循道理，語必信直，勵其志節，有類行成。因授厥官，無忝吾舉。可殿中侍御史。

【箋】

作於長慶元年（八二一）至長慶二年（八二二），長安。

【校】

〔題〕英華作「授裴廙殿中侍御史制」。

〔某官〕「某」，英華作「具」。

〔裴廙〕「廙」，馬本注云：「夷益切。」

〔時以〕「時」，英華作「明」，注云：「集作『時』。」

裴通除檢校左散騎常侍兼御史大夫充迴鶻弔祭册立使制

勅：語曰：「使於四方，不辱君命，可謂士矣。」況馳輶軒，奉璽書，稱天子之使以耀焜絶域者，豈容易其選哉？少府監裴通，温敬忠實，加之謹敏，有言語可任以專對，有辯識可委以便宜。屬北方君長來告代嗣，求可以將命展禮，申吾哀榮之恩者。其任不細，頗難其人。擇臣者君，而通可使。命爲副丞相而加金貂之貴，授册與節，臨軒遣之。庶乎遠而有光華，且欲使絶俗殊鄰益敬吾使也。可依前件。

【箋】

作於長慶元年（八二一），五十歲，長安。

〔裴通〕見本卷册新迴鶻可汗文箋。

元稹除中書舍人翰林學士賜紫金魚袋制

勅：仲尼曰：「志有之，言以足志，文以足言，言之無文，行而不遠。」故吾精求雄文達識之士，掌密命，立内庭。甚難其人，爾中吾選。尚書祠部郎中、知制誥、賜緋魚袋元稹，去年夏拔自祠曹員外，試知制誥。而能芟繁詞，剗弊句，使吾文章言語與三代同風。引之而成綸綍，垂之而爲典訓。凡秉筆者，莫敢與汝争能。是用命爾爲中書舍人，以司詔令。嘗因暇日，前席與語，語及時政，甚開朕心。是用命爾爲翰林學士，以備訪問。仍以章綬，寵榮其身，一日之中，三加新命。爾宜率素履，思永圖，敬終如初，足以報我。可中書舍人、翰林學士、賜紫金魚袋。

【箋】

作於長慶元年（八二一），五十歲，長安，主客郎中、知制誥。

〔元稹〕丁居晦重修承旨學士壁記：「（元稹）長慶元年二月十六日，自祠部郎中、知制誥充，仍賜紫。十七日，拜中書舍人。十月，遷工部侍郎出院。」又白氏餘思未盡加爲六韻重寄微之詩自注：「予除中書舍人，微之撰制。微之除翰林學士，予撰制詞。」

【校】

〔題〕英華作「授元稹中書舍人翰林學士制」。

〔吾選〕「選」下英華、全文俱有「朝散大夫守」五字。

〔知制誥〕「誥」下英華、全文俱有「上柱國」三字。

〔芟繁詞〕「芟」，馬本注云：「師銜切。」英華注云：「一作『削』。」

〔剗弊句〕「剗」，馬本注云：「楚簡切。」「弊」，英華作「蠹」，注云：「集作『弊』。」

〔綸綍〕「綍」，馬本注云：「敷勿切。」

〔命爾〕「爾」，英華作「汝」，注云：「集作『爾』。」下同。

〔詔令〕此下英華注云：「一作『司誥』。」

〔寵榮〕「寵」下英華注云：「一作『貴』。」

〔宜率〕「率」下英華注云：「一作『守』。」

〔可中書舍人至末〕英華、全文俱作「可守中書舍人充翰林學士仍賜紫金魚袋散官如故」二十一字。

孔戣授尚書左丞制

勑：漢詔丞相歲舉質直忠厚遜讓者，蓋所以急賢俊，扶政教，厚風俗也。然則退藏疏賤之士，苟有一善，尚搜而揚之。況任久位崇，才全望重，而不致於急官要職者，安可以紀綱庶政而羽儀朝廷焉？正議大夫、守右散騎常侍、上柱國、賜紫金魚袋孔戣：自十年來，歷中臺、左曹、國庠、卿寺，洎藩守、近侍之職，各於其任，皆有可稱。

矧又貞白端莊，淡然自立。進無矜滿之色，居無墮替之容。求之周行，不可多得。若戣者，宜尚扶政教厚風俗之選也。尚書丞掌決百事，樞轄六曹。晉、魏已還，右卑於左。惟有立者可以糾吏，惟無瑕者可以律人。無以易戣，往恭乃位。可尚書左丞，散官、勳、賜如故。

【箋】

作於長慶二年（八二二），五十一歲，長安，中書舍人。

〔孔戣〕見卷四八孔戣可右散騎常侍制箋。城按：舊書卷十六穆宗紀：「（長慶二年三月）丁巳，以左丞崔從檢校禮部尚書、鄜州刺史、鄜坊節度使以代王承元。」則孔戣當爲崔從之後任。

【校】

〔題〕英華作「授孔戣尚書左丞制」。「戣」下馬本注云：「渠爲切。」

〔各於其任〕「於」，馬本訛作「以」，據宋本、那波本、全文、盧校改正。

〔尚書丞〕「丞」，宋本作「承」，誤。

授柳傑等四人官充鄭滑節度推巡制

勅：試太子司議郎柳傑等：古者公府得自選吏屬，今仍古制，亦命領征鎮者必先禮聘，而後升聞。矧鄭滑帥承元，輸忠仗順，炳焉有大節於國。奉上莅下，實藉寮宷以左右之。而傑等或緣飾詞華，或貯畜才行，揣摩思誠，以待己知。宜展籌謀，用光慰薦。傑可某官、充鄭滑節度推官。

【箋】

作於長慶元年（八二一）至長慶二年（八二二），長安。

〔鄭滑〕見卷四九李彤授檢校工部郎中充鄭滑節度副使……制箋。

〔承元〕王承元。見卷四九李彤授檢校工部郎中充鄭滑節度副使王源中授檢校刑部員外郎充觀察判官各兼侍御史賜緋紫制箋。

【校】

〔禮聘〕二字英華作「慎柬」，注云：「集作『禮聘』。」

〔莅下〕「下」上英華有「其」字。

〔思誠〕「誠」，馬本、全文俱作「誠」，非。據宋本、那波本改。英華作「試」。

〔傑可〕「傑」下英華有「等」字。

〔推官〕「官」下英華有「巡官等」三字。

韓愈等二十九人亡母追贈國郡太夫人制

勅：王者有褒贈之典，所以旌往而勸來也。其有淑順之德，標表母儀者；聖善之訓，照燭子道者。又有名高秩尊，禄養之不逮者；霜降露濡，孝思之罔極者。非是典也，則何以顯其教而慰其心焉？國子祭酒韓愈母某氏等，藴德累行，積中發外，歸于華族，生此哲人。爲我藎臣，率由兹訓。教有所自，恩不可忘。是用啓郡國之封，極哀榮之飾。嗚呼！殁而無知則已，苟有知者，則顯揚之孝，追寵之榮，可以達昊天而貫幽穸矣。往者來者，監予心焉。可依前件。

【箋】

作於長慶元年（八二一），五十歲，長安，主客郎中、知制誥。

〔韓愈〕見卷十一同韓侍郎遊鄭家池吟詩小飲詩箋。城按：韓愈自國子祭酒遷兵部侍郎在長慶元年七月，則此制必作於是時之前。

授駱峻太子司議郎梧州刺史賜緋魚袋兼改名玄休制

勅：某官駱峻：桂林守土臣式方言：梧爲要郡，兵後人困，乞廉貞吏以撫之。又言峻守道抱器，可以起用。朕方思良吏以活元元，適副所求，即可其奏。宫寮郡印，命服嘉名，四者與之，足爲優異。峻宜副所舉，慎所爲，無以滋章爲聰明，無以鹵莽爲高簡。勉率中道，往安梧人。可梧州刺史。

【箋】

作於長慶元年（八二一）至長慶二年（八二二），長安。

〔駱峻〕見卷八過駱山人野居小池詩箋。

〔梧州〕梧州　蒼梧郡。唐屬嶺南道，爲桂管經略使所管州。見元和郡縣志卷三七。

劉總弟約等五人並除刺史賜紫男及姪六人除贊善洗馬衛佐賜緋同制

勅：某官劉約等：惟爾先父太師濟，經武秉哲，爲國元臣。鎮陽之役，實殁王事。茂勳大節，書于旂常。惟爾兄司空總，象賢纂戎，以續名業。納忠于王室，振耀其家聲。而爾約等亦能稟守其風，忠恭孝友。念其義方之訓而不墮，居貴介之地而不驕。況兼器能，皆可任用。授郡符而加命服者五，昇朝序而佐環衛者六。朱轓紫綬，焕赫相望。勳德之家，於斯爲盛。嗚呼！昔武子有遺愛，晉人憐其子；趙季有篤行，漢朝寵其弟。今以濟之仗順積善，宜鍾慶於子孫；以總之輸忠立愛，可延賞於弟姪。多與爵禄，予無惜焉。欲使天下知爾父兄忠順之若彼，而國家報施之如此。可依前件。

【箋】

約作於長慶元年（八二一），五十歲，長安，主客郎中、知制誥。

〔劉總〕見卷四九温造可起居舍人充鎮州四面宣慰使制箋。

〔劉約〕舊書卷十六穆宗紀：「（長慶元年）夏四月丙寅朔，授劉總弟約及總男等一十一人官，内五人爲刺史，餘朝班環衛。」並參見本卷劉約授棣州刺史制。

【校】

〔先父〕「父」，全文作「人」，非。

〔義方之訓〕「訓」上宋本、那波本俱脱「之」字。

〔朱轓〕「轓」，馬本注云：「孚艱切。」

王元輔可左羽林衛將軍知軍事制

敕：國家設十二衛，猶漢之有南北軍，而左右羽林尤稱親重。自諸衛而移鎮者，謂之美遷。左神武將軍王元輔，生勳伐之家，通吏理之事。佐戎臨郡，率著能名。以掌勾陳而護建章，備巡警而嚴羽衛，大將軍事假而行之。宜勵初終，副茲寵任。可依前件。

【箋】

作於長慶元年（八二一）至長慶二年（八二二），長安。

〔王元輔〕卷四八有海州刺史王元輔加中丞制，當即同一人。

【校】

〔題〕英華作「授王輔元左羽林衛將軍知軍事制」。後「元輔」亦作「輔元」。注云：「集作『元輔』。」

〔移鎮〕「鎮」，英華作「領」。

〔以掌〕「以」上英華有「可」字。

尚書工部侍郎集賢殿學士丁公著可檢校左散騎常侍越州刺史浙東觀察使制

勑：古者通守守土，刺史按部，從宜務簡，今則合之。故任日崇而選日重。非廉平簡直兼愷悌之德者，曾不足中吾選焉。某官丁公著，嘗以學行禮法，誨予一人。報德圖勞，連加寵擢。起曹書殿，兼而委之，二職增修，三命益敬。朕以浙河之左，抵于海隅，全越奥區，延袤千里。宜得良帥，俾之澄清。往分吾憂，無出爾右。假左貂而帖中憲，操郡印而握兵符。勉哉是行，佇聞報政。可依前件。

【箋】

作於長慶元年（八二一），五十歲，長安，主客郎中、知制誥。

〔丁公著〕舊書卷十六穆宗紀：「（長慶元年十月）壬申（初九日），以工部尚書丁公著檢校左散騎常侍、兼越州刺史、御史中丞、充浙東觀察使。」並參見本卷韋綬從右丞授禮部尚書……三人同制箋。

〔浙東觀察使〕唐江南道置浙東觀察使，治所在越州，管越、婺、衢、處、温、台、明七州。見元和郡縣志卷二六。

【校】

〔題〕英華作「授丁公著可檢校左散騎常侍守越州刺史充浙東觀察使制」。

〔通守守土〕此下英華注云：「集作『選守守土』。」

〔某官〕英華作「尚書工部侍郎集賢殿學士」十一字。

〔嘗以〕「嘗」，英華作「常」，注云：「集作『嘗』。」

〔行禮法〕「行」下英華有「以」字，注云：「集無『以』字。」

鄭絪可吏部尚書制

勑：天官太宰，秩序常尊，自昔迄今，冠諸卿首。非位望崇盛者不可以處之。而朕即位已來，凡命故相領者三矣。迨此而四，可不重乎！東都留守、防禦使、檢校刑部尚書、兼御史大夫、滎陽縣開國公鄭絪：有邴吉之寬裕，子產之恭惠。合而爲用，藩輔四朝。故事遺愛，留于官次。國之都府，半在東周。委以保釐，人安吏肅。重煩耆德，入領冢卿。昔魏用崔琰、毛玠典吏曹，一時之士以廉節自勵。國朝以宋景、李乂掌選部，亦能遏絶詭僞，振張紀綱。官無古今，得人則理。吾言及此，欲爾繼之。可吏部尚書。

【箋】

作於長慶元年(八二一),五十歲,長安,主客郎中、知制誥。

〔鄭絪〕舊書卷十六穆宗紀:「(長慶元年十月)壬申(初九日),以東都留守鄭絪爲吏部尚書。」並參見卷四八裴度李夷簡王播鄭絪楊於陵等各賜爵并迴授爵制。

【校】

〔題〕英華作「授鄭絪吏部尚書制」。「絪」馬本注云:「伊真切。」

〔滎陽〕「滎」,馬本訛作「榮」,據宋本、那波本、全文改正。

〔朝以〕此下英華注云:「一有『來』字。」

〔宋景〕盧校云:「『景』,當作『璟』。」是。全文作「宋璟」,注云:「一作『景』。」

〔訛僞〕英華作「託僞」,注云:「集作『訛僞』。」

〔吏部尚書〕英華作「依前件」。

重授李晟通事舍人制

敕:李晟:昔管仲云:「升降揖讓,進退閑習,臣不如隰朋。」今之通事舍人,近此選也。而晟常中此選,善於其職。故相導通奏之節,宣揚拜起之儀,引而贊之,不聞失禮。既終喪紀，宜服官常。可使束帶曳裾，爲吾謁者。可通事舍人。

【箋】

作於長慶元年（八二一）至長慶二年（八二二），長安。

【校】

〔題〕「晟」，馬本注云：「時征切。」英華作「重授李晟通事舍人王府諮議制」。

〔引而〕「而」，英華作「之」，注云：「集作『而』。」

徐登授醴泉令制

勅：徐登：京兆尹言登前爲涇陽令，清廉簡直，奉法愛人，請補醴泉，再考其績。昔子路理蒲，仲尼誨曰：「愛而恕可以容困，温而斷可以抑姦。」今醴泉人與蒲相類，宜用此道往訓養之。歲時之間，期於報政。可醴泉縣令。

【箋】

作於長慶元年（八二一）至長慶二年（八二二），長安。

〔醴泉〕醴泉縣。唐屬京兆府。見舊書卷三八地理志。

【校】

〔題〕英華作「授徐登醴泉縣令制」。

王汶加朝散大夫授左贊善大夫致仕制

勑：王汶：善修其身，爲時良士。善訓其子，爲國憲臣。況以時制之年，知終請老，不加優秩，何厚吾風？禮：大夫七十而致仕，故吾以朝散贊善二大夫之爵加乎爾身。惟秩與年，兩皆得禮。以兹退去，亦足爲榮。可依前件。

【箋】

作於長慶元年（八二一）至長慶二年（八二二），長安。

【校】

〔時制〕「時」，那波本作「待」。

〔吾以朝散〕「吾」，馬本、全文俱作「我」，非。據宋本、那波本、盧校改正。

元公度授華陰令制

勑：元公度：吾欲理化萬方，故自近始。前授大宗正翖印綬，使牧華人。翖能副吾此心，選吏責課，言公度廉明有守，乞宰華陰。當道東西往來，先是爲邑者多飾廚傳舍，奉賓客以沽名譽，而不親吾人。爾能革之，足爲良宰。敬長畏法，無慢乃官。可華陰縣令。

【箋】

作於長慶元年（八二一），五十歲，長安，主客郎中、知制誥。

〔華陰〕屬關内道華州。見舊書卷三八地理志。

〔翻〕李翻。李宗閔之父。見舊書卷一七六李宗閔傳。舊書卷十六穆宗紀：「（元和十五年十一月辛亥），以宗正卿李翺爲華州刺史、潼關防禦、鎮國軍使。」當即其人。城按：李翺元和十五年七月已出爲朗州刺史，見舊書卷一六〇本傳，是時無除華州之可能。舊紀作「李翺」，必爲「李翻」之誤。又據舊紀，許季同長慶元年十月己丑（二十六日）除華州，當爲翻之後任，則此制必作於元年十月之前。參見卷五五李翻虞部郎中制。

【校】

〔題〕英華作「授元公度華陰令制」。

〔翻〕馬本注云：「洛登切。」

〔傳舍〕「傳」下英華脱「舍」字。

〔賓客〕「客」，英華作「旅」。

〔華陰縣令〕此下英華有「餘如故」三字。

唐州刺史韋彪授王府長史楊歸厚授唐州刺史劉旻授雅州刺史制

敕：韋彪等：善官人者，先考其能，然後授以事。使輪轅鑿枘各適其用，則羣識庶政得以交修。今以彪宦久年高，勤於爲政。俾從優逸，入補王宮。以歸厚文行器能，辱在巴峽，勵精爲理，績茂課高。區區萬州，豈盡所用？且移大郡，稍展奇才。以旻早著戎功，通詳吏事。西南物土，罔不周知。習俗從宜，宜守嚴道。分命以職，各用所長。庶乎咸修乃官，同底于理。可依前件。

【箋】

作於長慶元年（八二一）至長慶二年（八二二），長安。

〔唐州〕舊爲淮安郡。武德四年置顯州。貞觀九年改爲唐州。屬山南東道。見舊書卷三九地理志。

〔楊歸厚〕見卷十一初到忠州登東樓寄萬州楊八使君詩箋。

〔雅州〕舊爲臨邛郡。武德元年復爲雅州。爲劍南道西川節度使所管州。見元和郡縣志卷三二。

【校】

〔題〕英華作「授韋彪王府長史楊歸厚唐州刺史劉旻雅州刺史制」。

〔然後〕「然」下宋本、那波本俱脱「後」字。

〔以事〕「事」下英華有「任」字。

〔勤於〕「勤」，英華作「勸」。

〔萬州〕「萬」，英華作「方」，注云：「集作『萬』。」

〔奇才〕英華作「其才」，注云：「集作『奇』。」

鄭絪烏重胤馬總劉悟李佑田布薛平等亡母追封國郡太夫人制

勅：經曰：「立身揚名，以顯父母，孝之終也。」而絪等學文武之道，以飾厥躬，可謂善立身矣。居將相之位，以光大其門，可謂能揚名矣。夫自家所以刑國，本立而後道生。必待我哀榮之恩，方成爾始終之孝。是用啓封追號，各顯乃親。慰後光前，孝道備矣。可依前件。

【箋】

作於長慶元年(八二一)至長慶二年(八二二),長安。

〔鄭絪〕見本卷鄭絪可吏部尚書制箋。

〔烏重胤〕長慶元年十月丙戌(二十三日),自横海軍節度使授山南西道節度使。見舊書卷十六穆宗紀、卷一六一本傳。

〔馬總〕元和十四年,除天平軍節度使。長慶二年,入爲户部尚書。長慶三年,卒。見舊書卷一五七、新書卷一六三本傳。城按:馬總著有意林。劉禹錫集外五南海馬大夫見惠著述三通勒成四帙上自邃古達於國朝采其菁華至簡而富欽受嘉貺詩以謝之詩所指,即此書。

〔劉悟〕元和十五年十月,爲澤潞節度使。見舊書卷十六穆宗紀。

〔李佑〕疑當作「李祐」,本吴元濟牙將,後歸降,以擒吴元濟有功,元和十五年六月代李聽爲夏綏銀宥節度使。見舊書卷一六一本傳、卷十六穆宗紀。

〔田布〕見卷四九田布贈右僕射制箋。城按:田布卒於長慶二年正月,則此制必作於是時之前。

〔薛平〕薛嵩之子。元和十四年三月,自義成軍節度使爲平盧軍節度使。在鎮六年,寶曆初始歸朝。見舊書卷一二四附薛嵩傳、卷十五憲宗紀。

奉議郎殿中侍御史内供奉飛騎尉賜緋魚袋盧商可劍南西川雲南安撫判官朝散大夫行開州開江縣令楊汝士可殿中侍御史内供奉充劍南西川節度參謀二人同制

勅：劍南西川雲南安撫判官、奉議郎、殿中侍御史内供奉、飛騎尉、賜緋魚袋盧商等：士之束髮立身，爲知己用也。無遠近，無勞逸，但問所務者何，從者誰耳。今蜀之帥，潞之長，皆勤於述職，妙於揀賢，多得其儁材，樂告以善道，故以參其選焉。或從事有勞，或即戎奔命。輟玄黄之著述，振銅墨之滯淹。以良士而贊賢侯，宜乎多成功而鮮敗事矣。勉思所立，各服乃官。

【箋】

作於長慶元年（八二一）至長慶二年（八二二），長安。

〔盧商〕字爲臣，范陽人。元和四年進士。王播、段文昌相繼鎮西蜀，商皆佐爲記室。入朝歷工部、度支、司封三郎中。宣宗即位，爲兵部侍郎。尋以本官同平章事。見舊書卷一七六本傳。

【校】

〔題〕「盧商」，馬本訛作「盧商」，據宋本、那波本、全文改正。「二人」，宋本、那波本俱作「四人」，非。但「二人」亦與文中「蜀之帥，潞之長」之語不合，疑有脱誤。

〔遠近〕「近」，宋本、那波本俱作「邇」。

〔勞逸〕宋本、那波本俱作「逸勞」。

李演贈太子少保制

勑：夫生立勳勤，下以忠事上也。殁加褒飾，上以義答下也。忠義臻其分，哀榮極其恩，而君臣之道全矣。故奉天定難功臣、開府儀同三司、檢校兵部尚書、兼左衛上將軍、御史大夫李演；忠信以爲幹，義勇以爲器。器與幹合，鬱成將材。故出長諸侯，入統七萃。拊循警衛，朕甚賴之。方深倚仗，遽此淪謝。茲予所以當宁興念，廢朝軫懷，聞鼙鼓而長太息者也。追崇之命，宜有加焉。可贈太子少保。

【箋】

作於長慶元年（八二一）至長慶二年（八二二），長安。

〔李演〕參見卷五一李演除左衛上將軍制。城按：李演，永貞元年十月，自左驍尉將軍爲夏綏銀等州節度使。見舊書卷十四憲宗紀上。

李諒授壽州刺史薛公幹授泗州刺史制

敕：泗州刺史李諒等：詩云：愷悌君子，人之父母。朕三復斯言，往往興嘆。安得循吏，俾父母吾人乎？吾前命諒爲泗守，未即路，會壽守植卒，因改諒守壽，命公幹守泗。諒之理課，前詔詳矣。公幹自尚書郎連領二郡，政平法一，甚便於人。加以有理戎之材，可付留事，故輟軍保。仍憲秩而兼寵之。夫壽與泗皆郡之大者也。諒與公幹皆二千石之良者也。以大郡委良吏，不亦宜乎？噫！諒無忘澄城之理，公幹無替亳城之政，則愷悌之化吾有望於二郡焉。諒可壽州刺史，公幹可泗州刺史。

【箋】

作於長慶元年（八二一）至長慶二年（八二二），長安。

〔李諒〕見本卷李諒除泗州刺史……同制箋。

〔薛公幹〕元和十一年九月，自度支郎中貶爲房州刺史，言與韋貫之朋黨故也。見舊書卷十五憲宗紀。據此則公幹先刺房州，再由亳州改刺泗州。

【校】

〔題〕英華作「授李諒壽州刺史薛公幹泗州刺史制」。

〔泗守〕「守」，英華作「州」。

〔軍保〕「保」，英華、全文俱注云：「一作『倅』。」

〔亳城〕「亳」，馬本訛作「毫」，據宋本、那波本、全文、盧校改正。

〔可以下十二字〕英華作「各依前件」四字。

柳公綽罷鹽鐵守本官兵部侍郎制

敕：某官柳某：昔先皇帝知爾有材，元和已來，應用不暇。及領榷管漕運之務，屬陵寢郊丘之禮，財給事集，時乃之功。宜有轉移，以均勞逸。況聞牢籠無遺利，課督有常規。今詔刑部尚書播代之，亦令守而勿失。朕將興理化，先務根本。凡百職事，悉歸有司。惟茲夏官，實掌戎政。簡稽調補，今方其時。司馬貳卿，佐乎邦國，是爾本職，無忘增修。可守兵部侍郎。

【箋】作於長慶元年（八二一），五十歲，長安，主客郎中、知制誥。

〔柳公綽〕見卷四八柳公綽可吏部侍郎制箋。城按：舊書卷十六穆宗紀：「（長慶元年二月壬申）以劍南西川節度使王播爲刑部尚書、充鹽鐵轉運使。」則公綽罷使守本官當在其時。

【校】

〔題〕英華作「授柳公綽罷鹽鐵守夏官兵部侍郎制」。

〔柳某〕英華作「柳公綽」。

〔事集〕「集」，英華作「傑」。

〔佐乎〕英華作「佐平」。

〔守兵部侍郎〕英華作「依前件」三字。

崔元備張惟素鄭覃陸瀍韋弘景賜爵制

敕：崔元備等：禮莫重於復土，事莫大於慎終。使朕以孝敬之誠，獲貢于先帝，實賴左右侍從之臣，服勤祗事，展四體而竭一心誠，俾予無悔。賞不敢忘，爵不敢愛。爾宜疏封服命而揚之。可依前件。

【箋】

作於長慶元年（八二一）至長慶二年（八二二），長安。

〔張惟素〕許孟容祭楊郎中文（文苑英華卷九八五）稱「貞元十九年四月右補闕張惟素等」，韓愈祭太常裴少卿文（文苑英華卷九八七）稱「元和九年吏部侍郎張惟素等」，當即其人。

〔鄭覃〕見卷四八鄭覃可給事中制箋。

〔陸瀍〕秘書監陸齊望子。貞元元年進士，歷官户部、主客郎中。見新書宰相世系表、唐詩紀事卷五九、郎官考卷十一。又元和姓纂（卷十）一屋陸：「瀍，侍御史。」岑仲勉四校記：「新表作主客郎中，據文饒别集三，元和十三年，瀍爲給事中，主中殆修書後所歷之職也。」

〔韋弘景〕京兆人。長慶初爲太僕卿。見舊書卷一五七本傳。並參見卷二五喜與韋左丞同入南省因叙舊以贈之詩箋。

【校】

〔禮莫〕「莫」，宋本、那波本俱作「尊」。

〔竭一心〕「竭」，宋本作「謁」，那波本無此字。

劉約授棣州刺史制

勑：前齊州刺史、兼御史中丞劉約，故太保濟之子，太尉總之弟也。吾常思濟之功，總之忠，而嘉約之謹厚，累遷至齊州刺史。在官無敗事，罷秩有去思。念舊録能，使持節棣州諸軍事、棣州刺史，依前御史中丞，散官勳如故。

宜當寵用。況公侯之後，約有通才。封域之間，棣爲要郡。委之共理，誰曰不然？可

【箋】

作於長慶元年（八二一），五十歲，長安，主客郎中、知制誥。

〔劉約〕見本卷劉總弟約等五人並除刺史賜紫男及姪六人除贊善洗馬衛佐賜緋同制箋。城按，吴廷燮唐方鎮年表考證卷下「長慶白集有齊州刺史劉約授潁刺制」。「潁」當爲「棣」字之誤。

〔棣州〕棣州樂安郡，屬河南道。見舊書卷三八地理志。

李肇可中散大夫郢州刺史王鎰朗州刺史温造可朝散大夫三人同制

勑：朝請大夫、使持節澧州諸軍事、澧州刺史、上柱國、賜紫金魚袋李肇等：乃者李景儉使酒獲戾，而肇等與之會飲，失於檢慎，宜有所懲。由是左遷，分爲郡守。今首坐者既復班列，緣累者亦當徵還。但以長吏數易，其弊頗甚。況聞三郡皆有政能，人方便安，不宜遷换。故吾以采章階級並命而就加之。蓋漢制進爵秩，降璽書，

慰勞良二千石之二日也。爾當是命，得不勉哉？

【箋】

作於長慶二年（八二二），五十一歲，長安，中書舍人。

〔李肇〕舊、新書俱無傳。李華之子。元和十三年七月，自監察御史充翰林學士。著有國史補三卷。見新書卷七二上宰相世系表、卷五八藝文志、重修承旨學士壁記。又舊書卷十六穆宗紀：「（長慶元年十二月戊寅），貶員外郎獨孤朗韶州刺史，起居舍人温造朗州刺史，司勳員外郎李肇澧州刺史，刑部員外郎王鎰郢州刺史，坐與李景儉於史館同飲，景儉乘醉見宰相謾罵故也。」並參見卷六〇論左降獨孤朗等狀。

〔郢州〕見卷二〇郢州贈别王八使君詩箋。

〔王鎰〕見卷二〇郢州贈别王八使君詩箋。

〔朗州〕朗州武陵郡，屬江南西道。見舊書卷四〇地理志。

〔温造〕見卷四九温造可起居舍人充鎮州四面宣慰使制。城按：造居朗州四年，召拜侍御史，遷左司郎中。見舊書卷一六五本傳。

【校】

〔題〕英華作「授澧州刺史李肇中散大夫郢州刺史王鎰朗州刺史温造并朝散大夫等制」。又「鎰」下馬本、全文俱衍「可」字，據宋本、那波本盧校改正。

〔澧州〕「澧」，馬本、英華俱訛作「灃」，據宋本、那波本、全文改正。下同。又「澧州刺史」上英華有「守」字。

〔會飲〕宋本、那波本、英華俱作「會合飲」，「合」字疑衍。

〔其弊〕「其」，英華作「爲」，注云：「集作『其』。」

〔勉哉〕此下英華有「可依前件」四字。

白居易集箋校卷第五十一

中書制誥四　新體　祭文册文附　凡五十道

贈劉總太尉册文

維長慶元年四月某日，皇帝若曰：朕聞古有履忠仗順，生而大有爲者；又有功成身退，殁而永不朽者。非正氣令德，間生挺出，則高名大節，孰能兼之哉？故天平軍節度使、檢校司徒、兼侍中、楚國公劉總，降自天和，生爲人傑。得君於先帝，叶運於昌時。纂戎弓裘，守土燕、薊。迨此一紀，北方晏然。有開必先，納款于我。沈斷大事，奮揚奇謀。捧幽都四封之圖，挈盧龍三軍之籍。盡獻闕下，高謝人間。感動君臣，驚激忠義。顧妻子若脱屣，視富貴如浮雲。惟道是從，奉身以退。仲連事成而蹈滄海，子房名遂而追赤松。賢明所歸，今古一致。朕方改授兵柄，移鎮鄆郊，命作司徒，倚爲左相。期奮乃志，將沃朕心。而天不憖遺，邦失柱石。夫臣戴君如元首，則君視臣如股肱。股肱或虧，何痛如是？兹朕所以廢朝軫念，備禮加恩，庸建爾于上公，蓋褒贈之崇重者也。嗚呼！爾總尚知之乎！今遣使某官某、副使某官某，持節册贈爾爲太尉。

【箋】

作於長慶元年（八二一），五十歲，長安，主客郎中、知制誥。城按：此卷那波本編在卷三四。

〔新體〕與舊體駢驪制誥對立之散體。卷二三白氏餘思未盡加爲六韻重寄微之（城按：此題汪本作「微之整集舊詩及文筆爲百軸以七言長句寄樂天樂天次韻酬之餘思未盡加爲六韻」）詩「制從長慶詞高古」句自注云：「微之長慶初知制誥，文格高古，始變俗體，繼者效之也。」其所指者即元稹所創始、居易所從同之復古改良公式文字新體。惟當時舊體制誥積習已深，卒不能變。蓋制誥體裁，遷擢者須鋪叙其資歷、政績，降謫者須指斥其罪過，散文難於措辭，駢體易得含糊也。

〔劉總〕見卷四九温造可起居舍人充鎮州四面宣慰使制箋。城按：舊書卷十六穆宗紀：「（長慶元年四月）庚午，易定奏劉總已爲僧。三月二十七日卒于當道界，贈太尉。」

【校】

〔生爲人傑〕「生」，宋本、那波本俱作「立」。

〔何痛如是〕「是」，盧校云：「當作『之』。」

〔持節〕「持」，宋本訛作「特」。

傅良弼可鄭州刺史制

勑：金紫光禄大夫、使持節沂州諸軍事、行沂州刺史、兼御史中丞、騎都尉傅良弼：燕、冀之間，紛擾之際，多壘失守，孤城保全。介于險中，率乃麾下。轉戰郊野，來覲闕庭。徇義滅親，忘家喪子。忠勤勇烈，人所難能。若不褒升，何勸來者？海、沂剖竹，未足報功。溱、洧頒條，可兼觀政。敬承後命，無替前勞。可使持節鄭州諸軍事、行鄭州刺史、兼御史大夫，散官、勳如故。

【箋】

作於長慶二年（八二二），五十一歲，長安，中書舍人。

〔傅良弼〕字安道，清河人。王廷湊之叛，良弼爲樂壽左神策軍行營都知兵馬使。後爲沂州刺史，率衆出戰有功，召爲左神策軍將軍。見新書卷一四八附牛元翼傳。城按：舊書卷十六穆宗紀：「（長慶二年四月甲子）忻州刺史李寰守博野，王廷湊攻之不下，其李寰所領兵，宜割屬右神策，以寰爲軍使。」通鑑卷二四二：「（長慶二年四月）甲戌以傅良弼、李寰爲神策都知兵馬使。」則良弼刺鄭州當在此時之後。

河北榷鹽使檢校刑部郎中裴弘泰可權知貝州刺史依前榷鹽使制

勅：某官裴弘泰：以幹蠱之才，領鹽鹵之務。管榷條制，動皆得宜。觀其所能，若有餘地。可假兼職，俾之牧人。而河北列城，久乏良吏。俗多思理，政不難施。亦猶凍餒之人，易爲衣食。今予命爾煦而飫之，襦袴之謡，佇入吾耳。可兼知貝州刺史。

【箋】

作於長慶元年（八二一）至長慶二年（八二二），長安。

〔裴弘泰〕卷五三有裴弘泰可太府少卿知左藏庫出納制，作於此制之後，當係同一人。

〔貝州〕貝州清河郡。唐屬河北道。見舊書卷三九地理志。

【校】

〔裴弘泰〕「弘」，全文作「宏」，蓋避清諱改，下同。

崔陵可河南尹制

敕：河、洛千里，都畿在焉。俾之乂安，屬在尹正。鳳翔隴州節度觀察處置等使、正議大夫、檢校禮部尚書、兼鳳翔尹、御史大夫、上柱國、開國男、食邑三百户、賜紫金魚袋崔陵：有精敏之用，潔直之操，施于有政，由是知名。始資州縣之勞，卒致公卿之位。況刺部有理行，主計無愆違，尹右輔而鎮西郊，蓋奬能報勤之旨也。昔吴公爲河南守，謹身廉平，人服教化。袁安爲河南尹，政令清肅，號爲嚴明。誰其嗣之？無易陵者。往爲表則，勿替能名。可檢校禮部尚書，兼河南尹，散官、勳、封、賜如故。

【箋】

作於長慶二年（八二二），五十一歲，長安，中書舍人。

〔崔陵〕城按：「陵」當作「倰」。元稹有唐贈太子少保崔公墓誌銘：「公諱倰，字某。……會鳳翔闕節度，宰相奏名皆不可，上曰：得之矣。明日出白麻書，以公爲檢校禮部尚書、兼鳳翔府尹、御史大夫、充鳳翔隴州節度觀察處置使。……乃以公爲檢校禮部尚書、河南尹。」舊書卷一一九、新書卷一四二崔佑甫傳亦俱作「倰」。又舊書卷十六穆宗紀：「（長慶二年三月戊午）以鳳翔節度使崔倰爲河南尹。」

【校】

〔題〕英華作「授崔倰河南尹制」，是。後同。

〔都畿〕「都」，英華作「邦」。

〔開國男〕此上英華有「安平縣」三字。

〔愆違〕「愆」，馬本注云：「苦堅切。」英華本作「愆」，字同。

〔爲表〕「表」，英華作「士」，注云：「集作『表』。」

侯丕可霍丘縣尉制

勑：賜太常寺奉禮郎、翰林待詔、上護軍侯丕：夫執藝以事上，奉詔而處中，其於出入謹身，夙夜祇命，比他局署，實倍恭勤。既寵之以職名，又優之以禄俸。蓋先勞後食之義也。汝其承之。可守壽州霍丘縣尉，依前翰林待詔，勳如故。

【箋】

作於長慶元年（八二一）至長慶二年（八二二），長安。

〔壽州霍丘縣〕武德四年置蓼州，領霍丘一縣。七年廢蓼州，縣屬壽州。見舊書卷四〇地理志。

【校】

〔題〕英華作「授侯丕壽州霍丘縣尉制」。

〔賜太常寺〕「賜」，英華作「試」，是。

〔勳如故〕「勳」下英華有「賜」字。

崔楚臣可兼殿中侍御史制

勑：成德軍節度押衙、銀青光禄大夫、檢校太子賓客、兼監察御史崔楚臣：材膺爪士，職在牙旗。每祇命以奉辭，必竭誠而得禮。既嘉詳敏，亦念恭勤。式示寵名，宜遷憲秩。可殿中侍御史，餘如故。

【箋】

作於長慶元年（八二一）至長慶二年（八二二），長安。

【校】

〔題〕英華作「授崔楚臣兼殿中侍御史制」。

〔爪士〕「爪」，那波本訛作「瓜」。

王庭湊曾祖五哥之可贈越州都督祖末怛活可贈左散騎常侍父昇朝可贈禮部尚書制

勅：成德節度鎮冀深趙等州觀察處置等使、金紫光禄大夫、檢校工部尚書、兼鎮州大都督府長史、御史大夫、上柱國、太原縣開國男、食邑三百户王庭湊曾祖，故忠武將、守左武衛大將軍、員外置同正員、兼試太常卿五哥之等：鬼神有知，履孝敬者福禄至；王侯無種，仗忠信者富貴來。我有列臣，本於良胤。奮發而勵節許國，感激而揚名顯親。夫教必有初，德無不報。安有收其材而遺其本，愛其後而忘其先乎？是用褒崇，以弘寵澤。庶使聞者，起孝作忠。可依前件。

【箋】

作於長慶二年（八二二），五十一歲，長安，中書舍人。

〔王庭湊〕本迴鶻阿布思之種族。曾祖曰五哥之，祖末怛活，世爲王氏騎將，故冒姓王氏。長慶元年六月，庭湊殺田弘正，據鎮州叛，命裴度、田布等率兵進討，師久無功。唐室不得已，長慶二年二月，詔赦庭湊，仍授成德軍節度使。見舊書卷一四二本傳。參見卷六〇請因朱克融授節後速討王庭湊事狀。

【校】

〔題〕宋本、那波本「曾祖」下俱脱「五哥之」三字，「末恒活」俱作「末恒活」。城按：舊傳及新傳俱作「王廷湊」、「末恒活」，「庭」字、「末」字疑誤。

〔鎮州大都督府〕「督」上宋本、那波本、馬本、全文俱脱「都」字，今補正。

〔御史大夫〕「大夫」上各本俱脱「御史」二字，據舊唐書穆宗紀補。

崔羣可秘書監分司東都制

勅：前武寧軍節度、徐泗濠等觀察處置等使、正議大夫、檢校兵部尚書、使持節徐州諸軍事、兼徐州刺史、御史大夫、上柱國、賜紫金魚袋崔羣：天授至寶，爲國重器。始自修己，移於事君。輔弼藩宣，不失其道。及離征鎮，召赴闕庭。方登道途，遂遘疾恙。正在頤養之際，豈任朝謁之勞？誠宜許以便安，不可闕其禄食。而移秩外史，分曹東周，加寵優賢，無易於此。且有後命，俟其有瘳。可守秘書監分司東都，散官、勳、賜如故。

【箋】

作於長慶二年（八二二），五十一歲，長安，中書舍人。

〔崔羣〕舊書卷十六穆宗紀：「（元和十五年九月）丙寅，以御史大夫崔羣檢校兵部尚書、徐州刺史，充武寧軍節度。……（長慶二年三月）癸丑，徐州節度使崔羣爲其副使王智興所逐，智興自專軍務。……（四月）癸未，以武寧軍節度使崔羣爲秘書監分司東都。」

【校】

〔天授〕「授」，宋本、馬本俱作「受」，非。據全文、盧校改正。那波本作「受天」。

〔遂遘〕「遘」，宋本作「犯御嫌名」四字。

〔守秘書監〕「秘」上馬本、全文俱脱「守」字，據宋本、那波本、盧校補。

董昌齡可許州長史制

勑：將仕郎、權知泗州長史、兼殿中侍御史、賜緋魚袋董昌齡：頃爲宰邑，今贊郡符。皆聞約己之名，每展在公之節。稽其器局，允謂廉能。議以稍遷，用彰勤効。可許州長史，兼侍御史，散官、勳如故。

【箋】

作於長慶元年（八二一）至長慶二年（八二二），長安。

〔許州〕武德四年置，屬河南道。爲陳許節度使治所。見元和郡縣志卷八。

【校】

〔題〕英華作「授董昌齡許州長史制」。

〔廉能〕「能」，英華作「明」。

〔可許州〕「可」下英華有「守」字。

〔勳如故〕「如」上英華無「勳」字。

柳經李褒並泗州判官制

勑：徵事郎、前河南府河南縣尉柳經，儒林郎、試太子通事舍人李褒等；瀕淮列城，泗州爲要。控轉輸之路，屯式遏之師。故府有寮，軍有倅，選擇補署，得聞於朝庭。而經等皆有所長，宜當是選。守臣置奏，因而可之。仍加秩命，用示優寵。經可監察御史、充泗州團練副使，散官如故。褒可試太常寺協律郎、充武寧軍節度泗州兵馬留後判官，仍改名言。散官、勳如故。

【箋】

作於長慶元年（八二一）至長慶二年（八二二），長安。

〔泗州〕見卷五〇李諒除泗州刺史兼團練使……制箋。

【校】

〔河南府〕馬本、全文俱脱此三字，據宋本、那波本補。

〔名言〕「言」，馬本、全文俱作「銜」，據宋本、那波本、盧校改。

張諷等四人可兼御史中丞侍御史監察御史同制

勅：義成軍節度馬步都知兵馬使、光禄大夫、檢校太子詹事、兼侍御史、上柱國張諷等：御史府自中執憲暨察視之官，皆顯秩也。唯懷材而展効者，可以授焉。爾等昨領偏師，出疆赴難。指蹤而去，摩壘而還。忠勇勤勞，宜有加獎。故以憲職，第而寵之。可依前件。

【箋】

作於長慶元年（八二一）至長慶二年（八二二），長安。

啖異可滁州長史許志雍可永州司户崔行儉可隋州司户並准赦量移制

敕：守袁州司馬員外置同正員啖異等：有司奉新制，明舊章，凡負疵瑕，必霑慶澤。況爾等各有才用，多淹歲時。譴累重輕，遞從恩貸；班資遠邇，率以例遷。如聞進修，豈忘牽復？可依前件。

【箋】

作於長慶元年（八二一）至長慶二年（八二二），長安。

〔許志雍〕登科記考卷十三引韓愈送許郢州序樊注：「志雍，安陸許氏，貞元九年進士，終監察御史。」城按：監察御史非志雍終官。元和姓纂（卷六）七尾許：「志雍兼監察御史。」岑仲勉元和姓纂四校記：「王叔雅誌，元和四年立，撰文者前諸道轉運推官、將仕郎、試大理評事許志雍（金石録補一九）。昌黎集注一九，志雍，貞元九年進士，終監察御史。殊不知此乃元和七年時見官，樊注不加細考，濫用姓纂，附增『終』字，又爲後人開一疑竇，此余所以謂前人多未明姓纂讀注，然苟非知樊注史源，亦無以斷其必誤也。志雍自貶所量移永州司户，見白氏集三四，志雍亦見廣記二八三引靈異記。」

〔永州〕舊爲零陵郡。隋大業四年改爲永州。唐因之，屬江南西道。見元和郡縣志卷二九、舊書卷四〇地理志。

〔崔行儉〕白氏與楊虞卿書（卷四四）：「又足下與崔行儉游，行儉非罪下獄，足下意其不幸，及於流竄勑下之日，躬俟於御史府門，而行李之具，養活之物，崔生顧其旁一無闕者。」當即其人。

〔隋州〕舊爲南陽郡地。後魏改隋州。唐因之，屬山南東道。見舊書卷三九地理志。城按：元和郡縣志作「隨州」，字通。

程執撫亡父懷信贈太保李佑亡父景略贈太子少傅柏耆亡父良器贈太子少保白餘盛亡父孝德贈太保同制

勑：中散大夫、檢校右散騎常侍、兼右神武軍大將軍知軍事、御史大夫、上柱國、河東縣開國男、食邑三百户、賜紫金魚袋程執撫父贈太子太保懷信等：咸有忠勳，播爲先德。悉承義訓，垂在後昆。故吾令臣，皆乃愛子。襲弓裘而禀詩禮，猶水木之有本源。將使天下之爲人子者感恩，天下之爲人父者知勸。宜加寵贈，以表顯揚。可依前件。

【箋】

作於長慶元年（八二一）至長慶二年（八二二），長安。

〔李佑〕見卷五〇鄭絪烏重胤馬總劉悟李佑田布薛平等亡母追封國郡太夫人制箋。

〔柏耆〕將軍良器之子。自處士授左拾遺。穆宗時，轉兵部郎中。大和初遷諫議大夫。見舊書卷一五四本傳。

〔孝德〕白孝德，安西胡人。事李光弼爲偏裨。後累戰功至北庭行營節度使。建中元年卒，贈太保。見舊書卷一〇九、新書卷一三六本傳。時代相近，當即此人。

嚴謨可桂管觀察使制

敕：漢置部刺史，掌奉詔條，糾吏理，蓋今觀察使職耳。桂林，秦郡也。東控海嶺，右扼蠻荒。自隨迄今，不改戎府。地遠則權重，俗殊則理難。馴而化之，非才不可。朝議大夫、前守秘書監、驍騎尉、賜紫金魚袋嚴謨：嘗守商洛，刺黔、巫，州部縣道，謐然安理。是能用寬猛相濟之政，撫夷夏雜居之人故也。跡其往効，式是南邦。況爾操行端和，文學精茂，賓寺書府，善於其官。勉副前言，佇申後命。可使持節都督桂州諸軍事、守桂州刺史、兼御史中丞、桂州本管都防禦觀察處置等使，散官、勳如故。

【箋】作於長慶二年（八二二），五十一歲，長安，中書舍人。

〔嚴謨〕見卷十九送嚴大夫赴桂州詩箋。

〔桂管〕見卷十九送嚴大夫赴桂州詩箋。

【校】

〔題〕英華作「授嚴謩桂管觀察使制」。

〔馴而化之〕「馴」，馬本、全文俱作「馭」，非。據宋本、那波本、英華改正。

〔式是〕「是」，英華作「在」，注云：「一作『是』。」

〔桂州諸軍事〕「州」，馬本、全文俱作「林」，非。據宋本、那波本、盧校改正。

〔桂州刺史〕「州」，全文誤作「林」。〔散官勳〕「勳」下英華有「賜」字。

杜式方可贈禮部尚書制

勅：生有寵禄，殁有褒崇。此王者所以明終始之恩，厚君臣之道也。故桂州本管都防禦觀察等使、正議大夫、使持節都督桂州諸軍事、守桂州刺史、兼御史中丞、上柱國、南陽縣開國男、賜紫金魚袋杜式方：慶襲台庭，任當垣翰。服名教乃保家之子，樹風聲爲守土之臣。盡禮事君，勞心奉職。奄忽淪逝，念之惻然。況近屬連姻，遠藩捐館。聞訃之命，實悼中心。贈飾之恩，宜加常等。俾趨榮於八座，用賁寵於九原。可贈禮部尚書。仍賻布帛二百段，米粟二百石，委度支逐便支遣。

【箋】

作於長慶二年（八二二），五十一歲，長安，中書舍人。

〔杜式方〕杜佑之子。見舊書卷一四七，新書卷一六六附杜佑傳。又舊書卷十六穆宗紀：「（長慶二年四月）庚辰，桂管觀察使杜式方卒。……以秘書監嚴謩（謨）爲桂管觀察使。」則知式方即嚴謨之前任。

【校】

〔上柱國〕「柱」，馬本訛作「桂」，據宋本、那波本、全文改正。

〔仍賻〕「賻」，馬本注云：「符過切。」

〔二百石〕「石」，宋本、那波本、盧校俱作「碩」。

武昭除石州刺史制

勅：某官武昭：王師伐蔡，爾在行間。致命奮身，挑戰當寇。忠憤所感，卒獲生全。求之軍中，不可多得。司馬以爾信直謹厚，可領邊城。爾宜酬乃己知，副我朝獎。撫獯戎雜居之俗，安離石重困之人。勉而莅之，其任不細。可石州刺史。

【箋】

作於長慶元年（八二一）至長慶二年（八二二），長安。

〔石州〕石州昌化郡。屬河東道。見元和郡縣志卷十四。

梁希逸除蔚州刺史制

勅：某官梁希逸：頃爲蔡將，陷在賊庭。知有君臣，不顧妻子。率其所屬，當戰陣前，反斾倒戈，翻然歸我。忘家之士，希逸有之。間從司空，再平淮右。指蹤銜命，皆稱所使。可以移用，俾之守疆。北邊列城，蔚爲衝要。雄右軍號，務兼錢刀。疇勤選能，俾乃兼領。宜思來効，以續前勞。可蔚州刺史、兼橫野軍使，并知本州鑄錢事。

【箋】

作於長慶元年（八二一）至長慶二年（八二二），長安。

〔蔚州〕蔚州興唐郡。唐屬河東道，武德六年置。見舊書卷三九地理志。

〔横野軍〕新書卷三九地理志：「興唐，中。本安邊，開元十二年置，治横野軍。至德二載更名。」城按：興唐縣屬蔚州。

〔鑄錢事〕蔚州所屬飛狐縣有三河銅冶，置錢官。見元和郡縣志卷十四。

【校】

〔疇勤〕「疇」，馬本注云：「時流切。」

盧元勳除隰州刺史制

勑：盧元勳：乃者鎮帥身喪，正承元納款之際，柏耆將命之初，軍情洶然，未知嚮化。而元勳挺身奮臂，出於衆中，指明安危，分别逆順。顔色不撓，聲氣甚厲。言行事立，朕甚多之。雖有優升，未酬義烈。宜以一郡寵而旌之，用勸四方聞其風者。可隰州刺史。

【箋】

作於長慶元年（八二一），五十歲，長安，主客郎中、知制誥。

〔盧元勳〕鎮州王承宗之將吏。

〔隰州〕本龍泉郡。武德元年改爲隰州，以州帶泉泊下濕，故名。屬河東道。見元和郡縣志卷十二。

〔承元〕王承元。成德節度使王士真第二子，承宗之弟。元和十五年冬，承宗卒，乃效忠於朝廷。憲宗嘉之，乃授承元滑州刺史、充義成軍節度使。見舊書卷一四二本傳。

〔柏耆將命之初〕舊書卷一四二王武俊傳：「起居舍人柏耆齎詔宣諭滑州之命，兵士或拜或泣，承元與柏耆於館驛召諸將諭之，諸將號哭諠譁。……承元乃盡出家財，籍其人以散之，酌其勤者擢之。牙將李寂等十數人固留承元，斬寂等，軍中始定。」城按：柏耆宣諭鎮州在元和十五年十一月。

【校】

〔正承元〕「正」，宋本作「帥」，那波本作「戎師」，俱非。全文「承」上脱「身喪正」三字。

楊孝直除滑州長史制

敕：楊孝直：早以材力，從戎冀方，專習武經，通知吏事。承元移鎮，孝直實來。

詢謀驅馳，有所裨助。軍郡之佐，寵秩非輕。用答忠勞，以明勸奬。可滑州長史。

【箋】

作於長慶元年（八二一），五十歲，長安，主客郎中、知制誥。

〔楊孝直〕當爲鎮州王承宗之將吏。

〔滑州〕唐武德元年置，屬河南道。爲鄭滑節度使治所。見元和郡縣志卷八。

〔承元移鎮〕舊書卷十六穆宗紀：「（元和十五年十一月）辛亥，田弘正奏：王承元以今月九日領兵二千人赴鎮滑州。」

【校】

〔題〕英華作「授楊孝直滑州長史制」。

張嘉泰延州長史制

勑：前丹州司馬張嘉泰：一從戎旅，多歷歲時。奉職有勞，率身無過。軍部長佐，資秩不卑。自丹轉延，頗爲優穩。題輿便道，往守乃官。可延州長史。

【箋】

作於長慶元年（八二一）至長慶二年（八二二），長安。

〔延州〕唐屬關内道。開元二年爲都督府，尋罷府爲州。見元和郡縣志卷三。

【校】

〔題〕英華作「授嘉泰延州長史制」。

〔優穩〕「穩」，英華作「豫」。

魏玄通除深王府司馬制

敕：魏玄通有禦侮之才，扞城之略。服勤戎職，善守邊州。訓旅牧人，有可稱者。夫文武迭用，出入序遷，所以關才能而均勞逸也。爾宜解綬郡邸，曳裾王門，飾躬慎儀，以奉朝謁。可依前件。

【箋】

作於長慶元年（八二一）至長慶二年（八二二），長安。

【校】

〔題〕「魏玄通」，全文作「魏元通」，蓋避清諱改。

楊造等亡母追贈太君制

勅：通事舍人楊造、翰林待詔某亡母等；生播徽華，歿留儀範。訓保家之子，爲有國之臣。或相禮彤庭，或待詔金馬。咸居禁近，率有忠勤。風樹之心，必憂深而思遠；蓼蕭之澤，宜自葉而流根。並啓邑封，各從子貴。揚名之孝，與汝成之。可依前件。

【箋】

作於長慶元年（八二一）至長慶二年（八二二），長安。

張植李翺等二十人亡母追贈郡縣夫人制

勅：壽州刺史張植亡母某氏等：夫忠於上者教有所自，仁於下者恩有所延。孝理之風，實繇此作。當今良二千石皆與朕共理，雖禄不逮養，而名可顯親。將慰匪莪之心，宜流自葉之澤。俾從子貴，咸贈邑封。

【箋】

作於長慶元年（八二一），五十歲，長安，主客郎中、知制誥。

〔張植〕杜牧唐故歙州刺史邢君墓誌銘（樊川文集卷八）：「今夫人南陽張氏，壽州刺史植女。」郎官考卷十六金外有張植名。當即其人。

〔李翺〕字習之。元和十五年六月，自權知職方員外郎授考功員外郎，並兼史職。與李景儉友善，景儉貶黜，七月，出爲朗州刺史。俄而景儉復爲諫議大夫，翺亦入爲禮部郎中。見舊書卷一六〇本傳。城按：李景儉，長慶元年八月，自建州刺史入爲諫議大夫，此制必作於長慶元年。

【校】

〔題〕「張植」，馬本誤作「張值」，據宋本、那波本、全文改正。

陳中師除太常少卿制

勅：尚書吏部郎中、兼侍御史陳中師：早以體物之文，待問之學，中鄉里選，第甲乙科。及筮仕立身，皆有本末。不背俗以矯逸，不趨時以沽名。從容中道，自致聞望。累踐郎署，再參憲司。官無卑崇，事無簡劇，如玉在佩，動必有聲。爲時所稱，何用不可？朕以立國之本，禮樂爲先。今之太常，兼掌其事。貳兹職者，不亦重乎？歷代迄今，謂之清選。往復是命，佇觀有成。予方急才，爾寧久次？可太常少卿。

【箋】

作於長慶元年（八二一）至長慶二年（八二二），長安。

〔陳中師〕舊書卷一二九張延賞傳：「盜殺宰相武元衡，京師索賊未得。時王承宗邸中有鎮卒張晏輩數人，行止無狀，人多意之，詔録付御史陳中師按之。」當即其人。

【校】

〔題〕英華作「授陳中師太常少卿制」。

〔體物〕「物」，英華作「要」，注云：「集作『物』。」

〔矯逸〕「逸」，英華作「迹」。

〔聞望〕「聞」，宋本、那波本俱作「問」。

〔事無〕「無」，英華作「有」，注云：「集作『無』。」

〔今之太常〕英華作「號令之常」，注云：「集作『今之太常』。」

〔佇觀〕英華作「行覩」，注云：「集作『行觀』，一作『仲觀』。」

〔太常少卿〕此下英華有「餘如故」三字。

衢州刺史鄭羣可庫部郎中齊州刺史張士階可祠部郎中同制

敕：某官鄭羣等；今之正郎，班望頗重。中外要職，多繇是遷。故其所選，不得不慎。必循名實，而後命之。羣與士階久典名郡，謹身化下，有循吏之風。會課陟明，宜當是選。國之大事，在祀與戎。一掌祠曹，一司武庫，各領其要，爾宜敬之。羣可庫部郎中，士階可祠部郎中。

【箋】

作於長慶元年（八二一），五十歲，長安，主客郎中、知制誥。

〔衢州〕見卷二〇歲暮枉衢州張使君書并詩因以長句報之詩箋。

〔鄭羣〕韓愈唐故朝散大夫尚書庫部郎中鄭君墓誌銘：「君諱羣，字弘之，世爲滎陽人。……裴均之爲江陵，以殿中侍御史佐其軍。均之徵也，遷虞部員外郎。均鎮襄陽，復以君爲襄府左司馬、刑部員外郎、副其支度使事。均卒，李夷簡代之，因以故職留君。歲餘，拜復州刺史，遷祠部郎中。會衢州無刺史，方選人，君願行，宰相即以君應詔。治衢五年，復入爲庫部郎中。行及揚州，遇疾，居月餘，以長慶元年八月二十四日卒。」

〔齊州〕隋爲齊郡。武德元年，改爲齊州，屬河南道。見元和郡縣志卷十。

〔張士階〕郎官考卷五封中引吴興志：「張仕階，長慶三年三月六日，自司封郎中拜。卒官。」當即其人。則士階後又自祠部郎中遷司封郎中。

【校】

〔題〕英華作「授衢州刺史鄭羣庫部郎中齊州刺史張士階祠部郎中同制」。

〔某官〕「某」，英華訛作「具」。

〔多繇是遷〕「遷」，馬本、全文俱作「選」，據宋本、那波本、盧校改。

〔與戎〕「與」，英華作「及」，注云：「集作『與』。」

〔各領〕「領」，英華作「須」，注云：「集作『領』。」

元稹可太子左諭德依前入蕃使制

敕：通事舍人元稹：東宫之有諭德，猶上臺之有騎省也。清班優秩，所選非輕。朕前遣使臣，往修戎好，以稹言信行敬，命爲介焉。揚旌出疆，反駕奔命。有所啓奏，多叶便宜。乃知得人，可以卒事。故加是命以寵勸之。可太子左諭德，依前入蕃使。

【箋】

作於長慶元年（八二一）至長慶二年（八二二），長安。

〔元稹〕與居易之摯友元稹同名，當爲另一人。

盧昂量移虢州司户長孫鉉量移遂州司户同制

勅：萬州司户參軍盧昂等：頃負疵瑕，各從譴謫。或遠竄荒裔，或未復班資。既逢蕩滌之恩，俾及轉遷之命。况聞修省以克己，固將校試而用能。吾無棄人，汝宜自効。可依前件。

【箋】

作於長慶元年（八二一），五十歲，長安，主客郎中、知制誥。

〔盧昂〕見卷十七春聽琵琶兼簡長孫司户詩箋，並參見卷五三盧昂可監察御史裏行知轉運永豐院制。

〔虢州〕見卷十八錢虢州以三堂絶句見寄因以本韻和之詩箋。

〔長孫鉉〕見卷十七春聽琵琶兼簡長孫司户詩箋。

〔遂州〕見卷四八楊潛可洋州刺史李繁可遂州刺史史備可濠州刺史制箋。

李石楊縠張殷衡等並授官充涇原判官同制

勑：李石等：用武之地，曰涇與原。合爲一鎮，控扼夷虜。朕授布鉞，責其成功。布乃祗惕受命，思有以自輔者。因上言石、縠、殷衡等，學業才畫，堪置幄中。分務列官，咸可其請。而布憂邊甚切，選士必精，爾宜各竭所能，爲知己用。可依前件。

【箋】

作於長慶元年（八二一），五十歲，長安，主客郎中、知制誥。

〔李石〕見卷四八辛丘度可工部員外郎李石可左補闕李仍叔可右補闕三人同制箋。城按：李石，長慶二年正月，仍在田布幕府，見通鑑卷二四二。則授涇原判官當在爲左補闕之前。

〔張殷衡〕與卷十四遊悟真寺迴山下别張殷衡、村居寄張殷衡兩詩所指，當爲同一人。

〔布〕田布。舊書穆宗紀：「（長慶元年正月）癸卯，以河陽懷節度使田布爲涇州刺史、充四鎮北庭行營、涇原節度使。」

【校】

〔題〕英華作「授李石楊縠張殷衡等官並充涇原判官制」。

〔布乃〕「乃」，英華作「即」，注云：「集作『乃』。」

〔才晝〕「晝」，英華作「識」。

李演除左衛上將軍制

勅：王者法勾陳，設環列，非勳勤之將，信近之臣，則何以久張爪牙，轉置肘腋者也？某官李演，嘗從德宗皇帝南蒐于梁。籍名功臣，謂之定難。洎出分戎律，入拱宸居。内外周旋，不懈于位。交戟之下，周廬肅然。今之轉遷，示益親信。移領左廣，仍參夏卿。夫八屯之警巡，七萃之勤惰，爾爲其正，盡得察之。宜惜前勞，無隳乃力。可依前件。

【箋】

作於長慶元年（八二一）至長慶二年（八二二），長安。

〔李演〕見卷五〇李演贈太子少保制。

【校】

〔題〕英華作「授李演左衛上將軍制」。

〔某官〕「某」，英華作「具」。

〔交戟〕「戟」，馬本訛作「戰」，據宋本、那波本、全文、盧校改正。

〔勤惰〕「惰」，宋本、那波本、英華俱作「憧」，英華注云：「集作『惰』。」

〔乃力〕「力」，英華作「勣」，注云：「集作『力』。」

康昇讓可試太子司議郎知欽州事兼充本州鎮遏使陳倓可試太子舍人知巒州事兼充本州鎮遏使李顒可試太子通事舍人知賓州事兼賓澄巒横貴等五州都遊奕使馮緒可試太子通事舍人知田州事充左江都知兵馬使滕殷晉可試右衛率府長史知瀼州事兼充左江都知兵馬使五人同制

勑：容州本貫經略招討左押衙、兼右廂兵馬使康昇讓等：有奉職徇公之勤，有理戎殄寇之効。其帥公素上章以聞。吾方念勞，爾宜受賞。況容之諸郡有大小，郡之兼，職有重輕，量能第功，分命而往。噫！方藩雖遠，朝聽甚卑。有善必聞，無功不録。吾言及此，欲爾知之。可依前件。

【箋】

作於長慶二年(八二二),五十一歲,長安,中書舍人。

〔欽州〕欽州寧越郡,屬嶺南道。爲容管經略使所管州。見舊書卷四一地理志。

〔巒州〕巒州永定郡,屬嶺南道。爲邕管經略使所管州。見舊書卷四一地理志。

〔賓州〕賓州嶺方郡,屬嶺南道。爲桂管經略使所管州。見舊書卷四一地理志。

〔瀼州〕瀼州臨潭郡,屬嶺南道。爲容管經略使所管州。見舊書卷四一地理志。

〔公素〕嚴公素。舊書卷十六穆宗紀:「(長慶元年十二月)丙寅,以前容州經略使留後嚴公素爲容州刺史、容管經略使。」

【校】

〔題〕「李顒」,全文作「李容」。「充左江都」,宋本、那波本、盧校俱作「充右江都」。

西川大將賀若岑等一十二人授御史中丞殿中監察及諸州司馬同制

勅:丞相鎮蜀,志在憂邊。俾静蕃蠻,實資將校。故加寵任,以責成功。某官某等若干人,類例勳勞,進登班秩。憲官名重,郡佐禄優。參以命之,足爲榮獎。爾宜恭承主帥，愼守封疆。勠力一心，無落戎事。可依前件。

【箋】

作於長慶元年（八二一），五十歲，長安，主客郎中、知制誥。

〔丞相鎮蜀〕指段文昌。城按：段文昌自中書侍郎、同平章事出爲劍南西川節度使，在長慶元年二月。見舊書卷十六穆宗紀。

前右羽林將軍李彦佐服闋重除本官兼御史中丞知軍事制

勑：軍有羽林，用法星象。統之爪士，以拱宸居。某官某：前以忠勞，選登戎衞。而能訓勇力之士以備時使，申誰何之令以奉徼巡。夙夜祗嚴，不懈于位。既終喪紀，宜復官常。假中執憲之名，行上將軍之事。勉修舊職，用副新恩。可依前件。

【箋】

作於長慶元年（八二一）至長慶二年（八二二），長安。

【校】

〔題〕「前」上英華有「授」字。

〔某官某〕英華作「具官李彦佐」。

奉天縣令崔鄯可倉部員外郎判度支案制

勑：奉天縣令崔鄯：大凡南宫郎無非慎選者也。况地官之屬有堆案盈机之文，有月計歲會之課。故員郎不可逾時缺，不待滿歲遷。事劇才難，斷可知矣。而鄯自操白簡，宰赤縣，繩舉違謬，惠養鰥惸。皆有善聲，著于官次。豈能於彼而不能於此乎？爾宜率廩人，佐計務，决繁析滯，期有可觀。可依前件。

【箋】

作於長慶元年（八二一）至長慶二年（八二二），長安。

〔奉天縣〕屬京兆府。見舊書卷三八地理志。

〔崔鄯〕舊書卷一五五崔邠傳：「鄯少有文學，舉進士，元和中歷監察御史。太（大）和元年十月，自太子詹事拜左金吾衛大將軍。」當即其人。又見勞格唐御史臺精舍題名考卷三及郎官考卷十八倉外。

【校】

〔題〕英華作「授崔鄯倉部員外郎判度支案制」。

〔地官〕「官」上宋本、馬本、那波本俱脱「地」字，據英華、全文補。

〔員郎〕「員」下馬本、全文俱衍「外」字，據宋本、那波本、英華、盧校改正。

〔歲遷〕此下英華注云：「一作『故員不可踰時缺即不待滿歲遷』。」

〔宜率〕「宜」上英華有「爾」字。

翰林待詔李景亮授左司禦率府長史依前待詔制

勑：某官李景亮：夫執藝事上者，必揆日時，計勞績，而後進爵秩，以旌服勤。況待詔宮闈，飾躬晨夜，比於他職，宜有加恩。宮坊衛官，以示優奬。可依前件。

【箋】

作於長慶元年（八二一）至長慶二年（八二二），長安。

〔李景亮〕貞元十年，舉詳明政術可以理人科。見登科記考卷十三引册府元龜及唐會要。

故鹽州防秋兵馬使康太崇贈鄧州刺史制

勑：故某官康太崇：嘗習韜鈐，夙稱拳勇。使之訓旅，能叶武經。使之守疆，能著戎績。永言殂謝，宜及褒榮。俾追寵於朱轓，庶知恩於黄壤。可贈鄧州刺史。

【箋】

作於長慶元年（八二一）至長慶二年（八二二），長安。

〔鹽州〕見卷三城鹽州詩箋。

〔鄧州〕見卷四九兵部郎中知制誥馮宿……可朝散大夫同制箋。

【校】

〔題〕「防秋」，馬本誤作「防狄」，據宋本、那波本、全文、盧校改正。

劉總外祖故瀛州刺史盧龍軍兵馬使張懿贈工部尚書制

勑：故某官張懿，德善者將啓後人，忠孝者克揚前烈。有美必復，宜其然乎？而懿仗忠履義，體仁養勇。學究韜略，藝窮騎射。負幽、燕之勁氣，雖振其名；有將相之長才，不得其位。命屈當代，慶流後昆。有外孝孫，爲吾賢帥。以忠許國，以順克家。揚名顯親，自義率祖。推恩外族，歸美前修。俾追八座之榮，以輟九原之歎。可依前件。

【箋】

作於長慶元年（八二一），五十歲，長安，主客郎中、知制誥。

〔劉總〕見卷四九温造可起居舍人充鎮州四面宣慰使制箋。

〔瀛州〕瀛州河間郡。屬河北道。見舊書卷三九地理志。

劉總外祖母李氏贈趙國夫人制

敕：李氏族茂本枝，行光内則。柔明繕性，和淑保身。輔佐良人，克諧家道。訓成賢女，作相令門。善積於中，福延於後。段公威德，當流慶於外孫；令伯孝心，願推恩於祖母。式遵贈典，用賛德芬。宜崇大國之封，追正小君之命。可贈趙國夫人。

【箋】

作於長慶元年（八二一），五十歲，長安。

〔李氏〕即張懿之妻。

蕭俛一子迴授三從弟伸制

敕：吏部尚書蕭俛：頃在台庭，時逢郊禮。大行慶澤，先及輔臣。當延賞於胤嗣，願推恩於友愛。厥有典例，因而從之。洛爾弟伸可恭成命。可河中府參軍。

【箋】

作於長慶元年（八二一），五十歲，長安，主客郎中、知制誥。

〔蕭俛〕見卷四九蕭俛除吏部尚書制箋。

【校】

〔洛爾弟〕「洛」，那波本空。

〔可恭成命〕「恭成」二字，那波本空。

賈噒入迴鶻副使授兼御史中丞賜紫金魚袋制

敕：少府少監賈噒：行人之官，官必有介，所以敬王事而重國命也。以爾噒，禀訓合鼎，飾躬搢紳。自登班行，多歷年祀。恪勤官次，保守令名。斯可以卒貳使臣，諭中朝旨。宜假憲秩，仍加命服。以示兼寵，俾之出疆。況繼好二邦，奉辭萬里；副車之任，選亦不輕。兹吾使能，期爾復命。可依前件。

【箋】

作於長慶元年（八二一），五十歲，長安，主客郎中、知制誥。

〔賈嶙〕卷五〇册新迴鶻可汗文稱「副使朝議大夫、守少府少監、兼御史中丞、襲魏國公、食邑三千户、賜紫金魚袋賈嶙」，當即其人。

張屺授廬州刺史兼御史中丞制

【校】

〔題〕「嶙」，馬本注云：「離吟切。」

勅：盧龍軍節度判官、檢校刑部郎中張屺：司徒總言爾從事於幽、薊之間，有年歲矣。嘗委事任，備覩器用。務叢而益辨，職久而彌勤。頗出輩流，宜加奬擢。況公侯之嗣，幕府之英，餘慶所鍾，有才如是。今以名郡寵而任之。旌善勸能，仍兼中憲。可廬州刺史。

【箋】

作於長慶元年（八二一），五十歲，長安，主客郎中、知制誥。

〔廬州〕見卷四九前廬州刺史殷祐可鄭州刺史制箋。

【校】

〔益辨〕「辨」，馬本、全文俱作「辦」，非。據宋本、那波本改正。

韓公武授左驍衛上將軍制

敕：朝散大夫、檢校左散騎常侍、兼右金吾衛將軍、御史大夫、上柱國、賜紫金魚袋韓公武：我元老之令子也。孝於家，忠於國，故出則秉旄鉞，入爲執金吾。寵任益崇，謙敬彌著。而勤於夙夜，疾瘵所侵，上陳表章，乞就頤養。夫環衛之列，心膂之臣，雖親信之寄則同，而勞逸之間或異。宜輟繁重，俾從便安。可檢校左散騎常侍、兼左驍衛上將軍、御史大夫，散官、勳如故。

【箋】

作於長慶元年（八二一），五十歲，長安，主客郎中、知制誥。

〔韓公武〕韓弘之子。元和十五年，自鄜坊節度使入爲右金吾衛將軍。弘出爲河中節度，公武上表堅辭宿衛，改右驍衛將軍。見舊書卷一五六、新書卷一五八韓弘傳。城按：韓弘，元和十五年六月，出爲河中節度使，見舊書穆宗紀，則公武改左驍衛將軍，當在長慶元年。

【校】

〔題〕英華作「授韓公武右驍衛上將軍制」。

〔衛之列〕英華作「列之衛」，注云：「集作『衛之列』。」

〔左驍衛〕「左」，英華作「右」。

姚元康等授官充推官掌書記制

勅：朝散郎、行秘書省秘書郎姚元康，儒林郎、試太常寺協律郎鄭懿等：益部、浮陽，皆大征鎮也。文昌、全略皆賢將相也。而能以禮聘士，以職任才。多聞得人，咸樂爲用。況爾等籌謀文藻，各負所長。苟能贊察廉，掌奏記，孜孜不怠，翩翩有聲，尉薦褒升，其則不遠。元康可試左武衛倉曹參軍、充劍南西川觀察推官，散官如故。懿可試左金吾衛兵曹參軍、充横海軍節度掌書記，散官如故。

【箋】

作於長慶二年（八二二），五十一歲，長安，中書舍人。

〔姚元康〕唐詩紀事卷五〇：「（姚）康，字汝諧，南仲孫也。登元和十五年進士第。大中時，爲太子詹事。開成時，曾以贓敗。」又云：「康試左武衛倉曹參軍，爲觀察推官。」當即其人。疑唐詩紀事脱「元」字。

〔全略〕李全略。長慶二年，爲横海軍節度使。見唐方鎮年表卷四。

【校】

〔題〕英華作「授姚元康等官充推官掌書記制」。

〔試太常〕「試」，英華訛作「誠」。

〔贊察廉〕「廉」，馬本、全文俱作「兼」，非。據宋本、那波本、盧校改正。

〔左武衛〕「左」，英華作「右」。

〔散官如故〕英華作「餘如故」。

楊玄諒等三十人加官制

勑：右神策軍忻州行營兵馬使、試太常卿楊玄諒等：夫材不録則勸善之道廢，勤不賞則念功之典缺。而玄諒輩凡三十人，咸列禁戎，遠從征討。臨難有身先之勇，奔命無道弊之勞。宜以禄秩，酬其忠効。所謂材不失選，賞不逾時。亦欲使爲善者不疑，有功者速勸也。可依前件。

【箋】

作於長慶二年（八二二），五十一歲，長安，中書舍人。

〔忻州〕忻州定襄郡。屬河東道。見舊書卷三九地理志。城按：新書卷一四八傅良弼傳：

「有詔以樂壽爲左神策行營，拜良弼爲都知兵馬使。寰所領士隷右神策，號忻州營，亦以寰爲都知兵馬使。」

李益王起杜元穎等賜爵制

敕：李益等：去年春朕以陵寢事大，哀惶疚心。而益等齋慄奔走，各率其職，俾予孝道刑于四海。何嘗一日而忘之耶？因命有司，舉常典。凡爵之高下，視執事之重輕。有司亦能遵我成命，第而次之，進給益封，無有不當。由益而下，爾宜欽承。可依前件。

【箋】

作於長慶元年（八二一），五十歲，長安，主客郎中、知制誥。

〔李益〕舊書卷一三七、新書卷二〇三有傳。城按：李益等參與憲宗陵寢事，在元和十五年春。舊書卷十六穆宗紀：「（元和十五年五月）庚申，葬憲宗於景陵。」卷一七二令狐楚傳：「（元和）十五年正月，憲宗崩，詔楚爲山陵使。……其年六月，山陵畢，會有告楚親友贓污事發，出爲宣歙觀察使。」

〔王起〕見卷四九王起賜勳制箋。

〔杜元穎〕見卷五二杜元穎等賜動州制箋。

【校】

〔忘之耶〕「耶」，馬本、全文俱誤作「即」，據宋本、那波本、盧校改正。

〔因命〕「命」上馬本、全文俱脱「因」字，據宋本、那波本、盧校改正。

王計除萊州刺史吴暐除蓬州刺史制

勑：王計等：咸以材略，載筆從軍。藝學智謀，霈然足用。多歷年紀，備嘗艱危。進退周旋，不聞失道。司徒弘正詳奏以聞。因以竹符，分命試吏。而萊、蓬二郡，各介一方。牧人者但不擾其心，不奪其力，則雖華夷南北，土物不同，皆可以自足自遂矣。宜用此道，往安養之。可依前件。

【箋】

作於長慶元年（八二一），五十歲，長安，主客郎中、知制誥。

〔萊州〕萊州東萊郡。屬河南道。見舊書卷三八地理志。

〔蓬州〕蓬州蓬山郡。屬山南西道。見舊書卷三九地理志。

〔弘正〕田弘正。元和十五年十月，移任成德軍節度使。長慶元年七月，遇害。見舊書卷十六穆宗紀。則此制必作七月之前。

【校】

〔題〕英華作「授王計萊州刺史吴暐蓬州刺史制」。「暐」，馬本注云：「于鬼切。」

〔勑王計等〕「王計」，英華作「吴暐」。

〔從軍〕「軍」，英華作「戎」，注云：「集作『軍』。」

〔年紀〕「紀」，馬本、全文俱作「祀」，據那波本、英華改。宋本訛作「犯」。又英華注云：「一作『祀』。」

〔宜用〕「用」，英華作「有」，注云：「集作『用』。」

義武軍奏事官虞候衛紹則可檢校秘書監職如故制

勑：某官衛紹則：服勤藩鎮，敷奏闕庭。奉主帥之表章，達軍府之情狀。嘉其忠効，宜可褒升。俾洽新恩，用充舊職。可依前件。

【箋】

作於長慶元年（八二一）至長慶二年（八二二），長安。

〔義武軍〕義武軍節度使，治定州，領易、定二州。

深州奏事官衛推試原王友韓季重可兼監察御史充職制

勑：某官韓季重：上將臨戎，陪臣將命。詳其奏報，頗盡事情。特加寵章，用奬勞効。王官憲職，以示兼榮。可依前件。

【箋】

作於長慶元年（八二一）至長慶二年（八二二），長安。

〔深州〕深州饒陽郡。屬河北道。見舊書卷三九地理志。

袁幹可封州刺史兼侍御史制

勑：安南兵馬使、封州刺史、兼監察御史袁幹：委質藩方，悉知戎旅。嘗驅寇盜，累著功勞。故命遷領郡符，超升憲簡。足以安荒俗，耀遠人。敬而承之，無替前効。可封州刺史。

【箋】

作於長慶元年（八二一）至長慶二年（八二二），長安。

〔封州〕封州臨封郡。屬嶺南道。見元和郡縣志卷三四。

【校】

〔悉知〕「悉」，馬本作「穩」，非。據宋本、那波本、盧校改正。全文作「稔」。

華州及陜府將士吉少華一千三百三十五人各賜勳五轉制

勑：某官吉少華等：距河重鎮，分陜近藩。俾遏寇虞，實資士旅。勞既同力，賞宜徧行。次第其名，書于勳籍。可各賜勳五轉。

【箋】

作於長慶元年（八二一）至長慶二年（八二二），長安。

〔華州〕見卷五旅次華州贈袁右丞詩箋。

〔陜府〕陜州大都督府。屬河南道。見舊書卷三八地理志。

祭迴鶻可汗文

維長慶元年，歲次辛丑，月日，皇帝遣使朝議大夫、檢校右散騎常侍、兼少府監、御史大夫、雲騎尉、賜紫金魚袋裴通，致祭于故愛登羅汨没蜜施毗伽保義可汗之靈：粵以英武之姿，雄奇之策，撫有九姓，制臨一方。氣吞諸戎，名播上國。況能嚮風納款，繼好息人，代爲親鄰，歲入職貢。方賴威略，共清寰瀛。倚爲長城，永固中夏。而天殲驕子，國喪名王。奪氣色於陰山，霣精光於昴宿。凶訃云至，悲懷用深。故遣使臣，往將國命。展弔奠之禮，申哀榮之恩。猶有明靈，當鑒誠意。尚饗！

【箋】

作於長慶元年（八二一），五十歲，長安，主客郎中、知制誥。

〔裴通〕見卷五〇册新迴鶻可汗文箋。

〔保義可汗〕舊書卷十六穆宗紀：「（長慶元年二月）癸巳，九姓迴紇毗伽保義可汗卒。」